# 中国古代作家专题研究

主编　王立群　张进德

河南省高等教育自学考试
汉语言文学专业本科教材

中原出版传媒集团
中原传媒股份公司

大象出版社
·郑州·

图书在版编目(CIP)数据

中国古代作家作品专题研究 / 王立群，张进德主编.— 郑州：大象出版社，2019. 10
ISBN 978-7-5711-0339-2

Ⅰ. ①中… Ⅱ. ①王… ②张… Ⅲ. ①中国文学—古典文学研究—高等教育—自学考试—自学参考资料 Ⅳ. ①I206. 2

中国版本图书馆 CIP 数据核字(2019)第 218594 号

**中国古代作家作品专题研究**
ZHONGGUO GUDAI ZUOJIA ZUOPIN ZHUANTI YANJIU
**主编 王立群 张进德**

---

出 版 人 王刘纯
责任编辑 宋 伟 曲 静
责任校对 牛志远 李婧慧 毛 路
装帧设计 杜晓燕

---

出版发行 大象出版社(郑州市郑东新区祥盛街 27 号 邮政编码 450016)
发行科 0371-63863551 总编室 0371-65597936
网 址 www.daxiang.cn
印 刷 河南文华印务有限公司
经 销 各地新华书店经销
开 本 720mm×1020mm 1/16
印 张 22.25
字 数 307 千字
版 次 2019 年 10 月第 1 版 2019 年 10 月第 1 次印刷
定 价 60.00 元
若发现印、装质量问题，影响阅读，请与承印厂联系调换。
印厂地址 新乡市获嘉县亢村镇工业园
邮政编码 453800 电话 0373-5969992 5961789

# 序言

《中国古代作家作品专题研究》是河南省高等教育自学考试汉语言文学专业本科阶段的一门必考课程。作为河南省高等教育自学考试汉语言文学专业的主考院校,河南大学受河南省高等教育自学考试指导委员会委托,承担了编写这门课程教材的任务,具体落实与实施编撰自然是河南大学文学院古代文学教研室。

本书 2002 年由南开大学出版社出版,但早已售罄,社会上出现了大量盗版,质量粗劣,错误百出,泛滥成灾,误人子弟！河南省高等教育自学考试经历了由初创到辉煌到降温再到目前回暖的坎坷历程,初版的几千册已经远远不能满足考生的需求,故而在历经十七载后,我们对初版的一些细节进行了修订,交由大象出版社再版,以解广大考生的燃眉之急。

中国古代文学是汉语言文学专业中时间跨度最长、授课时间最多的一门课程。中国古代文学的学习大体上可分为三类:《中国古代文学作品选》是从阅读欣赏的角度对中国优秀的古代文学作品进行系统学习;

《中国古代文学史》是以历史为线索，介绍中国古代文学的发展演变史。这两个阶段的学习是汉语言文学专业专科、本科阶段的重要课程。但是，仅仅修完这两门课程，对中国古代文学史上的重要作家、作品尚缺乏系统、深入的了解。在大学课堂上，这一任务是由诸多中国古代文学的选修课完成的，而对自学考试的学员来说，这一任务则可通过本课程的学习来完成。因此，《中国古代作家作品专题研究》是对在中国古代文学史上有重要影响的作家和代表作品进行专题研究，帮助应考者提高分析、评价作家作品的能力，为撰写中国古代作家作品研究的论文奠定基础。

本课程对中国古代文学史上的重要作家、作品进行了严格的筛选，教材选入的均是第一流的作家、作品，上起《诗经》，下至《红楼梦》，基本上涵盖了自先秦至清代的重要作家、作品，并对他(它)们进行了专题介绍。这一介绍是对《中国古代文学作品选》与《中国古代文学史》的重要补充与深化。它大体上类似于《中国古代文学史》，但介绍的广度、深度均大大超过《中国古代文学史》。通过本课程的学习，自考学员可以对中国古代文学史上的重要作家、作品有一个新的全面深入的了解。本课程的名称为《中国古代作家作品专题研究》，因此，“研究”成为本课程非常重要的一项内容。但是，这种研究又不全是编写者个人的学术研究，编写者个人的研究要融入整个学术界的研究之中，不能以编写者个人的研究代替整个学术界的研究。自考学员们在学习本课程时，要注意了解学术界的研究信息、切入角度，注意研究者的评价。为此，本教材在编写中均附有某作家、作品的研究史。这些研究史，或长或短，或详或略，或重论述或重勾勒。但是，它们对自考学员了解某一重要作家、作品的研究史，均具有重要意义。它对于研究状况较为陌生的自考学员不啻是一个导引，且是一个指示研究门径的大纲。

自考学员在学习本课程时，自然需要记忆必要的基本知识，但更重要的是学习研究的方法，为以后撰写研究中国古代作家作品的论文打基础。因此，本课程绝非一般的中文本科课程，而是一门带有指导研究性质的课程。自考学员在学习本课程时,一定要学会独立思考,培养自己的独立研究能力,这是本课程学习的关键之所在。

编者

2019 年 3 月于开封

# 目录

# 第一章 《诗经》研究

《诗经》是我国最早的一部诗歌总集，记录了西周初年至春秋中叶五百余年间的社会生活，先秦时称为《诗》，或《诗三百》《诗三百篇》。《诗经》是儒家学者把它尊为经典之后的称呼。

《诗经》在我国文学史上有着举足轻重的地位。这不仅表现在它集结过程中就开创了“赋诗言志”的时代，而且在它问世之初，便已形成了“著书引诗”的特色。这不仅表现在《诗经》于汉朝时便正式被列为“五经”之一，以后由“五经”扩展为“九经”，进而扩展为“十三经”，《诗经》始终居于其中，成为儒家学者必读教材，而且《诗经》的原始性和经典性为文学、语言学、文化、宗教、哲学的发展，确立了基本框架。正如闻一多先生所言：

诗似乎没有在第二个国度里，像它在这里发挥过的那样大的社会功能。在我们这里，一出世它就是宗教，是政治，是教育，是社交，它是全面的生活。维系封建精神的是礼乐，阐发礼乐意义的是诗。所以，诗支持了那整个封建时代的文化。①

梁启超先生说:“现存先秦古籍,真赝杂糅,几乎无一书无问题,其真金美玉、字字可信者,《诗经》其首也。”②可见,普及对《诗经》的了解,借以增强人们对民族文化的认识,探索《诗经》在民族文化形成过程中所起的重要作用,对提高民族自信心与民族自豪感是十分必要的。

尽管《诗经》文本及与此相关的直接或间接、内部或外部、社会或文化、思想或艺术、史学或考据、文字或音韵、民俗或学术等方面,均有人作专门的研究,但这并不影响我们今天及以后的研究。本文拟从五个方面对这些问题加以综合论述,以使读者能获得一个完整的认识。

## 一、《诗经》的分类及有关问题

### (一)关于《诗经》的分类

《诗经》分为风、雅、颂三类,这在《周礼·春官》中就有记载,但对其分类依据的认识分歧很大。《毛诗序》认为是从思想意义的角度划分的,朱熹认为是依据作者不同而划分的,亦有人认为是依据作品内容不同而划分的。众说皆有偏颇,较为接近事实的是音乐说:风诗为乡土之音,即诸侯所辖地域的地方俗乐;雅诗为朝廷之音,即中央政权所在地的音乐;颂诗为宗庙之音,即宗庙祭祀时的舞乐。与此相类似的是乐器说,即风、雅、颂之不同在于演唱时使用的乐器不同。章太炎先生《大雅小雅说》认为,雅是一种类似鼓的乐器。张西堂先生《诗经六论》认为,“颂”与“镛”通用,镛即钟,钟是人们常用的乐器。郭沫若先生认为,“南”即“铃”,铃也是一种乐器。由此郭老提出,《诗》之《周南》、《召南》、大小雅,揆其初当以乐器之名,孳乳为曲调之名,犹今人之言大鼓、花鼓、鱼琴、简板、梆子、滩簧耳。这个看法很精辟,它进一步证实了《诗经》分类音乐说,正因为诗的

---

① 《闻一多全集选刊之一——神话与诗·文学的历史动向》,上海:上海古籍出版社,1956年,第203页。

② 梁启超:《饮冰室合集·要籍解题及其读法》,北京:中华书局,1989年,第9册专集,第69页。

分类依据是音乐，所以才使用了不同的乐器伴奏。

还应该点明的是，上海博物馆根据其馆藏竹简整理出来的《竹书孔子（诗经）》认为，战国时代《诗》分为讼、夏、邦，可见仅就《诗经》的分类，还有许多值得研究之处。

### （二）关于《诗经》的作者

《诗经》的作者，诗序已“认定”了许多。某公、某侯、某王、某妃之作，比比皆是，这种论断，我们自然难以苟同。依我们看，确定诗的作者，首先要取得内证，其次得依据《左传》等史书，不能想当然。依我们看，《诗经》的作者能确定的有6篇。《鄘风·载驰》为许穆夫人所作，《左传·闵公二年》有许穆夫人赋《载驰》，且诗与史合，故可以认定。《小雅·节南山》有“家父作诵，以究王”，可认定家父为该诗作者。《小雅·巷伯》有“寺人孟子，作为此诗”，可认定寺人孟子为此诗作者。《大雅·崧高》有“吉甫作诵，其诗孔硕”，《大雅·烝民》有“吉甫作诵，穆如清风”，故可认定此二诗的作者为吉甫，即宣王时代的尹吉甫。《鲁颂·閟宫》有“奚斯所作，孔曼且硕”，可认定此诗为奚斯所作。以下3篇的作者也基本可以确定，或至少可以作为一说。《左传·僖公二十四年》载：“召穆公思周德之不类，故纠合宗族于成周而作诗，曰‘常棣之华，鄂不韡韡’。”故《小雅·常棣》的作者为召公虎。《国语·楚语》有：“昔卫武公年数九十有五矣，犹箴儆于国……於是乎作《懿》戒自儆也。”前人以为“懿”“抑”相通，故有《大雅·抑》之作者为卫武公所作一说。《左传·文公元年》有：“周芮良夫之诗曰：‘大风有隧，贪人败类。听言则对，诵言如醉。匪用其良，覆俾我悖。’”此诗为《大雅·桑柔》第十三章，故此诗作者可认定为芮良夫。此外，传统说法认为《小雅·小弁》为太子宜臼所作，《小雅·白华》为申后所作，《大雅·江汉》为召虎作，《商颂·殷武》为宋襄公所作，虽无具体实证，但诗序以降，多有从之，亦可备一说。除此13篇，其余的292篇诗歌作者难以详考，在没有新的理由和充分的证据之前，暂作存疑为好。

### （三）关于《诗经》产生的地域及创作的时代

《毛诗序》在认定《诗经》作者的同时，也认定了许多诗篇创作的时间，如成王时、康王时、厉王时、幽王时,言之凿凿,但证据不足。我们认为,前面已经认定或基本认定作者的13篇诗作,因作者明确,故其创作时间也基本可以确定。其余诸诗篇的创作时间,大多难以详考。我们只能依据其内容及传世文献,加以判定。

周南、召南究竟指哪些地方,古今说法甚多。较为合理的说法是周、召分陕而治说。《史记·燕召公世家》有:"其在成王时,召公为三公。自陕以西,召公主之;自陕以东,周公主之。"王夫之《诗经稗疏》有相同的论述:

盖周公、召公分陕而治,各以其治登其国风。则周南者,周公所治之南国;召南者,召公所治之南国也。北界河洛,南逾楚塞,以陕州为中线而两分之。①

可见二南北界黄河,由北向南伸展,直至楚汉。《周南·汉广》已涉及长江、汉水,《召南·江有汜》亦属荆楚。二南分界之"陕",为河南省三门峡市陕州区。陕州区原城墙上,曾镶嵌一石柱,上刻有"周召分界处"等字样,后因修三门峡水库,城墙被毁,"周召分界石"被移送三门峡市博物馆保存。《毛诗》认为二南为西周初年的作品,但后人颇多非议。《卷耳》为思妇之作,《汝坟》有"王室如毁"句,《何彼襛矣》有"平王之孙,齐侯之子"句,故二南中应有西周末乃至东周时的作品。

邶、鄘、卫,都是卫风。《左传·襄公二十九年》载吴公子季札赴鲁观乐,鲁国乐工为之演奏了《诗经》,季札亦随即作了评述:

为之歌邶、鄘、卫,曰:"美哉,渊乎!忧而不困者也。吾闻卫康叔、武公之德如是,是其卫风乎?"

《左传·襄公三十一年》载北宫文子语:"卫诗曰:'威仪棣棣,不可选也。'"北宫文子所说的"卫诗",实为《邶风·柏舟》。可见春秋时代的人已将邶、鄘、卫三国之诗,都视为卫诗了。邶,故址在今河南省汤阴县东南的北城镇;鄘,故址在今河南省卫辉市东北的鄘城;卫国始封君建都朝歌,即今河南省淇县东北。邶、鄘、卫都是卫诗,在《诗经》中亦有证明,淇水源

① [清]王先谦:《皇清经解续编》,上海:上海书店,1988年,第15页。

出河南省林县（今河南省林州市）东南临淇镇，东南经淇县流入卫河，并未遍及邶、鄘、卫，但在邶、鄘、卫之诗中都有反映。《左传·隐公元年》有："卫庄公娶于齐，东宫得臣之妹曰庄姜，美而无子，卫人所为赋《硕人》也。"此诗当作于隐公三年左右。《载驰》作于鲁闵公二年狄灭卫之后，同时作有《定之方中》，可见此二诗为卫国最晚的诗了。

王为王城的简称，故址在今河南省洛阳。《汉书·地理志》云："河南，故郏、鄏地。周武王迁九鼎，周公致太平，营以为都，是为王城，至平王居之。"王风显然都是东周以后的作品。

郑为姬姓国，宣王封其弟友于棫林，是为郑桓公。幽王末年，桓公迁国于东虢和桧之间。郑武公即位后，攻灭东虢和桧，建都新郑，即今河南省新郑市。郑风为郑武公建国之后的作品，故全部是春秋时的作品。

齐为姜姓国，周武王封其大臣姜尚于今山东省东北部和中部，都营丘（今山东省临淄区），胡公迁薄姑，献公又迁回。《诗集传》说："太公……既封于齐，通工商之业，便鱼盐之利，民多归之，故为大国。"①齐风中《南山》《敝笱》为讥讽齐襄公与其同父异母的妹妹文姜有私情，事见《左传·桓公十八年》。《猗嗟》写齐国外甥鲁庄公射艺，应是春秋时期的作品。其余作品时代不详。

魏国为姬姓国，周初封于今山西省芮城县东北。东周惠王十六年，为晋献公所灭，事见《左传·闵公元年》，所存诗作应是在此之前的作品。魏国土地干旱，人民贫穷，君主俭啬。朱熹说："魏，国名，本舜禹故都……其地陋隘，而民贫俗俭，盖有圣贤之遗风焉。"②在十五国风中，魏风中讽刺统治者的诗作别具一格，为历代读《诗》者所关注。

唐风即晋风。周成王封他的弟弟叔虞于唐，以境内有晋水，故改称晋。春秋时武公迁都曲沃，献公时迁都绛，景公时迁都新田，始终围绕山西中部太原、翼城、曲沃、绛县、闻喜等地区。朱熹讲"其地土瘠民贫，勤俭

---

① ［宋］朱熹：《诗集传》，上海：上海古籍出版社，1980年，第58页。
② ［宋］朱熹：《诗集传》，上海：上海古籍出版社，1980年，第63页。

质朴，忧深思远"①，点明了唐风的特点。《扬之水》诗，以晋昭侯封其叔父成师于曲沃，后来曲沃势力大了，欲杀昭侯而代之为背景，此事在鲁惠王三十年，故唐风应有东周初年的诗作。

秦为嬴姓国，周孝王封大臣非子于秦（今甘肃省天水市的故秦地），后土地逐渐扩张。平王东迁，秦仲之孙襄公派兵护驾有功，平王封襄公为诸侯，西周王畿及豳地尽归秦有。《黄鸟》诗讥讽秦穆公人殉的残暴行径，事见《左传·文公六年》。《汉书·地理志》说：

安定北地，上郡西河，皆迫近戎狄，修习战备，高尚气力，以射猎为先。故秦诗曰："其在板屋。"又曰："王于兴师，修我甲兵，与子偕行。"及《车邻》《驷驖》《小戎》之篇，皆车马田猎之事。

可见崇尚气力、崇拜武功是秦风的主要特点，其创作时间应在西周末至春秋时。

陈即今河南省淮阳县，辖河南、安徽等几个邻近小县。《汉书·地理志》说：

陈本太昊之虚，周武王封舜后妫满于陈，是为胡公，妻以元女大姬。妇人尊贵，好祭祀，用史巫，故其俗巫鬼。

淮阳四面皆水，水面宽窄不一。东、南、西、北各有路通往城中。水光潋滟，蒹葭婆娑，令人心旷神怡。尤为难得的是，昔日陈人载歌载舞的聚集地——宛丘仍在。宛丘位于淮阳县城东南，为平川之地突兀耸立的几个土堆，虽高仅几十米，但依然十分显眼。经专家学者考证，这几个土堆为新石器时代的文化遗址，故陈人在此处聚集歌舞也就很自然了。《株林》一诗，讽刺陈灵公与夏姬私通，事见《左传·宣公十年》，即公元前599年，应是《诗经》中产生较晚的诗作了。除此之外，陈风中的其他诗作难以详考。

桧为妘姓国，"祝融之后妘姓所封溱、洧之间，郑灭之"②。郑国灭桧于东周初年（前769年），《史记》《韩非子》《说苑》均有所记，可见桧风全

---

① ［宋］朱熹：《诗集传》，上海：上海古籍出版社，1980年，第68页。

② ［清］段玉裁：《说文解字注》，上海：上海古籍出版社，1981年，第295页。

部是西周时的作品。桧之都城在今河南省新密市东北，今新密市东北尚有桧城，当是昔日之桧都。

曹为姬姓国，周武王封他的弟弟振铎于曹，都陶（今山东省定陶区西北）、菏泽、曹县等归其所辖。朱熹、方玉润认为《候人》作于“僖公二十八年”，王先谦认为《下泉》诗作于“昭公三十二年”（前 516 年）。如果王氏之言可信，那么《下泉》诗将是《诗经》产生最晚的一首。

豳地在今陕西省旬邑、彬县一带，是周人先祖公刘所开发，为周人的发祥地之一。宗周建国后封予何人，不可详考。豳风全部作于西周时期，因西周亡后，此地归秦所有，再创作出的诗作应为秦风。《破斧》有“周公东征”，《东山》有“我徂东山，滔滔不归”，以及《七月》诗的内容，可以断定这些诗是国风中创作最早的诗作之一。

二雅都是西周王畿之作，但也有人认为小雅中的《大东》《都人士》等为东都人所作。依据作品内容的不同，一般认为大雅大部分作于西周初年，其中最早的是《文王》，《吕氏春秋》认为该诗是周公旦所作；小部分作于西周后期，《瞻仰》《召旻》为幽王时的作品。小雅的小部分作于西周初年，《鹿鸣》为成、康时的诗作；大部分作于西周后期，《正月》《十月之交》均为厉、幽时的诗作。二雅大部分为贵族的诗作，小部分诗歌如《采薇》《何草不黄》为民歌。

周颂都是西周时代的祭祀之作。从内容看，多数为昭、穆以前的诗作，其中《大武》乐章中的《我将》《武》《赉》《般》《酌》《桓公》为周初庆贺武王伐纣胜利时所作①。

鲁国的疆域在今山东东南部，周成王封周公儿子姬伯禽于鲁，都城即今山东省曲阜市。鲁颂中《閟宫》为僖公时代的奚斯所作，《泮水》亦为僖公时作。《毛诗序》认为《駉》是襄公时代的史克所作。可见鲁颂均为春秋时的作品。

商颂问题最为复杂，《国语·鲁语》有：“昔正考父校商之名颂十二篇

① 依高亨《诗经今注》说。见《诗经今注》，上海：上海古籍出版社，1980 年，第 480 页。北京广播学院教授姚小鸥博士认为，《大武乐章》应为七篇，《时迈》亦在其中，亦可为一说。

于周太师，以《那》为首。”依据对这句话的不同理解，古文经学派认为《商颂》应作于商代。《毛诗序》称：“微子至于戴公，其间礼乐废坏。有正考父者，得《商颂》十二篇于周大师。”①今文经学派则认为《商颂》是春秋时宋国的作品。司马迁在《史记·宋世家》里采用齐、鲁、韩三家观点，说“(宋)襄公之时，修仁行义，欲为盟主，其大夫正考父美之，故追道契、汤、高宗，殷所以兴，作《商颂》”。对于地域文化研究来讲，《商颂》作年认定，亦涉及作于安阳或作于商丘的问题，殷人都于安阳，宋人都于商丘。我们认为，就文化意蕴讲，《商颂》作于安阳的可能性会更大些，因为《商颂》所反映的宗教狂热，对祖先、上帝的虔诚崇敬，对野蛮、凶残、恐怖、威力、勇武的歌颂和夸扬，在殷墟故址中的“妇好墓”“车马坑”(2001 年 4 月 18 日对外开放)中可以得到验证。

**(四)《诗经》的成书与推广**

一部诗集，时间跨越 5 个多世纪，囊括了当时社会各个阶层的人员，遍布今陕西、山西、山东、河南、河北、湖北、安徽等地，在语言、文字、音韵尚未统一，交通极不发达，甚至整个国家都处于一个松散的联邦政权时代的局面下，这部语言统一、音韵一致、结构完整的诗集能够产生并流传下来，本身就是一个奇迹。奇迹的创造者就是周太师。周太师——这些优秀的诗人兼音乐家们，首先是搜集诗，然后用统一的音韵、文字去改造诗，最后将它推广出去。没有他们的努力，便没有《诗经》的今天。关于诗的搜集，前人有采诗说和献诗说两种。《国语·周语》《国语·晋语》《左传·襄公十四年》均有献诗说的记载。采诗说主要见于《礼记·王制》《汉书·食货志》《汉书·艺文志》，《左传·襄公十四年》引《夏书》佚文，《孟子·离娄》也有隐约的记载，此说后世虽有许多相左的意见，但亦可基本确立。因为在那个时代，没有任何个人有能力从事这一项工作，只有通过权力机构，才能完成大面积的搜集工作，然后加以筛选、加工、润色，并推广出去。以往，人们对搜集诗十分重视，认为这是满足统治者燕飨，充当

① 《十三经注疏·毛诗正义》，北京：中华书局，1979 年，第 620 页。

教育贵族子弟教材以及了解民情的需要。事实上,搜集、整理诗的真正目的在于推广诗,推广诗的真正目的在于加强王室与地方的紧密联系,强化王族的统治。众所周知,周王室为了有效地统治各地,曾大封诸侯,让那些与王室有密切血缘关系的贵族们、那些立有军功的臣子们代表王室去管理地方。为了保证这些被分封到各地的贵族不为各地的方言、不同的习俗所"异化",王室通过诗歌,用统一的语言、文字、音韵去加强中央与地方的联系,用代表王室思想的作品去统一各诸侯国贵族们的政治观点、审美意识、道德情操及宗教信仰等。也就是说,诗被用作周族加强内部联系的黏合剂,成为周人维系中央与地方联系的重要手段之一。《礼记·乐记》有:"乐者为同,礼者为异;同则相亲,异则相敬。"可见,礼是用来区分君臣、上下、亲疏、贵贱的,乐是用来团结内部、使之相亲相爱的。自然,乐并不等于诗,但乐与诗有密切联系,尤其是在歌、乐、舞三位一体的时代,关系尤为密切。文学作品直接服务于政治,《诗经》大约是首开其例了。

### (五)孔子与《诗经》

孔子是第一个将《诗经》选作教学内容的教师,又是第一位研究《诗经》的大师。他精辟地提出:"《诗》三百,一言以蔽之,曰'思无邪'。"①"《诗》,可以兴,可以观,可以群,可以怨。迩之事父,远之事君;多识于鸟兽草木之名。"②"不学诗,无以言。"③一部《论语》,竟有 14 处言及《诗》,孔子真正领会了《诗》的精髓。对《诗》的研究,孔子已完全突破了文学的藩篱,是立体地、多层次、多角度、全方位地审视与研究《诗经》。多年来,人们习惯于围绕着孔子"删诗说"成立与否争论不休。其实大可不必,因为《诗经》成书是一个漫长的过程,《左传·隐公三年》便有引诗④,而此时《诗经》中的许多诗篇尚未问世;《论语·八佾》有"巧笑倩兮,美目盼兮,

---

① 杨伯峻:《论语译注》,北京:中华书局,1980 年,第 11 页。

② 杨伯峻:《论语译注》,北京:中华书局,1980 年,第 185 页。

③ 杨伯峻:《论语译注》,北京:中华书局,1980 年,第 178 页。

④ 《左传·隐公元年》有君子曰:"《诗经》云:'孝子不匮,永锡尔类。'"因是君子所言,不算作正式引《诗》。隐公三年有:"风有《采蘩》《采苹》,雅有《行苇》《泂酌》,昭忠信也。"算作正式引《诗》。

素以为绚兮”，今本《诗经》便无最后一句；《荀子·天论》引《诗经》“礼义之不愆，何恤人之言兮”①，今本《诗经》无此诗。可见从鲁隐公初年到战国末年，《诗经》作为一部典籍，始终处于一个不断更新、补充、删节、完善的过程。孔子作为参与这一活动的重要学者，理所当然地应受到重视。研究孔子对《诗经》的认识与评价，尤其是研究孔子从《诗经》中汲取精华，创造了具有中国特色的意识形态理论——儒学的过程，对于我们研究古代哲学、宗教、文化、思想的发展与流变，具有十分重要的意义。

（六）《诗经》的《大序》与《小序》

《毛诗》学派能取代“三家诗”，《诗序》起了重要的作用。因此，读《诗经》必须研究《诗序》，似乎是一条不成文的规定。两宋之前，《诗序》的确是金科玉律，无人敢于质疑。宋人以大胆的、创新的目光审视以往的一切，诞生了以欧阳修为首的疑序派，朱熹成为集大成者。两宋之后，存序派、废序派争论了千余年。对此，我们认为有四个问题值得讨论。首先，《诗序》的作者问题。《后汉书·儒林传》：“宏从曼卿受学，因作《毛诗序》，善得风、雅之旨，于今传于世。”此说历来有疑问。近年来，安徽阜阳出土了西汉汝阳夏侯灶的墓葬②，其中有《诗》之简片一百七十余条，且有《诗序》。尽管文字略有出入，但体例与序旨基本相同，可见《诗序》至少产生于西汉前期，不可能是东汉卫宏所作。其次，《大序》《小序》的划分，本是极简单的问题，结果让经学家们搞得神乎其神。我们认为，《关雎》篇前面的一大段文字应为《大序》，每篇前面类似解题的文字应为《小序》。但《大序》又与《关雎》篇的序夹杂在一起，即从“《关雎》，后妃之德也”开始，至“风以动之，教以化之”为《关雎小序》的前一部分，再从“是以《关雎》乐得淑女”至结束，为《关雎小序》的后一部分，两部分结合在一起，即《关雎》篇的《小序》。中间的一大段，即“诗者，志之所以之……正始之道，王化之基”，为《诗大序》。至于《大序》为何套在《小序》之中，便不得而知了。再次，《诗序》存废之争的本质是要以自己的观点来解释《诗经》，以获

① 章诗同：《荀子简注》，上海：上海人民出版社，1974年，第180页。

② 胡平生、韩自强：《阜阳汉简〈诗经〉研究》，上海：上海古籍出版社，1988年，第23页。

得学术上的领导权。但这一斗争在客观上打破了《毛诗》学派独步天下的事实,促进了《诗经》的研究,这倒是争论者所始料不及的。最后,我们认为,《诗大序》以总结《诗经》创作经验为中心,概括并发展了先秦以来儒家对诗歌的认识,就诗歌的基本特征、社会作用、文学与社会的关系等问题提出了自己的观点,尤其是其美学思想对后世影响极大。李泽厚先生称之为"东汉儒家美学的一篇不可忽视的重要文献"①,所言甚是。《竹书孔子论诗》曾以一论、二论、三论的方法解释《诗》义,言"《诗》毋离志,乐毋离情,文毋离言",说明孔子与《诗经》研究是一个很大的课题,《诗》学作为儒学的基础之一,也使得儒学得以蓬勃发展。

**(七)《诗经》的流传与师承**

秦代禁、焚《诗》《书》,先秦典籍惨遭灭顶之灾。"诗三百"以是韵文,人们口耳相传、朝夕相诵,得以保全。然而对《诗》的阐释,却有较大的争议。汉初,讲习《诗》者主要有鲁、齐、韩三家。"言《诗》于鲁则申培公,于齐则辕固生,于燕则韩太傅(韩婴)。"②《鲁诗》《齐诗》以国得名,《韩诗》以人得名,合称"三家诗"。"三家诗"于西汉时便已立于官学,兴盛一时。又以其用汉隶书写,与出现较晚的《毛诗》学派相区别,称为今文《诗经》学派。"三家诗"以《鲁诗》出现最早,以《齐诗》在当时影响最大但消亡最早,以《韩诗》传世文献为最多。"三家诗"讲诗都自称得到孔子真传,但彼此分歧较多,难以达成一致意见。在这时,《毛诗》学派悄然兴起。《毛诗》因其传授人的姓氏得名。秦汉间,鲁人毛亨传《诗》于赵人毛苌,毛苌又广为传授。毛氏说《诗》,一开始便与"三家诗"格格不入,被排斥于官学之外,只能在民间发展。至西汉末经今古文之争开始,《毛诗》理所当然地被卷入进去,因其有别于"三家诗",故归属古文经学派。东汉时,古文经学派抬头,《毛诗》立于官学,与齐、鲁、韩并称为"四家诗"。当时讲习《诗经》者肯定超过这个数字,阜阳汉诗即与"四家诗"均不相同,且未经后人整理,为汉代《诗经》原貌,被誉为天下第一《诗》。《毛诗》与"三家诗"的

---

① 李泽厚、刘纲纪:《中国美学史》第1卷,北京:中国社会科学出版社,1984年,第573页。

② [汉]司马迁:《史记·儒林列传》,北京:中华书局,1975年,第3118页。

斗争，以《毛诗》胜利而告终。《齐诗》亡于三国纷争时，《鲁诗》亡于西晋，《韩诗》亡于北宋。从表面看来，《毛诗》胜在事实多联系《左传》，训诂多同于《尔雅》，《诗序》较为合理，又得大学者郑玄为之作笺。事实上，这里面既有经今古文的生死之争，又有封建专制摧残文化等诸多因素。中国图书史上有所谓的“十厄”之说，而“三家诗”的亡佚与其中的“三厄”有直接关联。可见“三家诗”之亡佚与文学、社会、政治、文化的关系甚多，对如此重大的文化现象，认识绝不能简单化。

**（八）《诗经》重要典籍简介**

两千多年来，研究《诗经》的专著能叫上名的至少有两千多种，传下来的也有一千余部。正是由于无数学人不懈的努力，才构建了“诗经学”这座文学殿堂。限于篇幅，这里只介绍五四以前最为重要的十部著作。

(1)《毛诗正义》，毛亨传，东汉郑玄笺，唐孔颖达疏。这是一部全面总结两汉至初唐《诗经》研究成果，带有里程碑性质的专著。

(2)《诗集传》，南宋朱熹著。这是一部代表宋学《诗经》研究成果，同样是具有里程碑性质的专著。

(3)《孙月峰先生批评诗经》，明代孙扩著。这是一部突破经学之桎梏，开始从文学角度看待《诗经》的专著。

(4)《诗经通论》，清代姚际恒著。此作摆脱汉学、宋学之争，独立阐发自己的思想，与崔述《读风偶识》、方玉润《诗经原始》被誉为“独立思考派”的三部鼎立之书。

(5)《诗经小学》，清代段玉裁著。这是第一部自觉地运用文字音韵学理论对《诗经》文字进行系统研究的专著。

(6)《诗毛氏传疏》，清代陈奂著。这是清代古文经学派集大成之作，为研究《毛诗》的必读之作。

(7)《毛诗传笺通释》，清代马瑞辰著。马氏治《诗》，打破今古文家法之争，亦无汉、宋门户之见，从音韵、训诂入手，独见功力。

(8)《诗三家义集疏》，清代王先谦著。这是清代今文《诗经》研究的集大成之作，全书以体例严谨、周详，利用前人成果丰富，搜辑完备而著称。陈奂、马瑞辰、王先谦的著作被誉为清代三大治《诗》之作。

(9)《诗经韵读》,清代江有诰著。作者对前人之说择善而从,无所偏徇,且对全诗每一个押韵字都作了归部,对每一个难读的字都注了音,成为清代《诗》音韵研究最为完善的著作。

(10)《诗经稗疏》,清代王夫之著。这是一部以辨名物训诂、考订山川、器物、制度为主的研究著作。王氏博学精考,注重实证,对开创乾嘉朴学之风有筚路蓝缕之功。

## 二、《诗经》的内容及思想

### (一)《诗经》反映的社会生活

《诗经》是周代社会生活的一面镜子,全面反映了西周初年至春秋中叶周代社会的政治、经济、思想、文化及社会生活。为更好地阐述这一问题,我们从《诗经》所反映的社会生活及周代社会的思想意识两方面论述,以证实《诗经》内容之博大精深、包罗万象。

(1)《诗经》全面反映了周人的劳动生活,诸如农耕、蚕桑、采摘、纺织、染色、建筑、狩猎、捕鱼、缝纫、搓绳、修缮、畜牧等等。这些反映劳动生活的诗篇,不仅反映了劳动是社会生活的第一需要,劳动人民是物质财富的第一创造者,而且反映了劳动人民对劳动的热爱及贵族统治者对劳动的偏见(如二雅中只有反映狩猎和畜牧的诗篇)。更重要的是,我们通过对反映劳动生活诗篇的研究,可以全面认识周代生产状况、产品的分配、生产力和生产关系之间的矛盾,有助于我们了解周代的经济制度和经济思想。

(2)《诗经》反映了周人的爱情、婚姻及家庭生活,对于我们认识当时的价值观念、审美观念,了解当时的社会风俗、婚礼仪式等,有极高的史料价值。如反映爱情生活的作品,或描写对爱情的大胆追求和坦率表白,或描写了青年男女在一起游戏时的快乐和幽会时的兴奋,或描写真挚的相爱和刻骨的相思,或描写失恋时的痛苦和爱情受阻时的反抗情绪。可以说，这些作品记录了青年男女相亲相爱的全过程，全方位、多层次、多角度地反映了周代劳动人民的爱情观，有着较高的审美价值。家庭是人类社会的细胞，婚姻是延续人类社会的纽带，先民十分重视婚姻问题，《诗经》中也有数量可观的反映婚姻的诗作。这些作品记述了媒人的活动，突出了媒人在婚姻中的重要地位，记述了隆重的迎亲仪式和繁杂的新婚典礼，甚至记录了一曲曲动听的赞美新郎、新娘的颂歌，再现了热烈、喜悦、欢乐的场面，对于我们研究当时的民俗风情及婚姻制度，提供了宝贵的资料。作为农业部族的周人，十分重视家庭的稳定，把能否治理好家庭视为是否具有行政管理能力的标志之一。《大雅·思齐》有“刑于寡妻，至于兄弟，以御于家邦”之语，即为例证。《诗经》中许多诗篇，或描写夫妻间融洽和睦的家庭生活，或描写夫妻分别时难舍难分的情感，或抒发久别重逢的喜悦，或抒发深切的悼亡之痛，或记录信誓旦旦的诺言，或记录弃妇们发自心底悲怆的呼声，生动地再现了几千年前家庭生活的全貌。这些作品，感情缠绵细腻，风格婉约多姿，成为《诗经》中思想性、艺术性最高的作品之一。

(3)《诗经》反映了周人的兵役、徭役及战争生活。兵役、徭役是统治者强加在人民身上的沉重负担，尤其是西周后期“王道衰，礼义废，政教失，国异政，家殊俗”(《诗大序》)，再加上“四夷交侵，中国皆叛，用兵不息”(《小雅·何草不黄》序)，使得兵役、徭役格外沉重。大量诗篇通过服役者的长号及他们对亲人的思念，反映出服役者对受到不公正待遇所做的反抗，从而揭示了兵役、徭役制度的不合理。值得注意的是，这类作品有许多是下层官吏所作，揭示了统治阶级内部劳逸不均、分配不公的矛盾，从而再现了那个危机四伏、矛盾重重、“山雨欲来风满楼”的时代特征。《诗经》中的思妇之作，无论是含情脉脉的期待还是以酒消愁的苦闷，无论是怒气冲冲的埋怨还是激烈铿锵的誓言，都从另一个侧面反映了不合理的兵役、徭役制度给服役者的亲人家属带来的巨大精神痛苦，有力地鞭挞了周代的兵役、徭役制度。这类作品感情丰富，描写细腻，语言诚挚，生动感人，以其特有的艺术魅力和悲剧气氛，吸引了千百万读者。战争伴随财产私有和阶级产生后，就没有一天停止过。这些血与火的战争给人民带来无数灾难。《诗经》非常重视对战争的记叙，但这些诗作没有短兵相接的搏斗，没有血肉横飞的厮杀，有的只是对天子功德的歌颂，对将帅英武的赞美，对王师军容的强大及部队武器装备精良的赞誉。这与周人以修明文德、崇尚礼义为上，征战杀戮为下的思维模式有关。同时，这也是周人推崇谦恭和顺、温柔敦厚的理性精神的反映，是周人追求中和之美的潜意识的流露。毫无疑问，这些诗作奠定了我国战争诗的基本模式与格调，对后世影响甚大。

(4)《诗经》反映了周人的政治生活。所谓政治，在阶级社会里是指阶级与阶级之间的斗争及本阶级内部不同利益集团之间的斗争。《诗经》所反映的政治生活，自然首先就是奴隶对奴隶主贵族的揭露与批判，这些诗作将统治者的凶狠残暴、贪得无厌、荒淫奢靡、道德沦丧等种种丑行暴露于光天化日之下，记录了周代人民反抗斗争的轨迹，反映了人民参与意识的提高与成熟，具有强烈的批判精神，堪称现实主义文学佳作。二雅之中有一批贵族知识分子在厉、幽时期，出于对国家前途、社会安宁及人生价值能否实现等问题的冷静思考，创作出一篇篇充满忧患意识的诗作。这些作品描写了国势衰微、敌人入侵、危机四伏、怨声载道的形势，抒发了身受排斥、不为重用、报国无门、前途渺茫的苦闷，宣泄了被诬罪祸、处境困顿、忧谗畏讥、举步艰难的愤怨，表现了诗人强烈的历史责任感和使命感，塑造了一批形象鲜明生动的贵族知识分子形象。这些诗作，以其深沉的民族忧患意识与浓郁的抒情风格，成为《诗经》中对后世最有影响的诗篇。它们对中国知识分子关心国计民生、拯世济民的性格特征的形成，对他们洁身自爱、崇尚理性、不肯向恶势力低头的道德品质的形成，有着重要的影响。所谓“风雅”中的“雅”，指的正是此类作品。

(5)《诗经》反映了周人的宗教生活。宗教是客观存在的社会历史现象，与社会物质生活及精神文化生活的各个层面有着千丝万缕的联系，《诗经》对周人的宗教生活有全面的反映。周人继承了殷人的宗教观念，并结合农业民族的特点，形成了对“天”“帝”“神”特有的崇拜，对祖先神的崇拜及与农业有关神灵崇拜的宗教观念。周人从隆重的祭祀场景到繁杂的祭典过程,从祭祀天帝、祖先时的虔诚心理到祭祀时尸、祝、主祭人之间的对话,甚至占卜算卦、圆梦解梦,《诗经》均有明确记载。尤其值得注意的是,大雅和周颂中各有一组颂扬祖先的诗作,大雅中的《生民》《公刘》《绵》《皇矣》《大明》被誉为周族的史诗,记载了先民们沿着古老的黄河,在荒漠的土地上不断地开拓耕耘,创造出灿烂的古代文明的过程。诗篇充满了对祖先英雄业绩的自豪感和崇敬心理,显示出中华民族先辈们勤劳、善良、勇敢、顽强的性格特征,有着极高的史料价值。周颂中的《我将》《武》《赉》《般》《酌》《桓》,作为武王建国初期组歌《大武》,歌颂了武王的赫赫武功,对于巩固政权,镇压反对派势力,起到了一定的作用。可见在中国,宗教一开始便与政治和文学结下了不解之缘,宗教政治化是周人宗教的一大特色。祭坛就是文坛,宗教仪式、宗教思想大量保存在抒情诗集中,这是周人宗教的另一大特色。

(6)《诗经》记载了贵族的燕飨生活。以往人们对这些作品不太重视,其实,这些诗作是周人礼乐制度的反映,是我国饮食文化、酒文化的最早记录。更重要的是,周人有意识地在这轻歌曼舞、灯红酒绿的和谐气氛中,培养贵族清高文雅的情操,联络感情,增强血缘意识,以巩固宗法制国家的基础。从某种程度上讲,这些诗作也反映了周人的伦理思想和道德观念,具有一定的认识价值。

总之,《诗经》的内容十分丰富:天文地理、政治经济、祭祀典礼、战争行役、定国建都、燕飨欢聚、君王贵族、将军大夫、君子淑女、农夫商贾、思妇弃妇、宠妃佞臣、狩猎耕耘、采摘放牧、迎亲送葬、怀人悼亡、幽期密约、闺中洞房、草木鱼虫、飞禽走兽、莺啼马嘶、水影山光、火山地震、祈祷祝愿、占卜圆梦,全囊括在诗中,其信息量之大,资料价值之可贵,至今令人惊叹不已。整理《诗经》的内容,是我们始终应该进行的一项重要工作。

**(二)《诗经》反映的社会思想意识**

作为一部抒情诗集,难得的是,《诗经》不仅记录了风云变幻的社会生活,而且反映了那一时代各个阶层的思想意识,成为我们研究中国古代思想发展史的重要依据。

(1)《诗经》反映了早期知识分子的忧患意识。忧患意识是指社会激烈动荡、国家安全受到威胁、人的创造性受到压抑时,统治阶级内部一些头脑清醒的知识分子,出于对国家、社会和人生长远利益的关注和思考,萌生出拯救祖国和社会的责任感和使命感,以及完善自我、实现自我价值的强烈要求。《汉书·冯奉世传赞》说:"谗邪交乱,贞良被害,自古而然。故伯奇放流,孟子宫刑,申生雉径,屈原赴湘。《小弁》之诗作,《离骚》之词兴。"可见,前人已把社会动乱作为具有忧患意识作品产生的前提之一。周人是一个农业部族,忧患意识是其原始思维意识之一,在厉、幽时期尤为强烈,这是知识分子关心国事、抨击时政、忧国忧民的原始驱动之一。对后世知识分子人品、人格、理想、情操的建立和健全,起到了不可估量的影响。

(2)《诗经》反映了那个时代的宗教意识。所谓宗教意识,一般说的是宗教心理、宗教观念、宗教理想等,是人们在宗教活动过程中反映的观念形态。《诗经》以大量反映宗教活动的诗篇,表现出周人"敬天禘祖"的独特宗教观念,不仅使宗教直接服务于王室的宗法统治,还使宗教的道德力量大为增强,成为周人精神生活的重要支柱之一。

(3)《诗经》反映了劳动人民的反抗意识。反抗意识是阶级社会中被统治阶级在意识到自己被压迫、被剥削地位后所萌生出的对现实的不满与对抗意识。这不仅是被统治阶级阶级意识的觉醒,也表明被压迫者对人生价值、自我意识的追求,是人性健全、完善的标志,是独立人格出现的萌芽。这类作品从不同的层次反映了被统治阶级从无到有,从小到大,从单纯对现实不满发展为有鲜明反抗意识所走过的历史轨迹。

(4)《诗经》反映了周人的道德意识。道德是一种社会意识形态,是一定社会调整人们之间以及个人与社会之间关系的行为规范的总和。道德的特点是依靠社会舆论与教育的力量,使人们逐渐形成一定的信念、习惯、传统而发生作用。在任何社会中,道德都是不可缺少的,只有遵循一定的道德规范,才能保证人们共同生活在一起,维持秩序,进行生产,解决争端。《诗经》所处的时代，道德理论尚未成熟，但对道德的追求与重视，道德作为维系社会安全与稳定的重要性，则已见端倪。其中“孝”道德、“德”道德、“礼”道德、服务于宗国的道德及理想、情操、人格道德，均已大量出现。《诗经》中这些零散不成系统的记载，无不闪烁着理性和智慧的光芒，中国知识分子的道德规范，中华民族的整体道德原则，在这里奠定了坚实的基础。

（5）《诗经》反映了先民们的审美观念及文学创作的基本原则。一般来讲，审美观念包含审美感知、审美趣味、审美心理等。《诗经》创作时代先民们对美的认识尚在探索之中，尚不能将审美观念理论化与系统化。但是，这并不排除先民们在文学创作时自觉遵守某种审美观念，并不排除先民们已具有明确的审美追求。我们从美学的角度审视《诗经》的全部作品，发现这些作品中所体现的美与善、情与理、认知与直觉的统一，所表现出的人与自然、人与社会、人与人之间和谐融洽的关系，均显示出先民们的创作是在“温柔敦厚”的美学观念指导下所完成的，这一创作恪守了“中和”的原则，达到了“乐而不淫，哀而不伤”的境界。这种创作原则，经孔子及后世儒学者的总结提炼，成为儒家学者从事文学创作的一个重要准则，其影响是不言而喻的。此外，《诗经》中表现出对人体美的追求，以多种手法创造文学意境之美，注意对称与均衡、生动与完整、整齐与节奏等形式美，注意诗歌音韵和谐所呈现的音乐美、诗篇内容描绘的色彩美等。这些充分显示了先民们丰富的审美活动，是理性和智慧的结晶。

中国古代思想的精华，以诸子百家为代表，但它的先驱之一就是《诗经》这部古老的抒情诗集。《诗经》记录了不同时期社会各阶层不同的思维模式与文化心态，反映了同一阶层在不同历史条件下的思想观念及价值观念的变化过程。孟子说“《诗》亡然后《春秋》作”（见《孟子·离娄下》），侯外庐、赵纪彬等认为“《诗》亡然后诸子出”（见《中国思想通史》第五章第二节），他们从不同侧面对《诗经》全面反映了时代风云及精神面貌给予的肯定，正说明《诗经》内容的博大，说明《诗经》具有极高的史料价值及认识价值。

## 三、《诗经》的艺术成就

《诗经》作为一部抒情诗集能流芳千古，不仅蕴含深刻的思想与丰富的内容，也取得了很高的艺术成就。我们可以从以下十个方面来认识《诗经》的艺术成就。

(1)质朴淳厚的艺术风格。《诗经》中的作品，无论是思妇的凄怨、役者的长号，还是智者的忧叹、弃妇的哭泣，无不是流自心底，发乎真情，淳朴自然，充满了浓郁的乡土气息。这些与当时特有的善良、忠厚的风尚融为一体，形成了独具一格的艺术风格——质朴淳厚。

(2)浓郁的抒情风味。在《诗经》的作品中，无论是抒发对国计民生的忧患意识，还是抒发对恋人的脉脉情思；无论是抒发对现实的愤懑感情，还是抒发对天神祖先的怀念、敬畏之情；无论这些作品的风格是含蓄蕴藉，还是直率坦露；无论这些作品的作者是矜持的贵族，还是普通的平民，都是以"情"作为灵魂。无怪《诗大序》说："情动于中而形于言，言之不足，故嗟叹之；嗟叹之不足，故咏歌之。"诗为情结，是为必然。

(3)情景交融的意境。所谓意境，是文学作品中所描绘的生活图景和所表现的思想感情完满地融为一体所构成的艺术境界。这种境界，可以使读者通过联想和想象，有置身其中的感受，从而产生共鸣，受到感染，加深对作品的理解。如《王风·君子于役》《小雅·无羊》等诗，醇美绚丽，韵味隽永，形象鲜明，感情浓郁；《陈风·月出》《郑风·女曰鸡鸣》等诗，描写细腻，以境表意，情趣盎然，富有生机；《王风·黍离》《桧风·匪风》等诗，含蓄蕴藉，朦胧迷离，言虽有尽，意蕴无穷；《小雅·正月》《小雅·十月之交》等诗，慷慨激昂，愤懑抑郁，情感天地，义泣鬼神。总之，《诗经》中许多诗篇大量使用景物描写与细节描写等手法，创造出情景交融的意境，充分地抒发了感情，极大地增强了作品的艺术感染力。

(4)多种手法塑造人物形象。《诗经》虽是抒情诗集，但诗中不乏生动、活泼、个性鲜明的艺术形象。作者在塑造艺术形象时，主要使用了四种手法。一是用赋笔,直接描绘、塑造艺术形象。如《卫风·硕人》就是一部标准的“美女赋”,“手如柔荑,肤如凝脂”,千古之下,仍充满了活力。二是利用曲折的情节来塑造人物形象。如《卫风·氓》即是一首通过曲折的情节、细腻的心理刻画来塑造人物形象的诗作。三是通过细节描写来塑造人物形象。如《邶风·静女》一诗即是如此,“搔首踟蹰”,活灵活现地描写出男主人公焦灼、不安的心情。四是通过对比、烘托等手法来塑造人物形象。如《邶风·谷风》《卫风·氓》都是通过婚前婚后的对比来安排情节、塑造人物的,《卫风·君子于役》《秦风·蒹葭》都是通过景物描写塑造人物的典型诗篇。总之,《诗经》中不乏鲜明、生动的艺术形象,这些形象,往往只需寥寥几笔,便神态毕现,呼之欲出,具有惊人的艺术魅力。

(5)赋、比、兴的表现手法。赋、比、兴的提法最早见于《周礼·春官》,但未明其含义。汉代郑众始解其义,历代《诗经》研究者无不提出自己的见解。朱熹在《诗集传》中说,“赋者,敷陈其事而直言之也”,“比者,以彼物比此物也”,“兴者,先言他物以引起所咏之词也”,这一解释言简意赅,精当准确,得到南宋以来许多学者的支持。赋、比、兴是《诗经》的表现手法。使用赋,可以造成铺采摛文的气势,创造情景交融的意境,尤其是有声有色的描写,状物、形声、写人、摹景等实为增强诗歌艺术魅力的重要手段。使用比,可以增强诗歌的感情色彩和抒情性,可以使作品描绘的事物更为鲜明、具体,可以形象地表现出事物的本质特征,可以表达作者原本不便表达的思想感情。使用兴,可以使诗篇更为曲折、生动,可以展开丰富的联想,有助于渲染气氛、烘托形象,将抽象的概念和复杂的心理活动,以具体可感的形象表达出来,为创造感人的意境及生动的形象奠定基础。王昌龄的《诗格》将“兴”分为14格,曰感时入兴,引古入兴,叙事入兴等,可见兴的种类之多、作用之大。

(6)回环复沓的篇章结构。所谓复沓,就是指一首诗由若干章组成,章与章的字句基本相同,只是对应地变换少数字词,反复地咏唱。《诗经》中有271篇分章,少则2章,多则16章,回环复沓是其篇章结构的一个重要特点。使用回环复沓的手法,可以充分抒情,造成回旋跌宕的艺术效果；可以有效地调动读者的感情，在反复吟唱中加深对作品的理解和对诗歌意境的体会；可以渲染、强化主题，表现出强烈的感情和迫切的愿望；还可以表现感情发展的脉络和事物发展的进程。总之，回环复沓的篇章结构，不仅有益于诗篇的传播与记忆，而且有益于提高诗篇的思想价值与文学价值。

(7)灵活多变的句式。《诗经》的句式以四言为主，全部诗篇共 7284 句，其中四言诗句 6626 句，占总诗句的 90.97%。余下的是一言、二言、三言、五言、六言、七言、八言、九言句式。这些整齐的四言诗句，具有典雅、庄重、沉稳的美感，与周代贵族注重端庄华贵、结构方正的形式美的心理及严肃认真、井井有条的理性精神相吻合。这些杂言句式，形式活泼自由，无拘无束，读起来疾徐顿挫，节奏感强，具有跳跃的音乐之美，更富于表现力。值得注意的是，风诗中有四言诗句 2236 句，占风诗总诗句的 85.4%；雅诗中有四言诗句 3705 句，占雅诗总诗句的 94.2%；颂诗中有四言诗句 685 句，占颂诗总诗句的 93.3%。上述诗句统计说明了四言诗句是当时雅俗共赏的句式，但更为贵族文人所青睐。《诗经》记录了我国的诗歌形式由四言走向杂言所经历的漫长过程。就影响而言，杂言句式对后世影响更为深远。

(8)丰富多彩的修辞手法。文学是语言的艺术，孔子曾说："言之无文，行而不远。"(见《左传·襄公二十五年》)修辞正是为了言之有文。《诗经》大量使用了各种修辞手法，自然是文采斐然。《左传·僖公二十三年》载，重耳要带人去秦穆公处赴宴，"子犯曰：'吾不如衰之文也，请使衰从。'公子赋《河水》，公赋《六月》。赵衰曰：'重耳拜赐。'"可见"文"是当时人们崇尚的一种语言形式。《诗经》中的比喻、夸张、借代、对偶、排比、摹状、顶针、反诘、警策、复叠、对比、拟人、衬托等，比比皆是，大大提高了诗篇的艺术表现力，不愧为"圣贤发愤之所为作也"。

(9)鲜明、准确、生动、丰富的语言。孔子曾说："不学《诗》，无以言。"孔子已看到这部古老的抒情诗集是学习语言的好教材。一部《诗经》，共用了 2949 个单字，有些单字是一字多义的。按字义算，大约有 3900 多个单音词。清朝陈奂《诗毛氏传疏》曾对建筑、草名、树名、器具、日时、星名、祭名、旌旗、邑名、地名、国名、原野、山丘、鱼名、鸟名、马、牛、狗、羊等的数量做过专门统计,近人胡朴安《诗经学》亦做过专门统计。前人的统计,都证实了《诗经》语言之丰富所言不虚。《诗经》用语之准确,也是有案可查的。以描摹手的动作为例,有采、掇、捋、按、拾、握、抽、折、授、挹、携、拔、招、执、捣、提、摽、揭、掺、秉、搔、指、举、据、袺等50多个,展示了手的不同动作,可谓准确之至。自然,这种语言现象反映了人类早期特有的单音词多、复合词少的现象。麦克斯·缪勒《宗教的起源与发展》称之为"这种丰富真正说来是贫乏的"语言现象,记录了汉字走过的辉煌、艰涩的历程。《诗经》大量使用了双声、叠韵、双声叠韵、重言联绵等词语,使诗作语言更为鲜明、生动,富有节奏感和音乐美。以重言联绵字为例,达647条之多。如描写内心忧愁的有忧心忡忡、忧心惙惙、忧心钦钦、忧心殷殷、忧心悄悄、忧心惨惨、忧心京京、忧心愈愈、忧心烈烈、忧心茕茕等等。这些跳动的语言符号,不仅将诗人内心的忧愁痛苦和盘托出,而且读起来朗朗上口,听起来淙淙入耳,充分发挥了汉字语音的功能。刘勰《文心雕龙·物色》说:"是以诗人感物,联类不穷。流连万象之际,沉吟视听之区。写气图貌,既随物以宛转;属采附声,亦与心而徘徊。故灼灼状桃花之鲜,依依尽杨柳之貌,杲杲为出日之容,瀌瀌拟雨雪之状,喈喈逐黄鸟之声,喓喓学草虫之韵。皎日嘒星,一言穷理;参差沃若,两字穷形。并以少总多,情貌无遗矣。"可谓是对《诗经》语言精警的概括与总结了。

(10)和谐自然的韵律。《诗经》为韵文,这是毫无疑问的,但由于古今时代变迁,地域有异,字音转变,故后代读起来多有不成韵处。自唐以后,对于韵之不谐处概以叶音名之。唐代陆德明《经典释文》、宋代吴棫《韵补》《诗补音》等都对音韵有所研究,但没有突破性进展。明代陈第作《毛诗古音考》提出"古人作诗,自有本音,不能随便改变"的观点,并取《诗经》和先秦其他韵文分别作为本证和旁证,证得古音497字。陈第严谨的治学态度,开创了《诗经》音韵学的新局面。清代顾炎武作《音学五书》,分古音为10部。此后,江永、戴震、段玉裁、王念孙、江有诰多有发展建树,至王力先生时,已将古韵分为29部。《诗经》的用韵有五个特点:一是韵脚有实词和虚词两种,虚词韵脚多为兮、矣、也、止、思、忌、焉、哉、与、只、乎、而、女等。二是用韵形式甚多。三是用韵较密,有4句3韵、5句4韵,甚至12句中11句押韵,可谓用韵相当稠密。四是韵脚位置多种多样,或整齐或参差,或密韵或疏韵,使诗作或典雅庄重,或灵活生动,为诗篇更好地抒情达意作出了贡献。五是和谐自然。《诗经》用韵,源于生活,是人类对自然的成功模仿,符合人们对声音、对节奏的主观感觉,和谐、自然、悦耳,富有音乐之美感。

## 四、《诗经》对后世之影响

《诗经》是我国历史上第一部诗歌总集,它一问世便受到人们的重视。汉以后将它尊为经典,更成为文人学子的必读之书。其作用远远超越了一部抒情诗集具有的功效。因此,必须高度重视《诗经》对后世的影响。

### (一)《诗经》的思想对后世的影响

谈《诗经》思想对后世的影响,首先应介绍《诗经》中的爱国主义思想对后世的影响。《诗经》中的爱国主义思想是很朦胧、很原始的,他们所"爱"的仅仅是自己的"宗国"而已。《鄘风·载驰》中许穆夫人爱的是卫国,《秦风·无衣》中士卒爱的是秦国,这些都毋庸置言。但是,正是这种原始的朦胧意识,在历史长河中,逐步锤炼为我们民族的灵魂——爱国主义精神。爱国主义,犹如巨大的磁石,使各族人民的团结坚如磐石。这种精神,在《史记》《汉书》中,在鲍照、庾信的诗中,在唐代边塞诗中,在陆游、辛弃疾的诗词中,在文天祥的诗歌中,直到鸦片战争以后的作品中,都有突出的表现。爱国主义成为文学作品永恒的主题,成为乐章的主旋律。自然,随着社会的发展、民族意识的增强,爱国主义意识的内涵会愈来愈丰富,形式会愈来愈广泛。溯其源头,应以《诗经》为本。

其次,忧国忧民、重视社会责任、重视人生价值的积极入世思想对后世有重大影响。《诗经》为我们塑造了众多的知识分子形象,他们具有满腔的政治热情、敏锐的洞察力，关心国事，注意时局的发展动向，在高压之中，仍敢于直抒己见，敢于对昏君佞臣大胆批判，表现了早期知识分子不畏强权政治、大义凛然的无畏气概。这些在《王风·黍离》《小雅·正月》《小雅·十月之交》等诗中，得到了充分的表现。诚然，这些贵族文人关心的是奴隶主的宗国，关心的是本阶级的利害，但他们为后人开了一个好头，树立起了一个榜样。那就是学习要与关心国事联系起来，学以致用，不为读书而读书；学习要与人格的修养联系起来。“修身齐家治国平天下”，成为中国文人追求的最高境界。而儒家积极入世的思想，正是汲取了包括《诗经》在内的思想文化的精华所建立起来的完整的思想体系，这一思想体系，整整支配了两千多年封建社会全部历史过程。更重要的是，这种参与意识对于封建士大夫的人格塑造、价值取向以及心理素质的培养，起到不可估量的作用，形成了以进言为荣，以敢于讽谏为上的批判精神，并酿成了适应这种批判精神需要的谏官体制，专门负责向君王提出各种意见。一部诗集促进了官僚体制的改革，这在世界上也是独一无二的。对于封建时代知识分子来说，从屈原“吾将上下而求索”的思考到《古诗十九首》中“人生寄一世，奄忽若飙尘。何不策高足，先据要路津”，从李白的“仰天大笑出门去，我辈岂是蓬蒿人”到陆游的“位卑未敢忘忧国”，都是对《诗经》忧患意识的继承，都表现了知识分子的事业心与责任感。可以毫不夸张地说，我国历代有作为的政治家、社会活动家，都不同程度地受到《诗经》忧患意识的感染和熏陶，都是在《诗经》的影响之下成长起来的。

再次，《诗经》体现出的审美意识及文艺思想对后世影响很大。孔子对这一问题多有论述，仅《论语》就有：“诗可以兴，可以观，可以群，可以怨。迩之事父，远之事君，多识于鸟兽草木之名。”“《关雎》乐而不淫，哀而不伤。”这些论述都十分精辟地总结了《诗经》所体现出来的审美意识及文艺思想。可见，《诗经》中的审美意识与文艺思想，奠定了我国古代美学思想及文学理论的基础，为后世的文学创作提供了借鉴，其巨大的影响绝不可低估。

《诗经》的宗教意识与伦理意识对后世也有很大的影响。农业部族的周人,尽管尊天畏命,敬奉祖先,但始终是以一种理智的行为来对待宗教的。可以说,中华民族未能形成一种狂热的宗教意识,与周人独特的宗教观念及重视亲情的伦理观念有密切的关系。将神权、族权、政权三位合为一体,是周人的首创。天子是世俗的君主,是本族的大族长,是祭祀天帝祖先的主祭。形成天子管辖诸侯,大宗管理小宗,有叛逆行为不得享配祭祀等一整套管理体制。在这种系统完整的管理体制下,人的个性逐渐被扼杀,人的创造欲望被遏制,人的自由意志被破坏,取而代之的是对上司、前辈的敬畏心理和服从习惯,谨小慎微的个性,以及盲目的群体观念和事业有成时的专制欲望。自然,《诗经》显示出的伦理观念在维护统治者利益的同时,也对中华民族忠厚善良、尊长恤幼、爱国敬业等良好的伦理思想的形成起到极大的作用。总之,《诗经》既是时代思想的载体,又是宣传某种思想意识的工具。因此,研究《诗经》思想意识对后世的影响,具有极为重要的意义。

### (二)《诗经》的艺术成就对后世的影响

《诗经》的艺术成就对后世影响之大是不言而喻的。首先,《诗经》的现实主义精神,成为推动古代进步文学创作的巨大动力。《诗经》中的许多作品,都深刻反映了公元前11世纪至公元前6世纪的社会现实,具有鲜明的现实主义精神,获得"中国现实主义文学源头"的美称。后代的文人学子无不受其感染熏陶,从而使现实主义的创作方法成为我国古典文学中最主要的创作手法。战国末期楚国诗人屈原的作品,不仅充满了爱国激情和忧患意识,而且继承了《诗经》的现实主义精神,真实地反映了当时楚国的社会现实,揭露了丑恶的统治阶级,抒发了自己的远大理想和对祖国的热爱。汉乐府更是继承了《诗经》"饥者歌其食,劳者歌其事"的现实主义精神。建安时代,曹氏父子与"建安七子",不仅创作了许多四言诗,而且以其诗作描摹了汉末动乱的现实,抒发了浓郁的忧国忧民的感情,赢得了"汉末实录,真诗史也"的美称。至于唐代诗坛,现实主义的传统更为鲜明。从陈子昂的《修竹篇序》提出"文章道弊五百年矣。……仆尝暇时观齐、梁间诗，采丽竞繁，而兴寄都绝。每以永叹。思古人常恐逶迤颓靡，风雅不作，以耿耿也”开始，到李白“大雅久不作”的叹息和杜甫的“三吏”、“三别”、《自京赴奉先县咏怀五百字》、《北征》，再到白居易的《新乐府》50首和《秦中吟》10首，无不是《诗经》现实主义精神的继承与发扬。自唐以后，从苏轼、李清照、陆游、辛弃疾到关汉卿、王实甫、施耐庵、罗贯中、蒲松龄、吴敬梓、曹雪芹……尽管文学样式多有变化，但现实主义精神却像一条红线一样，贯穿始终。这说明优秀的作家，都能自觉地学习《诗经》的现实主义精神。反过来讲，《诗经》的现实主义精神，极大地推动了我国文学创作的发展，影响极为深远。

其次，《诗经》的表现手法对后世有极大的影响。自《诗经》问世以来，赋、比、兴的表现手法，一直是古代诗人进行文学创作的基本表现手法。《诗经》共有1141章，其中727处使用赋笔，许多诗篇还大量使用了排比、对偶等修辞格，极尽铺张扬厉之能事。这些作品对楚辞的产生、对汉赋的发展，均有极大的影响。班固在《两都赋序》中说：“赋者，古诗之流也。”刘勰的《文心雕龙·诠赋》说：“赋者，受命于诗人，拓宇于《楚辞》也。”可见，赋不仅是诗歌创作最常用的一种手法，而且是赋——这种介于诗歌与散文之间的特殊文体的重要源头。从西汉的大赋到东汉魏晋的抒情短赋，从南北朝的骈赋、唐五代的律赋到两宋的文赋，尽管名称有变，花样时有翻新，内容有别，手法各异，但其表现手法均为赋，均源于《诗经》，这是无可非议的。《诗经》中的比兴手法，更为后人广泛使用。王逸在《楚辞章句·离骚序》中说：“《离骚》之文，依《诗》取兴，引类譬喻，故善鸟香草以配忠贞，虬龙鸾凤以托君子，飘风云霓以为小人。其词温而雅，其义皎而朗。”刘勰的《文心雕龙·比兴》也说：“楚襄信谗，而三闾忠烈，依《诗》制《骚》，讽兼比兴。”可见，从屈原开始，比兴就是作家们常用的手法。自然，比兴手法在后代诗人的使用中，又有新的创造与发展。像汉乐府中的《枯鱼过河泣》、曹植的《野田黄雀行》、杜甫的《佳人》、辛弃疾的《摸鱼儿·更能消几番风雨》、王实甫的《西厢记·长亭送别》等均大量使用了比兴手法。前代诗人不仅在创作中大量使用比兴，而且在诗歌理论上，也将是否使用比兴手法视为作品是否具有社会意义的标志。比兴作为塑造形象的一种手法,愈来愈为人们所接受。

再次,《诗经》其他艺术成就对后世亦有极大的影响。诗歌是一种语言的艺术。《诗经》生动、形象、准确的用语,奠定了我国诗歌创作的语言基础;《诗经》坦直、爽快的语言深受后世作家的喜爱,很多被借用到了自己的诗句中。《诗经》和谐自然的用韵,继承并发扬了上古劳动歌谣的用韵形式和节奏要求,尤其是句句用韵的形式,更为古体诗所继承。而首句入韵、偶句押韵与首句不入韵、偶句押韵的形式,又为新体诗所发扬光大。二拍制的音韵节奏,为众体诗歌所继承,成为中国诗歌的一大民族特色。《诗经》丰富多彩的修辞手法,为后世文学作品所效法,使后世文学更添风采。《诗经》对于意境的创作,更被后世广泛接受,并发展为我国诗歌创作的重要手法,前人常以诗歌是否具有深邃的意境来判断其艺术成就之高低,然而,无论是意境含蓄还是意境俊朗,皆由《诗经》发其端,则是确定无疑的。

《诗经》作为最早的一部诗集,且又被视为经书,双重的身份使《诗经》成为后世同类诗歌题材的先声,如《郑风 · 女曰鸡鸣》号称联句诗之祖,《唐风 · 葛生》为悼亡诗之祖,《秦风 · 黄鸟》为挽歌之祖,《卫风 · 考槃》为隐逸诗之祖,《豳风 · 鸱》为禽言诗之祖,《小雅 · 六月》为征戍诗之祖,《小雅 · 鹤鸣》为招隐诗之祖,《陈风 · 月出》为千古望月怀人诗之祖……更重要的是,古典诗歌中最常见的主题,如弃妇、闺怨、思妇、伤春、悲秋、惜时、相思、怀古、思乡、送别、忧国、咏美等在《诗经》中均有反映。也就是说,《诗经》的文本本身,对后世就有着巨大的影响。王立《中国古代文学十大主题》一书,将中国古代文学最常见的十大主题的原型均归于《诗经》,是有一定道理的。后世同类题材的创作,只不过是它的重复、发展、完善而已。

### (三)《诗经》对雅俗文学的结合产生了巨大影响

《诗经》是雅俗文学结合的产物。“三颂”“二雅”“十五国风”中大部分是贵族创作的“雅”文学,具有明显的典雅风格和沉稳庄重的贵族气质。

这些作品清新流畅，通俗明白，富有生机。《诗经》的问世，确立了民间文学在文学史上的地位，促使文人学习和仿效民间文学，为雅俗文学的有机结合奠定了良好的基础。二雅中的《谷风》《苕之华》《何草不黄》等诗为西周民歌，民歌中常用的回环复沓手法以及清新活泼的用语，在晚期贵族作品中多有反映，从而透露出雅文学向俗文学靠拢的迹象。与此同时，在俗文学中我们亦可清楚地看到周太师加工整理的遗迹，雅俗结合，使得《诗经》大放异彩。从两汉乐府民歌、南北朝乐府民歌、唐五代曲子词、宋元话本小说中，均可以看到文人加工之遗迹，这些雅俗结合的作品，在文学史上占有重要位置。那些目光敏锐的诗人、作家，无不从民间文学中汲取乳汁来丰富自己的创作。从楚辞体的形成到文人五言诗的确立，从新乐府运动的兴起到戏剧小说的成熟，每一种文学样式无不是起源于民间，成熟于无数文人学子的辛勤耕耘，无不与民间文学存在着千丝万缕的联系。在诸种体裁文学样式的成熟过程中，也培养了一大批如屈原、曹操、杜甫、白居易、柳永、关汉卿、施耐庵、蒲松龄等杰出的文学家。在他们身上，我们可以清楚地看到民间文学的作用与影响，同时也可以看到《诗经》的巨大影响。

## 五、《诗经》研究史概况

从孔子研究《诗经》算起，《诗经》研究已进行了两千多年，完全可以写成一部洋洋大观的《诗经》研究史。限于篇幅，这里仅作一个简略的介绍。

**（一）20 世纪之前的《诗经》研究**

1.先秦时期的《诗经》研究

（1）春秋时期为赋《诗》言志时期，此时重在《诗》的应用。

（2）战国时期为著书引《诗》时期，儒家学者已将《诗》作为说理的依据。如《左传》引诗 219 条，《孟子》引诗 33 处，《荀子》引诗 80 处。

（3）孔子、孟子、荀子等儒家学者已开始对《诗》及其有关的问题加以研究。

2.两汉时期的《诗经》研究

(1)"废黜百家,独尊儒术"的文化政策,为《诗经》研究开拓了经学研究的广阔天地。

(2)经学的今古文之争,事实上推动了《诗经》的研究,形成了《诗经》研究的第一个高潮。

(3)郑玄以其博学多才成为两汉《诗经》研究集大成者,《毛诗笺》为其代表作。

3.魏晋南北朝的《诗经》研究

(1)玄学的兴起,使经学研究的脚步放慢,促进了《诗经》文学的研究。

(2)刘勰、钟嵘等人对《诗经》的文学研究作出了极大贡献,许多结论至今仍具有指导意义。

(3)陆玑《毛诗草木鸟兽虫鱼疏》成为《诗经》博物学研究的开端。

4.隋唐五代的《诗经》研究

(1)唐朝的建立,急需思想、政治上的统一,经学研究被重新提到重要位置,《诗经》研究又获机遇。

(2)孔颖达的《〈毛诗〉正义》,成为汉学《诗经》里程碑式的作品,代表了《诗经》研究的最高水平。

(3)陆德明《经典释文〈毛诗〉音义》标志着人们开始关注《诗经》音韵问题。

5.两宋的《诗经》研究

(1)宋学《诗经》研究的过程,标志着以一种新的思维模式思考以往的文学与文化成果。由此引发的存序派与废序派之争,促进了《诗经》研究,形成了《诗经》研究的第二个高潮。

(2)朱熹的《诗集传》代表了宋学《诗经》研究的最高水平,成为《诗经》研究第二个里程碑式的作品。

(3)蔡卞《毛诗名物解》与王应麟《〈诗〉地理考》《〈诗〉考》相继问世,标志着《诗经》研究的多样性,对后世亦有启迪作用。

6.元明的《诗经》研究

(1)明代是《诗经》研究从经学走向文学的关键时期,以孙扩《孙月峰先生批评〈诗经〉》为代表。

(2)陈第《〈毛诗〉古音考》开启了《诗经》音韵学乃至先秦古音研究。

(3)戴君恩《读风臆评》是一部从纯文学欣赏角度评论《诗经》之作,开拓了文学研究的新天地。

7.清代的《诗经》研究

(1)清代是中国封建社会最后一个王朝,也是两千多年《诗经》研究大汇总时代。汉学、宋学,今文、古文,义理、文献、考据,学派林林总总,群星闪耀,新见迭出,著述如山,形成了《诗经》研究的第三个高潮。

(2)陈奂、马瑞辰、王先谦三人成为清代治《诗》三大家,也代表了清代《诗经》研究的最高水平。

(3)姚际恒、崔述、方玉润三人成为清代超脱门户之见、独立思考治《诗》的学者,显示了清代《诗经》研究的多样性。

**(二)20世纪《诗经》研究状况**

1. 1949年以前的《诗经)研究

(1)皮锡瑞的《经学历史》开《诗经》研究史之先河。

(2)胡适、鲁迅、闻一多等学者开始以新的文学观念研究《诗经》。

(3)郭沫若开始以马列主义观点研究《诗经》,并首作《诗经》今译。

2.新中国成立后至1978年这一时期的《诗经》研究

(1)《诗经》研究步入正轨,专业性研究、普及性著作如雨后春笋般涌现出来。

(2)“文革”十年中,《诗经》研究几成空白。

3.新时期《诗经》研究的状况

(1)文化的复兴带来了文学研究的兴盛,《诗经》研究步入前所未有的兴盛时代。

(2)1993年《诗经》学会成立,使《诗经》研究上了一个新台阶。

(3)就研究的内容看,呈现出空前的丰富多彩,文学的、经学的、文化的、语言的，从一首具体作品的分析，到《诗经》产生背景的宏观认识，从某一器物的考证，到研究史的审视，都不断有新论出现。多层次、多角度的分析，加深了我们对这部经典的认识与理解。

（三）海外《诗经》研究状况①

1.海外《诗经》的传播与翻译

最早将《诗经》拓展到朝鲜的是新罗国王。541 年，他派人从梁朝招请《毛诗》博士，不久，《毛诗》成为朝鲜培养官吏的必读教材。

平安时代（9—12 世纪，约在中国的宋元时代）《诗经》传到日本，目前日本存有《毛诗正义》《毛诗草木鸟兽虫鱼疏》等书的残卷。

最早将《诗经》推介到西方的是法国著名耶稣会士金尼阁，他于 1625 年用拉丁语翻译了《诗经》，此译本现下落不明。欧洲现存最早的译本是法国传教士孙璋 1728 年翻译的，并于 1733 年出版，定名为《孔夫子的诗经或民歌》。

目前，欧洲及美国、韩国、日本、越南等国都有《诗经》的译本。

2.海外《诗经》研究

英国汉学家威阿瑟·韦理的《诗经》译著本，打破风、雅、颂的顺序，以内容重新分类编排，并在附录中将《诗经》与欧美文学作了比较，在西方学术界产生了重大影响。

法国汉学家葛兰言的《中国古代的节庆和歌谣》被视为西方学术界研究《诗经》的重要著作。

瑞典汉学家高本汉从中国的方言和古音韵学的角度来研究《诗经》，并作有《〈诗经〉注释》，被誉为西方学界《诗经》研究的权威。

俄罗斯汉学家费德林的《〈诗经〉及其在中国文学史上的地位》是一部功底深厚的研究著作，着重对《诗经》的体裁和艺术风格作了分析和研究。

日本的《诗经》研究始于平安时代，历朝历代多有学术新见，如太宰春台、冈本保孝、青木正儿、冈村繁等，他们研究《诗经》的论文，质量与数量

① 这一部分的文献主要见于王丽娜《诗经在国外》，《诗经国际学术研讨会论文集》，保定：河北大学出版社，1994 年，第 66 页。

均可与我国相当。

此外，新加坡、西班牙、匈牙利、罗马尼亚、美国、捷克、波兰等，都有《诗经》研究的专著及论文。

3.港台地区的《诗经》研究

港台地区与大陆同根同源，对《诗经》的研究亦成果斐然，许多方面甚至超过了大陆，尤其是在文献、考据等方面更为突出。年青一代学者的功力扎实，成绩突出，成为《诗经》研究领域中一支重要的力量。

# 第二章 《庄子》研究

尽管学术界已经公认《庄子》一书是先秦道家学派的集大成之作,但其中的思想、学说以及文章的主体部分,仍然应当视为庄周一人所有。以下试从庄子生平思想和《庄子》文学特色以及历代研究状况三个方面略作论述①。

## 一、庄子的生平、时代与思想

### (一)庄子的生平

有关庄周生平的主要方面,如世系、生卒年、仕履、家族、后代等事多已不能确知。司马迁在《史记》中为庄周写下一篇二百余字的传记,开篇说:"庄子者,蒙人也。名周,周尝为蒙漆园吏,与梁惠王、齐宣王同时。"接下来简要叙述庄子的学术渊源、思想倾向及其表现方式(见下文),结尾又

① 为了叙述方便,本文用"庄周"一词指称实际的庄子本人,而以"庄子"一词指称作为一个学派而存在的《庄子》的作者。

载有“庄子却聘”的逸事，这就是司马迁在《史记》中所记载的庄周生平的全部内容。就是这些简略的材料，也曾经引起后人的许多怀疑和争论。如唐初学者陆德明说《史记》本有庄子“字子休”的记载①；又如作为庄子籍贯的“蒙”到底指何地，古今也多有不同意见②；关于庄子仕为“漆园吏”一事，有人说漆园是地名③，有人认为是漆树园④，无论如何都只是一个微不足道的小吏。司马迁所记庄子推辞的却是楚王的“许以为相”，并载庄子自言“我宁游戏污渎之中自快，无为有国者所羁，终身不仕，以快吾志”，这又显然是隐居不仕者的口吻，据此我们可以推知，“漆园吏”这种小官庄子也不会做得太久。

关于庄周生活的时代，司马迁说他“与梁惠王、齐宣王同时”，《庄子》注释家李颐、陆德明又说他与楚威王、齐愍（当作“湣”）王也同时。这四位诸侯王的时代，魏（后改称梁）惠王最早，即位于周烈王七年（前 369 年）；齐湣王去世最晚，迄于周赧王三十一年（前 284 年）⑤。后人推测庄周的生卒年，归纳起来有不下五种说法⑥，就《庄子》书中所载史实而言，仍各有其略显抵牾不合之处。我们也只有大概地确定庄子的主要活动时期是在上述的八十余年的范围之内。

---

① [唐]陆德明《经典释文》引“太史公云字子休”，今本《史记》无此语，而后世学者如成玄英等多从其说。当出臆测，实不足信。

② [南朝宋]裴骃《〈史记〉集解》据《汉书·地理志》定其地属汉代“梁国”（梁国辖县八，蒙为其一），这是关于庄子籍贯所属地域的最早记载。[唐]司马贞《〈史记〉索隐》引西汉末刘向《别录》作“宋之蒙人”，此后学者，或径说他是“梁国蒙县人”（陆德明《经典释文》），或载为“宋国睢阳蒙县”（成玄英《〈庄子〉注疏·序》），而其实并无不同，即今河南商丘市东北。宋人如王安石、苏轼等人在其即兴所作的诗文中始以“蒙”为安徽蒙城县，近年颇有学者据以论定庄子故里。详见菲铭《庄周故里辨》，《历史研究》1979 年第 10 期；常征《也谈庄周故里》，《江淮论坛》1981 年第 6 期；钱耕森《庄子故里蒙城说考辨》，《庄子与中国文化》，合肥：安徽人民出版社，1990 年。似乎还缺乏确切的证据。

③ [唐]张守节：《〈史记〉正义》引《括地志》云：“漆园故城在曹州冤句县北十五里……按其城古属蒙县。”《史记》卷六十三，上海：上海书店影印本，第 1388 页。

④ 陈植说：“宋国古代本产漆，故庄子为漆园吏。”《〈史记〉新证》，天津：天津人民出版社，1979 年，第 20 页。杨宽《战国史》亦有此说。

⑤ 诸侯在位年代据沈起炜《中国大事年表》，上海：上海辞书出版社，1983 年，第 58~68 页。

⑥ 任继愈《庄子探源》对诸家考订成果有所归纳，文载《哲学研究》1961 年第 2 期，第 56 页。现代以来为庄子作年表者先后有马叙伦《庄子年表》（《〈庄子〉义证》附录）、曹础基《庄子活动年表》（《华南师大学报》1989 年第 3 期，第 24 页）等。

有关庄子生平还有一个重要问题，就是他的身世，现代学者往往认定庄子出身于没落的贵族阶层，却从未认真提供确凿的论证依据。近来有学者主张从庄氏起源上考察其身世，并认为庄周可能是楚国贵族的后裔。此说新颖而有启发意义①，尚待作出更充分的论证。

除《史记·老庄申韩列传》的上述记载以外，我们在《庄子》一书中也能看到很多关于庄周生活状况和思想性格的描写。他的"穷闾阨巷，困窘织履，槁项黄馘"的寒酸相，转经遭到无耻小人曹商的奚落(《庄子·列御寇》)②。他因家贫而向监河侯贷粟时，又碰了这个势利鬼的软钉子(《庄子·外物》)③。《庄子·山木》篇记载有庄子与魏惠王的一段对话：

庄子衣大布而补之，正緳系履而过魏王。魏王曰："何先生之惫邪？"庄子曰："贫也，非惫也。士有道德不能行，惫也；衣弊履穿，贫也，非惫也，此所谓非遭时也。王独不见夫腾猿乎？其得枏、梓、豫、章也，揽蔓其枝，而王长其间，虽羿、逢蒙不能眄睨也。及其得柘、棘、枳、枸之间也，危行侧视，振动悼慄，此筋骨非有加急而不柔也，处势不便，未足以逞其能也。今处昏上乱相之间而欲无惫，奚可得邪？此比干之见剖心徵也夫！"

不管是否承认，庄子都可以说是穷困潦倒，既"贫"且"惫"的了，可是他并不因此感到难为情，仍然保持自己高洁的品行和自由的人格，丝毫不

---

① 南宋学者郑樵说："庄氏，芈姓。楚庄王之后，以谥为氏。楚有大儒曰庄周，六国时常〔尝〕为蒙漆园吏，著书号《庄子》。齐有庄贾。周有庄辛。"(《通志二十略·氏族略》四，北京：中华书局，1995年，第161页)崔大华说："我们隐约地，但不是毫无根据地发觉，庄子可能是楚国贵族的后裔，可能是在楚国吴起变法期间被迫迁移到楚国北陲，最后流落到宋国的楚国公族后裔。"(《庄学研究》，北京：人民出版社，1992年，第29页)崔氏还指出，《庄子》和《史记》都叙述过的楚王以千金礼聘庄子的事情，以及《庄子》书中所载楚国古史、神话传说等与楚国先君先王的关系，其说可供参考。按《庄子·则阳》篇说："旧国旧都，望之畅然！虽使丘陵草木之缗，入之者十九，犹之畅然！况见见闻闻者也？以十仞之台悬众间者也？"尽管这段文字出于外篇，历来的注家又都把它当作对学道者得其本性的比喻，但却非常切合那些长期远离祖宗之国而骞然得归者的心境，即使在这里只用作比喻，它也应当是深有感触之言。

② 《列御寇》篇所载曹商与庄子的对话，已经见引于罗宗强等主编的《中国古代文学史(一)》(上海：华东师范大学出版社，2000年，第78页)，这里不再引录原文。

③ 《外物》篇说："庄周家贫，故往贷粟于监河侯。监河侯曰：'诺。我将得邑金，将贷子三百金，可乎？'"引得庄子"忿然作色"，讲出有名的"涸辙之鲋"的寓言："(庄)周昨来，有中道而呼者。周顾视车辙中，有鲋鱼焉。周问之曰：'鲋鱼来！子何为者邪？'对曰：'我，东海之波臣也。君岂有斗升之水而活我哉？'周曰：'诺。我且南游吴越之王，激西江之水而迎子，可乎？'鲋鱼忿然作色曰：'吾失我常与，我无所处。吾得斗升之水然活耳，君乃言此，曾不如早索我于枯鱼之肆！'"

向那些昏聩的国君和骄傲的贵人卑躬屈膝、摇尾乞怜。对于名利、地位，他一概视为粪壤而不屑一顾，《秋水》篇中就有一段叙述“庄子却聘”的故事：

庄子钓于濮水，楚王使大夫二人往先焉，曰：“愿以境内累矣！”庄子持竿不顾，曰：“吾闻楚有神龟，死已三千岁矣。王巾笥而藏之庙堂之上。此龟者，宁其死为留骨而贵乎？宁其生而曳尾于涂中乎？”二大夫曰：“宁生而曳尾于涂中。”庄子曰：“往矣！吾将曳尾于涂中。”①

庄子“处穷闾阨巷，困窘织履，槁项黄馘”，“衣弊履穿”，这样的贫困，实在寒酸到了极点，可是他又决不肯跟昏庸的国君和乱国的臣子们同流合污，其中的原因就得从时代的真相和庄子的思想两方面加以解释了。

### （二）庄子的时代

庄子生活的时代，距离孔子已经过去一百多年，这一百余年正是中国历史从春秋进入战国时代的关键时期。这期间无论社会生产方式还是政治形势都已发生了极大的变化，并且这种变化仍在继续。在这样的时代里，政治的黑暗、国君的昏庸、士人的无耻，以及人民的痛苦，都是可想而知的。《庄子》书中对于这些方面有许多出色的描写，前引《山木》篇庄子说他自己“处昏上乱相之间”，的确是对他那个时代很清醒的认识。在《徐无鬼》篇，他又指出当时的诸侯都是些“杀人之士民，兼人之土地，以养吾私”者。《则阳》篇中说“楚王之为人也，形尊而严；其于罪也，无赦如虎”。卫国的国君灵公也是“饮酒湛乐，不听国家之政；田猎毕弋，不应诸侯之际”。魏惠王与齐王有过盟约，后来齐王背叛盟约，魏惠王就打算派人去刺杀他，游说之士公孙衍居然提出“请受甲二十万，为君攻之，虏其人民，系其牛马，使其君内热发于背，然后拔其国”的建议，可见，当时的诸侯和

① 《庄子·列御寇》篇亦提及庄子却聘事，说：“或聘于庄子，庄子应其使曰：‘子见夫牺牛乎？衣以文绣，食以刍叔（菽）。及其牵而入于太庙，虽欲为孤犊，其可得乎！’”司马迁根据记载，在《史记》庄子本传写下了“庄子却聘”故事：“楚威王闻庄周贤，使使厚币迎之，许以为相。庄周笑谓楚使者曰：‘千金，重利；卿相，尊位也。子独不见郊之牺牛乎？养食之数岁，衣以文绣，以入太庙，当是之时，虽欲为孤豚，岂可得乎？子亟去，无污我。我宁游戏污渎之中自快，无为有国者所羁，终身不仕，以快吾志焉。’”

他们的策士是如何对待人民大众的。诸侯国之间的攻伐既是这样的随便与频繁,诸侯国内部的政治又是那样的黑暗与恐怖,人民的生命简直就像游丝一样悬于不可知的上苍手中了。《列御寇》篇载有寓言说:

人有见宋王者,锡车十乘。以其十乘骄稚庄子,庄子曰:"河上有家贫恃苇萧而食者,其子没于渊,得千金之珠。其父谓其子曰:'取石来锻之!夫千金之珠,必在九重之渊而骊龙颔下。子能得珠者,必遭其睡也。使骊龙而寤,子尚奚微之有哉!'今宋国之深,非直九重之渊也;宋王之猛,非直骊龙也,子能得车者,必遭其睡也;宋王而寤,子为齑粉夫。"

庄子生活的时代,宋国正由剔成和偃相继做国君。当剔成在位四十一年之时,"剔成弟偃攻袭剔成,剔成败,奔齐。偃自立为宋君,君偃十一年,自立为王。东败齐,取五城;南败楚,取地三百里;西败魏军,乃与齐、魏为敌国。盛血以韦囊,悬而射之,命曰射天;淫于酒、妇人,群臣谏者辄射之,于是诸侯皆曰'桀宋'"(《史记·宋世家》)。这样看来,庄子对宋国黑暗统治的揭露是异常逼真而辛辣的。庄子常说"今世殊死者相枕也,桁杨者相推也,刑戮者相望也"(《在宥》)、"福轻乎羽,莫之知载;祸重乎地,莫之知避"、"方今之世,仅免刑焉"(《人间世》)一类的话,这样的情形又怎么可能不对他的思想和心灵产生深刻的影响呢?

### (三)庄子的思想

庄子固然是一位哲学家,他的哲学思想增加了他的文学思想深度,而我们这里把他看作是一位有突出成就的文学家。文学家的庄子的思想,与他的哲学主张是既有联系又有区别的。为了便于理解庄子的思想,我们先叙述一下他在哲学上的一些主要观点。

与道家的创始人老子一样,庄子也是把"道"作为自己哲学的最高范畴的。但是比起老子来,庄子的"道"有了更多的神秘色彩和不可知的意味。《庄子》书中对此有很多论述,"内篇"《大宗师》中有一段话颇具代表性。

夫道,有情有信,无为无形;可传而不可受,可得而不可见,自本自根,未有天地,自古以固存;神鬼神帝,生天生地,在太极之先而不为高,在六极之下而不为深，先天地而生而不为久，长于上古而不为老。

这里突出地说明了“道”的神秘莫测、不可名状。著名的《齐物论》中有一段议论说：“有始也者，有未始有始也者，有未始有夫未始有始也者；有有也者，有无也者，有未始有无也者，有未始有夫未始有无也者。俄而有无矣，而未知有无之果孰有孰无也。”不但世界是否真正有它的开始是不可知的，而且世界本来是“有”还是“无”，同样是不可知的。一般来说，这里固然表现出很彻底的哲学上的唯心主义的不可知论，而其思想实质则是要说明社会、人生以至于万事万物都不是确切存在的，人的感知世界的本质是空幻和虚无的。“外篇”《知北游》中借助寓言对“道”作了更为形象的描绘：

东郭子问于庄子曰：“所谓道，恶乎在？”庄子曰：“无所不在。”东郭子曰：“期而后可。”庄子曰：“在蝼蚁。”曰：“何其下邪？”曰：“在稊稗。”曰：“何其愈下邪？”曰：“在瓦甓。”曰：“何其愈甚邪？”曰：“在屎溺。”东郭子不应。

庄子在这一段有趣的对话中，又指出了“道”所具有的真实可感、无处不在的物质性特征。但是，在庄子的思想中，“道”始终被当作理念的最高存在形态，它一旦产生万物并体现其中，就已经落入次一等状态；人们若执着于万物的分际，辨别其是非，就简直是对大道的破坏。还是在《齐物论》中，庄子说：“古之人，其知有所至矣。恶乎至？有以为未始有物者，至矣，尽矣，不可以加矣！其次以为有物矣，而未始有封也。其次以为有封焉，而未始有是非也。是非之彰也，道之所以亏也。”这一段从表面上看是在谈认识论的问题，实际上也是在探讨物质世界是否真切存在的问题。

从上述的哲学主张出发，庄子最终建立起一套精致的“齐同万物”“物我合一”的相对主义的哲学方法论。首先，他认为认识的对象——万事万物，没有本质的区别，没有独立的性质，《德充符》篇所说“自其异者视之，肝胆楚越也；自其同者视之，万物皆一也”就是这个意思；《秋水》篇所说“以道观之，物无贵贱；以物观之，自贵而相贱；以俗观之，贵贱不在己。以差观之，因其所大而大之，则万物莫不大；因其所小而小之，则万物莫不小”等一段议论，就正是对这种相对主义理论的具体阐述。其次，庄子认为人的主观认识能力同样是相对的，认识的结果不可能有客观的评判标准，《齐物论》中有一段说：“民湿寝则腰疾偏死，鳅然乎哉？木处则惴栗恂惧，猿猴然乎哉？三者孰知正处？民食刍豢，麋鹿食荐，蝍蛆甘带，鸱鸦嗜鼠，四者孰知正味？猿猵狙以为雌，麋与鹿交，鳅与鱼游。毛嫱丽姬，人之所美也；鱼见之深入，鸟见之高飞，麋鹿见之决骤。四者孰知天下之正色哉？”完满地表达了庄子对认识标准问题的否定。最后应该指出的是，庄子的相对主义观点主要是针对当时诸子学派纷纭繁乱的好辩风气而发的，所以他尽管反对儒墨各家的主张，而《庄子》书中并没有多少直接、正面批驳其学说的内容。

建立在以上哲学观念基础之上的人生观理论，可以把它总结为“追求绝对自由”，但是事实上的绝对自由并不存在，庄子于是转而探讨各种各样的冲破人生困境的精神自由、思想自由和心灵自由，他果然在这一方面取得了辉煌的成就。在《庄子》一书的开篇，从“鲲鹏互化”直到“列子御风”，种种飞翔的举动都局限于一定的“场”中，他（它）们都各有所待，所以各有其不自由。只有“至人”“神人”“圣人”因为达到了“无己”“无功”“无名”的境界，因而能够“乘天地之正而御六气之辩以游无穷”，他们才是真正的自由者。

庄子提出“至人”“神人”“圣人”的名号，与世俗所指的意义有天壤之别，《庄子》书中曾经一再表述、描写这些称谓的实际内涵。首篇《逍遥游》中勾画“藐姑射之山”“神人”的风采，已经足以使人倾动不已。《齐物论》中又以“至人”的名号称述他们：“至人神矣！大泽焚而不能热，河汉冱而不能寒，疾雷破山风振海而不能惊。若然者，乘云气，骑日月，而游乎四海之外。死生无变乎己，而况利害之端乎！”至于《大宗师》篇，又提出“真人”的概念，在上述的品性之外，还赋予他们“其寝不梦，其觉无忧”“不知说（悦）生，不知恶死”等新的特征。庄子的这种最高人生境界不独在“内篇”中有充分的表现，就是在《达生》等外篇中也有描写，甚至进一步指出了较具体的修为之方。总而言之，庄子所标榜的人生境界的根本就在于

“无己”“无功”“无名”三条纲目。

庄子所关注的人的精神自由和境界提升问题，本来并不含有后世道教徒所鼓吹的那些“长生久视”“羽化登仙”的企图，恰恰相反，庄子思想中的人生境界理论充满了非常鲜明的现实意义。前文论述过庄子所生活的时代，指出过那些情形必然会对他的思想和心灵产生深刻的影响。显然，庄子的“至”“圣”“神”概念中始终包含对“生死”问题的独特理解，但是这种理解并不具有形而上学的意义。只要深入庄子的心灵之中，我们就会发现他对“生死”问题的思考完全是与现实的人生状况紧密联系的。只有从这一思路出发，我们才可以领略到庄子哲学对于生命价值的珍视，深深地同情庄子对生命的热爱。庄子提出的“堕肢体、黜聪明，离形去知，同于大通”的“坐忘”之境（《大宗师》），是针对人生困境而提出的精神超越之路。其更为具体的方法就是“一志”“虚心”的“心斋”之术（《人间世》）①，这种修为方式使人表现出“形如槁木”“心如死灰”的精神状态（《齐物论》）。庄子的目的不但让人与现实生活拉开距离，逃避世间的种种是非、荣辱、责任、义务，而且还要破除横亘于胸中的自我之念（“丧我”），直至否定生命本身。初看起来，这与“全生”“保身”（《养生主》）的主张已经背道而驰，实际上正反映了他对超逸绝尘、绝无所待的“逍遥”境界的最终追求。

庄子人生观理论的形成，除时代影响、哲学主张等因素的作用以外，与他的学术渊源和政治思想也有一定的联系。即使仅对《庄子》“道”论加以考察，也可以看出其学术渊源的多样和复杂②。作为先秦道家思想的集大成者，庄子既继承和发展了老子以来道家学派的基本主张，也对其他派

---

① 据《庄子·知北游》中记载，孔子向老聃请教“至道”，老聃告诉他说“汝斋戒，疏瀹而（“尔”，下二句同）心，澡雪而精神，掊击而智”，意与此同。

② 限于体例和篇幅，这里仅以老子、孔子为例说明庄子的学术渊源，诸如杨朱、田骈、宋钘及惠施等人与庄子学说的关系就不作论述了。

别的理论有所借鉴、汲取。司马迁曾把庄子看作老子的嫡传和儒家的敌人①,似乎只注意到了问题的一个方面,实际上,对于这两位时代最早、地位最重要的学者,庄子是各有所取和扬弃的。老子提出"道"的概念,用以探究宇宙万物起源、演变的规律②;孔子擎起"仁"的旗帜,把恢复西周的礼乐制度视为自己毕生奋斗的目标。他们一个推尊天地、崇尚自然,洞察人事上的"无为而无不为"之理;一个诵数先王、广行教化,以为"礼乐""仁义"足以平治天下。尽管两家学说的出发点截然不同,政治观点又鲜明对立,但同样得到了庄周及其后学的相当程度的尊重;同时,《庄子》书中并不缺乏对他们直率的批评和善意的嘲讽③。庄子虽尽数采纳了老子的天道无为观念并加以发展,却抛弃了其中的政治意图,甚至否认其学说与老子为一派④;对于孔门平治天下的理想,庄子不以为然,除了以激烈的言辞痛加驳斥,还常常编造寓言予以嘲讽,但对孔子及其弟子的人格之美往往表示真心的钦佩,甚至有一种低回婉转、情不自禁之态。从中我们看到的并不是两大学术系统的水火不容,而是在区别和对立之外,显现了畛域模糊和视界融合的新趋向。

---

① [汉]司马迁在庄子本传中说:"其学无所不窥,然其要本归于老子之言。故其著书十余万言,大抵率寓言也。作《渔父》《盗跖》《胠箧》,以诋訾孔子之徒,以明老子之术。畏累虚、亢桑子之徒,皆空语无事实。然善属书离辞,指事类情,用剽剥儒、墨,虽当世宿学不能自解免也,其言洸洋自恣以适己,故王公大人不能器之。"

② 如上所述,庄子继承了老子提出的"道"的概念,对于它作为宇宙本质、万物根源的性质有更多的关注,在认识论和政治思想上也多得老子启发。

③ 庄子对老子大抵以尊重为主,但认为他未能使人忘情,还算不得"至人"(《养生主》)。《庄子》书中直接提到孔子的有四十多个章节,主要有三类情况:一、孔子以道家先师面目出现(如《达生》《山木》等颇多);二、孔子诚心接受老聃等道家人物的教导(如《天运》《田子方》);三、孔子因坚持儒家主张而遭到训斥。前两类较多,后一种以《盗跖》《渔父》等篇为最突出,此外不多见。另外,《庄子》书中有关孔门弟子的描写也很多,尤其对颜回表示出异乎寻常的尊奉。

④ 《庄子》本书已将其学说区别于老子,《天下》篇讨论当时六派学者的主张,以老聃与关尹为一派,视庄子学说为独立的一派,并评论他"以谬悠之说,荒唐之言,无端崖之辞,时恣纵而不傥,不以觭见之也;以天下为沈浊,不可与庄语,以卮言为曼衍,以重言为真,以寓言为广;独与天地精神往来而不敖倪于万物,不谴是非以与世俗处"。这里的主张已与老子学说颇有差异,思想风格尤其不同。但两者学说的差异问题,自司马迁作出"其要本归于老子之言"以后就少有论述者,现代的哲学史著作亦往往只注重其相同或继承的一面。台湾学者如牟宗三、徐复观等较为重视两者的差异,陈鼓应更专门著文探讨,详见《庄子论"道"——兼论庄、老"道"论之异同》(原载《中国哲学史研究》1985 年第 4 期,已收入《老庄新论》,上海:上海古籍出版社,1992 年)。

## 二、《庄子》的版本、内容与文学特色

庄子感受着时代的巨大震动，以其哲学家的思维和文学家的心灵与手段，对现实人生提出深入的思考并加以独特的表现，因而铸就了《庄子》这样一部人间的绚丽诗篇①。关于此书的撰著情形，后人已经不得而知。据庄子看来，“世之所贵道者，书也。书不过语，语有贵也。语之所贵者，意也；意有所随，意之所随者，不可以言传也，而世因贵言传书。世虽贵之我犹不足贵也，为其贵非其贵也”（《天道》），似乎他是不主张著书的。但是，既然要立说，又怎么可以不著书呢？他的意思无非教人不要过于执着语言文字。所谓“荃（或作‘筌’）者所以在鱼，得鱼而忘荃（或作‘筌’）；蹄者所以在兔，得兔而忘蹄；言者所以在意，得意而忘言”（《外物》），说的就是这个道理，所以庄子感叹说：“吾安得夫忘言之人而与之言哉！”《田子方》篇载孔子欲见温伯雪子，既“见之而不言”，子路提出疑问，孔子以“目击而道存”回答他；《知北游》啮缺问道于被衣，被衣话未说完而啮缺已经入睡，“被衣大悦”，反而称赞他真可以传道。庄子本人既是这样地反对执着于文字，我们叙述他的著作也当作如是观。

### （一）《庄子》的编辑整理与主要版本

1.《庄子》的编辑整理

司马迁说庄子“著书十余万言”，这是关于庄子著作的最早记载。司马贞《〈史记〉索隐》提到西汉末年著名文献学家刘向在其目录学名著《别录》中对《庄子》的论述，东汉学者班固《汉书·艺文志》著录的《庄子》52篇，应当就是出于刘向的校订整理②。魏晋以后玄学大兴，注释、研究和谈

---

① 闻一多曾经以诗一般的笔触赞颂过《庄子》将哲学与文学合二为一的成就：“有大智慧的人们都会认识道的存在，信仰道的实有，却不像庄子那样热忱的爱慕它。在这里，庄子是从哲学又跨进了一步，到了文学的封域。他那婴儿哭着要捉月亮似的天真，那神秘的怅惘，圣睿的憧憬，无边的企慕，无涯岸的艳羡，便使他成为最真实的诗人。”（《古典新义·庄子》，《闻一多全集》第二卷，北京：生活·读书·新知三联书店，1982年，第281页。）

② 有些学者提出淮南王刘安及其门客是最早编辑、整理庄子著作者，并认为《汉书·艺文志》中著录的52篇本就出自他们之手，详见张恒寿《庄子新探》，武汉：湖北人民出版社，1983年。

论《庄子》成为一时的风气。这时的学者开始对旧有的《庄子》文本加以选编或删减,在 52 篇传本之外,出现过 27 篇、28 篇、30 篇等传本,它们往往再被区分为“内篇”“外篇”两部分,晋人司马彪所注本又分有“杂篇”。稍后的玄学家郭象承袭这一区分,从中选出 33 篇加以注解,成为今天所见的定本。总计郭注本内(7 篇)、外(15 篇)、杂(11 篇)三部分的字数已不足八万,比司马迁所说的“十余万言”本已减去不少。宋人苏轼首次怀疑郭象注本中保留有他人掺入之作,并指明属于“杂篇”的《盗跖》《渔父》《让王》《说剑》四篇不是庄子著作(苏轼《庄子祠堂记》),引起后世学者关于《庄子》全书篇目真伪的纷争。现代以来,人们多相信“内篇”为庄子自著,其余部分则仍无确定的结论。近来有不少学者主张把《庄子》一书视为庄学学派的著述总集,而不必一定区分出哪些篇章出自庄子手笔,无论是从战国学术风气还是就《庄子》一书实际来看,这一观点都是很有说服力的。

2.《庄子》的主要版本

经过上述魏晋时期学者的整理,《庄子》白文单行本已经很少传世,明代正统《道藏》中所收仍是后人据郭象注本单刻其正文而成。唐、宋以后流传最广的是郭象注本和包括了成玄英疏、陆德明释文在内的本子,前者现存有宋、元旧刻多种①,后者则经清末郭庆藩裒辑,称为《〈庄子〉集释》,由长沙思贤讲舍刊刻,有中华书局 1961 年校点排印本。

今人注释《庄子》的很多,其中比较通行的是陈鼓应的《〈庄子〉今注今译》,1975 年由中国台湾“商务印书馆”出版,1983 年修订本由中华书局出版。

---

① 现存最早的莫过于敦煌遗书中的唐人写本,仅存《田子方》篇的片段,由近人罗振玉于 1924 年收入《敦煌石室遗书三种》中影印出版。比较易见的有明代的胡氏世德堂刊本,商务印书馆辑印《四部丛刊》曾加影印,此外如黎氏辑印《古逸丛书》和涵芬楼《续古逸丛书》中皆有影印的宋刻本。

### （二）《庄子》的文学类型与艺术成就

1.《庄子》的文学类型

《庄子》一书是先秦诸子散文的代表作品，前人对它的艺术成就早有定评。《庄子》的最后一篇——《天下》篇中就已经用“谬悠之说，荒唐之言，无端崖之辞”概括全书的艺术风格。司马迁也称道过庄子的“善属书离辞，指事类情”以及“其言洸洋自恣以适己”的文章特点。清代著名文论家刘熙载曾经概括地指出过《庄子》文章的神妙：“文之神妙，莫过于能飞。庄子之言鹏曰‘怒而飞’，今观其文，无端而来，无端而去，殆得‘飞’之机者。”又更加细致地分析了“庄子文法”：“庄子文法断续之妙，如《逍遥游》，忽说鹏，忽说蜩与学鸠、斥鷃，是为断；下乃接之曰‘此大小之辨也’，则上文之断处皆续矣；而下文宋荣子、许由、接舆、惠子诸断处，亦无不续矣。”①总之，《庄子》一书在散文艺术方面的成就，确如鲁迅所评论的“汪洋辟阖，仪态万方，晚周诸子之作，莫能先也”②。

尽管庄子是一位优秀的散文作家和语言艺术大师，而从文学的角度考察《庄子》一书，我们还是应当确认它属于寓言文学的范畴③，《庄子》一书对于思想学说的表达主要是通过数量众多的寓言实现的。上文已经指出，在庄子及其后学看来，这些寓言固然像捕鱼捉兔的“筌”“蹄”一样，得到了鱼、兔，“筌”“蹄”就成为多余。既然领会了高深的思想，语言就应该忘掉或抛弃。但是《庄子》的寓言不仅思想内容极为丰富，而且艺术成就十分突出，两者相得益彰，有机地结合在一起，既组成庄子著作的主体部分，也形成其文学特色的主要方面。

概括地说，《庄子》寓言故事的内容主要分为三大类：第一类寓言是对

① 此处所引刘熙载语均见其《艺概 · 文概》，《刘熙载集》，上海：华东师范大学出版社，1993 年，第 56 页。

② 语出《汉文学史纲要》，北京：人民文学出版社，1973 年，第 17 页。

③ 早在西汉时期，司马迁就指出过：“其著书十余万言，大抵率寓言也。”“畏累虚、亢桑子之徒，皆空语无事实。”（《史记 · 老子韩非列传》）稍后著名学者刘向也说庄子“作人姓名，使相与语，是寄于其人，故有《寓言》篇”（《史记》，上海：上海书店，1988 年影印本，第 1388 页）。后世学者亦多从寓言角度论析《庄子》的文学特色，如刘熙载就同样说过“庄子寓真于诞，寓实于玄，于此见寓言之妙”的话。当然，古人所说的“寓言”，并非就是现代的寓言文学的概念，但两者之间自有紧密联系。

抽象的哲学观念的形象阐说，第二类寓言是对具体的生活、学习及技艺等类哲理的寄寓性表达，第三类寓言则集中于对人的现实处境与社会状况的逼真描写。

有关第一类寓言在《庄子》书中占了较大的比重，人们比较熟悉的“鲲鹏互化”，意在演述宇宙人生的无限；“庖丁解牛”则是宣讲顺应天理、养生穷年思想的寓言（《养生主》）；上文引述的庄子与东郭子的对话是形象阐述哲学概念——“道”的有名故事；再有孔子与颜回讨论“心斋”（《人间世》）、“坐忘”（《大宗师》）的两段寓言和“倏、忽为浑沌七窍”（《应帝王》）的故事也都具有同样的性质，是这一类寓言中的精品。

第二类寓言不但数量算得上最多，而且也大多为人所熟知。像《逍遥游》篇中“不龟手之药”是讲用小与用大的不同，“大树之樗”是讲无用之用，都是人们耳熟能详的故事。再有“望洋兴叹”“邯郸学步”（均见《秋水》）、“佝偻承蜩”“梓庆削木”（均见《达生》）以及“运斤成风”（《徐无鬼》）、“材与不材”（《山木》）等寓言，说明处世和学习的道理，形象生动，寓意深刻，历来为读者所称道。此外，《庄子》书中关于体道之人——“至人”“神人”“圣人”的生存状态和完美人格的多方面的形象描绘，其实也是庄子哲学思想的具象化表现，也应归入此类。

第三类寓言在《庄子》书中虽然数量不是很多，却具有极强的现实针对性，形成了庄子文学的批判精神。在庄子看来，现实的人间社会总是乌烟瘴气、污浊不堪，而其之所以如此，往往是因为统治阶级的昏庸腐败、利欲熏心。同时，庄子还指出虚伪狡诈、唯利是图的社会关系对人类心灵造成的危害。这类寓言尤其以“蜗角之战”（《则阳》）、“儒以《诗》《礼》发冢”“神龟见梦”（均见《外物》）、“曹商使秦”（《列御寇》），“朝三暮四”（《齐物论》）、“惠子相梁”（《秋水》）以及“庄周游于雕陵之樊”（《山木》）等最为有名。下面列举《外物》篇所载“儒以《诗》《礼》发冢”以见一斑：

儒以《诗》《礼》发冢，大儒胪传曰：“东方作矣，事之何若？”小儒曰：“未解裙襦，口中有珠。”

“《诗》固有之，曰：‘青青之麦，生于陵陂。生不布施，死何含珠为？’

接其鬓，压其颇，而以金椎控其颐，徐别其颊，无伤口中珠。”

儒者本以相礼为业，所以他们熟知死人的陪葬情形，这已经是对整个儒家学派的嘲弄。大儒、小儒掘墓过程中又引《诗》批评死人，做事时章法井然，循《礼》而动，所用的盗墓工具也是礼器，短短一则寓言居然包含如此丰富的意味，其讽刺之辛辣，在战国诸子著作中是极为罕见的。

社会既然如此污浊，生活于其中的士人往往感受到极大的痛苦，他们为了能够保全自己而费尽周折，稍得脱网即万分庆幸，这也是庄子寓言中最能唤起后世读书人隐逸之思的一部分。《人间世》篇有“栎社之树”一段很值得玩味：

匠石之齐，至于曲辕，见栎社树。其大蔽数千牛，絜之百围，其高临山十仞而后有枝，其可以为舟者旁十数。观者如市，匠伯不顾，遂行不辍。弟子厌观之，走及匠石，曰：“自吾执斧斤以随夫子，未尝见材如此其美也。先生不肯视，行不辍，何邪？”曰：“已矣，勿言之矣！散木也。以为舟则沉，以为棺椁则速腐，以为器则速毁，以为门户则液樠，以为柱则蠹，是不材之木也，无所可用，故能若是之寿。”匠石归，栎社见梦曰：“女将恶乎比予哉？若将比予于文木邪？夫柤、梨、橘、柚、果、蓏之属，实熟则剥，剥则辱。大枝折，小枝泄。此以其能苦其生者也。故不终其天年而中道夭，自掊击于世俗者也。物莫不若是。且予求无所可用久矣！几死，乃今得之，为予大用。使予也而有用，且得有此大也邪？且也若与予也皆物也，奈何哉其相物也？而几死之散人，又恶知散木！”匠石觉而诊其梦。弟子曰：“趣取无用，则为社何邪？”曰：“密！若无言！彼亦直寄焉，以为不知己者诟厉也。不为社者，且几有翦乎！且也彼其所保与众异，而以义誉之，不亦远乎！”

这一篇寓言可以说是古代士人命运的真实写照。匠石既以“不材之木也，无所可用”来解释栎社之树的未曾夭折，栎社树自己也说：“夫柤、梨、橘、柚、果、蓏之属，实熟则剥，剥则辱。大枝折，小枝泄。此以其能苦其生者也。故不终其天年而中道夭，自掊击于世俗者也。物莫不若是。且予求无所可用久矣！几死，乃今得之，为予大用。使予也而有用，且得有此大也邪？”两者所言归结为一点，就是士人为了保持独立的人格，不愿意沦为统治者的帮凶和工具,因而想方设法,不得已才走上逃逸世纲尘网的隐遁之路,《庄子》书中表达这一思想的寓言还有很多,这里不再一一列举。

2.《庄子》的艺术成就

《庄子》寓言不但具有深刻的思想性,而且具有高度的艺术性。《庄子》寓言作品的艺术成就主要表现在形象塑造、情节结构及语言运用等三个方面。以下就这三点略作分析。

第一,人物形象的塑造。《庄子》书中众多的人物,无论是历史上实有的(以老聃、孔子、颜回等为代表),还是庄子虚构出来的(尤其以《德充符》篇中最多,如兀者王骀、申徒嘉、叔山无趾等),都具有极强的象征性,都是某一哲学观念的体现者。在庄子笔下,孔子可以心悦诚服地接受道家人物的训诲,颜回更是直接成为庄子学说的代言人。肢体残缺的王骀、申徒嘉、叔山无趾、哀骀它等个个都是内心充实、德行高尚的"体道之士":他们实际上都是庄子哲学精神的象征物,是庄子为了表现其哲学思想而有意改造和虚构的。庄子塑造人物形象时,非常重视对他们精神境界的渲染烘托,表现出浓厚的重神轻形的倾向,避免了概念化、机械化。这种创作态度对后世绘画艺术也产生了深远的影响。

第二,故事情节的结构。庄子是一位有"宇宙意识"的哲学家,很早就认识到时间和空间的无限性,因而主张事物之间的变化也具有无限性。庄子以这种思想方法为基础,充分发挥想象力,往往从事物某一极端状态着笔,向着其对立面和否定面运行,构成各种奇异的情节,达到了所谓"意出尘外,怪生笔端"(刘熙载《艺概·文概》)的艺术效果。《庄子》书中非常多见的一种结构形式是,故事围绕着人物的问答以对话的形式展开,对话双方由对立向一致的转化过程就成为这些故事的基本框架,如有名的"濠梁之辩""望洋兴叹"(《秋水》)就都属此类。此外,还有一些情节是由一个人物向多个人物反复追问同一问题串联而成,在这些故事中,凡是能够回答问题的人最后都自行居于否定的地位,连同自己的答案也一起被否定。总之,事物向其对立面转化,这可以说是庄子构思寓言的基本原则。

第三,语言的运用。寓言尽管大都篇幅短小,但仍然属于叙事文学范畴,所以应当讲究对话语言和叙述语言的生动、活泼。《庄子》寓言不仅叙述语言生动、活泼,而且人物的对话也都充满了机智和幽默,富于文学的趣味性。

庄子不但创造了大量的寓言,取得了突出的艺术成就,而且最早提出了系统的寓言文学理论。《寓言》篇深入论述了"寓言""重言""卮言"的艺术特征和表达效果,是我国古代文论中值得珍视的宝贵遗产。

## 三、《庄子》的传播、影响与研究

### (一)《庄子》的传播及其对后世作家的影响

作为一部产生于先秦时期的"元典"型著作,《庄子》一书在中国文化思想史和文学艺术史上都产生了重要的影响。早在战国末期,荀子就在他的著作中对庄子及其思想作了评论①。楚国文人的作品集《楚辞》中有《远游》《渔父》两篇,已经多见《庄子》的学说甚至词句。无论这两篇作品是否出自屈原之手,都说明战国后期《庄子》已经在楚国得到传播。

秦统一六国之前,吕不韦及其门客著成了一部总结战国诸子学说的巨著——《吕氏春秋》,其《去尤》篇已直接援引了见于今本外篇的一段话,并标出《庄子》书名②。这一事实表明,庄子学说产生和《庄子》著作成书的同时或稍后,就已经在士人中间产生了一定的影响,并非如朱熹等人所谓"庄子只在僻处说",没有人理会他③。

---

① 《荀子·解蔽》篇中明确提到"庄子蔽于天而不知人"(《〈荀子〉集解》卷十五,北京:中华书局,1988 年,第 393 页),荀况因此成为最早对庄子作出论述的学者;另外其《天论》所说"大天而思之,孰与物畜而制之;从天而颂之,孰与制天命而用之……故错人而思天,则失万物之情"一段话,梁启超认为也是"正所以解庄子之蔽"(《饮冰室合集》专集第七十八,北京:中华书局,1989 年,第 8 页)。

② 另据王范之考证,《吕氏春秋》中至少有十二篇引借《庄子》原文而未明确标出。详见《〈吕氏春秋〉研究》,呼和浩特:内蒙古大学出版社,1993 年,第 70~76、78 页。

③ 语出《朱子语类》卷一二五,《四库全书》本。

秦朝统一以后，庄子学说显然不符合秦始皇的口味，《庄子》也一定在焚烧之列。但据《史记·秦始皇本纪》记载，当时有位叫卢生的儒生和秦始皇谈论“至人”“真人”，说他们“入水不濡，入火不热，陵云气，与天地久长”，完全就是对《庄子·逍遥游》中“至人”“真人”境界的抄袭。由此我们可以推测，始皇帝命令他的那些博士作的仙真人诗，也必定离不开对《庄子》思想和语句的借用。

两汉时期，庄子的思想面貌尚未显露出来，加之汉初先是流行黄老思想，而后又出现“罢黜百家，独尊儒术”的局面，庄子学说表面上很少有人宗奉或宣扬。但实际上，那些不得志的文士，往往或著文探讨庄子哲理以作为立身行事的准则，或祖述其命意而发为文章、诗赋，一时间竟使庄子学说不绝如缕，绵延、散播开来。贾谊、枚乘等人是最早对庄子的学说和文辞加以祖述的作家①。东汉以后，受到庄子思想影响的文学家更是可以开列出长长的一串名单，诸如东汉著名辞赋家班固、冯衍、张衡、王粲②，魏晋南北朝的著名诗人阮籍、嵇康、陶渊明、鲍照、谢灵运③，唐宋时期的诗文大家李白、柳宗元、白居易、苏轼、辛弃疾，以及明代的戏剧家汤显祖、散文家袁宏道，清代的小说家曹雪芹、诗人龚自珍等，都是突出的例子。我们甚至可以这样认为，中国文学史上的优秀作家，一点不与庄子的思想学说发生联系几乎是不可能的，限于篇幅，这里不再展开论述④。

---

① 贾谊的代表作品如《鹏鸟赋》《吊屈原赋》抒写幽忧抑郁之情，表现出鲜明的道家思想倾向。《鹏鸟赋》一篇尤为突出，第三段从“且夫天地为炉兮，造化为工”直至“德人无累，知命不忧”，大都因袭《庄子》，并非像司马贞《〈史记〉索隐》所指出的仅“泛若不系之舟”一语出《庄子》。他这种引借原文的做法开了后世“隐括”前人文辞的写作方式。枚乘《七发》的末段说：“将为太子奏方术之士有资略者，若庄周、魏牟、杨朱、墨翟、便蜎、詹何之伦，使之论天下之释微，理万物之是非。孔、老览观，孟子持筹而算之，万不失一。此亦天下要言妙道也。”此赋广事虚构、铺排的思路可谓深得《庄子》文章之妙。

② 有关班固（《幽通赋》）、冯衍（《显志赋》）及张衡（《应闲赋》《髑髅赋》《思玄赋》）等人及其作品与《庄子》的关系，可以参看《后汉书》各本传。

③ 有关庄子学说对魏晋南北朝文学思想及作家作品产生影响的情况，可以参看王瑶《中古文学史论》，北京：北京大学出版社，1986 年。

④ 关于庄子在中国文学史上的地位和影响，近年有不少著作如李炳海《道家与道家文学》（长春：东北师范大学出版社，1988 年）、宋效永《庄子与中国文学》（南京：江苏教育出版社，1995 年）、陶东风《从超迈到随俗——庄子与中国美学》（北京：首都师范大学出版社，1995 年）、刘绍瑾《庄子与中国美学》（广州：广东高等教育出版社，1996 年），均可参看。

（二）《庄子》研究概况

两汉学者中，淮南王刘安及其门客非常重视庄子学说，不但现存《淮南子》一书引录、阐发《庄子》文句达十余处，而且据《文选》李善注可知他们还著有《〈庄子〉要略》和《〈庄子〉后解》等书①，刘安及其门客应当被视为《庄子》的最早研究者。稍后司马迁阅读到“十余万言”的庄子著作，在《史记》中专门为他作了一篇传记②。扬雄批评庄子“荡而不法”（《法言·五百》），班固则称道他的“大道”“可贵”（《汉书·叙传》），表明学者们对庄子思想的评价已经各异其趣。西汉末年，著名学者刘向编订《庄子》一书，为此后庄子学说的广泛传播和深入研究奠定了坚实的文献基础。

魏晋南北朝是《庄子》思想被最大限度接受、发挥并加以积极实践的时代，《庄子》作为鼓动玄学思潮的主要著作，与《周易》《老子》一起被称为“三玄”。当时还出现了“竹林七贤”“荆州八达”等一批庄子学说的信仰者。老庄哲学及其衍生思想自此成为“儒”“释”两家不得不正视的重要力量③。据《经典释文》和《隋书·经籍志》等文献记载，这一时期出现的注解《庄子》的著作有近百种之多，较为著名的是向秀、郭象、司马彪及崔谍、李颐等人的注本。除郭象注本流传后世外，其他各书多已散佚，只有一些片段材料尚保存于《经典释文》中。

隋唐五代四百多年中，道教隆盛，庄子研究出现了新的趋向，主要表现为道家经典向道教教义转化、庄子学说与佛学思想融合为禅宗等方面。这一时期注释《庄子》的著作较少，比较有影响的主要是初唐年间号称西华法师的道士成玄英所作的《庄子疏》三十卷，其书虽以郭注为本，实多牵合佛家名相，体现了儒、释、道三家合流的时代思潮④。此外，唐代文学家

① ［唐］李善在《文选》卷二十六、三十一、四十五、六十的注释中四次提及“淮南王《〈庄子〉要略》”，又在卷三十五的注中引录了“淮南王《〈庄子〉后解》”。

② 孙钦善对司马迁的《庄子列传》评价很高，认为它指明了庄子寓言的诡曲和虚构，并开对诸子单篇考辨之例（《中国古文献学史》，北京：中华书局，1993 年，第 98 页）。

③ 关于《庄子》学说与魏晋玄学的关系，可以参看容肇祖《魏晋的自然主义》（北京：东方出版社，1996 年）、刘大杰《魏晋思想论》（上海：上海古籍出版社，2000 年）、汤用彤《魏晋玄学论稿》（北京：中华书局，1962 年）等著作。

④ 这一时期《庄子》研究的特点，可以参看李大华《略论隋唐老庄学》，陈鼓应主编《道家文化研究》第一辑，上海：上海古籍出版社，1992 年。

普遍喜欢《庄子》，他们在诗文中对庄子理论多有新颖的理解和阐发。

中唐以后，“三教并行”的思想意识已经不能适应新的形势，儒学复兴的呼声越来越高，这一趋势直接导致了宋明时期以儒说庄的学术思路。王安石和苏轼堪称这一思路的开创者，两个人都是习染道家学说、深嗜老庄的文坛领袖，以他们为核心先后形成的两个文人集团不仅积极参与重新阐释《庄子》的工作，而且影响深远，形成了非常突出的庄子“儒学化”的思潮。宋人所撰《庄子》注本有近五十种之多，有半数以上的著作尚存较多篇幅，其中最值得重视的是王雱、吕惠卿、陈景元、林希逸及褚伯秀等人的成果①。

明、清两代的学者除继续从事庄子“儒学化”的工作以外，还在研究中远承唐人遗风，努力以佛禅解庄。同时，从散文写作方法的角度评点《庄子》文章特色的著作也大量涌现，其中可以举出归有光、文震孟《南华真经评注》，谭元春《南华经发明》，宣颖《南华经解》，胡文焕《庄子独见》以及林云铭《庄子因》，等等②。

现代以来对于《庄子》的研究，大多是围绕其哲学思想的评价展开的，特别是在20世纪60年代，学者们曾经因为庄子思想属于唯心主义还是属于唯物主义、庄子的相对主义认识论是诡辩论还是辩证法等问题而发生过激烈的争论。对于庄子文学的研究，前文已经略有涉及，近年的主要成果有阮忠《庄子创作论》和白本松《先秦寓言史·第五章·浪漫主义寓言》等③。

---

① 有关宋代《庄子》研究的详细论述，请参考拙文《略论宋代庄学的“儒学化”倾向》，《中州学刊》2000年第6期。

② 有关明、清评点家对《庄子》文章笔法的研究，可以参看陆永品《老庄研究》(郑州：中州书画社，1985年)和谭家健《先秦散文艺术新探》(北京：首都师范大学出版社，1995年)等著作。

③ 前者出版于1993年(北京：中国地质大学出版社)，后者于2001年出版(开封：河南大学出版社)。

# 第三章 《史记》研究

## 一、司马迁的家世及《史记》

### （一）司马迁的家世及其对《史记》创作的影响

1.司马迁的远祖及其对司马迁的影响

司马迁（前145—？），字子长，夏阳（今陕西韩城）人。今存介绍司马迁家世的唯一资料是《史记·太史公自序》开篇一段："昔在颛顼，命南正重以司天，北正黎以司地。唐虞之际，绍重、黎之后，使复典之，至于夏、商。故重、黎氏世序天地。其在周，程伯休甫其后也。当周宣王时，失其守而为司马氏。司马氏世典周史，惠襄之间，司马氏去周适晋，晋中军随会奔秦，而司马氏入少梁。自司马氏去周适晋，分散，或在卫，或在赵，或在秦。其在卫者，相中山。在赵者，以传剑论显，蒯聩其后也。在秦者名错，与张仪争论，于是惠王使错将伐蜀，遂拔，因而守之。错孙靳，事武安君白起。而少梁更名曰夏阳。靳与武安君坑赵长平军，还而与之俱赐死杜邮，葬于华池。靳孙昌，昌为秦主铁官。当始皇之时，蒯聩玄孙卬为武信君将而徇朝歌。诸侯之相王，王卬于殷。汉之伐楚，卬归汉，以其地为河内郡。昌生无泽，无泽为汉市长。无泽生喜，喜为五大夫，卒，皆葬高门。喜生谈，谈为太史公。”①

司马迁这段对家世的自序，将祖先追溯至传说中的颛顼，表现了他对具有如此悠久历史传统的世代史官家庭的自豪感。这一世为史官的家世，培养了司马迁浓重的家族荣誉感，强化了他以修史为己任的责任感。据《史记·太史公自序》所述，司马迁的八世祖司马错曾为秦国名将，历仕惠王、武王、昭王三世，为秦国的领土扩张曾做出过重大贡献。司马错之孙司马靳，亦曾任秦军大将。两代先祖的军事才能与军事知识成为司马迁兵学思想的家学渊源。

四世祖司马昌曾于始皇时任主管铁矿之官，三世祖司马无泽于汉任管理长安集市的市长，这又对司马迁注重经济活动产生了影响。

2.司马谈对司马迁创作《史记》的影响

在司马迁的家庭中，司马迁的父亲司马谈对其创作《史记》影响最为直接。司马谈卒于元封元年(前110年)，生年不详。他曾于武帝建元、元封年间任太史令。“太史公学天官于唐都，受命于杨柯，习道论于黄子。”可见，司马谈曾广泛问学，最终成为一位伟大学者。父亲的良好学识对司马迁的文化修养影响颇大。

司马谈著有《论六家要旨》②文，评论阴阳、儒、墨、名、法、道六家。司马谈对六家的评论，显示了他兼容并包的胸怀及取诸家之长以为大一统服务的思想。这种自觉综合先秦诸子的学术精神，亦成为司马迁修撰通史、包容百家的先导。

司马谈的著书愿望对司马迁影响更为巨大。汉武帝元封三年(前108年)，汉武帝东巡封禅泰山，司马谈因病未能成行，司马迁前往探父。“太史公执迁手而泣曰：‘余先周室之太史也。自上世尝显功名于虞夏，典

① ［汉］司马迁：《史记》，北京：中华书局，1959年，第3285~3286页。
② ［汉］司马迁：《史记》，北京：中华书局，1959年，第3288~3289页。

天官事。后世中衰，绝于予乎？汝复为太史，则续吾祖矣。今天子接千岁之统，封泰山，而余不得从行，是命也夫，命也夫！余死，汝必为太史；为太史，无忘吾所欲论著矣。且夫孝始于事亲，中于事君，终于立身。扬名于后世，以显父母，此孝之大者。夫天下称诵周公，言其能论歌文武之德，宣周邵之风，达太王王季之思虑，爰及公刘，以尊后稷也。厉幽之后，王道缺，礼乐衰，孔子修旧起废，论《诗》《书》，作《春秋》，则学者至今则之。自获麟以来四百有余岁，而诸侯相兼，史记放绝。今汉兴，海内一统，明主贤君忠臣死义之士，余为太史而弗论载，废天下之史文，余甚惧焉，汝其念哉！'迁俯首流涕曰：'小子不敏，请悉论先人所次旧闻，弗敢阙。'"①司马谈强烈的修史愿望，深深地影响了司马迁，成为他完成《史记》著述的内在动力之一。

基于父亲的谆谆教导，基于家族世典史官的责任感，基于个人的功业理想，司马迁自任太史令起即产生了明确而强烈的著书愿望。"太史公曰：'先人有言："自周公卒五百岁而有孔子。孔子卒后至于今五百岁，有能绍明世，正《易传》，继《春秋》，本《诗》《书》《礼》《乐》之际？"'意在斯乎！意在斯乎！小子何敢让焉。"②

**（二）《史记》的体例**

《史记》是中国第一部纪传体通史，它开创了中国纪传体的历史学和历史传记文学。《史记》汲取前人纂修史书的各种方法并加以综合，形成"十二本纪""十表""八书""三十世家"与"七十列传"相互配合、相互补充的严密结构，并以此影响了中国古代两千多年正史的编纂。

唐代司马贞《〈史记〉索隐》曰："纪者，记也。本其事而记之，故曰本纪。……帝王书称纪者，言为后代纲纪也。"③《史记》的"十二本纪"是《五帝本纪》《夏本纪》《殷本纪》《周本纪》《秦本纪》《秦始皇本纪》《项羽本纪》《高祖本纪》《吕太后本纪》《孝文本纪》《孝景本纪》《孝武本纪》。"十

---

① ［汉］司马迁：《史记》，北京：中华书局，1959 年，第 3295 页。
② ［汉］司马迁：《史记》，北京：中华书局，1959 年，第 3296 页。
③ ［汉］司马迁：《史记》，北京：中华书局，1959 年，第 1 页。

二本纪”所记载的是从黄帝到汉武帝时历朝历代帝王兴废的重大政治事件。

《史记·太史公自序》曰：“并时异世，年差不明，作十表。”[①]“十表”可分为“世表”“年表”“月表”三种，它们按朝代顺序，将历史分成若干阶段，再分别按世代、年、月写成简明的大事记，成为“本纪”“世家”“列传”的必要补充。《史记》中的“十表”是《三代世表》《十二诸侯年表》《六国年表》《秦楚之际月表》《汉兴以来诸侯王年表》《高祖功臣侯者年表》《惠景间侯者年表》《建元以来侯者年表》《建元以来王子侯者年表》《汉兴以来将相名臣年表》。

《〈史记〉索隐》曰：“书者，五经六籍总名也。此之八书，记国家大体。”[②]“八书”是《礼书》《乐书》《律书》《历书》《天官书》《封禅书》《河渠书》《平准书》。它们分别记述有关礼仪、音乐、军事、历法、星象、宗教、水利、经济等方面的典章制度。

《〈史记〉索隐》曰：“系家者，记诸侯本系也，言其下及子孙，常有国。”[③]除《孔子世家》《陈涉世家》外，其余皆为春秋战国以来各主要诸侯国与汉代所封诸侯的历史。“三十世家”是《吴太伯世家》《齐太公世家》《鲁周公世家》《燕召公世家》《管蔡世家》《陈杞世家》《卫康叔世家》《宋微子世家》《晋世家》《楚世家》《越王勾践世家》《郑世家》《赵世家》《魏世家》《韩世家》《田敬仲完世家》《孔子世家》《陈涉世家》《外戚世家》《楚元王世家》《荆燕世家》《齐悼惠王世家》《萧相国世家》《曹相国世家》《留侯世家》《陈丞相世家》《绛侯世家》《梁孝王世家》《五宗世家》《三王世家》。

《史记·太史公自序》曰：“扶义俶傥，不令己失时，立功名于天下，作七十列传。”[④]故司马迁作列传的目的是使品行高洁且功利天下者能名传后世。“七十列传”是《伯夷列传》《管晏列传》《老子韩非列传》《司马穰苴列传》《孙子吴起列传》《伍子胥列传》《仲尼弟子列传》《商君列传》《苏秦

---

① ［汉］司马迁：《史记》，北京：中华书局，1959年，第3319页。
② ［汉］司马迁：《史记》，北京：中华书局，1959年，第1157页。
③ ［汉］司马迁：《史记》，北京：中华书局，1959年，第1445页。
④ ［汉］司马迁：《史记》，北京：中华书局，1959年，第3319页。

列传》《张仪列传》《樗里子甘茂列传》《穰侯列传》《白起王翦列传》《孟子荀卿列传》《孟尝君列传》《平原君虞卿列传》《魏公子列传》《春申君列传》《范睢蔡泽列传》《乐毅列传》《廉颇蔺相如列传》《田单列传》《鲁仲连邹阳列传》《屈原贾生列传》《吕不韦列传》《刺客列传》《李斯列传》《蒙恬列传》《张耳陈余列传》《魏豹彭越列传》《黥布列传》《淮阴侯列传》《韩信卢绾列传》《田儋列传》《樊郦滕灌列传》《张丞相列传》《郦生陆贾列传》《傅靳蒯成列传》《刘敬叔孙通列传》《季布栾布列传》《袁盎晁错列传》《张释之冯唐列传》《万石张叔列传》《田叔列传》《扁鹊仓公列传》《吴王濞列传》《魏其武安侯列传》《韩长孺列传》《李将军列传》《匈奴列传》《卫将军骠骑列传》《平津侯主父列传》《南越列传》《东越列传》《朝鲜列传》《西南夷列传》《司马相如列传》《淮南衡山列传》《循吏列传》《汲郑列传》《儒林列传》《酷吏列传》《大宛列传》《游侠列传》《佞幸列传》《滑稽列传》《日者列传》《龟策列传》《货殖列传》《太史公自序》。

其中,《匈奴列传》《南越列传》《东越列传》《朝鲜列传》《西南夷列传》《大宛列传》叙述当时中国境内非汉族君长与外国君长统治的历史,其余多载各色人物。根据其记述内容,列传又可分为专传、合传、附传、类传四种。一人一篇传记者为专传,如《李将军列传》;两人或两人以上合成一篇传记者为合传,如《廉颇蔺相如列传》;主要传主之后附载某人传记者为附传,如《魏其武安侯列传》在叙述魏其侯、武安侯中插入灌夫传记;一类人物记入一篇传记者为类传,如《刺客列传》。

汉宣帝之后,《史记》开始流传。因其记事止于武帝太初年间,不少文士对太初之后的史实进行增补,今唯元帝、成帝时期的褚少孙所作增补尚存于今本《史记》中,如《滑稽列传》《日者列传》《龟策列传》传末皆有"褚先生曰"一大段文字可证明为褚少孙增补。

**(三)《史记》的史料来源**

司马迁创作《史记》的时间,约在元封三年为太史令后。始皇三十四年的焚书坑儒,据李斯建议制定的《挟书令》,使先秦典籍丧失殆尽。故司马迁创作《史记》的资料来源,据《史记》中的有关史料分析,大致可分为五个方面。

1.利用皇家典藏图书资料与历代官方档案

《史记·太史公自序》曰:“百年之间,天下遗文古事靡不毕集于太史公。”①这即是所谓石室金匮之书。“百年”则指“秦火”至司马迁撰著之时。此当是司马迁创作《史记》最主要的史料来源。

2.搜求诸侯史书

《六国年表序》曰:“太史公读《秦记》,至犬戎败幽王,周东徙洛邑,秦襄公始封为诸侯,作西畤用事上帝,僭端见矣。”“秦既得意,烧天下《诗》《书》,诸侯‘史记’尤甚,为其有所刺讥也。独有《秦记》,又不载日月,其文略不具。”②《天官书》曰:“余观‘史记’,考行事,百年之中,五星出而不反逆行,反逆行,尝盛大而变色。”③这些记载说明司马迁曾广泛搜求各诸侯国的“史记”,以完成自己的《史记》创作。

3.以金石、文物、实物等资料作为史料补充

《秦始皇本纪》著录始皇封禅泰山梁甫时的《泰山石刻》,另有始皇巡游时的《琅邪石刻》《会稽石刻》等,开以金石资料作为史料的先河。《孔子世家》曰:“适鲁,观仲尼庙堂车服礼器,诸生以时习礼其家,余只回留之不能去云。”④此以历史文物作为史料。《淮阴侯列传》曰:“吾如淮阴,淮阴人为余言,韩信虽为布衣时,其志与众异。其母死,贫无以葬,然乃行营高敞地,令其旁可置万家。余视其母冢,果然。”⑤此又以实物作为史料,发为史论。《蒙恬列传》曰:“吾适北边,自直道归。行观蒙恬所为秦筑长城亭障,堑山堙谷,通直道,固轻百姓力矣。夫秦之初灭诸侯,天下之心未定,痍伤者未瘳,而恬为名将,不以此时强谏,振百姓之急,养老存孤,务修众庶之和,而阿意兴功,此其兄弟遇诛,不亦宜乎!何乃罪地脉哉!”⑥此亦

---

① [汉]司马迁:《史记》,北京:中华书局,1959年,第3319页。
② [汉]司马迁:《史记》,北京:中华书局,1959年,第685页。
③ [汉]司马迁:《史记》,北京:中华书局,1959年,第1250页。
④ [汉]司马迁:《史记》,北京:中华书局,1959年,第1947页。
⑤ [汉]司马迁:《史记》,北京:中华书局,1959年,第2629~2630页。
⑥ [汉]司马迁:《史记》,北京:中华书局,1959年,第2570页。

以实地考察作为触发议论的切入点。《史记》中此类以实地考察触发议论之处不少，又如《河渠书》曰："余南登庐山，观禹疏九江，遂至于会稽太湟，上姑苏，望五湖；东窥洛汭、太邳，迎河，行淮、泗、济、漯、洛渠，西瞻蜀之岷山及离碓；北自龙门至于朔方。曰：甚哉，水之为利害也！余从负薪塞宣房，悲《瓠子》之诗而作《河渠书》。"①此为司马迁考察河渠工程而发出的感叹。

4.实地考察补充史料

《春申君列传》曰："吾适楚，观春申君故城，宫室盛矣哉！初，春申君之说秦昭王，及出身遣楚太子归，何其智之明也！后制于李园，旄矣。语曰：'当断不断，反受其乱。'春申君失朱英之谓邪？"②《五帝本纪》曰："余尝西至空桐，北过涿鹿，东渐于海，南浮江淮矣，至长老皆各往往称黄帝、尧、舜之处，风教固殊焉，总之不离古文者近是。"③此以实地考察了解各地风教的真实情况。《樊郦滕灌列传》曰："吾适丰沛，问其遗老，观故萧、曹、樊哙、滕公之家，及其素，异哉所闻！方其鼓刀尾狗卖缯之时，岂自知附骥之尾，垂名汉廷，德流子孙哉？余与他广（樊哙之孙——笔者）通，为言高祖功臣之兴时若此。"④此为通过考察补充高祖诸功臣传记之史料。《卫将军骠骑列传》曰："苏建语余曰：'吾尝责大将军至尊重，而下之贤大夫毋称焉，愿将军观古名将所招选择贤者，勉之哉。大将军谢曰："自魏其、武安之厚宾客，天子常切齿。彼亲附士大夫，招贤绌不肖者，人主之柄也。人臣奉法遵职而已，何与招士？"'骠骑亦放此意，其为将如此。"⑤此以亲耳所闻补充史料。《孟尝君列传》曰："吾尝过薛，其俗闾里率多暴桀子弟，与邹、鲁殊。问其故，曰：'孟尝君招致天下任侠，奸人入薛中盖六万余家矣。'世之传孟尝君好客自喜，名不虚矣。"⑥此亦以实地考察补充史料。

---

① [汉]司马迁：《史记》，北京：中华书局，1959年，第1415页。
② [汉]司马迁：《史记》，北京：中华书局，1959年，第2399页。
③ [汉]司马迁：《史记》，北京：中华书局，1959年，第46页。
④ [汉]司马迁：《史记》，北京：中华书局，1959年，第2673页。
⑤ [汉]司马迁：《史记》，北京：中华书局，1959年，第2946页。
⑥ [汉]司马迁：《史记》，北京：中华书局，1959年，第2363页。

5.采集歌谣、诗赋、俚语俗谚,补充史料

《项羽本纪》载《垓下歌》:“力拔山兮气盖世,时不利兮骓不逝。骓不逝兮可奈何,虞兮虞兮奈若何。”①《高祖本纪》录《大风歌》:“大风起兮云飞扬,威加海内兮归故乡,安得猛士兮守四方。”②《刺客列传》记《易水歌》:“风萧萧兮易水寒,壮士一去兮不复还。”③《河渠书》著《瓠子口塞河歌》:“瓠子决兮将奈何,皓皓旰旰兮闾殚为河。殚为河兮地不得宁,功无已时兮吾山平。吾山平兮钜野溢,鱼沸郁兮柏冬日。延道弛兮离常流,蛟龙骋兮方远游。归旧川兮神哉沛,不封禅兮安知外。为我谓河伯兮何不仁,泛滥不止兮愁吾人。啮桑浮兮淮泗满,久不反兮水维缓。”④

《史记》开创了史书著录作家重要作品的先河,如《司马相如传》载《天子游猎赋》《大人赋》《告巴蜀檄》《难蜀父老》等。《屈原贾生列传》录屈原《怀沙赋》、贾谊《吊屈原赋》《鹏鸟赋》。这一传统为后世史书所遵循,在大量补充史料的同时,也保存了大量珍贵的文学史料。

《史记》采集民歌、谣谚者更多。《曹相国世家》载《萧曹之歌》:“萧何为法,顜若画一;曹参代之,守而勿失。载其清净,民以宁一。”⑤《淮南衡山列传》载《淮南民歌》曰:“一尺布,尚可缝;一斗粟,尚可舂。兄弟二人不能相容。”⑥《淮阴侯列传》载谣谚曰:“狡兔死,良狗烹;高鸟尽,良弓藏;敌国破,谋臣亡。”⑦《苏秦列传》载谣谚曰:“宁为鸡口,无为牛后。”⑧《货殖列传》载谣谚曰:“天下熙熙,皆为利来;天下攘攘,皆为利往。”“千金之子,不死于市。”“百里不贩樵,千里不贩籴。”⑨《淮南衡山列传》载谣谚曰:“毒药苦于口利于病,忠言逆于耳利于行。”⑩

---

① [汉]司马迁:《史记》,北京:中华书局,1959年,第333页。
② [汉]司马迁:《史记》,北京:中华书局,1959年,第389页。
③ [汉]司马迁:《史记》,北京:中华书局,1959年,第2534页。
④ [汉]司马迁:《史记》,北京:中华书局,1959年,第1413页。原歌二首,此录其一。
⑤ [汉]司马迁:《史记》,北京:中华书局,1959年,第2031页。
⑥ [汉]司马迁:《史记》,北京:中华书局,1959年,第3080页。
⑦ [汉]司马迁:《史记》,北京:中华书局,1959年,第2627页。
⑧ [汉]司马迁:《史记》,北京:中华书局,1959年,第2253页。
⑨ [汉]司马迁:《史记》,北京:中华书局,1959年,第3256、3271页。
⑩ [汉]司马迁:《史记》,北京:中华书局,1959年,第3088页。

尽管《史记》的撰述有上述诸方面的补充材料，但其基本资料仍当是国家典藏的图书资料与历代官方档案。

### （四）《史记》的版本

《史记》三家注散列于正文之下，合为一编，始于北宋。但旧本早已遗失，现存最早的宋版《史记》有南宋黄善夫刻本，此本经商务印书馆影印，收入《百衲本二十四史》。另有明嘉靖、万历间南北监刻《二十一史》本、毛氏汲古阁刻《十七史》本，清乾隆武英殿刻《二十四史》本。其中，武英殿本最为通行。

清同治年间，金陵书局刊行《史记集解索隐正义合刻本》一百三十卷本（金陵书局本）。此本经张文虎据钱泰吉校本与他自己所见诸旧刻古本、时本加以考订，择善而从，校勘相当精审，成为清代后期的善本。

中华书局1959年以金陵书局本为底本，约请顾颉刚先生等对此本分段标点，成为今传世诸本中最为通行的本子。

## 二、《史记》的笔法

《史记》是一部写作笔法独特的史书。在《匈奴列传》中作者写道："孔氏著《春秋》，隐桓之间则章，至定哀之际则微，为其切当世之文而罔褒，忌讳之辞也。"①可见，司马迁对《春秋》笔法深有所会，其写作《史记》之时，又适逢汉武专制之世，法网严密，故论及君臣之事，往往不能直言明道，而只能以恢诡之词出之。这就造成了《史记》独特的笔法。这种笔法委婉含蓄，作者的褒贬是非，不易看清，稍不留意，就会得出相反的结论。概括地说，这种笔法有下列数种②。

### （一）录传闻不完全拘泥史实，以见作者的理想

《赵世家》程婴、公孙杵臼义存赵孤一事，对后世戏曲、小说影响极大，但这段史实却颇多疑点。晋景公并未失国政，赵朔妻为成公之姊。成公

① ［汉］司马迁：《史记》，北京：中华书局，1959年，第2919页。

② 参见韩兆琦：《〈史记〉通论》，南宁：广西师范大学出版社，1996年。

姊既“走公宫匿”，屠岸贾仅一大夫，岂敢向宫中索子。何况其时尚有栾武子、智庄子、范文子、韩献子共主国政，区区一屠岸贾位非正卿，官非世族，竟能逞威肆虐至此，实令人生疑。故清人赵翼、梁玉绳对屠岸贾之事皆以为不足为凭。司马迁如此用笔，显然在称扬义存赵孤之义。《刺客列传》中曹沬劫齐桓公一事，《国语》《左传》皆无，当是战国时代好事者为之。《史记》记录此事，当在称颂曹沬舍生忘死，收复国土之大义。《伯夷列传》叙述史实者仅二百余字，且疑点颇多。宋人王安石、叶适早就辩驳其事不足信，清人梁玉绳《史记志疑》更列举证据十条，论证司马迁所记不可信。但是，司马迁偏偏要为夷齐立传，且置于七十列传之首。究其实，司马迁无非是借夷齐的“奔义”“让国”，批判现实中的“争利”“争国”，表达自己的理想。

**（二）虚构细节，以求故事感人**

《项羽本纪》写霸王别姬：“项王则夜起，饮帐中。有美人名虞，常幸从；骏马名骓，常骑之。于是项王乃悲歌慷慨，自为诗曰：‘力拔山兮气盖世，时不利兮骓不逝。骓不逝兮可奈何，虞兮虞兮奈若何。’歌数阕，美人和之。项王泣数行下，左右皆泣，莫能仰视。”①这段细节描写，颇招后人非议。垓下是何等地？虞姬死而子弟散，匹马逃生，身迷大泽，亦何暇更作歌诗？即令有作，亦谁闻之，而谁记之欤？此数语无论有无，均当为太史公笔补造化，代为传神。《史记》中类似此等笔补造化、代为传神之处甚夥。《张仪列传》写张仪入楚被执，靳尚蛊惑郑袖为张仪说情，此尚有《战国策》为依据，但“郑袖日夜言怀王曰：‘人臣各为其主用。今地未入秦，秦使张仪来，至重王。王未有礼而杀张仪，秦必大怒攻楚。妾请子母俱迁江南，毋为秦所鱼肉也。’怀王后悔，赦张仪，厚礼之如故”②。这种房中枕边之语，显然为司马迁虚构，《战国策》并无此等语言记录。

类似者尚有鸿门宴、渑池会等，当俱为司马迁增饰之语。司马迁虚构这些细节，意在增强其故事性，以情感人。

---

① ［汉］司马迁：《史记》，北京：中华书局，1959 年，第 333 页。
② ［汉］司马迁：《史记》，北京：中华书局，1959 年，第 2289 页。

### （三）似信天命，实为借题发挥

《李将军列传》记李广一生七十余战，但广之部下封侯者众，而广终生未得封侯。“广尝与望气王朔燕语，曰：‘自汉击匈奴而广未尝不在其中，而诸部校尉以下，才能不及中人，然以击胡军功取侯者数十人，而广为不后人，然无尺寸之功以得封邑者，何也？岂吾相不当侯邪？且固命也？’朔曰：‘将军自念，岂尝有所恨乎？’广曰：‘吾尝为陇西守，羌尝反，吾诱而降，降者八百余人，吾诈而同日杀之。至今大恨独此耳。’朔曰：‘祸莫大于杀已降，此乃将军所以不得侯者也。’”①《李将军列传》旨在记述李广遭汉数代皇帝及其宠幸的迫害，最后导致整个家族的悲剧。李广不得封侯，首先是景帝与其弟梁孝王有间而迁怒李广，李广在平定吴楚七国之乱中立下战功，却因接受了梁孝王的将军印而未得封侯；其次是汉武帝迷信李广命运不济，卫青更想借机给自己的亲信公孙敖寻找立功之机，故在战前临时调动时任前将军的李广走东路，李广却因迷失道路而误了期限，在事后追究责任时，李广气愤地承揽全部责任而自刎。王朔所谓“祸莫大于杀已降，此乃将军所以不得侯者也”之言，实为受害者对肇事者不便明言，故意说出百思不得其解之语。作者对李广不得封侯之因洞若观火，但因不便直说，故作此解。此解貌似相信天命，实乃借题发挥，让读者更思他解。

《项羽本纪》曰：“吾闻之周生曰：‘舜目盖重瞳子’，又闻项羽亦重瞳子。羽岂其苗裔耶？何兴之暴也！”②《黥布列传》曰：“英布者，其先岂《春秋》所见楚灭英、六，皋陶之后哉？身被刑法，何其拔兴之暴也？”③《白起列传》载白起为秦屡立奇功，后为范雎陷害，“秦王乃使使者赐之剑，自裁。武安君（白起——笔者）引剑将自刭，曰：‘我何罪于天而至此哉？’良久，曰：‘我固当死。长平之战，赵卒降者数十万人，我诈而尽坑之，是足以死。’遂自杀。”④《蒙恬列传》载蒙恬为赵高所陷害，二世派使者逼恬自杀：“蒙恬喟然太息曰：‘我何罪于天，无过而死乎？’良久，徐曰：‘恬罪固当死

① ［汉］司马迁：《史记》，北京：中华书局，1959 年，第 2874 页。
② ［汉］司马迁：《史记》，北京：中华书局，1959 年，第 338 页。
③ ［汉］司马迁：《史记》，北京：中华书局，1959 年，第 2607 页。
④ ［汉］司马迁：《史记》，北京：中华书局，1959 年，第 2337 页。

矣。起临洮属之辽东，城堑万余里，此其中不能无绝地脉哉？此乃恬之罪也。'遂吞药自杀。"①

项羽是否为舜之后代，本不应有问题。因楚不出舜，羽非舜后甚明。但是，司马迁这番议论，正是他对项羽灭秦除暴的盖世功勋极端赞扬的婉转表达。白起、蒙恬皆为秦之大功臣，其死皆因小人陷害与国君昏庸。司马迁对他们在统一战争中的残暴并无好感，但是，对他们遭此下场亦颇感不平。白起、蒙恬死前均有一番貌似认罪的自述，但此自述实为二人对其平生功勋的自白，读者唯有如此解读，方可领会司马迁之意。

**（四）明写神灵怪异，暗恶妖言惑众**

《高祖本纪》多记刘邦怪诞不凡的事迹。一曰"龙种"。"其先刘媪尝息大泽之陂，梦与神遇。是时雷电晦冥，太公往视，则见蛟龙于其上，已而有身，遂产高祖。"②"（高祖——笔者）常从王媪、武负贳酒，醉卧，武负、王媪见其上常有龙，怪之。"③二曰"赤帝子"。"高祖以亭长为县送徒郦山，徒多道亡。自度比至皆亡之，到丰西泽中，止饮，夜乃解纵所送徒。曰：'公等皆去，吾亦从此逝矣。'徒中壮士愿从者十余人。高祖被酒，夜径泽中，令一人行前。行前者还报曰：'前有大蛇当径，愿还。'高祖醉，曰：'壮士行，何畏！'乃前，拔剑击斩蛇，蛇遂分为两，径开。行数里，醉，因卧。后人来至蛇所，有一老妪夜哭。人问何哭，妪曰：'人杀吾子，故哭之。'人曰：'妪子何为见杀？'妪曰：'吾子，白帝子也，化为蛇，当道，今为赤帝子斩之，故哭。'人乃以妪为不诚，欲告之，妪因忽不见。后人至，高祖觉。后人告高祖，高祖乃心独喜，自负。诸从者日益畏之。"④所谓"天生龙种，赤帝子斩蛇"，实皆为刘邦自神其身，以威天下愚夫愚妇。这类事情在当时已被记录在金匮石室的官方档案之中。司马迁将此自神其身的说辞与刘邦庸俗卑劣的行径、阴险肮脏的灵魂共置于有关篇章之中，使刘邦的真相即可大白于天下。在《陈涉世家》中，作者又记载了篝火狐鸣之事，虽写陈胜之

---

① ［汉］司马迁：《史记》，北京：中华书局，1959 年，第 2570 页。
② ［汉］司马迁：《史记》，北京：中华书局，1959 年，第 341 页。
③ ［汉］司马迁：《史记》，北京：中华书局，1959 年，第 343 页。
④ ［汉］司马迁：《史记》，北京：中华书局，1959 年，第 347 页。

小智,但在这不经意的叙写中,亦对刘邦种种神化自身的做法进行了间接揭露。

**(五)故露矛盾破绽,以见隐情种种**

《吕太后本纪》写惠帝"帝无壮子",继言"宣平侯女为孝惠皇后时,无子,详为有身,取美人子名之,杀其母,立所名子为太子"①。故"无壮子"者本为孝惠皇后,并非其他嫔妃皆无子。少帝虽非孝惠后所生,但其是孝惠之子则无疑。可是,当陈平、周勃诛诸吕之时,"诸大臣相与阴谋曰:'少帝及梁、淮阳、常山王,皆非真孝惠子也。吕后以计诈名他人子,杀其母,养后宫,令孝惠子之,立以为后,及诸王,以强吕氏。今皆已夷灭诸吕,而置所立,即长用事,吾属无类矣。不如视诸王最贤者立之。'"②陈平、周勃诛灭诸吕,固有功汉室,但他们私心也极重,只愿立一感恩戴德的皇帝,不愿立孝惠诸子。故将孝惠诸子均斥为非孝惠之子,"夜,有司分部诛灭梁、淮阳、常山王及少帝于邸"。另立代王为帝,是为文帝。陈平、周勃论少帝等非孝惠之子事,当时已记入官方档案,司马迁不能不如此记录。但是,他又不甘心让历史如此蒙骗后人,故在《吕太后本纪》《惠景间侯者年表》诸篇中,微露破绽,让读者细察得之。在《惠景间侯者年表》中,作者在"侯功"栏内记写了因"孝惠子,侯"者四人,他们分别是:封邑为"襄成"的"义",孝惠元年四月辛卯封侯,高后二年封"常山王"。封邑为"轵"的"朝",孝惠元年四月辛卯封侯,高后四年封"常山王"。封邑为"壶关"的"武",孝惠元年四月辛卯封侯,高后五年封"淮阳王"。另有封邑为"昌平"的"太",孝惠四年二月癸未封侯,高后七年封为"吕王"。司马贞《〈史记〉索隐》注曰:"实吕氏也。"故刘太当为吕氏后人,不当列为孝惠之子③。故《惠景间侯者年表》中实际因"孝惠子"而于孝惠元年四月辛卯日封侯者凡三人,即常山王与二淮阳王。此表所记与《吕太后本纪》所记颇有矛盾之处,《吕太后本纪》曰:"当是时,济川王太、淮阳王武、常山王朝名为少帝

① [汉]司马迁:《史记》,北京:中华书局,1959年,第402页。
② [汉]司马迁:《史记》,北京:中华书局,1959年,第410~411页。
③ [汉]司马迁:《史记》,北京:中华书局,1959年,第984~985页。

弟”[①],但据《惠景间侯者年表》“太”非少帝之子,淮阳王“武”、常山王“朝”实皆少帝之子。这些矛盾应当说并非全为司马迁之笔误,而是司马迁欲借此以唤起读者之关注,辨明惠帝诸子被诬而杀。

**(六)明赞其是,实则正鄙其非**

《秦楚之际月表》曰:“太史公读秦楚之际,曰:初作难,发于陈涉;虐戾灭秦,自项氏;拨乱诛暴,平定海内,卒践帝祚,成于汉家。五年之间,号令三嬗,自生民以来,未始有受命若斯之亟也。……秦既称帝,患兵革不休,以有诸侯也,于是无土之封,堕坏名城,销锋镝,锄豪桀,维万世之安。然王迹之兴,起于闾巷,合从讨伐,轶于三代,乡秦之禁,适足以资贤者,为驱除难耳。故愤发其所为天下雄,安在无土不王。此乃传之所谓大圣乎?岂非天哉,岂非天哉!非大圣孰能当此受命而帝者乎?”[②]自古读《秦楚之际月表序》者,多以此序为刘邦唱赞歌,但若联系《项羽本纪》《高祖本纪》《吕太后本纪》《萧相国世家》《淮阴侯列传》等传记中作者对刘邦的记写,则颇感疑惑。因为在上述诸世家、列传中刘邦为人并非光明磊落,种种劣迹历历在目,他能成就一番事业,不过是借助他人的力量而已。百年之后,班固约括此《秦楚之际月表序》,论述刘邦成功之因时,特加如下三句:“镌金石者难为功,摧枯拉朽者易为力,其势然也。”既点出了《秦楚之际月表》的要义所在,又道出了司马迁在当时不便明言之意:陈涉有首难之功,项羽诛灭了暴秦主力,形成了摧枯拉朽之势,刘邦不过因人成事耳。司马迁在此表中极尽吞吐抑扬之妙,非熟读精读者不能解开隐含其中的意思。三百年后,阮籍登广武楚汉旧战场,曾感慨而言曰:“时无英雄,遂使竖子成名!”其言虽有狂妄之嫌,但此语正从表中概括而出,可见确有弦外之音。

萧何、曹参、张良、陈平皆为高祖功臣,《史记》亦以《萧相国世家》《曹相国世家》《留侯世家》《陈丞相世家》为序,依次将四人作为开国元勋加以记录。作者对此四位功臣的建汉之功赞扬有加,但读者较少注意到太

---

① [汉]司马迁:《史记》,北京:中华书局,1959年,第407页。
② [汉]司马迁:《史记》,北京:中华书局,1959年,第760页。

史公对此四人实则颇有微词。这微词来自两方面：一为诛功臣，二为诛诸吕。刘邦建汉之后，大封异姓王八人，但不久即除去功臣七人，唯无功之长沙王吴芮独存。韩信于汉之建国屡建奇功，但韩信却成为刘邦除去的第一个功臣。《淮阴侯列传》写吕后欲诛韩信，惧韩信不至，故遣萧何骗韩信说刘邦已平叛成功，并劝韩信曰："虽疾，强入贺。"韩信一入宫，吕后即使武士缚信，斩之长乐钟室，遂夷信三族。萧何因此功拜相国，益封五千户。《萧相国世家》末太史公曰："萧相国何于秦时为刀笔吏，录录未有奇节。及汉兴，依日月之末光，何谨守管钥，因民之疾〔秦〕法，顺流与之更始。淮阴、黥布等皆以诛灭，而何之勋烂焉。位冠群臣，声施后世，与闳天、散宜生等争烈矣。"①此中微言有三：一言萧何并无奇才，唯从刘邦而发达；二言萧何之闪光恰为诛韩信、黥布有功；三言韩信、彭越、黥布诸功臣皆被戮，萧何始"位冠群臣，声施后世"。萧何之如此显赫，司马迁显然非首肯之言，憎恶之情、感慨之叹俱形于笔端纸背。陈平亦如是，他助刘邦、吕后与功臣相斗。刘邦疑忌韩信，陈平问刘邦："陛下精兵孰与楚？""上曰：'不能过。'平曰：'陛下将用兵有能过韩信者乎？'上曰：'莫及也。'平曰：'今兵不如楚精，而将不能及，而举兵攻之，是趣之战也。窃为陛下危之。'上曰：'为之奈何？'平曰：'古者天子巡狩，会诸侯。南方有云梦，陛下弟出伪游云梦，会诸侯于陈。陈，楚之西界，信闻天子以好出游，其势必无事而郊迎谒。谒，而陛下因禽之，此特一力士之事耳。'"②此方导致韩信被刘邦袭捕。韩信为刘邦所诛，实为一大冤案，刘邦仅仅是"人有上书告楚王韩信反"，即欲兴兵诛信。韩信在拥有重兵、项羽未灭之时不反，此时天下已定，何反之有？陈平此时不为韩信辩诬，反而助纣为虐，成为刘邦大杀功臣的左右手，其目的唯有自我保全和盗取功劳。但以此自全窃功，未免太无耻。孝惠帝崩，吕后"哭，泣不下。留侯子张辟强为侍中，年十五，谓丞相曰：'太后独有孝惠，今崩，哭不悲。君知其解乎？'丞相曰：'何解？'辟强曰：'帝毋壮子，太后畏君等。君今请拜吕台、吕产、吕禄为将，将

① ［汉］司马迁：《史记》，北京：中华书局，1959 年，第 2020 页。

② ［汉］司马迁：《史记》，北京：中华书局，1959 年，第 2056~2057 页。

兵居南北军，及诸吕皆入官，居中用事，如此则太后心安，君等幸得脱祸矣。'丞相乃如辟强计。太后说，其哭哀"①。此中丞相正是陈平。陈平为了自保，不惜毁刘氏江山，何忠臣之有？司马迁的高明之处，是在此段之后，紧承上文，写了"吕氏权由此起"一句，道出这位大汉丞相，几毁了刘氏天下。陈平参与灭诸吕，实因吕后去世，利用刘襄、刘章、灌婴等人联合反吕之机，充其量不过是一个投机家而已。司马迁对张良亦如是。张良身为帝王之师，刘邦对他一向十分信赖，他完全可以居中将刘邦与诸功臣的关系调整得好一些，但他却一言不发，导致刘邦大杀功臣。至于曹参，司马迁在《曹相国世家》末评曰："曹相国参攻城野战之功所以能多若此者，以与淮阴侯俱。及信已灭，而列侯成功，唯独参擅其名。"②曹参立功甚多，是因为他紧跟韩信，至韩信死于非命，参才崭露头角。如此写曹参，贬多于褒，不言自明。

**（七）明贬其非，实则正叹其是**

《魏世家》载太史公曰："说者皆曰魏以不用信陵君故，国削弱至于亡，余以为不然。天方令秦平海内，其业未成，魏虽得阿衡之佐，曷益乎？"③若仅读《魏世家》太史公云云，似真以为太史公信仰宿命，若再读《魏公子列传》，"秦闻公子死，使蒙骜攻魏，拔二十城，初置东郡。其后秦稍蚕食魏，十八年而虏魏王，屠大梁"④，可见，太史公实以为信陵君一身系国家安危。《魏世家》所云，实深惜信陵君之以毁废，而咎魏王之自毁其长城。二传合读，则赞论之意自现。司马迁在《楚元王世家》之中正面道出此理："国之将兴，必有祯祥，君子用而小人退；国之将亡，贤人隐，乱臣贵。……甚矣，'安危在出令，存亡在所任'，诚哉是言也！"⑤可见，太史公实认为国家兴亡在于人而非天，故《魏世家》太史公云云并非出自太史公真意，明贬其非，实正叹其是矣。

---

① ［汉］司马迁：《史记》，北京：中华书局，1959 年，第 399 页。
② ［汉］司马迁：《史记》，北京：中华书局，1959 年，第 2031 页。
③ ［汉］司马迁：《史记》，北京：中华书局，1959 年，第 1864 页。
④ ［汉］司马迁：《史记》，北京：中华书局，1959 年，第 2384 页。
⑤ ［汉］司马迁：《史记》，北京：中华书局，1959 年，第 1990 页。

### （八）以议代叙，做翻案文章

最著名者为《淮阴侯列传》之太史公曰："假令韩信学道谦让，不伐己功，不矜其能，则庶几哉。于汉家勋可以比周、召、太公之徒，后世血食矣。不务出此，而天下已集乃谋叛逆，夷灭宗族，不亦宜乎！"①韩信确有种种取死之道，如不够谦让，矜伐己功，甚至对刘邦率兵亦仅言"陛下能将十万"，而自言"臣多益善耳"。且"羞于绛（周勃——笔者）、灌（灌婴——笔者）等列"，连对樊哙亦感慨曰："生乃与哙等伍！"绛侯周勃、颍阴侯灌婴、舞阳侯樊哙皆为一时功臣，但与韩信相比，均大大逊色。但韩信最终被杀，夷三族。对于汉初如此重大的一桩案件，司马迁实自有其看法。

《淮阴侯列传》详细记载了武涉、蒯通两次说韩信之言。武涉说信，在韩信破魏、灭赵、收代、平齐之后。此时，韩信之势力已及大半中国，项羽、刘邦均无此辽阔的土地、精良的军队。韩信实已与刘邦、项羽成三足鼎立之势，故项羽派说客武涉游说韩信背汉助楚。武涉游说之辞，约二百四十余字，《淮阴侯列传》均详加记载。且武涉说辞中有深入骨髓之言："足下所以得须臾至今哉，以项王尚存也。当今二王之事，权在足下。足下右投则汉王胜，左投则项王胜。项王今日亡，则次取足下。"韩信却言："臣事项王，官不过郎中，位不过执戟，言不听，画不用，故倍楚而归汉。汉王授我上将军印，予我数万众，解衣衣我，推食食我，言听计用，故吾得以至于此。夫人深亲信我，我倍之不祥，虽死不易。幸为信谢项王。"②武涉去后，蒯通复游说韩信。蒯通之说辞较武涉更为警策："且臣闻勇略震主者身危，而功盖天下者不赏。……夫势在人臣之位而有震主之威，挟不赏之威，名震天下，窃为足下危之。"③如此透彻地分析君臣关系，可谓深刻矣。但韩信却"犹豫不忍倍汉，又自以为功多，汉终不夺我齐，遂谢蒯通"。后来的事实却不幸为蒯通所言中，"项羽已破，高祖袭夺齐王军"。而这发生在刚刚消灭项羽之后。从整个传记观之，武涉、蒯通两段说辞占了整个《淮阴侯

① ［汉］司马迁：《史记》，北京：中华书局，1959 年，第 2630 页。
② ［汉］司马迁：《史记》，北京：中华书局，1959 年，第 2622 页。
③ ［汉］司马迁：《史记》，北京：中华书局，1959 年，第 2625 页。

列传》四分之一的篇幅，与全文比例失调。班固写《汉书》时则将蒯通说辞整个揭出，另撰《蒯通传》。但班固的安排已远离司马迁之良苦用心，太史公如此用笔，正见韩信之心全在汉，虽以通之说喻百端，却终不为动。如此，后之诬反，并灭其族，实为冤案矣。《史记》全载两段说辞，正在暗示韩信不反。这桩为高祖、吕后钦定的御案，在司马迁的笔下以特殊的笔法得到了昭雪。

**（九）以志怪手法表达作者爱憎**

《魏其武安侯列传》写田蚡仰仗王太后之势，于元光四年十月、十二月先后杀害灌夫、窦婴，“其春，武安侯病，专呼服谢罪，使巫视鬼者视之，见魏其、灌夫共守，欲杀之。竟死”①。武安侯所得之病极怪，视鬼之巫所见亦甚奇。但武安依势陷杀两位大臣，二大臣亦终变厉鬼杀之。其事未必真，太史公如此来写，当为天下后世擅权者之戒。其实，此盖因太史公极恶武安，故借鬼杀之耳。此等荒诞不经之异闻，司马迁写入《史记》，当为表达一种爱憎之情，读者自当不必拘泥于史书志怪。

《李将军列传》曰：“广出猎，见草中石，以为虎而射之，中石没镞，视之石也。因复更射之，终不能复入石矣。”②射虎入石作为一种传说，古已有之。《吕氏春秋》之养由基、《韩诗外传》之熊渠子、《北史》之李万岁，皆有此类故事。但太史公为李广写上这一笔，顿使李广之善射更显精彩。

《五宗世家》载：“临江闵王荣，以孝景前四年为皇太子，四岁废，用故太子为临江王。四年，坐侵庙垣为宫，上征荣。荣行，祖于江陵北门。既已上车，轴折车废。江陵父老流涕窃曰：‘吾王不反矣。’荣至，诣中尉府簿。中尉郅都责讯王，王恐，自杀。葬蓝田。燕数万衔土置冢上，百姓怜之。”③刘荣先为太子，因其母栗姬在宫廷争宠中失败而被废，后竟因“侵庙垣为宫”之罪为郅都逼迫自杀。“燕数万衔土置冢上”这一奇闻并非史书为志怪而志怪，而是借此以言禽兽尚哀怜之，而人却不知怜。

---

① ［汉］司马迁：《史记》，北京：中华书局，1959年，第2854页。
② ［汉］司马迁：《史记》，北京：中华书局，1959年，第2871页。
③ ［汉］司马迁：《史记》，北京：中华书局，1959年，第2094页。

## 三、《史记》的艺术特色

《史记》是中国第一部纪传体通史，也是一部优秀的传记文学之作。《史记》的文学成就，各种文学史著作皆有论述，其论述的角度、内容不尽相同，作为首创的纪传体历史文学名著，其写人艺术应当是其中最为重要的特色。就写人艺术而言，《史记》最值得称道的是其剪裁艺术与悲剧抒情色彩。

### （一）《史记》的剪裁艺术

论及《史记》的写人艺术，应当注意，《史记》首先是一部历史著作。作为历史著作，尽管它可以以人物为中心，开创纪传体的体例，但是，处理史料仍然是其撰写的首要任务。因为，任何史传文学均不可能在不受史料限制的情况下进行创作。所以，无论任何文学史在谈及《史记》的文学成就时，均应将《史记》对史料的处理列为论述的首位。

某些文学史在论及《史记》对史料的剪裁艺术时，将“互见法”提到较高的位置，以为“互见法”可以概括《史记》处理史料的全部特点，此论似欠妥。“互见法”仅只是作者处理史料的方法之一，并非《史记》处理史料的全部。《史记》处理史料最为重要的仍然是选材与剪裁。

刘向、扬雄、班氏父子皆称《史记》为“实录”，可见《史记》忠实于历史的真实。既要忠实于历史的真实，又要塑造出栩栩如生的艺术形象，所以，对史料的选择、剪裁、安排即是《史记》作为历史文学成功的第一步。《留侯世家》曰：“留侯从上击代，出奇计马邑下，及立萧何相国，所与上从容言天下事甚众，非天下所以存亡，故不著。”①可见，司马迁写作《史记》，绝非有史必录，而是对史料进行了认真的选择、提炼，作者选取的是那些最能表现人物特点的言行。

《史记》的成功首先是在充分把握史料的基础之上，先求得对所写人

---

① ［汉］司马迁：《史记》，北京：中华书局，1959年，第2047～2048页。

物的思想、性格有一个总体的认识。在此基础之上,抓住人物一生中最有典型意义的事件和行动,剪裁取舍,穿插安排,突出其主要特点。

如《项羽本纪》,对项羽这位叱咤风云、不可一世,八年之中骤起骤灭的悲剧人物,作者紧紧抓住其“力拔山兮气盖世”的霸王之气,表现他英勇善战、勇猛剽悍的气概和政治昏庸、寡谋轻信、刚愎自用、忌贤妒能的性格。对他24岁起兵之前的生平只略加点染,着重写其起兵反秦直至兵败自刎的八年。此八年之中,作者又以巨鹿之战、鸿门宴、垓下之围作为重点。巨鹿之战,项羽杀卿救赵,摧毁暴秦主力,从根本上扭转了秦末农民起义的军事颓势,并由此登上历史舞台。鸿门宴,由于他对反秦斗争胜利后的总局势缺乏基本认识,陶醉于军事斗争的赫赫武功之中,在与刘邦集团的斗争中一再陷于政治上的被动,种下日后败亡之根。垓下之围,大势已去,他又不能苟活于世聚集力量,以图东山再起,最终跑到乌江自刎。这三件大事,概括了项羽一生的主要轨迹,揭示了项羽败亡的原因。

再如《李将军列传》。李广为汉代名将,他的一生,是才高名蹇的一生。司马迁基于对传奇人物李广的这一基本理解,着重突出其无双的才气与悲惨的命运。为此,传记从李广一生七十余次战斗中精选了三次凶险异常的战斗。在这三次战斗中,李广并无赫赫战功,但一般将领遭此凶险早已身亡命丧,李广却能在这些众寡悬殊的战斗中安然脱身,使李广的才气得到了充分的体现。李广的才气还表现在善射上。传记一再突出李广的这一绝技,如用匈奴射雕者作对比、映衬,三次战斗中以善射挫败敌兵锐气,以及在传记中渲染射虎入石的传奇事件。李广的带兵亦极具才气。他治军简易,非以常将之法带兵,而以才将之法带兵。另外,传记又突出了李广命运的悲惨。李广才气无双却终生未得封侯,而“人在下中,名声出广甚远”的李蔡,却“身为列侯,位至三公”。最终,在大将军卫青多挟私心的临阵调遣之中,李广因迷失道路而含恨自杀。

### (二)《史记》的悲剧抒情色彩

鲁迅曾称《史记》为“史家之绝唱,无韵之《离骚》”。称《史记》为《离骚》,显然十分看重《史记》的抒情色彩。《史记》的抒情色彩是由多方面的原因形成的。

1.司马迁的悲剧心理。这一悲剧心理并非仅仅是由惨遭宫刑引发的,即使不受宫刑,司马迁也同样具有典型的悲剧心理。这种悲剧心理的形成来自他两个方面的内心体验:一是渴望自己成为继周公、孔子之后的中华民族的第三位文化巨人的内心自许,二是身膺五百年大运的神秘宗教体验。《太史公自序》:"太史公曰:'先人有言:"自周公卒五百岁而有孔子。孔子卒后至于今五百岁,有能绍明世,正《易传》,继《春秋》,本《诗》《书》《礼》《乐》之际?"'意在斯乎!意在斯乎!小子何敢让焉。"这段父子之间的对话,极为明白地表达了司马迁父子两代以周、孔自居的圣人情结与神秘的五百年轮回的宗教体验。这一宏伟博大的人生目标使司马迁的情感世界变得极为空旷、忧郁、寂寞,使他的内心世界常常处于一种不满足的状态之中,在理想与现实之间存在着永远无法缩短的情感距离。他的悲剧心理即产生于这一中心地带,他好奇的审美心理是满足这一悲剧心理的一种形式。以这种悲剧心理来抒写中华民族的传奇英雄,司马迁毫无例外地要写出这些历史人物的惨烈、悲壮、崇高,因此亦为《史记》带来了巨大的悲剧感①。

2.《史记》描写了大量的悲剧人物,这是造成《史记》抒情色彩的重要原因之一。其中,有为社会变革而牺牲的悲剧人物,如实行变法而被车裂的商鞅,败于章邯而为叛徒杀害的陈胜,为铲除诸侯势力维护中央集权而被误斩的晁错。他们代表着历史前进的方向,却为历史的前进付出了沉重的代价。有一心为国而终不被用的悲剧人物,如"信而见疑,忠而被谤"最后自沉汨罗的屈原,为解邯郸之围而率敢死队战死的李同。他们有崇高的理想、高尚的气节,为自己的国家英勇献身。有曾显赫一时,但终因个人的某些错误而悲壮离开人世的悲剧人物,如胡服骑射,使赵国强大一时的赵武灵王,"九合诸侯,一匡天下"的齐桓公,为秦末农民起义立下赫赫战功的西楚霸王项羽。有为一代王朝立过奇功而最终却因最高统治者猜忌而被杀害的悲剧人物,如为秦国打天下的白起,为秦朝守边关的蒙

① 陈桐生:《百年〈史记〉研究的回顾与前瞻》,《文学遗产》2001年第3期,第128页。

恬，为汉朝开国立下奇功的韩信、黥布、彭越，为平定吴楚七国之乱巩固汉朝中央集权建有奇功的周亚夫，为抗击匈奴出生入死最终含恨而自刎的李广。也有为道义、为理想奔走不息、至死不悔的悲剧人物，如刺秦王而被杀的荆轲，为救护赵氏孤儿而牺牲的公孙杵臼，为知己报仇而视死如归的豫让、专诸、聂政，为自己的理想、主张而终生奔走始终不遇的孔丘、孟轲等。这些人物，在《史记》塑造的人物长廊中所占比例最大，亦最为感人。大量悲剧人物为《史记》的悲剧抒情奠定了基础。

《史记》全书的悲剧人物约有120多位，在《史记》112篇人物传记中，以悲剧人物标名者即达近60篇，尚有虽不以悲剧人物标名但作品的重要人物为悲剧人物者20余篇。作者对这些历史上的悲剧人物并非纯客观地进行叙述，而是对诸多人物倾注了大量情感。他把自己全部的爱憎寄托于笔下的人物形象身上，或通过叙事寄寓褒贬，或直抒胸臆。如《屈原贾生列传》在“王怒而疏屈平”句后，作者写下了一段著名的抒情文字：“屈平疾王听之不聪也，谗谄之蔽明也，邪曲之害公也，方正之不容也，故忧愁幽思而作《离骚》。离骚者，犹离忧也。夫天者，人之始也；父母者，人之本也。人穷则反本，故劳苦倦极，未尝不呼天也，疾痛惨怛，未尝不呼父母也。屈平正道直行，竭忠尽智以事其君，谗人间之，可谓穷矣。信而见疑，忠而被谤，能无怨乎？屈平之作《离骚》，盖自怨生也。《国风》好色而不淫，《小雅》怨诽而不乱，若《离骚》者，可谓兼之矣。上称帝喾，下道齐桓，中述汤武，以刺世事。明道德之广崇，治乱之条贯，靡不毕见。其文约，其辞微，其志洁，其行廉，其称文小而指极大，举类迩而见义远。其志洁，故其称物芳。其行廉，故死而不容。自疏濯淖污泥之中，蝉蜕于浊秽，以浮游尘埃之外，不获世之滋垢，皭然泥而不滓者，推此志也，虽与日月争光可也。”①在《伯夷叔齐列传》中，作者在简略地记载了伯夷、叔齐的生平之后，又饱含深情不无愤激地写道：“或曰：‘天道无亲，常与善人。’若伯夷、叔齐，可谓善人者非邪？积仁洁行如此而饿死！且七十子之徒，仲尼独荐颜渊为好学。然回也屡空，糟糠不厌，而卒蚤夭。天之报施善人，其何如

① ［汉］司马迁：《史记》，北京：中华书局，1959年，第2482页。

哉！盗跖日杀不辜，肝人之肉，暴戾恣睢，聚党数千人横行天下，竟以寿终。是遵何德哉？此其尤大彰明较著者也。若至近世，操行不轨，专犯忌讳，而终身逸乐，富厚累世不绝。或择地而蹈之，时然后出言，行不由径，非公正不发愤，而遇祸灾者，不可胜数也。余甚惑焉，傥所谓天道，是邪非邪？”①这段感叹文字，其实是司马迁借伯夷、叔齐的为人遭际，抒发自己对人间是非颠倒的不平和愤慨。《游侠列传》的序文亦是一篇精彩的抒情散文。

《史记》中更多的抒情却是在貌似客观的叙事之中，寄寓着作者的激情。如《项羽本纪》对巨鹿之战、东城之战的精彩描写，似乎全无作者的感情，但是，正是这些精彩的文字，使项羽叱咤风云的形象永留史册。项羽在现实的斗争中失败了，但是，太史公的记述却使他的艺术形象得到了永生。

## 四、《史记》研究

### （一）《〈史记〉三家注》与《〈史记〉会注考证》

《〈史记〉三家注》是指宋代裴骃的《〈史记〉集解》、唐代司马贞的《〈史记〉索隐》、唐代张守节的《〈史记〉正义》。“三家注”原俱单行，后附刻正文之下，原注本反倒渐次失传，今唯《〈史记〉索隐》尚仅存有明汲古阁本。“三家注”附刻原文时多有删削，尤以《〈史记〉正义》为甚。司马贞作《补三皇本纪》题名“小司马氏”，采录各种传说，并作自注，宋以来各本俱列书首，清殿本始改附书尾。今通行中华书局本《史记》，将“三家注”附于正文之后，极便阅读。

20 世纪初，日本学者泷川资言的《〈史记〉会注考证》是《史记》研究的重要著作。此书对《〈史记〉三家注》进行全面整理，汇集《史记》注本 100 多种，吸收了《史记》研究的成果，补注了大量我国失传但在日本却仍保留

① ［汉］司马迁：《史记》，北京：中华书局，1959 年，第 2124~2125 页。

下来的《〈史记〉三家注》的有关资料，成为迄今为止《史记》最详细的注本。

《〈史记〉会注考证》虽然成果颇丰，但也存在不少错误，许多学者致力于《〈史记〉会注考证》的纠谬。台湾地区学者施之勉用力最勤，他发表了130余篇对此书进行正误的文章，最后结集为《〈《史记》会注考证〉补订》，成为对泷川资言著述最权威的补订之作。

### （二）20世纪的《史记》研究

1. 20世纪前半期的《史记》研究

（1）《史记》的传统考据研究。1917年近代国学大师王国维发表《殷卜辞中所见先公先王考》及《续考》两文，利用19世纪末出土的殷墟甲骨卜辞，证明《史记·殷本纪》论述的殷王世系大体可靠。他尚根据缀合的两片卜辞发现上甲之后几位殷代先王、先公的次序当是报乙、报丙、报丁，今传《史记》的报丁、报乙、报丙之序是后人传抄致误。王国维的研究为《史记》开辟了一条崭新的道路，即用出土文献与传世文献相互参证研究《史记》。此后，《史记》考古成为20世纪《史记》研究的一个重要方面。王国维尚有考察司马迁生平的重要论文《太史公行年考》，此文力主司马贞《〈史记〉索隐》奉孝景中五年为司马迁生年的说法，否定唐代张守节《〈史记〉正义》所载司马迁生于孝武建元六年之说。并由此文引发了20世纪下半叶有关司马迁生卒年的学术论争。

此期在考据上为《史记》研究做出贡献者尚有李笠《〈史记〉订补》、鲁实先《〈史记会注考证〉驳议》、靳德峻《〈史记〉释例》、吴国泰《〈史记〉解诂》、朱东润《〈史记〉考索》、李奎耀《〈史记〉丛考》、余嘉锡《太史公亡书考》等。

（2）《史记》的西方理论解读。伴随着19世纪末西方学术理论渐次传入中国，20世纪前半期的《史记》研究者开始用西方理论研究《史记》。梁启超的《中国史界革命案》即是运用西方理论开《史记》研究风气之先河。如此公开地以西方平等理论评价《史记》，亘古未有，虽未必皆如其言，但梁氏开启了以西方理论研究《史记》的先河。梁氏尚在《中国历史研究法》

一书中尝试运用西方经济学理论研究《史记·货殖列传》。

运用西方艺术理论研究《史记》者当首推李长之的《司马迁之人格与风格》一书。此书突破了明清以来对《史记》艺术的评点式研究的模式，较早运用西方艺术理论分析《史记》的艺术。李长之认为，司马迁吸收了楚、齐浪漫主义精神而成为自然主义浪漫派。司马迁的主导思想是道家，他的政治哲学建立在无为之上，他是不朽的抒情诗人。《史记》是纯正的散文。

2.“十七年”(1949—1966)的《史记》研究

(1)马克思主义理论的《史记》研究。从新中国诞生到“文化大革命”开始的“十七年”，是中国大陆《史记》研究的一个极为独特的时期。这一时期《史记》研究的总体特色是：尝试运用辩证唯物主义与历史唯物主义理论研究《史记》。在当时的政治气候与学术氛围中，一批老一辈学者都不约而同地肯定了《史记》的唯物主义思想和人民性，并由此肯定司马迁与《史记》。

侯外庐较早运用马克思主义研究《史记》，他认为司马迁是中国古代朴素唯物主义的思想家，司马迁的自然观与社会历史观均包含朴素唯物主义和辩证因素。《史记》将人民生活作为历史主体和研究对象，揭露了统治阶级的残暴，表现了强烈的人民性①。任继愈认为司马迁在宇宙观上继承了中国古代阴阳五行学说的唯物主义传统，在社会历史观上把历史看成是人类自己创造的历程，为社会历史的发展寻找物质根源②。白寿彝的《〈史记〉新论》亦是此期有代表性的著作。

但也有学者对此提出反驳，如王启兴、施锡才认为，英雄史观、历史循环论与神意史观建构了司马迁唯心主义历史观的体系③。

任访秋则尝试运用马克思主义理论分析《史记》的艺术成就。他认为，司马迁是伟大的现实主义作家，他善于选择表现人物人格个性特点的

---

① 侯外庐：《司马迁著作中的思想性和人民性》，《人民日报》1955 年 12 月 31 日。

② 任继愈：《司马迁的哲学思想》，《新建设》1956 年第 6 期。

③ 王启兴：《应该全面正确地评价司马迁的思想》，《文史哲》1965 年第 3 期。施锡才：《论司马迁与〈史记〉研究中的非马列主义倾向》，《文史哲》1965 年第 4 期。

事件刻画人物①。季镇淮运用马克思主义的典型理论，从选材、个性、共性诸方面评价《史记》，认为《史记》已经达到典型化的水平②。

“十七年”运用马克思主义研究《史记》存在着两种状况：一是将马克思主义作为具有指导意义的科学理论，在具体研究时坚持实事求是的精神；二是将马克思主义作为具有指导意义的科学理论，但在具体研究时却生搬硬套。某些研究者仅仅从概念出发，力主司马迁是唯物论者，而完全忽略了《史记》中大量存在的天人感应与终始循环的材料；而力主司马迁是唯心主义的研究者，又忽略了司马迁对客观规律的重视；力主《史记》是人民历史的研究者，却忽略了司马迁是站在封建王朝的立场上记叙王业的兴败；力主司马迁是地主阶级代表的研究者，又忽略了《史记》对民生的深切关注。这些研究实际上将马克思主义思想方法的指导，变成了《史记》是否符合马克思主义的对比研究。这种研究方式对“十七年”的《史记》研究造成了一定的负面影响。

(2)《史记》的整理出版。“十七年”《史记》研究最值得称道的是1959年中华书局出版了新点校本《史记》。此本以金陵书局本为底本，对《史记》正文及“三家注”进行了断句、标点，并为《史记》全书进行分段，成为目前存世《史记》诸本中最具权威性的通行本。《史记》的选注本中，王伯祥的《〈史记〉选》最为通行。此选本注释翔实，通俗易懂，对《史记》的普及起了极好的作用。

(3)《史记》的文献研究。“十七年”《史记》的文献研究中，首先值得提出者是贺次君的《〈史记〉书录》。此书著录了六朝至民国年间《史记》的各种写本、刻本、排印本60余种，进行了详细比勘，为校勘《史记》提供了诸多参考书。

其次，程金造的《史记》“三家注”研究，亦极具价值。他以15条证据证明《〈史记〉索隐》与《〈史记〉正义》互相联系，完全推翻了清儒钱大昕关

---

① 任访秋：《伟大的现实主义作家司马迁》，《长江文艺》1954年第8期。

② 季镇淮：《司马迁是怎样写历史人物的——从“实录”到典型化》，《语文学习》1956年8月号。

于司马贞、张守节生于同时而其书互不称引的结论①。他考察了明末汲古阁毛晋刊行单行本《〈史记〉索隐》的来源与价值，认为毛氏所据之本是唐初留传的小司马旧规模的钞本，而非北宋秘省刊本②。程氏尚对《史记》“三家注”的成就与问题作了全面分析③。

3.“文革”期间的《史记》研究

“文革”期间，《史记》研究中断。这一时期论文仅有15篇，另有一本北京卫戍区某部六连编写的《〈史记〉选译》。1974年为“评法批儒”发表了6篇研究《史记·秦始皇本纪》与《史记·李斯列传》的文章，只是为现实政治服务的一种手段。

4.新时期(1978年之后)的《史记》研究

(1)研究领域的空前拓展。在司马迁思想研究中，“文革”前仅限于天道观与社会历史观，新时期由于西方学术思想的重新输入，美学、民族学、民俗学、法学、天文学、军事学、伦理学、人才学、宗教学、政治学、农学、音乐学、礼学、地理学、医学、档案学、教育学、经学等各种角度均成为研究《史记》的切入点，使《史记》研究呈现出空前繁荣的局面。张大可认为，司马迁将人的欲望作为生产的动力，以农工商作为社会经济结构，肯定商业活动在社会生产中的纽带作用，大大超越了前人④。李泽厚、刘纲纪主编的《中国美学史》认为，“舒其愤”是司马迁美学思想的核心，是对以屈骚为代表的美学传统的继承与发展。施丁认为司马迁与董仲舒的政治思想大同而小异，纠正了此前人们关于二者对立的看法⑤。杨向奎认为司马迁是前期公羊学派的重要人物⑥。杨氏此文的发表，引发了一场关于司马迁与公羊学派的大讨论。

(2)多角度的艺术研究。郭双成的《〈史记〉人物传记论稿》从史学角

① 程金造:《从〈史记〉三家注商榷司马迁的生年》,《文史哲》1957年第2期。
② 程金造:《汲古阁本〈史记索隐〉之来源与价值》,《文史哲》1965年第4期。
③ 程金造:《论〈史记〉三家注》,《文史》第7辑。
④ 张大可:《司马迁的经济思想论述》,《学术月刊》1983年第10期。
⑤ 施丁:《司马迁与董仲舒政治思想相通论》,《中国史研究》1981年第2期。
⑥ 杨向奎:《司马迁的历史哲学》,《中国史研究》1979年第1期。

度研究《史记》的艺术，认为《史记》实录了战国以来封建社会的真实图景，寄寓了人民安居乐业、国家繁荣富强的社会理想。李文初认为，《史记》文史合一的特有形态反映了司马迁那个时代人们文史不分的观念①。韩兆琦认为《史记》是一部以悲剧人物为主体的作品②。刘振东认为，司马迁对有特异性的历史人物的推崇与偏爱，他在材料的选择上看重特异性的事件，叙事中特重情节的组织安排，调动多种艺术手段增强作品的特异色彩③。宋嗣廉《〈史记〉艺术美研究》从艺术辩证法的实录与想象、褒美与贬恶，人物性格的多样与统一、共性与个性等多角度研究《史记》的艺术美。可永雪《〈史记〉文学成就论稿》从艺术表现的写人、叙事、艺术结构、个性化语言等方面研究《史记》的艺术。莫励锋、李少雍、俞樟华、袁伯诚等则从艺术承传研究《史记》对此前艺术经验的吸取及对后世文学创作的影响。

(3)《史记》考古研究的收获。新时期的《史记》考古研究亦收获颇丰。陈直《〈史记〉新证》用考古文献与《史记》相互印证，使出土文献与传世文献相互参证。罗福颐、汤漳平据1972年山东银雀山出土的二百多字的《唐革赋》残简，认为“唐革”即《史记・屈原贾生列传》中的“唐勒”。《汉书・艺文志》所载的《唐勒赋》早已亡佚，银雀山出土残简保存了《唐勒赋》的些许原貌。1973年长沙马王堆汉墓出土帛书《战国纵横家书》，唐兰、杨宽、马雍、赵生群等就《史记・苏秦列传》的真实性及有关问题进行了讨论。1993年湖北荆门郭店楚墓出土了一批儒家、道家竹简，李沂等人用竹简本《老子》澄清了《史记・老子韩非列传》所载三个老子与《老子》一书的相互关系。庞朴等人用出土的思孟学派著作证实了《史记・孔子世家》所载的子思作《中庸》的记载，并理出了一条从孔子到思孟学派的发展线索。

(4)《史记》比较研究。钱锺书《管锥编》首开《史记》比较研究的先

---

① 李文初：《司马迁的观念与〈史记〉的文学价值》，《古典文学论丛》第三辑。

② 韩兆琦：《司马迁的审美观》，《北京师范大学学报》1982年第2期。

③ 刘振东：《论司马迁之“爱奇”》，《文学评论》1984年第4期。

河，钱氏此书收载了其论《史记》的 58 则札记，对《史记》进行了中外比较研究。李少雍将司马迁与古罗马作家普鲁塔克进行了全面比较，从时代、世界观、写作传记的目的、传记的内容与形式特点等方面，论述了司马迁的成就，得出了司马迁总体成就高于普鲁塔克的结论。黄新亚、刘清河、夏祖恩则将司马迁及《史记》与古希腊希罗多德及《历史》《旧约》进行了比较研究。

（5）《史记》研究的空前总结。陕西省司马迁学会编写了 200 万字的《历代名家评注〈史记〉集成》，业已交稿，即将出版。另一 3000 万字的皇皇巨著《〈史记〉研究集成》已完成“十二本纪”的编纂。这两部巨著是两千年《史记》研究的空前总结，是继《史记》“三家注”与《〈史记〉会注考证》之后《史记》研究的又一座丰碑。

**（三）《史记》研究书录举要**

（1）裴骃《〈史记〉集解》　（2）司马贞《〈史记〉索隐》

（3）张守节《〈史记〉正义》　（4）茅坤《〈史记〉钞》

（5）凌稚隆《〈史记〉评林》　（6）李光缙《增补〈史记〉评林》

（7）梁玉绳《〈史记〉志疑》　（8）吴见思《〈史记〉论文》

（9）李景星《〈史记〉评议》　（10）方苞《评点〈史记〉》

（11）张照《殿本〈史记〉考证》　（12）张文虎《校刊〈史记〉札记》

（13）崔适《〈史记〉探源》　（14）李笠《〈史记〉订补》

（15）郭嵩焘《〈史记〉札记》　（16）高步瀛《〈史记〉举要》

（17）陈直《〈史记〉新证》　（18）王伯祥《〈史记〉选》

（19）泷川资言《〈史记〉会注考证》

（20）水泽忠利《〈史记〉会注考证校补》

（21）韩兆琦《〈史记〉通论》

# 第四章 陶渊明研究

## 一、陶渊明的生平及陶集版本

陶渊明(约365—427),又名陶潜,字元亮,浔阳柴桑人。其曾祖为东晋大将军陶侃,祖父陶茂官至武昌太守,外祖父孟嘉是东晋名士。父亲早亡,至陶渊明时已家道中落。

陶渊明少怀高洁之趣,颖脱不羁,博学善属文,无出仕之意,一直在家闲居。29岁才出仕,任江州祭酒,由于"不堪吏职,少日自解归"。后陆续做过镇军参军、建威参军之类的小官,过着时隐时宦的生活。义熙元年(405年)出任彭泽令,后世亦称之为陶彭泽,在官八十余日即辞官归隐。从此便脱离了官场,再也没有出仕,一直过着躬耕自资的生活。这期间曾被诏征著作郎,辞不就,时人将他与刘遗民、周续之合称"浔阳三隐"(萧统《陶渊明传》)。陶渊明在归田之初,生活还算比较优裕,有田庄、僮仆。后来家中遭火灾,移居南村,生活日益贫困,常需朋友接济,最终在贫病交加中死去。因他数十年高蹈独善,辞征不就,所以当时人敬称为“陶徵士”(颜延之有《陶徵士诔》)。死后朋友私谥“靖节”。生平经历见于《晋书》《宋书》《南史》中的《隐逸传》及萧统的《陶渊明传》。

从陶渊明的生平简历中可以看出,他一生中为官时间不算太久,官职也不高,并且整个过程还是断断续续的。所以,确切地说,其十数年的为官期只不过是一个仕隐交替的过程。至于出仕的原因,陶渊明本人在诗文中曾多有提及,如《饮酒(其十九)》中说“畴昔苦长饥,投耒去学仕”,《归去来兮辞》序言亦称“耕植不足以自给,家叔以余贫苦,遂见用于小邑”,还有《晋书》本传所记载的曾自言“聊欲弦歌,以为三径之资”。可见他的入仕或是为眼前生活所迫,或是为以后归隐做物质准备,看来不应排除这是“为贫而仕”。但他之所以需要反复地仕隐徘徊才最终走向归隐,则在于他内心深处还不乏一种志士之怀。他“少年罕人事,游好在六经”(《饮酒(其十五)》),诵读儒家经书培养了他“猛志逸四海,骞翮思远翥”(《杂诗十二(其五)》)的人生志向,以及“少时壮且厉,抚剑独行游”(《拟古九首(其八)》)的豪侠之气,这说明陶渊明原本还是有着济世的豪情壮志,步入仕途自然也就成为实现其志向的一条途径。

然而,“日月掷人去,有志不获骋”(《杂诗十二首(其二)》),官场的虚伪污浊,社会的危机四伏,使得陶渊明对现实彻底失望了。他“质性自然”,与“真风告逝,大伪斯兴”的现实社会格格不入,仕途生涯使他深刻地认识到,置身于官场就不得不虚饰矫励,而虚饰矫励则必然有悖于他所崇尚的自然率真的人生志趣。同时他对当时的严酷现实也有深切的体察,在他所处的时代,有连续不断的杀伐篡乱,如王恭、殷仲堪之乱,孙恩、卢循起义,桓玄领兵占驻京师,刘裕征讨桓玄,以及后来的晋宋易代,一系列的风云变幻,血腥屠杀,正如《感士不遇赋》所言:“密网裁而鱼骇,宏罗制而鸟惊。彼达人之善觉,乃逃禄而归耕。”在官场他总是觉得“志意多所耻”(《饮酒(其十九)》),时常有身羁仕途心念山泽的感受,“目倦川途异,心念山泽居。望云惭高鸟,临水愧游鱼”(《始作镇军参军经曲阿作》),“田园日梦想,安得久离析”(《为建威参军使都经钱溪》)。仕宦的经历使他产生了一种“违己交病”的内心痛苦，他不愿违背内心，向现实妥协，在俗世的“尘网”中淹没自我。于是“和风不洽，翻翮求心”（《归鸟》），他决意远遁嚣尘臭处的恶浊社会，追求返璞归真的理想人生，最终走上了归隐田园的道路，在躬耕自资的生活中找到自己的人生归宿。归田之后，他以耕读自娱，以诗酒为伴，尽管也曾有朝廷征召的诱惑，但又怎能与优美纯朴的田园生活相比；尽管也免不了经受躬耕陇亩的艰辛，甚至还陷入衣食不继的困境，但他却从而保持了洁身守志的精神品格，实现了超然自得的人生理想。陶澍《靖节先生集·诸家评陶汇集》引朱熹的话说：“晋宋人物，虽曰尚清高，然个个要官职，这边一面清谈，那边一面招权纳货。陶渊明真个能不要，此所以高于晋宋人物。”

陶渊明最早的作品集子是梁萧统所编《陶渊明集》，合序、目、诔、传而为八卷，北齐阳休之在此基础上增为十卷本，隋时已亡其序目，故《隋书·经籍志》著录为九卷。最早的刊本是北宋时期宋庠的十卷本。以上诸本皆不传。现存皆南宋以后的刊本，《蔡宽夫诗话》云：“《陶渊明集》世既多本，较之不胜其异，有一字而数十字不同者，不可概举。”这说明《陶渊明集》流传广，版本多，各本文字上的差异在宋代已是难以解决的问题，并且还掺入有不少他人之作。传世的《陶渊明集》有十几种刻本，其中较有名的有以下几种：(1)曾集诗文两册本。此本为南宋绍熙三年刊，在清光绪时有影刻本。(2)汲古阁藏十卷本。此本亦为南宋刊，有清咸丰、光绪两种影刻本。(3)焦闳藏八卷本。亦为南宋刊，今则有明代焦闳的翻宋本。(4)宋末汤汉注本四卷。有嘉庆吴骞刻本。(5)元初李公焕《笺注陶渊明集》十卷本。此本为陶集首部集注本，明清两代屡见重刻，收入《四部丛刊》。(6)苏写本。此本乃传为苏轼笔迹的元刊苏写大字本，有清同治何氏笃庆堂影本。(7)何孟春《陶靖节集》十卷。明正德十三年刻本，嘉靖二年重刻。(8)黄文焕《陶诗析义》四卷本。光绪二年重刻。(9)清陶澍《靖节先生集》十卷本。此本乃依据前人各家注释，资料最为详尽，收入《四部备要》。

## 二、陶渊明的诗歌内容

陶渊明诗歌今存近130首。陶诗中最令人称道的是他对田园生活的描写，他一生对自然田园深怀热爱之情，淡泊自持的躬耕生活使他感到无比的欣然自得。因此，他用优美的诗歌描绘了与归田生活相关的各个方面。

描写田园优美的自然风光和闲适自得的愉悦心情，是陶渊明田园诗的一个主要内容。归隐后所写的《归园田居（其一）》在这方面是很有代表性的。“方宅十余亩，草屋八九间。榆柳荫后檐，桃李罗堂前。暧暧远人村，依依墟里烟。狗吠深巷中，鸡鸣桑树颠。”这里有足以养生的土地，有环境优美的居所，淡远宁静的村落，安居乐业的人家，共同组成一幅美妙的乡村图景。大自然中往往有令人欣喜的季节变化。“鸟弄欢新节，泠风送余善”“平畴交远风，良苗亦怀新”（《癸卯岁始春怀古田舍二首》），描绘的是新春季节，鸟儿欢鸣，和风送暖；“有风自南，翼彼新苗”（《时运》），描绘的是山下平旷的田野中，雨后的新苗迎着和暖的南风轻柔摆动；“蔼蔼堂前林，中夏贮清阴。凯风因时来，回飙开我襟”（《和郭主簿（其一）》），描绘的是暑夏时节，阵风送爽。诗人就是在这样优美的环境中耕读、饮酒，品尝着恬淡闲适的人生。再如《读〈山海经〉（其一）》：

孟夏草木长，绕屋树扶疏。众鸟欣有托，吾亦爱吾庐。既耕亦已种，时还读我书。穷巷隔深辙，颇回故人车。欢然酌春酒，摘我园中蔬。微雨从东来，好风与之俱。泛览周王传，流观山海图。俯仰终宇宙，不乐复何如！

这里完全没有俗世的喧嚣浮华，而是一种静美和乐、悠然自得的生活，它以平淡充实的特色给人以称心足意的人生感受，难怪诗人要为此而“聊用忘华鳞”了。

陶渊明在诗中还歌咏了农业劳动和农村淳朴的人际关系。他写有一组《劝农》诗，共5首，表达了对耕种劳作的重视态度：“民生在勤，勤则小匮。宴安自逸,岁暮奚冀?担石不储,饥寒交至。顾余俦列,能不怀愧。”这说明他并不像当时的士大夫那样轻视劳动,也不同于一般隐士仅止于吟唱理想中的田园牧歌,而是对人生有着非常贴近现实的理解。他的躬耕稼穑本就是对这种人生的实践。“晨兴理荒秽,戴月荷锄归。道狭草木长,夕露沾我衣。衣沾不足惜,但使愿无违。”(《归园田居(其三)》)再看《庚戌岁九月中于西田获早稻》:

人生归有道,衣食固其端。孰是都不营,而以求自安!开春理常业,岁功聊可观。晨出肆微勤,日入负耒还。山中饶霜露,风气亦先寒。田家岂不苦,弗获辞此难。四体诚乃疲,庶无异患干。盥濯息檐下,斗酒散襟颜。遥遥沮溺心,千载乃相关。但愿常如此,躬耕非所叹。

相对于空谈玄虚而“耻于农桑”的文士来说,陶渊明的人生价值取向要充实、高远得多。这也同样使传统的“谋道不谋食”观念显出某种程度上的狭隘、虚泛。陶渊明是从田园耕凿的忧勤中讨出了田园生活之乐趣。在躬耕自资的生活中,人际交往是淳朴的。“时复墟里人,披草共来往。相见无杂言,但道桑麻长。”“漉我新熟酒,只鸡招近局。”(《归园田居(五首)》)“邻曲时时来,抗言谈在昔。奇文共欣赏,疑义相与析。”“春秋多佳日,登高赋新诗。过门更相呼,有酒斟酌之。农务各自归,闲暇辄相思,相思则披衣,言笑无厌时。”(《移居二首》)“秉耒欢时务,解颜劝农人。平畴交远风,良苗亦怀新……日入相与归,壶浆劳近邻。长吟掩柴门,聊为陇亩民。”(《癸卯岁始春怀古田舍(其二)》)“有客赏我趣,每每顾林园。谈谐无俗调,所说圣人篇。或有数斗酒,闲饮自欢然。”(《答庞参军》)邻居来往不带任何功利性动机,完全出于自然率真的情义;来客没有丝毫勉强,得空便至,主人也不觉麻烦,热情款待;所谈则不涉俗务杂事,唯有诗酒桑麻,情味真朴,融洽和乐。

随着时日推移,特别是家中遭遇大火,陶渊明的生活日益贫困起来,这在他的诗中也有一定程度的反映。如“正夏长风急,林室顿烧燔。一宅无遗宇,舫舟荫门前”(《戊申岁六月中遇火》),突起的大火把他的家烧为灰烬,使他的生活陷入困顿不堪的境地。《怨诗楚调示庞主簿邓治中》对这种艰难苦楚有十分真切的描述:“炎火屡焚如,螟蜮恣中田。风雨纵横至,收敛不盈廛。夏日抱长饥,寒夜无被眠。造夕思鸡鸣,及晨愿乌迁。”洪旱之灾为患于农耕,在“旧俗既没,新谷未登”的青黄不接时期,日子更加艰难,有时竟会使他生出“常善粥者心,深念蒙袂非”(《有会而作》)之念,对“贫者不食嗟来之食”的做法表示责怪;有时甚至达到不得不乞食的地步,“饥来驱我去,不知竟何之。行行至斯里,扣门拙言辞”,受人一饭之恩,他就要“感子漂母意”,并想着“冥报以相贻”(《乞食》)。生活上的艰辛酸苦也使他内心常有矛盾痛苦,因而诗中也一再出现嗟老叹贫、感慨志向无成的内容。叹家贫者,如《有会而作》:“弱年逢家乏,老至更长饥。菽麦实所羡,孰敢慕甘肥。”悲老病者,如《杂诗(其七)》:“弱质与运颓,玄鬓早已白。”患事业无成者,如《荣木》:“嗟予小子,禀兹固陋。徂年既流,业不增旧。志彼不舍,安此日富。我之怀矣,怛焉内疚。”还有《杂诗(其二)》:

白日沦西阿,素月出东岭。遥遥万里晖,荡荡空中景。风来入房户,夜中枕席冷。气变悟时易,不眠知夕永。欲言无予和,挥杯劝孤影。日月掷人去,有志不获骋。念此怀悲凄,终晓不能静。

《杂诗(其五)》“忆我少壮时”则是写当他逸四海的“猛志”已去,气力日渐衰损之时,所感到的迷茫忧惧。这说明归隐后的陶渊明也不可能完全是“浑身静穆”,他的内心也时常产生矛盾苦闷。其深沉的怅惘悲哀不仅仅来自切身之苦的饥贫老病和“有志不获骋”的愁情悲意,还来自更为深远意义上的生命感喟。“一世异朝市,此语真不虚。人生似幻化,终当归空无。”(《归园田居(其四)》)“荣华难久居,盛衰不可量。”(《杂诗(其三)》)“流幻百年中,寒暑相推移。常恐大化尽,气力不及衰。”(《还旧居》)岁月变动不居,人世幻化难量,古往今来困扰人类的生命意识也一次次从他的诗中深沉地流露出来,使我们看到一个伟大诗人完整而真实的人生。

但是陶渊明的脱俗高远就在于其心中忧虑总能得到自我排遣,从而求得内心的平衡。《形影神》三章最能够反映他由矛盾到醒悟、解脱的心路历程。第一章《形赠影》,说人的生命不会永久,唯有纵酒忘忧:“我无腾化术,必尔不复疑。愿君取吾言,得酒莫苟辞。”第二章《影答形》,则是以功名相劝:“身没名亦尽,念之五情热。立善有遗爱,胡可不自竭。酒云能消忧,方此讵不劣!”第三章《神释》,超脱于生死、功名之上:“老少同一死,贤愚无复数。日醉或能忘,将非促龄具?立善常所欣,谁当为汝誉?甚念伤吾生,正宜委运去。纵浪大化中,不喜亦不惧,应尽便须尽,无复独多虑。”委运任化,追求达生得意的自然人生,既可以消解祸患百生的社会给人带来的感伤忧愤,又可以保持真淳的本性,从而获得一种自得的人生意趣。不难看出,正是以老庄哲学为基础的魏晋玄学思想给了陶渊明人生的启发,使他把握住了人生的真谛,为自己找到安身立命的理论依据。然而自得的理想人生,其真正实现则有赖于具体生活方式的选择,陶渊明就是通过归耕田园的生活捕捉到了超然自得的人生真意。他是“把玄学虚远的理想和切实的耕稼生活结合了起来,一方面委心于玄学之所谓‘自然’的运化中,另一方面又委身于淳朴的邻里之交的田园‘自然’中”①。在躬耕自资、淡泊自持的田园生活中,既深刻地感悟着达生贵我、知足常乐的人生之理,从而获得心灵的喜悦和心愿的满足,同时也坚持了一个不屈已、不媚俗的“真我”品格和“固穷”气节。就前者而言,亲事农桑虽说有“晨兴理荒秽,戴月荷锄归”的艰辛,但“衣沾不足惜,但使愿无违”(《归园田居(其三)》),“四体诚乃疲,庶无异患干”(《庚戌岁九月中于西田获早稻》),心灵安顿下来,心愿得偿,便决意“托身已得所,千载不相违”(《饮酒(其四)》)。就后者而言,正因为要尽心于“桑麻日已长,我土日已广。常恐霜霰至,零落同草莽”(《归园田居(其二)》)的实际生活,才可以避免尘俗的诈伪虚矫对人性的异化,返璞归真,超脱旷达,而没有“当世士”一般“冰炭满怀抱”(《杂诗(其四)》)的人格扭曲,从而保持了一个率性自然的真淳自我。“商歌非吾事,依依在耦耕。投冠旋旧墟,不为好爵萦。养真衡茅下,庶以善自名”(《辛丑岁七月赴假还江陵夜行涂口》),这种率真绝俗的品性是陶渊明的精神归宿。有了这个安身立命的立足点,就可以

① 王钟陵:《中国中古诗歌史》,南京:江苏教育出版社,1988 年,第 542 页。

坚强地面对生活的窘迫,“岂不实辛苦,所惧非饥寒。贫富常交战,道胜无戚颜”(《咏贫士(其五)》)。在饥寒交迫的困境中,“斯滥岂攸志,固穷夙所归”(《有会而作》),坚持了一种洁身守志的“固穷”气节。“芳菊开林耀,青松冠岩列。怀此贞秀资,卓为霜下杰”(《和郭主簿(其二)》),青松秋菊,傲霜不屈,正是诗人的自我写照。所以,高旷自然的人生志趣与洁身守志的不屈节操就是这样在陶渊明身上辩证地统一起来,他是在平凡实在的生活中达到了高洁脱俗的人生境界。

陶渊明还有一些属于咏史类的诗歌,如《咏三良》《咏荆轲》《咏二疏》以及《咏贫士七首》《读〈山海经〉十三首》中的一部分。所吟咏的对象,有侠义的刺客,如荆轲;有战天斗地的神话英雄,如夸父、精卫;有出仕登朝却被殉葬的良人,如子车氏三良;有功成身退、遗落荣华的高士,如汉代的疏广、疏受;有不纳忠谏而结局可悲的君主,如齐桓公;有安贫守贱的贫士,如荣启期、原宪、黔娄等。通过这些人物事迹,或是表达诗人对社会人生的认识,或是用以寄托自己避世绝俗、安贫乐道的想法,“何以慰吾怀,赖古多此贤”(《咏贫士(其二)》)。人物类型既多,情调也不尽相同,有的疏淡,有的悲惋,有的豪壮,有的高旷。鲁迅在《题未定草(六)》中说,陶渊明的诗,“除认论客所佩服的‘悠然见南山’之外,也还有‘精卫衔微木,将以填沧海,刑天舞干戚,猛志固长在’之类‘金刚怒目’式。在证明着他并非整天整夜的飘飘然。这‘猛志固长在’和‘悠然见南山’的是一个人,倘有取舍,即非全人;再加抑扬,更离真实。”①其中颇受人注目的是有豪放风格的《咏荆轲》:

燕丹善养士,志在报强嬴。招集百夫良,岁暮得荆卿。君子死知己,提剑出燕京。素骥鸣广陌,慷慨送我行。雄发指危冠,猛气冲长缨。饮饯易水上,四座列群英。渐离击悲筑,宋意唱高声。萧萧哀风逝,淡淡寒波生。商音更流涕,羽奏壮士惊。心知去不归,且有后世名。登车何时顾,飞盖入秦庭。凌厉越万里,逶迤过千城。图穷事自至,豪主正怔营。惜哉

① 鲁迅:《且介亭杂文二集》,见《鲁迅全集》第六卷,北京:人民文学出版社,1958年,第336、344页。

剑术疏，奇功遂不成。其人虽已没，千载有余情。

通过渲染环境气氛，烘托出荆轲气贯长虹的无畏气概，景仰赞叹之情充溢于字里行间，格调高亢，豪情激越。朱熹说："陶渊明诗，人皆说是平淡，据某看他自豪放，但豪放得来不觉耳。其露出本相者，是《咏荆轲》一篇。"

总而言之，陶渊明的诗歌内容丰富、充实，意蕴深厚，多侧面、多角度地反映了田园隐居生活的各个方面，表现了诗人高洁脱俗的人生志趣，向我们展示了一个真切实在而又深怀远意的心灵世界。沈德潜《说诗晬语》评价说："晋人多放达语，独渊明有忧勤语，有自任语，有知足语，有悲愤语，有乐天安命语，有物我同得语。"

## 三、陶渊明的辞赋与散文

陶渊明的辞赋作品共有 3 篇，即《归去来兮辞》《感士不遇赋》《闲情赋》，皆为抒情之作，而内容各有侧重，写作上也呈现出不同的格调。

《归去来兮辞》作于义熙元年（405 年）陶渊明归隐之后，所表现的意趣与《归园田居（其一）》大致相同，但更为细致地描述了他对人生认识的转变过程以及回归田园的喜悦之情。正文之前有序，叙述就职彭泽和弃官归田的原因，因"耕植不足以自给。幼稚盈室，瓶无储粟。生生所资，未见其术"，为维持生计而出任彭泽令，然而不久便"眷然有归欤之情"。这是由于身处官场的感觉，与其率真自然的本性格格不入，"质性自然，非矫励所得。饥冻虽切，违己交病。尝从人事，皆口腹自役。于是怅然慷慨，深愧平生之志"。原拟等庄稼成熟再"敛裳宵逝"，适逢妹丧，"情在骏奔"，于是在官仅八十余日即自免去职。关于弃官的原因，还有另外一种说法。据萧统《陶渊明传》载，陶渊明任彭泽令时，郡遣督邮至，县吏告诉他应束带见之，陶渊明叹曰："我岂能为五斗米折腰向乡里小儿！"即日解绶去职。不论是出于何种具体情况，其根源皆在于他对官场的矫饰伪诈有了深刻的认识，在他的心目中，违背本性之痛远甚于衣食匮乏之苦，这使得他对官场再无任何留恋。为了彻底摆脱“违己交病”的痛苦，追求个性的自由，而选择了归隐的生活道路。在正文中，首段主要写悟而归田。开头以沉痛的自责表现他对人生真谛的思索，“归去来兮，田园将芜胡不归？既自以心为形役，奚惆怅而独悲！悟以往之不谏，知来者之可追。实迷途其未远，觉今是而昨非”。抒情与议论结合，写出他对自己前半生人生道路的反思与觉醒。在认清楚入仕是人生的一个迷途之后，他登舟启程，义无反顾地脱离官场，满怀轻松喜悦走向新的生活。中段写的是回归田园的喜悦之情。夙愿得偿，回到久违的田园，这里充满着闲适安逸的生活情趣：

三径就荒，松菊犹存。携幼入室，有酒盈樽。引壶觞以自酌，眄庭柯以怡颜，倚南窗以寄傲，审容膝以易安。园日涉以成趣，门虽设而长关。策扶老以流憩，时矫首而遐观。云无心以出岫，鸟倦飞而知还。景翳翳以将入，抚孤松而盘桓。归去来兮，请息交以绝游。世与我而相违，复驾言兮焉求！

写景与抒情融为一体，以闲适自得的美好生活来表达对世俗社会的反感。末段写他对人生的感悟。投身于自然的怀抱，在天地万物自然而然的运化中真正领悟到人生的真谛，“寓形宇内复几时，何不委心任去留”。顺其自然，任性而行，不汲汲于世俗荣禄，不妄求长生不死，“聊乘化以归尽，乐夫天命复奚疑！”以旷达的态度来对待人生，委运任化，达到与自然的和谐统一。《归去来兮辞》是陶渊明辞别官场的宣言书，表达了他对世俗社会的鄙视、对田园生活的热爱、对人生真谛的探索。在写法上，叙事、写景、抒情融为一体，自然优美，情韵悠长。欧阳修评价说：“晋无文章，唯陶渊明《归去来》一篇而已。”

《感士不遇赋》抒发对正直之士遭遇不幸的悲哀和感慨，借以表达他对仕途功名的认识和隐居避世的志愿。序中说明此赋是有感于汉代董仲舒和司马迁以士不遇为题的赋篇而作，对于世情凉薄、污浊不良的社会风气进行了揭露和批判：“自真风告逝，大伪斯兴，闾阎懈廉退之节，市朝驱易进之心。怀正志道之士，或潜玉于当年；洁己清操之人，或没世以徒勤。”赋的正文首先立足于称情适意的人生观，激烈地抨击了现实社会中党同伐异、黑白颠倒的恶劣现象：“嗟乎！雷同毁异，物恶其上，妙算者谓迷，直道者云妄。坦至公而无猜，卒蒙耻以受谤。”接下来列举古往今来正道直行之士的不幸际遇，如张释之、冯唐、贾谊、董仲舒、伯夷、颜回、李广、王商等，对他们所遭受的不公正待遇表示同情。基于世道不公的历史感慨，赋的结尾抒发自己的人生志向，“宁固穷以济意，不委曲而累己。既轩冕之非荣，岂缊袍之为耻。诚谬会以取拙，且欣然而归止。拥孤襟以毕岁，谢良价于朝市”。决心怀宝隐居，不再于朝市而沽利。整篇作品感慨深沉，表达了强烈的愤世嫉俗之情。

《闲情赋》是抒写对美人的相思爱慕之情。此赋在陶渊明作品中是引起争议最大的一篇。萧统《陶渊明集序》中说：“白璧微瑕者，惟在《闲情》一赋，扬雄所谓劝百而讽一者，卒无讽谏，何必摇其笔端。”苏轼在《东坡题跋》（卷二）中反驳萧统的这种观点，认为“《闲情赋》正所谓‘《国风》好色而不淫’，正使不及《周南》，与屈宋所陈何异？”萧统是指责赋中唯写男女之情，而无讽谏之意，苏轼则言其所抒男女之情是发乎情，止乎礼义。其后更是聚讼纷纭，或以有所寄喻为解，认为是以美人喻君王，或认为是直写男女爱恋，“轻薄淫亵，最误子弟”（方东树《续昭昧詹言》）。实际上，陶渊明在赋序中已明确说此赋的写作是仿张衡《定情赋》、蔡邕《静情赋》（一名《检逸赋》）。张、蔡二作由今存残篇来看，本只是对旷世无匹的“淑丽”之女情悦心仪的爱情赋，此后魏晋文人有不少“并因触类，广其辞义”的游戏式仿作，不过是“始则荡以思虑，而终归闲正”。陶渊明此赋亦应作如是观，不必有什么君臣之际、理想幻灭一般的深意寄托。赋中先写美人艳姿仪态，次写内心冀求，末写失意留恋之情。最令人倾倒的是中间“十愿十悲”一段，以丰富的想象大胆地表白其思慕爱恋：“愿在衣而为领，承华首之余芳；悲罗襟之宵离，怨秋夜之未央。愿在裳而为带，束窈窕之纤身；悲温凉之异气，或脱故而服新。”下面还有“愿在发而为泽”“愿在眉而为黛”“愿在莞而为席”“愿在丝而为履”“愿在昼而为影”“愿在夜而为烛”“愿在竹而为扇”“愿在木而为桐”。驰骋想象，用比喻的手法把自己幻化为各种事物，"愿"与"悲"辗转交错，虚想中复构虚想，一"愿"引出一"悲"，一"悲"则再生一"愿"，层层递转，把强烈的爱慕心理表现得酣畅淋漓。此赋不同于陶渊明作品平实淳朴的一般风貌，它感情热烈，描写细腻，辞采秾丽，笔墨酣畅，表现出丰富的想象力和精巧的艺术构思。

陶渊明有散文9篇。《五柳先生传》可看作一篇自传性质的作品。文中先介绍五柳先生，其人姓名里居不详，因宅边有五棵柳树，便自以为号。然后分写诸事以展现其个性风貌：一写性情，"闲静少言，不慕荣利"，表现他遗落世情的高洁脱俗品格；二写读书，"好读书，不求甚解，每有会意，则欣然自得"，不作烦琐的章句考索，不怀谋求功利的意图，追求的是会意玄远的自然人生；三写饮酒，"性嗜酒，家贫不能常得。亲旧知其如此，或置酒而招之。造饮辄尽，期在必醉；既醉而退，曾不吝情去留"；四写生活，"环堵萧然，不蔽风日。短褐穿结，箪瓢屡空。晏如也"，表现他安贫乐道的生活态度；五写著文自娱，"常著文章自娱，颇示自志。忘怀得失，以此自终"，表现他超然洒脱的人生境界；最后是赞言，借用黔娄之妻所言，申述其"不戚戚于贫贱，不汲汲于富贵"，甘于淡泊无为的思想情志。全文以平实、简洁的语言，生动、诙谐的笔调，勾勒出一个忘怀名利、淡泊自持的人物形象，这实际上就是作者本人的传神写照。正如萧统《陶渊明传》所言："尝著《五柳先生传》以自况，时人谓之实录。"

《桃花源记》是陶渊明最有影响的作品之一，它集中表现了陶渊明的社会理想。陶渊明隐居后，对农村经济的凋敝、农民生活的困苦艰辛有了更深入的了解，再加上他自己生活日益贫困，使他产生出对理想社会的追求愿望。全文分记与诗两部分，记文如同一篇传奇式的小说，写的是晋太元中，有一武陵渔人迷路，忽逢桃花林，"夹岸数百步，中无杂树，芳草鲜美，落英缤纷"，景色奇美，环境幽静。渔人怀着好奇的心理继续前行，发现桃花林的尽头有一山口，便弃船登岸，顺着山洞往里走，眼前豁然开朗，一个新的天地出现在面前。这里环境优美，"土地平旷，屋舍俨然，有良田、美池、桑竹之属"；人们在宁静和平的生活环境中安居乐业，"阡陌交通，鸡犬相闻，其中往来种作，男女衣着，悉如外人。黄发垂髫，并怡然自乐”;人际关系也十分淳朴友善,见渔人辄邀还家,“设酒杀鸡作食”。据他们自言,是先世避秦乱而来到此处,长久以来一直与外界隔绝。渔人回去后又带人再来寻找此地,却怎么也找不到了。作者就是这样用传奇的笔法,以优美、干净的语言描绘了一个世外桃源,他是用理想中的美好社会来表达对黑暗、污浊的现实社会的否定和批判,文中写桃花源人“乃不知有汉,无论魏晋。此人一一为具言所闻,皆叹惋”,以及叮嘱渔人“不足为外人道也”,都是极富深意的。

记文后面又附有诗歌,对桃花源的理想社会进行明确的概括与补充交代。“相命肆农耕,日入从所憩。桑竹垂余荫,菽稷随时艺。春蚕收长丝,秋熟靡王税。荒路暧交通,鸡犬互鸣吠。俎豆犹古法,衣裳无新制。童孺纵行歌,斑白欢游诣。草荣识节和,木衰知风厉。虽无纪历志,四时自成岁。”这里的人民自耕自足,安乐和谐,人人平等,没有阶级压迫和剥削,“春蚕收长丝,秋熟靡王税”。很明显,陶渊明是深受道家小国寡民社会主张的影响,他所描绘的理想社会,既反映了广大农民希求摆脱苦难的生活愿望,也带有浓厚的复古色彩。

《桃花源记》以形象化的手法勾勒了一幅理想社会的蓝图,真实与虚幻相结合,平淡与深远相统一,朴实中显深意,自然中有奇趣,形成了强大的艺术魅力。因此,历代出现有不少的仿作,如王维、刘禹锡、王安石、汪藻等都有以《桃源行》为题的诗作,与之相关的传说和考证更是数不胜数,说明《桃花源记》对后世产生了很大影响。

另外,陶渊明的《晋故征西大将军长史孟府君传》是为其外祖父孟嘉写的一篇传记,记述孟嘉的名士风范及其自然高旷的节操。《与子俨等疏》是写给儿子们的书信,内容既有对自己个性志趣的述说,也有对儿子们的勉励,与其《命子诗》《责子诗》一样,都表现出陶渊明的坦诚个性和对儿子们的慈爱。《祭程氏妹文》和《祭从弟敬远文》悼念亡弟亡妹,手足情深,写得哀婉动人。还有一篇《自祭文》写于元嘉四年(427年),可谓其临终绝笔。在祭文中陶渊明对平生作了自我总结,并想象死后亲友的送葬场面。他把死亡视为“将辞逆旅之馆,永归于本宅”,自祭文的写作本身即表现出他面临死亡依然保持着一种旷达的态度。这与其《拟挽歌词三首》（一名《挽歌诗》）同出一杼，"有生必有死，早终非命促"，是为乐天知命；"亲戚或余悲，他人亦已歌"，是为洞悉世情；"死去何所道，托体同山阿"，是为旷达超脱。陶渊明正是由于一生无所愧恨，才走得这么从容洒脱。

## 四、陶渊明诗歌的艺术贡献

陶渊明的文学创作取得了多方面的艺术成就，诗歌、散文、辞赋都有很多传世的名作，而对后代影响最大的是诗歌。尤其是他的田园诗，从深度和广度上反映出丰富真实而意趣高远的田园隐居生活，既描绘出优美静穆的景，又叙述了辛勤劳苦的事，既流露出闲适自得之情，又蕴含着对社会、人生的理性思考。陶诗就是以这种形象优美、内容充实、情韵深厚、意趣高远的艺术风格为我国古典诗歌的发展作出了巨大贡献。

首先是在诗歌题材上开辟了一个新的领域。在我国古代文人诗歌中，陶渊明最先把田园风光和农村生活引入诗歌创作。他热爱隐居田园的生活，因为淳朴的田园生活与他率性真淳的心灵相契合，可以使他避开俗世的纷扰，可以使他率真自然的人生理想获得实在的依托。因此，在他的笔下，田园既是重要的审美对象，也是人生理想的寄托。他用热情赞美的态度来描绘田园风光，平畴、南亩、良苗、新葵、桑麻、秋菊、孤松、时雨、风露、榆柳、桃李、鸡鸣、狗吠、荆扉、东轩；他把农事劳动及其切身感受真实地表现在诗歌中，种豆、获稻、耕田、锄草、灌园、摘蔬、读书、饮酒、弹琴、赋诗、友邻相聚、结伴出游。从中可以看出，陶渊明的隐居其实与一般的隐士不同，他没有选择山林，遁入虚空寂灭之境，而是选择了田园，在切切实实的劳动生活中获得真切充实的人生，因此他的诗中广泛而又真切地抒写了与田园农事相关的各种生活体验，景物的优美，劳作的辛勤，农人的纯朴，稼穑的艰难，充满了浓厚的生活气息。但他也不同于一般的只为稻粱谋的"田父"，他是以审美的眼光来看待田园生活的种种乐趣，以满怀哲意的心灵来体验田园生活的自然境界，在平凡充实的农村生活中，体悟着宁静安乐、闲适自得的放旷人生,从而忘怀得失,淡泊自持,获得了精神上的超脱自由,这才充分体现出“静念园林好,人间良町辞”(《庚子岁五月中从都还阻风于规林》)。陶渊明就是以这种优美动人的诗歌创作深深影响着后世文人,使歌咏田园生活成为我国古典诗歌中一个引人注目的题材类别。

其次是平淡自然的诗风,在诗歌领域创立了新的美学风格。从总体上来说,陶渊明的诗一般不写惊心动魄的重大事件,少有跌宕起伏的感情波动,没有华丽炫目的文采,没有奇僻巧致的造语,而是写得极为朴素本色,读之使人“心平累消”。这种风格的形成,一方面在于其诗所描写的对象,都是些农村常见不奇之景、田园的日常生活,以及处在这种生活环境中的恬淡闲适心境;另一方面在于运用的表现方式,没有过多的夸饰渲染,不事雕琢,质朴自然。就其描写的对象来说,其景是优美恬静:澄净的山色、淡远的村落、轻柔的和风、阴凉的林竹,一派和美静穆;其事是田间劳作、酌酒饮食、读书作诗、游观遐想,全然平凡实在;其心境是愉悦满足、闲适淡泊、委顺旷达,真个洒脱自然。就其表现的方式来说,陶诗“文体省净,殆无长语。笃意真古,辞兴婉惬”(钟嵘《诗品》)。一是语言质朴省净,自然天成。如“种豆南山下,草盛豆苗稀”“春秋多佳日,登高赋新诗”,写得明白如话。“我有旨酒,与汝乐之。乃陈好言,乃著新诗”“落地为兄弟,何必骨肉亲”,情深意挚,而用语朴素无华。二是表现手法极为平实,不加雕饰,不事渲染,率真自然地描写。“暧暧远人村,依依墟里烟。狗吠深巷中,鸡鸣桑树颠”,农村中常见之景,经过看似随意的点染,编织成一幅淡远宁静的图景;“清晨闻扣门,倒裳往自开。问子为谁欤,田父有好怀”,直写日常邻里往来,一无渲染,平实地道出当时的情景。《唐子西文录》曾举一例,“唐人有诗云:‘山僧不解数甲子,一叶落知天下秋。’及观陶元亮诗云:‘虽无纪历志,四时自成岁。’便觉唐人费力”①。陶诗描述世外桃源古拙淳朴的社会景象,没有刻意的修饰,而是平平写来,所以显得毫不费力。贺裳《载酒园诗话又编》言:“诗之乱头粗服而好者,千载一渊明

---

① [清]何文焕辑:《历代诗话》(上),北京:中华书局,1981年,第443页。

耳。”后之学者,或伤于俚浅,或失于纤秀。

然而,陶诗的平淡自然并非枯槁乏味,而是具有真淳丰厚的意蕴,亦即苏轼所言“质而实绮,癯而实腴”。这是因为他的诗是感情的真实抒写,是他率真个性的自然流露。从他所描写的平淡景象中,透露出的是高尚的人格和旷远的情韵,“少无适俗韵,性本爱丘山。误落尘网中,一去三十年”,看似不经意道出,却用意颇深。“昔欲居南村,非为卜其宅。闻多素心人,乐与数晨夕。怀此颇有年,今日从兹役”,如实的叙说中,潜藏着真挚之情和深堪玩味之旨。“班荆坐松下,数斟已复醉。……不觉知有我,安知物为贵。悠悠迷所留,酒中有深味”,日常的饮酒行为,蕴含的是绝俗放旷的高远境界。陈模《怀古录》:“渊明人品素高,胸次洒落,信笔而成,不过写胸中之妙尔。”透过其诗平实浅直的描叙,呈露出诗人胸中的一片天地。沈德潜《说诗晬语》:“陶诗胸次浩然,其中有一段渊深朴茂不可到处”,“不可及处,在真在厚”。陶渊明诗歌平淡中见真厚的艺术造诣也典型地体现在《饮酒(其五)》:

结庐在人境,而无车马喧。问君何能尔?心远地自偏。采菊东篱下,悠然见南山。山气日夕佳,飞鸟相与还。此中有真意,欲辨已忘言。

身处人境却能获得一份宁静,是宅心高远而自然障隔了尘世俗情;采菊见山之际,心灵与自然已是不期而然地融为一体,达到物我两忘;秋色黄昏中的山气与归鸟显出万物的自由自在,各得其所;领悟到的真意尽在其中,已不必言说。眼前景、心中情、意中趣融合无间,诗人的丰富感情渗透了形象,闪光的玄远哲理也并非拼凑出来的玄学概念,而是出自生活的体验和感受。陶渊明的诗歌就是这样将高洁的个性情怀、深邃的人生哲理与动人的艺术形象相结合,自然天成,旨趣悠远,形成了平中见深、淡中见厚的艺术魅力。

陶诗语言质朴自然也并不是完全不经锤炼,王圻《稗史》:“陶诗淡,不是无绳削,但绳削到自然处,故见其淡之妙,不见其削之迹。”正是“大匠运斤,不见斧凿痕”。如“荣荣窗下兰,密密堂前柳”(《拟古(其一)》),运用叠音词状写草木生长的状态;“倾耳无希声,在目浩已洁”(《癸卯岁十二月中作与从弟敬远》),从声与色上描绘雪景。再如“有风自南,翼彼新苗”“鸟弄欢新节,泠风送余善”“蔼蔼堂前林,中夏贮清阴”等句中,“翼”“弄”“贮”几个动词用得十分精当传神。王世贞《艺苑卮言》卷三评价说:“渊明托旨冲淡,其造语有极工者,乃大入思来,琢之使无痕迹耳。”葛立方《韵语春秋》曰“大抵欲造平淡,当自组丽中来,落其华芬,然后可造平淡之境”,“不烦绳削而自合”。李公焕《笺注陶渊明集》卷四引曾纮语谓“陶公诗,语造平淡而寓意深远,外若枯槁,中实敷腴,真诗人之冠冕也”。

## 五、有关陶渊明研究的历史及现状

### (一)陶学研究史

1.古代陶学研究

陶渊明平淡自然的诗风在当时独树一帜,但并不被同时代人欣赏,在其所处的魏晋南北朝时期,他的创作没有受到足够的重视。诗人颜延之是陶渊明的朋友,他在《陶徵士诔》中主要是称赞陶渊明“高蹈独善”的人品,对其创作仅有“文取指达”一句评语。鲍照、江淹各写过一首拟陶诗《拟古》和《陶徵君潜田居》,属于个别现象。刘勰的《文心雕龙》一向有“体大思精”之称,在系统论述有关文学产生发展、文学体裁、文人创作、文学批评各方面问题的过程中,历数各代作家作品以千百计,但不知何种原因,全书对陶渊明却只字未提。钟嵘的《诗品》评述的作家有一百二十多位,陶渊明仅列中品,被称为“古今隐逸诗人之宗”。梁萧统是第一个发现陶渊明文学价值的人,他因“爱嗜其文,不能释手”而广为搜辑编成《陶渊明集》,又为陶渊明作传,并在《陶渊明集序》中称赞“其文章不群,词采精拔,跌荡昭彰,独超众类;抑扬爽朗,莫与之京”,在当时能够对陶渊明的创作予以如此高的评价,实属难得,但其《文选》所选录的陶渊明诗文也仅有9篇,而在陶渊明前后的陆机、谢灵运则多达50篇左右。

到了唐代,陶渊明的地位提高了。唐代文人喜爱陶诗的很多,唐初诗人王绩一生主要是在隐居田园中度过的,他在创作上受到陶渊明的影响,是唐代最早学习陶诗写作田园诗的，被称作“是继承了陶诗这一嫡系真传的”。以王维、孟浩然为代表的山水田园诗派，就是在陶渊明、谢灵运分别开创的田园诗和山水诗的基础上形成的一大诗歌流派。大诗人杜甫也十分钦慕陶渊明，他在诗中写道：“焉得思如陶谢手，令渠述作与同游。”(《江上值水如海势聊短述》)白居易在江州时专门到过陶渊明故居，还写过《效陶潜体诗十六首》。不过，唐人推崇陶渊明，更多的是在人格精神、艺术上的仿效，对其文学创作还没有上升到理论高度进行研究。

自宋代始，才对陶渊明及其创作展开全面的研究。这一时期，不仅出现了大量和陶拟陶的作品，还从理论上分析揭示了陶诗的艺术风格，并为陶渊明编写年谱，还出现了各种各样的陶集版本。苏轼是研究陶渊明的一个名家。他既爱陶诗又爱其人，对陶渊明的人格有相当的理解和极端的钦佩，曾自称“我即渊明，渊明即我也”(《书渊明东方有一士诗后》)。他把陶渊明的恬淡自持、真率放旷作为效仿的典范，又以自己“半生仕宦以犯世患”而感到“深愧渊明”(《与苏辙书》)，所作和陶之诗竟多达109首。苏轼对陶渊明的创作也有更为精到的见解，其《书唐氏六家书后》说：“观陶彭泽诗，初若散缓不收，反复不已，乃识其奇趣。”《评韩柳诗》言陶渊明诗“外枯而中膏，似淡而实美”。其《与苏辙书》言：“吾于诗人，无所甚好，独好渊明之诗。渊明作诗不多，然其诗质而实绮，癯而实腴，自曹刘鲍谢李杜诸人，皆莫及也。”“质而实绮，癯而实腴”是对陶诗艺术底蕴的精当概括，至今为人们所认同。他对陶诗的具体作品也有极深的体味，曾专就陶诗《饮酒(其五)》“采菊东篱下，悠然见南山”两句，分析说：“因采菊而见山，境与意会，此句最妙处。近岁俗本皆作‘望南山’，则此一篇神气都索然矣。”认为二句之妙全在于写闲适之趣、自得之情的深意。在《书渊明饮酒诗后》中言：“《饮酒》诗云‘客养千金躯，临化消其宝’。宝不过躯，躯化则宝亡矣。人言靖节不知道，吾不信也。”葛立方《韵语阳秋》引述苏轼之言：“东坡指出陶渊明言理之诗，前后有三。一曰：‘采菊东篱下，悠然见南山。’二曰：‘笑傲东轩下，聊复得此生。’三曰：‘客养千金躯，临化消其宝。’皆以为知道之言。”其所谓陶渊明知“道”即是陶诗中所蕴含的委运自然的人生之理。另外，陆游也有“学诗当学陶”之语。朱熹对陶诗的分析评价也相当精辟，《朱子语类》卷一四〇：“渊明诗平淡，出于自然。”“陶渊明诗，人皆说是平淡，据某看他自豪放，但豪放得来不觉耳。其露出本相者，是《咏荆轲》一篇，平淡的人，如何说得这样言语出来。”陶澍集注《靖节先生集·诸本评陶汇集》引述朱熹之言：“渊明诗所以为高，正在不待安排，胸中自然流出。”宋代刊刻的陶渊明文集有多种版本，还出现了陶诗的最早注本，如汤汉的《陶靖节先生诗注》。编写的年谱亦有多种，如王质的《栗里谱》、吴仁杰的《陶靖节先生年谱》、张寅的《吴谱辨正》等。宋代陶学研究取得了多方面的成绩，从而真正确立了陶渊明在文学史上的崇高地位。“渊明文名，至宋而极。”①后来明清时期的陶学研究只是在此基础上加以丰富。

2.近代陶学研究

近代以来，文学研究在注重实证的基础上，引进了西方注重逻辑推理的分析方法，学术研究更加科学化，陶学研究也有了重大突破。这一时期出版的陶渊明全集有：古直的《陶靖节诗笺》，1926 年印行，后经增定，易名为《陶靖节诗笺定本》；丁福保的《陶渊明诗笺注》，由上海医学书局 1929 年出版。陶渊明年谱有：傅东华的《陶渊明年谱》，由商务印书馆 1927 年出版朱自清的《陶渊明年谱中之问题》，此文写成于 20 世纪 30 年代，通过对古今陶渊明年谱的分析、考辨，认为“陶谱诸事，可得论定者，约有四端”：一名字、二里居、三作品入宋不书年号、四生平仕历。“至世系年岁，则只可姑存然疑而已。”②对陶渊明的艺术创作也有了更为深入的研究，如王国维的《人间词话》以陶诗为例提出“境界说”，认为陶渊明的诗句“采菊东篱下，悠然见南山”是属于“无我之境”，与之相对的是“有我之境”。他的解释是“有我之境，物皆著我之色彩。无我之境，不知何者为我，何者为物”③。这一理论阐述，对于艺术形象的认识超出了古人。

---

① 钱锺书：《谈艺录》，北京：中华书局，1998 年，第 88 页。
② 朱自清：《古典文学论文集》（下册），2009 年，第 492 页。
③ 滕咸惠：《人间词话新注》，济南：齐鲁书社，1982 年，第 36 页。

这一时期的陶学所取得的巨大成果还表现在研究专著的出现，主要有梁启超的《陶渊明》和萧望卿的《陶渊明批评》。梁启超所著的《陶渊明》于1923年由商务印书馆出版（后收入其《饮冰室文集》），其中包括三篇文章：《陶渊明文艺及其品格》《陶渊明年谱》《陶渊明考证》。“在陶学史上，运用近代观念和方法第一个全面而又深刻论述陶渊明的是梁启超。”“这种既探讨文艺品格，又考证生平事迹，二者分别详加论列，又彼此结合在一起，形成一部专书，这在陶渊明研究史上是前无古人的。”①萧望卿的《陶渊明批评》，由开明书店1947年出版，其贡献在于对陶渊明的诗歌艺术作出分析。

另外，这一时期关于陶渊明还有一场争论。朱光潜著文说“陶渊明浑身是静穆，所以他伟大”。后来在他的《诗论》中又补充阐述：“谈到感情生活，正和他的思想一样，渊明并不是一个很简单的人。他和我们一般人一样，有许多矛盾和冲突；和一切伟大诗人一样，他终于达到了调和静穆。”②此种观点曾遭到鲁迅的反对。鲁迅曾在《题未定草（七）》中提出相反的观点，“陶潜正因为并非‘浑身是静穆’，所以他伟大”③，强调应全面看待古人。

还有比较注重实证性研究的文章，如陈寅恪在《清华学报》第十一卷第一期发表《桃花源记旁证》，认为《桃花源记》属纪实性的作品。钱锺书《谈艺录》，1948年由上海开明书店出版，其卷二四论“陶渊明诗显晦”，对自魏晋南北朝至唐宋对陶渊明的接受与研究进行梳理。

3.新中国成立后的当代陶学研究

新中国成立后的五六十年代，有关陶渊明研究有过两次全国性的大争论。第一次是以张芝《陶渊明传论》的出版为契机，此书1953年由棠棣出版社出版，立即在学术界引起了强烈反响。1954年在《光明日报》发表有不少的批评文章，其后《文史哲》《新建设》等期刊相继发表辩论文章，争

① 吴云：《陶学百年》，《九江师专学报》1998年增刊，第55、58页。

② 朱光潜：《朱光潜全集》第三卷，合肥：安徽教育出版社，1987年，第256页。

③ 鲁迅：《且介亭杂文二集》，见《鲁迅全集》第六卷，北京：人民文学出版社，1958年，第336、344页。

论持续了四年时间。第二次源于1958年北京师范大学中文系学生写文章否定陶渊明,认为他是反现实主义诗人,这场讨论直到60年代初才告一段落。关于这两次争论的情况,钟优民的《三十年来陶渊明讨论和研究的回顾》一文有比较详细的评述①。

在第一次讨论中,王瑶编成《陶渊明集》(北京:作家出版社,1956年),所收作品按诗与文分为两类,每类皆以系年编排,并且加以简注,有助于普及。第二次讨论结束后,《文学遗产》编辑部编选了一部《陶渊明讨论集》,1961年由中华书局出版。北京师范大学中文系师生合编《陶渊明诗文汇评》,北京大学、北京师范大学师生合编《陶渊明研究资料》,二书分别于1962年、1963年由中华书局出版,后合录收入《古典文学研究资料·陶渊明卷》。

1978年以后,陶学研究迈上了一个新台阶,呈现出多元化发展的趋势。这一阶段,不仅报刊上发表的研究论文难以计数,即使出版的集注、专著也数量繁多,兹举其大要如下:

集注本有逯钦立的《陶渊明集》(北京:中华书局,1979年),王孟白的《陶渊明诗文校笺》(哈尔滨:黑龙江人民出版社,1985年),孙钧锡的《〈陶渊明集〉校注》(郑州:中州古籍出版社,1986年),唐满先的《〈陶渊明集〉笺注》(南昌:百花洲文艺出版社,1990年),龚斌的《〈陶渊明集〉校笺》(上海:上海古籍出版社,1996年),袁行霈、杨贺松的《陶渊明集》(沈阳:辽宁教育出版社,1997年)。其中,龚斌之作,资料最为丰富。选本有唐满先的《陶渊明诗文选注》(上海:上海古籍出版社,1981年)、《〈陶渊明集〉浅注》(南昌:江西人民出版社,1985年。后者在前者的基础上修改加工而成),李华的《陶渊明诗文选》(北京:人民文学出版社,1981年,1997年重版改名为《陶渊明选集》),李华还主编《陶渊明诗文赏析集》(成都:巴蜀书社,1988年。其中的撰稿人大多是全国较有名的研陶专家),魏正申的《〈陶渊明集〉译注》(北京:文津出版社,1994年)。研究专著有廖仲安的《陶渊明》(上海:上海古籍出版社,1979年),吴云的《陶渊明论稿》(西

① 卢兴基主编:《建国以来古代文学问题讨论举要》,济南:齐鲁书社,1987年。

安:陕西人民出版社,1981 年),钟优民的《陶渊明论集》(长沙:湖南人民出版社,1981 年),李文初的《陶渊明论略》(广州:广东人民出版社,1986 年),魏正申的《陶渊明探稿》(北京:文津出版社,1990 年)、《陶渊明评传》(北京:文津出版社,1996 年),李华的《陶渊明新论》(北京:北京师范学院出版社,1992 年),袁行霈的《陶渊明研究》(北京:北京大学出版社,1997 年。内收论文 14 篇,其中有《陶渊明的哲学思考》《陶诗主题的创新》《陶谢诗歌的艺术比较》《陶渊明与魏晋风流》《陶渊明崇尚自然的思想与陶诗的自然美》《陶渊明与辛弃疾》《宋元以来陶集校注本之考察》《陶渊明享年考》),丁永忠的《陶诗佛音辨》(成都:四川大学出版社,1997 年)。

年谱有许逸民校辑的《陶渊明年谱》(北京:中华书局,1986 年),收有宋代以来的 9 种年谱:一是宋代王质的《栗里谱》,二是宋代张寅的《吴谱辨证》,三是宋代吴仁杰的《陶靖节先生年谱》,四是清代顾易的《柳村谱陶》,五是清代丁晏的《晋陶靖节年谱》,六是清代陶澍的《陶靖节年谱考异》,七是清代杨希闵的《晋陶徵士年谱》,八是梁启超的《陶渊明年谱》,九是古直的《陶靖节年谱》。另有邓安生的《陶渊明年谱》(天津:天津古籍出版社,1991 年)。

**(二)陶学研究的焦点问题**

1.生平里居

一名字:关于陶渊明的名字,有不同记载。陶渊明在《晋故征西大将军长史孟府君传》及《祭程氏妹文》中皆自称渊明。颜延之的《陶徵士诔》亦称陶渊明。萧统的《陶渊明传》《宋书·隐逸传》称:陶潜字渊明,或云渊明字元亮。《晋书·隐逸传》称“名潜字元亮”。吴仁杰的《陶靖节先生年谱》云:先名潜字渊明,入宋后更名渊明字元亮;或先名渊明字元亮,入宋后更名潜。至今未有一致的意见。

二故里:陶渊明故里何在,近千年来聚讼纷纭,莫衷一是。最早的是萧统在《陶渊明传》中言其为浔阳柴桑人,宋时《太平寰宇记》中有家始宜丰一说,另有安成一说。其他如栗里、上京、南村诸说。今人多以为始家柴桑,又迁南村,以萧统据陶渊明时间较近,史料较为可靠一些。然而古柴桑今为何处,由于历史上政治区域的变化,又引出古柴桑今为江西何地的问题,九江县、星子县、宜丰县,即使同一县份又有具体地址在哪里的问题。徐新杰的《陶渊明故里辨》认为,陶渊明故里"应为江西省星子县城西五里玉京山麓的磨岭村"。卢亭风的《陶潜故里今何在》认为,"陶潜故里先在浔阳郡柴桑县的柴桑山,后移栗里之南村(今九江市郊庐山区的茅头山一带)"。所以有些学者不得不呼吁关于陶渊明的故里之争最好尽快结束,即便是意见不统一,也只有暂且搁置一下,以待有新资料的发现再解决这一问题。

三是年龄:颜延之的《陶徵士诔》明确记载了陶渊明的卒年为元嘉四年,但未言其享年。萧统的《陶渊明传》《晋书》及《宋书·隐逸传》皆主63岁之说,至今仍为大多数学者赞同。自宋代张寅在《吴谱辨正》中根据陶渊明的《游斜川》一诗推断其享年应为76岁,当代学者袁行霈的《陶渊明享年考辨》亦主76岁之说①。另外,古直的《陶靖节年谱》力主52岁享年说,其他尚有56岁(梁启超的《陶渊明》)、59岁(邓安生的《陶渊明年谱》)之说。

2.思想

有关陶渊明思想的研究更是众说纷纭,见仁见智。这里面又包括哲学思想,社会、政治思想,美学思想。

陶渊明的哲学思想。研究者的主要观点有以下几种:一为道家为主。朱自清《陶涛的深度》说:"陶诗里主要思想实在还在道家。"陈寅恪《陶渊明之思想与清谈之关系》称:"陶氏是外儒内道。"逯钦立认为陶渊明是"一个服膺'自然'的玄学信仰者"②。二为儒家为主。梁启超《陶渊明》认为陶渊明是儒家出身,"一生得力处用力处都在儒学"。今人徐声扬力主陶渊明的哲学思想为儒家,在承认陶渊明"足在不同程度上受到儒、道、佛、玄等多种思想的影响"的同时,又称"陶渊明的哲学观、道德观、美学观,是

① 袁行霈:《陶渊明享年考辨》,《文学遗产》1996年第1期(后收入《陶渊明研究》)。

② 逯钦立:《陶渊明集》附录一《关于陶渊明》,北京:中华书局,1979年,第214页。

源于儒家的'为仁'与'中和'的"①。三为接受了佛教思想的影响。丁永忠著有《陶诗佛音辨》一书,此为国内外研究陶诗与魏晋佛教关系的第一部学术专著。四为调和诸家之说。认为陶渊明思想中有儒、道、佛等多种思想渊源。钟优民认为"其思想并非单纯接受某一思想流派的影响","他的思想接受儒家和道家的影响最深,但也不能绝对排除其他各家对陶渊明思想的客观影响。儒家、道家两种思想对陶渊明的影响,我们也看不出像某些评论家所肯定的那样有所谓先后、轻重之分"。并认为陶渊明在哲学见解上与佛教有深刻的分歧,"但在心灵深处潜移默化地接受佛教某种影响也不是完全不可能的"②。

陶渊明的社会、政治思想。主要是围绕忠晋与否以及桃花源理想社会这两方面展开讨论的,这个问题在新中国成立初年的陶渊明讨论中谈得比较多。钟优民的《陶渊明论集》中有《陶渊明的政治倾向》,吴云的《陶渊明论稿》中有《从陶渊明的归隐看他的政治态度》,对此皆有比较详细的论说。

陶渊明的美学思想。胡治洪的《陶渊明美学思想的形态、成因及其地位》一文指出,陶渊明的美学观大致有以下几种形态,即"清淡""真淳""旷放",其中占支配地位的是"清淡"。文章中分析这种以"清淡"为主导的美学思想的形成,来源于陶渊明思想中的玄学自然观,使他对自然的美有特殊的喜爱,因此"他杜绝了非清淡事物进入审美领域,从而保持了审美趣味和审美理想的单纯与稳定,以至在久远的时空范围内,专一不变地以清淡事物作为审美对象,相应地也就构成了诗作中的清淡形象群"。文章认为,陶渊明的美学思想"为后世诗歌领域提供了新的审美对象和新的美学风格"③。

3.创作风格

有关陶渊明的文学风格,朱光潜的论述最具权威性。他基于"风格即

---

① 徐声扬:《但识琴中曲,何劳弦上声——从陶渊明蓄无弦琴看陶渊明的美学观》,《九江师专学报》1985年第1、2期合刊,第10页。

② 钟优民:《陶渊明论集》,长沙:湖南人民出版社,1981年,第75~81页。

③ 胡治洪:《陶渊明美学思想的形态、成因及其地位》,《九江师专学报》1987年第1、2期合刊,第17~23页。

人格”的文学原理，阐述说陶渊明是“先在生活中把自己的人格涵养成一首完美的诗，充实而有光辉，写下来的诗是人格的焕发。……正和他的诗一样，他的人格最平淡也最深厚”。针对前人所总结的陶诗特点是既平淡质朴而又丰腴绮美、富有奇趣这种现象，朱光潜认为正是由于他在性格方面能把许多不同的性质调和在一起，陶诗中才有如此丰富的色调。“陶诗的特点在平、淡、枯、质，又在奇、美、腴、绮。这两对恰恰相反的性质如何调和在一起呢？把它们调和在一起，正是陶诗的奇迹，正与他在性格方面把许多不同的性质调和在一起，是同样的奇迹。”①吴云对他的论述进行了高度评价：“在朱氏之前，还没有如此周到妥帖而又深入地剖析过陶渊明。”②另外，孙静将陶诗风格概括为真、淳、朴③，李华认为陶诗的特色有真、大、远、深四方面的特色④。

4.具体作品

一是作品系年。如《饮酒二十首》旧注中已有归隐以前和归隐以后所作两种说法，但都未有详细的申述理由，这种争辩一直延续下来。唐满先撰文反驳周振甫提出的 39 岁之说，认为是作于归隐后的 53 岁前后⑤。《和刘柴桑》及《酬刘柴桑》二诗，一般注本是义熙五年（409 年），李华认为《和刘柴桑》“似可大体确定是义熙七年（411 年）春作”，而“《酬刘柴桑》的写作年代当早于《和刘柴桑》”，“当是义熙四年（408 年）所作”⑥。

二是有关《桃花源记》。首先故事来源。陈寅恪的《桃花源记旁证》（《清华学报》第十一卷第 1 期）提出：“桃花源记实部分乃依据义熙十三年春夏间刘裕率师入关时颜延之所见所闻之材料而作成。”其次记与诗的关系。针对雒江生在《略论桃花源记与诗的关系》（《文学遗产》1984 年第

① 朱光潜：《朱光潜全集》第三卷，合肥：安徽教育出版社，1987 年，第 256 页。

② 吴云：《陶学百年》，《九江师专学报》1998 年增刊，第 55、58 页。

③ 孙静：《真、淳、朴——陶渊明的美学观及其艺术风格》，《光明日报》1983 年 3 月 22 日。

④ 李华：《简说陶渊明和他的作品》，《九江师专学报》1988 年第 1 期，第 1～4 页（此文为李华主编的《陶渊明诗文赏析集》的“前言”）。

⑤ 唐满先：《陶渊明的〈饮酒二十首〉作于何时》，《九江师专学报》1985 年第 1、2 期合刊，第 17 页。

⑥ 李华：《陶渊明酬和刘柴桑诗系年》，《九江师专学报》1985 年第 4 期，第 19 页。

4期)一文中提出的“记和诗没有任何联系,是陶渊明在不同时期,不完全相同的写作旨趣下所写的各自成篇的两篇诗文”。徐声扬表达了相反的看法,认为“记和诗确是一个艺术整体的两个有机组成部分”,是“一方面,作者……用散文《记》的体裁写其传闻,使其似于现实社会;一方面,作者又用韵文《诗》的形式去进行歌赞,使其高于现实社会”①。

5.比较研究

近年来陶学比较研究这方面取得的成就很大。袁行霈将陶渊明与谢灵运进行对比研究最为精彩,“陶渊明是魏晋古朴诗歌的集大成者,魏晋诗歌在他那里达到了高峰。谢灵运却另辟蹊径,开创了南朝一代的诗风”。他认为,从陶到谢,诗歌艺术的转变主要表现在两个方面:一为从写意转到摹象,一为从启示性的语言转向写实性的语言。陶诗是写意的,因为“陶诗是写心,是写与景物融合为一的心境”。而谢诗是摹象的,在谢灵运的诗歌中,“山姿水态已经占据了主导地位,穷貌极物成为主要的艺术追求”。袁文所说的启示性语言是指作品具有一种能够调动读者联想和想象的言外之意,他认为:“陶诗语言的启示性并不仅仅在用典上或字句的来历上,还有其他构成的因素,例如象征和暗喻就起着很大的作用。”并且认为陶诗语言的启示性主要不是来自以上所说的这些修辞的技巧,“陶诗的语言达到了两个统一:平淡与醇美的统一,情趣与理趣的统一。这才是陶诗意味隽永、富于启示性的主要原因”。谢灵运诗歌的语言则是写实性的,“他发挥了语言的表现力,增强了语言描写实景实物的效果”。谢灵运擅长用各种技巧描写那些很难形诸笔墨的姿态万千、变化无穷的山水,于是“写实性的语言也就在他的努力下发展起来了”。通过比较,说明了诗歌艺术发展的大趋向,这就是“陶渊明和谢灵运诗歌艺术的不同,不仅仅是他们个性的差异,也是时代风尚的差异。从陶渊明到谢灵运的转变,反映了两代诗风的嬗递”②。袁行霈的《陶渊明研究》一书中,还有《陶渊

---

① 徐声扬:《也论桃花源记与系诗的关系》,《九江师专学报》1986年第3期,第3页。

② 袁行霈:《陶谢诗歌的艺术比较》,《九江师专学报》1985年第1、2期合刊,第1~4页(后收入其《陶渊明研究》)。

明与辛弃疾》一文。李华的《陶渊明新论》一书中，比较了陶渊明与阮籍、孟浩然、王维。

除与中国古代作家比较之外，还有人将陶渊明的“世外桃源”与西方的“乌托邦”进行对比研究。如包涵将陶渊明的《桃花源记并诗》和16世纪英国人文主义学者托马斯·莫尔的《乌托邦》作比较，分析了两部作品具有“惊人的相似之处”：一是表现在它们“都是运用文学的形式，生动地描绘了一个并非实有的而又十分迷人的理想社会”。二是“两部作品又都对各自所处的现实社会给予了有力的批判，具有文学的、文化的、思想的、政治的积极意义”。同时也指出《桃花源记并诗》与《乌托邦》之间在无论是体裁上还是理想王国的具体形态上“也存在着许多明显的互异之处”，它们一是用诗文并茂的文体描绘了一个植根于小农经济发达的封建王国土壤里的“世外桃源”，一是用哲理对话体小说创造了一个发轫于资本主义经济萌芽状态下的“乌托邦”境界。文章还从作者的身世个性、时代环境及文化传统对其产生异同的缘由作出深刻的分析和中肯的评判，从而得出结论说：《桃花源记并诗》与《乌托邦》是“两个民族、两个时代的‘理想世界’，是两个作家在不同时代所精心塑造的‘世外乐园’”；它们的意义“已超越出文学的领域”，而“在思想领域、文化领域产生了并将继续产生着极为深远的影响”，“超越了时空、超越了国度，变成了全人类的精神财富”①。

以上介绍的还只是中国大陆陶渊明研究的状况，香港、台湾地区的陶学研究也取得了很大成就。此外，海外陶学也取得了不可忽视的成果。据统计，陶渊明的作品已被翻译成日、韩、俄、英、法、德等国文字。其中日本陶学研究最为发达，早在唐初陶集即传入日本，长期以来日本出现了不少陶学专家，亦有多种论陶著作。

---

① 包涵：《两个民族、两个时代的理想世界——“桃花源”与“乌托邦”之比较》，《九江师专学报》1986年第3期，第6~11页。

# 第五章 李白研究

## 一、李白的生平、思想及性格

李白(701—762),字太白,号青莲居士,祖籍陇西成纪(今甘肃秦安)。大概李白在不同的时间、不同的场合,面对不同的人所言自身家世与经历不尽相同,故出现记载上的不尽相同,令其生平中的某些问题成为千古之谜。比如他的家世,李阳冰的《草堂集序》、范传正的《唐左拾遗翰林学士李公新墓碑》、《新唐书·李白传》,都说他是凉武昭王李暠九世孙,照理他该是唐宗室了,但是《新唐书·宗室世系表》中没有李白这一支家族的名字。唐玄宗曾下诏甄序皇室族属,李白也未曾入籍。所以学术界生出种种异说,有说他是胡人的①,也有说他是“突厥化的中国人”的②,不一而足。李白的祖先,不知因何罪被谪,李白大概就出生在谪居之地。至于被

① 陈寅恪:《李白氏族之疑问》,《清华学报》第十卷第1期,1935年1月。
② 胡怀琛:《李太白通突厥文及其它》,《逸经》第17期,1936年8月。

谪之地所在何处，说法不一，故李白的出生地也成了一个谜，至今有条支、中亚碎叶、焉耆碎叶、长安诸说①。大约在他5岁时，举家迁居蜀之绵州昌隆县（今四川省江油市）。据李白所言，他“五岁诵六甲，十岁观百家”（《上安州裴长史书》），“十五观奇书，作赋凌相如”（《赠张相镐》），可推知他出身于一个文化教养良好的家庭，早年受过很好的教育。

李白的青少年时期是在蜀中度过的。读书、漫游、求仙访道、任侠是他这一时期最基本的生活方式。蜀中的道教气氛十分浓郁，李白家附近的紫云山是道教圣地，他曾说：“家本紫云山，道风未沦落。”（《题嵩山逸人元丹丘山居》）青城山则是道教十大洞天之一，环境的熏染，令他对道教生出极大的兴趣，以至于“十五游神仙，仙游未曾歇”（《感兴》八首之五）。道教的影响，渗透在他一生的思想行为及创作之中。

李白大约在18岁时，隐居大匡山读书，跟从杂儒、道、墨、名、法、阴阳、纵横、兵家之谈的“经世致用”之书《长短经》的作者赵蕤学习纵横术。在此后的生活里，我们从其选择的“遍干诸侯”“立抵卿相”的入仕方式中，依稀可辨纵横家的印记。

蜀中还是一个任侠风气甚炽的地方，侠士豪荡的风范、浪漫的生活方式，对生性跳脱豪爽的李白具有很大的吸引力。他在诗中曾不止一次描述任侠杀人之事，如“托身白刃里，杀人红尘中。当朝揖高义，举世钦英风”（《赠从兄襄阳少府皓》），“笑尽一杯酒，杀人都市中”（《白马行》），“十步杀一人，千里不留行”（《侠客行》），等等。时人也曾说他“少任侠，手刃数人”（魏颢《李翰林集序》）。李白一生任侠仗义、放诞不羁，皆现侠士风范的深刻影响。

在蜀期间，李白也曾往来旁郡，游剑阁、梓州、成都等地。蜀地奇峭秀丽的山川景致，打造了他浪漫而富于幻想的性情。

大约在开元十二年（724年），李白出蜀，“仗剑去国，辞亲远游”（《上安州裴长史书》）。他先是在两湖及江浙一带漫游，曾临洞庭，登庐山，历金陵、扬州、襄阳、汝海等地，后在湖北安陆定居下来，并与已故宰相许圉

---

① 郁贤皓、倪培翔：《建国以来李白研究概述》，《李白学刊》第二辑，1989年。

师的孙女结婚，开始“酒隐安陆，蹉跎十年”的生活。其间，他以安陆为中心，继续漫游与干谒，曾至江夏、襄阳、洛阳、太原、隋州等地，也曾以迫切的心情，分别上书安州裴长史、韩朝宗等人，期求荐引，但皆无下文。大约在开元后期，他西入长安以求仕进，结果带着“大道如青天，我独不得出”（《行路难》三首之二）的失望落魄而归。此后，他再次漫游，然后举家迁居山东任城与孔巢父等隐于徂徕山，号“竹溪六逸”。

由于声名日隆，又因有人举荐，在天宝元年（742 年），李白终于奉诏入京供奉翰林。初入长安，玄宗曾“降辇步迎”“御手调羹”“问以国政”（李阳冰《草堂集序》）。李白也曾得意地说：“幸陪鸾驾出鸿都，身骑青龙天马驹。王公大人借颜色，金章紫绶来相趋。”（《驾去温泉宫后赠杨山人》）但因他性格狂悖傲诞，天真到以为可以“平交王侯”，视“万乘如僚友”“同俦为草芥”，以至于既不能见容于百官，又不能见谅于人主，天宝三载（744 年），终以“赐金放还”之名被迫离京。怀揣理想幻灭的悲慨，他再度拾起浪迹天涯、诗酒自适的生活方式，沿黄河东下洛阳。在洛阳，他与杜甫相遇，两人结下深厚友情。之后，寄寓东鲁，南下吴越，北上蓟门，他一直挣扎在对现实政治的不满、失望，以及渴望功业的矛盾心情里。

安史乱起时，李白正隐于庐山，永王李璘经九江闻知便多次延请，他自以为此乃报国良机，异常兴奋地入永王幕。不料，李氏兄弟阋墙，肃宗李亨以叛乱罪讨伐李璘，永王兵败被诛，李白亦受累以反叛罪蒙冤入狱，后被流放夜郎。乾元二年（759 年），他在流放途中遇赦，此后便流寓南方。上元二年（761 年），李白听说李光弼将率师出征东南，思欲从军报国，无奈中途染病，折回族叔当涂县令李阳冰处。次年，李白病逝于当涂，年 62 岁。

关于李白的思想，或曰儒，或曰道，或曰儒道互补，或曰儒释道结合，或曰以儒为主，兼采道、释、纵横、侠、玄、杂众家。我们在研究李白的思想时，一方面应看到其复杂性，另一方面也应看到他既受传统文化的被动制约，具有中国封建士阶层思想的共性，又对传统文化进行了主动的选择，形成了独特的个性。

绝大多数中国古代作家，都难以脱离以儒为主而兼容各家这个文化大背景，不过是各有取舍而侧重不同罢了，李白也不例外。但是李白对传统思想绝非单纯地接受，而是吸取与其个性追求可以共融的部分，汰删和变异那些有违个性的成分，表现出强烈的自我设计的个体意识。比如，自古以来，建功立业、治国安邦便是中国封建时代知识分子的最高理想，这种源自儒家修身、齐家、治国、平天下的政治意识，随着历代统治者的提倡及通过教育的推广，在漫长的封建社会中潜移默化地积淀成了我们民族的传统文化心理，自汉以后的中国士阶层，绝对不受其影响的，几乎不存在。像李白这样狂放不羁的人，也概莫能脱俗。李白一生最大的理想就是"安社稷""济苍生"，要像历史上的傅说、吕尚、管仲、晏婴、诸葛亮、谢安那样，做一个使"寰区大定，海县清一"（《代寿山答孟少府移文书》），"致吾君于尧舜"（《崇明寺佛顶尊胜陀罗尼幢颂序》）的辅弼大臣，这种政治理想无疑带有先秦儒家的理想主义色彩。但是对儒家那些束缚个性的礼法、泯灭个性的教条，李白则非责即嘲。儒讲中庸，而中庸的要言在"毋我"，在"处群萃而不自异，唯道是从，故不有其身"。所以孟子"言必称尧舜"，"非尧舜之道不敢以陈于王前"。可见，中庸的实质是把个体的人纳入一种社会公认的思想模式。照孔子言，和中庸对立的品格就是狂狷，李白即有。孔子自诩"毋我"，李白则言"不屈己，不干人"（《代寿山答孟少府移文书》）。孔子尝言"予欲无言"，曰"天何言哉？四时行焉，百物生焉"；李白则言"白闻天不言而四时行，地不语而万物生。白，人也！非天地，亦得不言而知乎？"（《上安州裴长史书》）。儒家诗教讲温柔敦厚，"以道制欲""以礼节情"；李白偏偏以气贯注，直抒胸臆，一泻无余地坦露出心迹，吼出对现实的不满，"奈何青云士，弃我如尘埃。珠玉买歌笑，糟糠养贤才"（《古风五十九首》第十五首）。他不仅处处突出自我，言语上自命不凡，而且行为也出众特异。他一生热衷政治，却对被唐代士子视为进身必由之路的科举不屑一顾。他不求小官，而是期望以谋臣策士身份直干明主，立抵卿相，其所称许并每以自比的历史人物如吕尚、管仲、苏秦、张仪、范蠡、鲁仲连、冯谖、侯嬴、毛遂、张良、诸葛亮、谢安等皆因特殊机遇得以施展才干，献奇策，立奇功。这种从政之路在先秦，甚而在张良、诸葛亮、谢安时代是现实的，但到了天下统一、官僚体制牢固的唐帝国，已是不现实了。而李白的政治抱负却始终和这种非现实的追求纠结在一起，无非因为谋臣策士在统治者面前不失其自尊，可以相对保全个性而已。这种自我实现的强烈愿望，正是李白有别于传统文化中儒家的人格框架而特立的表现。

李白对道家思想的接受也是有所选择的。道家常以哲人的眼光超拔于尘世之外，从睥睨万物的视角冷眼审视功名利禄、礼法制度，用“齐生死，一物我”的旷达态度对待人生，弘扬“物物而不物于物”“逍遥游”的自由意识。这对无法在现实中按自己的设计完成功成名就之理想的士子来说，无疑是一剂慰藉失意的良药。达则用儒，穷则体道，几乎成为中国封建士子荣辱自处的基本模式。李白在诗中屡以大鹏自喻，大鹏的图腾来自庄子《逍遥游》，它是自由的象征。李白虽然接受了庄子追求自由的人生哲学，却并不满足于通过“坐忘”一类的幻想来获得自由。在他心目中，自由的概念不仅是超越自然及物质境界的精神自由，也应该是能够自由地实现自己的政治理想，自由地完成自己的生命经历的现实中的自由。为了争取一份完整的自由，他像一个斗士，把“我”与整个社会对立，表现出不可一世的豪迈：“安能摧眉折腰事权贵，使我不得开心颜”（《梦游天姥吟留别》），忍受着特立的言行不容于世的极大的孤独：“我本不弃世，世人自弃我”（《送蔡山人》），并且苦苦地挣扎在想入世却又不愿“诎于世”，想出世却又不愿遗乎世，既要坚守人格的独立自由，又不能冷却了济世热情的双重矛盾中。这样的李白的确不似庄子通过幻想勾勒自由境界那般轻松潇洒、高远超逸，却散发着亲切、温暖、个性的人格魅力。

李白是一个性格跳脱外向，行为放荡不羁，天才中混合着野性，个性极其强烈，极具生命辐射力的人。他不太在乎别人对他的评价，不懂得节制，或者不屑于节制，周身洋溢着一股狂放洒脱的气质。生命中遇到得意时便高歌“仰天大笑出门去，我辈岂是蓬蒿人”（《南陵别儿童入京》），遇到挫折时便大喊“大道如青天，我独不得出”。情绪总是在两极之间震荡着，令人感觉他在用生命实践诗，诗就是他的生命“强自我”的爆发点。他耐不得寂寞，也不能耽于一种情绪太久。他对生命很投入，总是向往着事态及情感的巅峰状态：大得意、大骄傲、大自信、大快乐、大悲愤，显得那么飞扬跋扈。因此他的诗，情绪跌宕起伏，结构纵横开阖，激荡着令人难以名状的生命强旋律。他活得很自我，不太会照顾别人的感受和自尊。他总是非常淋漓酣畅地宣泄着自己的情绪，并且霸道地将天地纳入自己的轨迹，颐指气使地腾挪设置着它们，从自己的心中推出一个世界。他活得很纯真，纯真到不懂得察言观色，以为可以与天子主客分列，可以恣情调侃、戏谑当朝权贵。这股气息直贯诗中，便是那极天然的语言所坦露的生命的原发状态。

李白的生命、李白的思想、李白的性格，活跃激荡在他的创作中，千百年来经久不衰地震撼着后人。

李白的诗文集注，传世的有南宋杨贤齐注的《李翰林集》二十五卷，元代萧士赟删补杨注而成的《分类补注李太白集》二十五卷，以及明代胡震亨的《李诗通》二十一卷。以上三家都只注李白的诗，到清代王琦注的《李太白文集》三十六卷，才是李白诗和文的合注，是李白诗文集中最完备的注本。三家注中开创的杨注，烦琐而有错误；萧注则典实上注得极少，只注前人误注和漏注的地方。王注汇集了三家注的长处，改正了他们的错误，补充了他们的疏漏，注释体例也较严谨，但引文不免稍繁。可贵的是，王注辑录了有关李白的资料，内容比较丰富，可供后世研究者参考。当然，王注也不免有考核欠精、注释疏漏之处。

## 二、李白的诗歌创作

### （一）李白笔下的自然、人生与社会

李白现存诗近千首，其内容广博而深厚，综而观之，可见出三条明晰的走向：吟咏自然山水，慨叹生命遭际，反映时代风貌。

李白“一生好入名山游”（《庐山谣》），足迹遍及黄河上下、大江南北。

当走进寥廓的宇宙、空荡的云天、纷纭的山水中时，他发现宇宙律动与生命律动难以置信地神似，他在宇宙和人生之间找到了一条相互融契的神秘甬道。他剥去了自然本体的外衣，将自我精神的悸动投影在山水内在的神韵之上，于是我们看到：他透过山水诠释生命的体验，像《蜀道难》，其创作动因，本为送一位友人由秦入蜀而作，但给人的感觉却是不知是在写蜀道，还是在写人生，抑或既是写蜀道，又是写人生。皆因篇中凝聚了李白“浮四海，横八荒”（《代寿山答孟少府移文书》）的游历生活，对变幻莫测的宇宙及人生的感受和印象。其奇、险、怪、骇之状，是李白心目中自然之奇、人生之险的象征；其惊、叹、赞、羡、真、幻、虚、实，是李白在自然探险中所经历的情绪波澜，主体已融入客体，内情亦化为外象。他透过山水倾诉对自由的向往。现实的秩序和陈规压抑和局促着李白桀骜不驯的个性、奔突豪放的灵魂、蓬勃的人生激情和自由的人格理想。而大自然中倚天欲倾的峭壁、九天悬落的瀑布、汹涌澎湃的江河，则使他体验到纵横驰骋、舒卷自如的自由意识的满足，鼓荡起他狂热的激情和不可遏止的创造力：“黄河西来决昆仑，咆哮万里触龙门。”（《公无渡河》）“巨灵咆哮擘两山，洪波喷流射东海。”（《西岳云台歌送丹丘子》）“天姥连天向天横，势拔五岳掩赤城。天台四万八千丈，对此欲倒东南倾。”（《梦游天姥吟留别》）诗人关注的不是岸草汀花、河堤沙迹的细节，而是将山水风物引向横无际涯、杳冥惝恍、纵横变幻的宇宙空间，在这里，他看到了一个与现实人生相对照的广阔的自由世界，于是郁结化解了，胸襟敞开了，精神升华了。因此，也就不难理解他的一些山水诗何以会出现若即若离、断续无端的结尾了。像《梦游天姥吟留别》，结以“安能摧眉折腰事权贵，使我不得开心颜”，仿佛飞来之笔，奇崛突兀，与游山玩水何干，与自然景致也不搭调，而正是这游离的突兀，透露出诗人的个体人格在天姥山奇姿异形的震撼中得以觉醒。峰峦挺拔耸峙的伟岸，昭示着独立和自尊的威严；山气卷舒流荡的变幻，活跃着奔放和畅达的狂欢。是自然赋予诗人睥睨世俗、傲视威权的能量和气势。他透过山水放射“纳天地于一壶”的豪壮气魄。李白礼赞自然，仰慕自然，却并不自惭形秽，自甘渺小。在他的认识世界里，人是万物之灵,可以“挥斥八极,神气不变”(《庄子·田子方》)。他渴望成为茫茫宇宙、冥冥世界的真正主宰:“吾将囊括大块,浩然与溟涬同科。”(《日出而行》)于是他的笔下激扬起飞扬跋扈、不可一世的雄杰气概:“兴酣笔落摇五岳,诗成笑傲凌沧州!”(《江上吟》)“我且为君捶碎黄鹤楼,君亦为我倒却鹦鹉洲!”(《江夏赠韦南凌冰》)“划却君山好,平铺江水流。”(《陪侍郎叔游洞庭醉后》)流淌着与天地契合的精神愉悦。钩心斗角、错综复杂的社会现实常使李白感到阴冷、险恶和孤寂。当他面对厄运无能为力时,不像屈原自沉汨罗,以毁灭生命的惨烈方式做抗争;不像陶渊明躬耕自然,悠悠然于樊笼之外;也不像王维,在沉寂、幽静的自然本体深处寻觅理的体悟;而是徜徉山水之间,寻求自然之中与其人格走向缘合的境界,从而与山水达成一种无法名状、难以言喻的深层默契。像“众鸟高飞尽,孤云独去闲。相看两不厌,只有敬亭山”(《独坐敬亭山》),他的生命已从自我的框架里飘逸出来,走向自然,融入自然,并同无形的自然生命合二为一,我即物,物即我,灵魂在山光水色中挣脱了孤寂,找到了最投机的友伴。这种与天地同“和”的精神愉悦,洋溢着朦胧、悠然神会、妙处难与君言的无限意趣。因此,李白笔下的自然山水,不再是本然状态,而是经过其精神打造的人格化的自然。

李白慨叹生命遭际的作品,是其生存体验的呈示。在这些作品中,他抒发拯物济世的壮怀。李白以不世之才自居,一生执着地追求着惊世骇俗功业的实现,他高歌理想,激扬抱负,张扬自我,驰使个性,或直言“大鹏一日同风起,扶摇直上九万里。假令风歇时下来,犹能簸却沧溟水”(《上李邕》),或借历史人物吞吐“谈笑安黎元”的心志。直至临终,虽已“中天摧兮力不济”,但仍坚信“余风激兮万世”。其高亢奋发的旋律、倜傥不群的气度,无疑是“盛唐气象”最真实的诠释。他抒发失意后苦闷、矛盾的郁怀。由于理想抱负屡遭折羽,自我个性被挤压在狭小的空间中不能自由激荡,他郁闷,却又不能冷却热情,他孤寂,却又孜孜于理想,所以感情在失望与希望、出世与入世、现实与梦幻、低沉与亢奋的交织纠结中起伏跌宕。时而郁塞“不能食”,“心茫然”;时而坚信“长风破浪会有时,直挂云帆济沧海”(《行路难》);时而多烦忧,欲举杯消愁;时而罢拘束,思散发弄舟;时而悲慨“朝如青丝暮成雪”之人生;时而振起“天生我才必有用”之心神;时而堕入“古来圣贤皆寂寞”之苦海;时而兴出卖马畅饮之豪气。天马行空,突兀变化,莫可逆料,折射出作者内心的动荡不宁。他抒发向往自由、鄙弃权贵、抗争命运的逸怀。他希企现实中有供其个性和才志自由发挥的空间,现实却是“大道如青天,我独不得出”(《赠蔡山人》),“群沙秽明珠,众草凌孤芳”(《古风五十九首》其三十七)。但他并未因此屈志、逢迎,而是不屑与世俗共舞,执着于独立个性的抒发:“乍向草中耿介死,不求黄金笼下生”《设辟邪伎鼓吹雉子斑曲辞》),“安能摧眉折腰事权贵,使我不得开心颜”(《梦游天姥吟留别》)。他嘲笑轻视豪贵的权威:“黄金白璧买歌笑,一醉累月轻王侯。”(《忆旧游寄谯郡元参军》)其间飞动着一股渴望冲决现实构架、桀骜不驯的霸气。

李白反映时代风貌的作品触及其生存环境的各个角落。他描写边塞战争,坦露对边塞生活的向往,歌颂慷慨激昂的英雄气概,但也鞭挞穷兵黩武的国策,同情戍客、思妇的生命遭际,表现边塞生活的凄凉艰辛,如《战城南》《子夜吴歌》等。他抨击朝政的腐败,以宦官、斗鸡小儿恃宠骄纵、嚣张跋扈,嗜血边将名就功成的事实,揭露是非颠倒、善恶不辨的丑恶现实,如《古风五十九首》其二十四、《答王十二寒夜独酌有怀》等。他反映战乱带来的灾难,抒发渴望杀敌静境、为国驱患的抱负,如《古风五十九首》其十九、《永王东巡歌》等。他同情百姓疾苦,用沉重的笔触陈述他们苦难的生存状态,如《丁都护歌》等。他表现妇女生活,细腻地刻画了各阶层女子的性格,传达出她们鲜活的精神世界,如《玉阶怨》《清平调》《独不见》《长干行》等。李白反映现实的作品虽不及杜甫的博大深刻,却极鲜明地透露出诗人精神境界沉着的一面,也是我们了解李白不可忽视的一部分。

总之,李白的诗既为我们展现了一方性格化的宇宙世界,又向我们延展了一个失意文人复杂的心路历程,还为我们揭开了一幅唐代社会生活的画卷,是诗人与自然交流、与时代融汇的产物。

## （二）李白诗中强烈的主观色彩

李白是一个浪漫主义诗人，在本质上属于情感型而不是理智型的作家。他的诗散发着强烈的主观色彩，而不长于对事物进行客观细致的刻画和对事理进行思辨性的抽象议论。他很少用诗直接描绘和反映现实，而是以抒情为主，通过诗人自我形象的塑造、自我情感的宣泄、自我心灵的坦露来传达对客观现实生活的感受。具体而言，我们可以从以下几方面进行比较。

### 1.反映现实生活的特点

李白诗反映现实生活的特点首先表现在略去细节的评述，从大处着笔。他无论是写现实、写生活还是写景致，往往三两笔勾勒出事物的大轮廓，宏观、鸟瞰式地渲染出山川、人物、事件的神韵，仿佛一幅写意画，意蕴无穷。如《古风》第十九首，写安史之乱："俯视洛阳川，茫茫走胡兵。流血涂野草，豺狼尽冠缨。"高屋建瓴，以整体感受代替具体陈述，传神地展现了乾坤颠倒、动荡血腥的时局。黄河奔流数千里，迂回于群山，流转于峡谷，汹涌于平原，百态千姿，而他在《西岳云台歌送丹丘子》中仅以"巨灵咆哮擘两山，洪波喷箭射东海"写之，仿佛屹立云端之时，闻黄河咆哮之声，见黄河喷流之状，兴之所至，随手拈了一个"射"字统御其上，便将黄河冲决一切不可阻挡之逼人气势表现出来。在《陪族叔刑部侍郎晔及中书贾舍人至游洞庭》五首中写洞庭湖："帝子潇湘去不还，空余洞庭秋草间。淡扫明湖开玉镜，丹青画出是君山。"娥皇、女英已去而不返，只留下沉寂的湖水、冷落的秋草，月色下的湖水玉镜一般，如螺髻之君山倒映水面，仿佛当年二妃之明丽重现。诗人没有写秋夜月下洞庭的具体景象，而是用一个美丽的传说，三两笔渲染出湖色明净的神韵，流露出向往之情，也引发了读者的无限联想。

李白诗反映现实生活的第二个特点，表现在用思想情感的直接抒发，代替对客观现实的叙述与描写。读李白的诗，往往会感到一股震撼人心的力量，像洪涛激流，如疾雷闪电，这股力量便来自他诗中饱满的情感。出现在李白诗中的画面，不是客观生活的直接再现，而是诗人主观情绪激荡的波澜。诗人在抒情过程中不时写到现实中某些典型事物，但它们并非重点描写对象，仅仅是情绪的爆发点。如《宣州谢朓楼饯别校书叔云》，作为饯别诗，却没有直接写饯别之意，只是用“长风万里送秋雁，对此可以酣高楼”作了一笔含糊而又简单的交代，便一味地宣泄忽悲忽喜的情绪，抒发怀才不遇的感慨，全是内心活动的独白。《答王十二寒夜独酌有怀》描写当世黑暗政治，却未全面具体展示生活画面，而是全力发泄愤激情绪，仿佛关在铁笼里的一头雄狮，咆哮着，冲撞着，企图粉碎羁绊，回归自由空旷的山林。至于正直之士不容于世、宵小之辈得志猖狂的现实，只是在情感喷发的间隙透露出点滴。

李白诗反映现实的第三个特点，表现在客观现实的叙述与描写服从于感情的抒发和主观意志的活动。他常常用感情照亮客观事物，让客观事物在诗中服从于感情抒发的需要，受感情抒发的支配。比如他说“君不见高堂明镜悲白发，朝如青丝暮成雪”（《将进酒》），生活逻辑告诉我们，朝如青丝暮发尽白的可能性微乎其微，但在这里生活的逻辑已让位于诗人对生命短促的强烈感受，客观现实只根据感情抒发的需要而存在。有时，由于现实生活的某种触发，诗人诗情萌动，并迅速进入幻觉之中，一旦进入幻觉，即抛开现实，完全不顾生活的真实和逻辑，而是凭借主观意志的活动，将现实诗化为幻境。如玄宗后期耽于声色，政治黑暗，权奸弄权，李白感于此写了《远别离》，但他并未如实描写现实，而是将其幻化为自然界的愁惨景色：“日惨惨兮云冥冥，猩猩啼烟兮鬼啸雨。”用自然风云的愁惨恐怖含蕴政治的危机四伏。他在进行艺术构思时，常常不是随物以宛转，而是让物随心徘徊，自然不仅是他描写的对象，更是他心灵的产物。因此，在他的笔下，没有静止的自然，一切都是飞动的，因为他已将自己充盈、蓬勃的生命力注入其中。

用上述方法比较现实，与其说在反映现实，不如说在表现自我对现实的评价，表现自我的情趣和性格。因此，李白的诗的世界，主要是一个精神世界，广阔的历史现实被幻化在这个精神世界中，似真似幻，韵味深远。

2.抒情方式的特点

李白的诗感情基调高远壮大,其感情表达方式既不像杜甫那样沉郁顿挫,感情波涛在胸内反转回旋,也不像李商隐那般半吞半吐、欲吞还吐,而是爆发式的,如决堤之江河,滔滔汩汩,一泻千里。李白的诗中,很少沉郁悲凉的调子、萎靡死颓的情绪、缠绵悱恻的愁思以及恬静舒曼的韵味。那些寄寓非凡抱负的诗,诸如“长风破浪会有时,直挂云帆济沧海”(《行路难》),“突营射杀呼延将,独领残兵千骑归”(《从军行》)之类,其感情基调的壮大高远自不待言;写求仙访道,未见远离人间烟火的冷寂;写纵酒作乐,未见末世文人的低迷;写自然景物,未见纤细微弱的沉静;写对现实的不满,未见没完没了的悲凄。即便写离情别绪,也是惜别而不哀怨,留恋而不缠绵,将浓郁真挚的情思置于壮大明朗的境界之中。如《黄鹤楼送孟浩然之广陵》:“故人西辞黄鹤楼,烟花三月下扬州。孤帆远影碧空尽,唯见长江天际流。”望断征帆,可见难以言喻之深情,但这份真挚的情感,却融会在暮春三月的蓬勃生机与浩渺壮大的江天一色当中,诗人将惜别之情抽离儿女纤弱绵细的情怀,投入广漠无限的时空,构筑了一个亘古绵渺的境界。

李白的情感往往是倾倒出来的、喷涌出来的,犹如火山爆发,而不是舒缓地流淌出来的。如《答王十二寒夜独酌有怀》,对于现实的黑暗和丑恶,简直是叫嚣着指着鼻子骂:“吟诗作赋北窗里,万言不直一杯水!”“孔圣犹闻伤凤麟,董龙更是何鸡狗!”其愤慨,不加任何掩饰和含蓄。在他的诗中,见不到李商隐式的迂回曲折。他写男女思慕之情,皆是率然而发,率然而止,干脆利落。如《长相思》:“美人在时花满堂,美人去后余空床。床中绣被卷不寝,至今三载闻余香。香也竟不灭,人亦竟不来。相思黄叶落,白露湿青苔。”这首诗表现的是思念之情,抒情方式却不似李商隐,明明暗暗,隐隐显显,宛转回折,迷蒙惝恍,而是一语道破,和盘托出,其诗的韵味是以情感的浓烈强势、饱和充盈来体现的。读李商隐的诗,共鸣是一个随反复吟咏逐渐深入的缓慢过程。李白则把情感倾泻给你,令你顿时感奋,共鸣是骤然而起而又余兴不尽的。在李白的诗中,也见不到王维式的舒曼平和。他写由山水引发的隐逸之思，同样是率然而发，率然而吐，如《望庐山五老峰》："庐山东南五老峰，青天削出金芙蓉。九江秀色可揽结，吾将此地巢云松。"好像一个痛快人，直截了当地说："这里很美，我要在此隐居。"李白言："两人对酌山花开，一杯一杯复一杯。我醉欲眠卿且去，明朝有意抱琴来。"（《山中与幽人对酌》）没有丝毫幽静淡雅的氛围，而是一种痛快、率性、爽朗的境界。

3.表现手法的特点

夸张是李白经常运用的一种艺术表现手法，夸张而传神，更是其胜处。如写项羽的英雄气概，就夸张地写其双眼："项王气盖世，紫电明双瞳。"（《登广武古战场怀古》）用"紫电"状项羽双眼，明亮、闪耀、光辉，表现出项羽不可一世之神貌，给人以强烈深刻的印象。再如《上三峡》："三朝上黄牛，三暮行太迟。三朝又三暮，不觉鬓成丝。"这是他被流放夜郎途中上三峡时所作。逆水行舟，固然困难，但再难也不至于令人头发尽白。"不觉鬓成丝"显然是夸张，但这夸张恰好传达出当时境界的神韵。李白流放途中，心境悲凉，又逢逆水行舟，旅途之艰辛与人生道路之艰难交融在一起，艰辛与愁苦不可名状之处，用"不觉鬓成丝"形容之，惟妙惟肖地刻画出了诗人当时的心境，而且将逆水行舟的境况很巧妙地表现了出来。又如《望庐山瀑布》："日照香炉生紫烟，遥看瀑布挂前川。飞流直下三千尺，疑是银河落九天。""三千尺"，夸饰其高不可及，再状以飞流、直下，则其自天而降之感、飘洒峻急之状，已灿然可见，又疑以银河跌落，则光耀飞瀑之璀璨、烟霭蒸腾之神韵靡不毕现，令人仿佛走入天地河汉浑然难辨之境界。

李白诗中的夸张，全应情感表达的需要。他是一个热血质的诗人，灵感一旦触发，便喷涌而出，势不可挡，情感激动之强烈，起伏变化幅度之大，一般语言根本无法能够表达。其理想之高远壮大，非"俱怀逸兴壮思飞，欲上青天揽明月"（《宣州谢朓楼饯别校书叔云》）不能宣泄；其对文才的强烈自负，非"兴酣笔落摇五岳，诗成啸傲凌沧州"（《江上吟》）不能尽兴；其睥睨权贵之万丈豪气，非"揄扬九重万乘主，谑浪赤墀青琐贤"（《玉壶吟》)不能畅情;其忧愤郁结,非“我且为君捶碎黄鹤楼,君亦为吾倒却鹦鹉洲”不能冲决。这些狂放的诗句、强烈的夸张,都带有极强的感情力度。因此,夸张是李白情感的一种独特有力的表达方式。

李白的大部分代表作,是凭借主观的想象甚至幻想完成的。陆机《文赋》曾言:“情曈昽而弥鲜,物昭晰而互进。”可见,伴着情感的触发流走,物象也随之流转,而物象进入诗境,凭借的就是想象。李白的想象,是与诗中情感主线相适应的。和情感的表达方式相一致,他的想象也是瞬息万变的。方东树说他“发想无端,如天上白云,卷舒灭现,无有定形”(《昭昧詹言》卷十二),如其《蜀道难》、《梦游天姥吟留别》、《远别离》、《梁甫吟》、《古风五十九首(第十九首)》等,无不体现出这一特点。李白的想象世界不似杜甫,受着生活的客观逻辑的制约,而是由主观意志主宰。同样不受生活的客观逻辑制约,李白又不同于李贺。李贺的想象是一个一个突兀出现的,意象与意象之间没有必然的逻辑联系,可见其情感流动的滞涩。猛看起来,李白的诗意象发想无端,来也无踪,去也无迹,随风变灭,又如天马行空,任意驰骋,但细细玩味,各意象之间似断非断,语断而意连,形断而神不断,这些跳跃的意象,总是沿着情感的波动而起伏,虽瞬息万变,却互相衔接,有迹可循,是与其一泻千里、以气贯注的抒情方式相表里的。如《宣州谢朓楼饯别校书叔云》,乍一看,发端突兀,变幻莫测,实际上,意象是沿着作者忧愤情感的起落而变化的:登楼时已怀满心积郁,故“多烦忧”也;登楼而见开阔的天地境界,心为之一畅,故兴“酣高楼”之逸情,起“揽明月”之奇想,但语及现实,仍不免愁思盘结,故“举杯消愁”;思及脱出心灵困境的唯一办法,大概只有遗世而去,故出以“散发”“弄舟”之语。诗人的情感几起几伏,诗人的想象也随之流走。由此可见,李白诗中所运用的一切手法和手段,都是为表达主观情感服务的。

4.最为人激赏的体式

李白为后人激赏的体式是乐府歌行和绝句。乐府歌行不像律诗那样有固定的起承转合的章法可循,既不讲平仄,又不求对仗,诗句也不整饬,没有固定的模式可以规范,是一种主观随意性极强的体裁。因此这种体式最适宜表现喷涌而出、放荡不羁的情感。李白的乐府歌行往往随情感变化，或顺流直下，气势磅礴，或笔断意连，跳跃闪烁，章法大开大合、大起大落，酣畅淋漓地传达出李白奇纵飘逸的性格、纵横动荡的内心世界，是李白各体中最富个性、经典之作最多的体式，如《蜀道难》《将进酒》《梦游天姥吟留别》《远别离》《长相思》《鸣皋歌》《梁甫吟》《庐山谣》等。

绝句体制短小，最适于表现瞬时的情感体验。李白的绝句通过描写在自然和生活中获得的片刻意趣和情思，呈现灵光闪动中情感的瞬间崩发，纯赖兴会，真切自然，极富情趣。如《独坐敬亭山》中"众鸟高飞尽，孤云独去闲。相看两不厌，只有敬亭山"，诗人捕捉住鸟飞尽，云远行，只留下诗人与山相对体味赏玩的片刻，传达出人类在大自然中刹那间体验的温暖自得。《自遣》中"对酒不觉暝，落花盈我衣。醉起步溪月，鸟还人亦稀"，紧扣醉起片刻所见落花盈衣、鸟还人稀的景致，传达出诗人遗天地人间而自适的情怀。

总之，李白的诗充溢着强烈的主观色彩，其表现现实的方式、抒情手段、表现手法以及主观随意性极强的体式，无不因此打造出极具个性的特点。

## 三、李白研究状况

### （一）研究史述

李白研究始于唐，以后宋、元、明、清各代均有论著，但成果甚微，仅有宋代杨齐贤、元代萧士赟、明代胡震亨、清代王琦几家注及各种诗话、文集中的片段评论，这与宋以来千家注杜的盛况相去甚远。进入 20 世纪，李白研究的局面才有了改观，并取得了丰硕的成果。20 世纪的李白研究，大致可分为三个阶段。

1. 20 年代初至 40 年代末的李白研究

这个阶段的研究成果，集中在三个方面。其一是李白诗歌选本的编选，如胡云翼选辑，罗方洲、唐绍吾注释的《李白诗选》（青年国学丛书，上海：亚细亚书局，1932 年），傅东华选注的《李白诗》（上海：商务印书馆，1928 年），沈归愚选《李太白诗》（上海：中华书局，1937 年），等等。这些选本，多选李白的代表作，注以王琦注本为主，间采其他注本。其二是概述性的著作与论文，如傅东华《李白与杜甫》（上海：商务印书馆，1927 年）、汪静之《李杜研究》（上海：商务印书馆，1937 年）、李长之《道教徒的诗人李白及其痛苦》（天津：天津人民出版社，2015 年），戚惟翰《李白研究》（上海：中华书局，1948 年）、玄修《说李》（《国声》第 1 卷第 9、Ⅱ期）、公盾《李白研究》（《人文杂志》第 2 卷第 12 期，第 3 卷第 1、2 期），多从宏观着眼，对李白的身世、思想与性格，李白的创作进行全面概述，不乏中肯切当之论。其三为李白身世的专题研究，代表性文章有李宜琛《李白的籍贯与生地》（《晨报副刊》1926 年 5 月 10 日）、陈寅恪《李太白氏族之疑问》（《清华学报》第 10 卷第 1 期）、胡怀琛《李太白的国籍问题》（《逸经》第 1 期）。这些文章，为其后有关李白身世的研究奠定了基础。

2. 20 世纪 50 年代至 70 年代初的李白研究

这是一个既沿 20 世纪 40 年代以前研究李白的路子，又有较大变化与发展的时期。言其沿前一时代，是说这一时期仍以选集的形式传播普及李白诗歌，关于李白的研究，仍集中在身世、思想、性格、艺术成就及风格等方面。言其变化和发展，主要指两个方面：其一关于李白生平事迹及诗文系年，取得了突破性进展；其二，由于受政治与社会风气影响，学者们运用阶级性、人民性、现实主义与浪漫主义的观点来研究李白的思想、性格及诗文风格，既令李白研究呈现出新的面貌，也使李白研究受到一定局限。代表性著作有詹锳《李白诗文系年》（北京：作家出版社，1958 年）、《李白诗论丛》（北京：作家出版社，1957 年），林庚《诗人李白》（上海：古典文学出版社，1956 年），王运熙等《李白研究》（北京：作家出版社，1962 年），郭沫若《李白与杜甫》（北京：人民文学出版社，1971 年）。流行较广的诗歌选本有舒芜《李白诗选》（北京：人民文学出版社，1955 年）、苏仲翔《李杜诗选》（上海：春明出版社，1955 年）、复旦大学古典文学教研室《李白诗选》（北京：人民文学出版社，1961 年）。

詹锳《李白诗文系年》撰写于20世纪40年代,出版于50年代。此书考证李白诗文写作时间和背景,以年月为纲,对李白三分之二以上作品进行了系年。同时还旁征博引了大量史料,考证李白的行踪和事迹。这些诗文系年的事迹考证,多严谨可信,为学术界所推重,为此后的李白研究打下了坚实的基础。

郭沫若的《李白与杜甫》,因成书的复杂背景与书中有失公允的扬李抑杜倾向而遭学术界批评,但此书在研究李白生平事迹方面价值颇大。

林庚的《诗人李白》是这一时期研究李白思想、性格及艺术成就最有影响之作。其中有关李诗为大唐太平盛世之音及李白的布衣精神的实质问题,在学术界引起了广泛的讨论。这一时期较有意义的李白专题研究,则是俞平伯、任二北关于李白词真伪的讨论,王运熙、俞平伯等人关于《蜀道难》寓意及写作年代的讨论。

3. 20世纪70年代末以来的李白研究

学术思想的解放、研究队伍的不断壮大,使李白研究呈现出空前繁荣的局面,并取得了一批高水平的成果。

其一,李白全集的整理等基础性研究工作成果最丰。李白全集的注释,历经宋、元、明、清,不外乎杨齐贤、萧士赟、胡震亨、王琦四家。而20世纪的前70年,李白全集的校注整理工作,几乎是空白。进入80年代后,相继出现了三部李白全集校注著作。第一部是瞿蜕园、朱金城《李白集校注》(上海:上海古籍出版社,1980年)。此书以乾隆刊本王琦注本为底本,据宋本、萧本、缪本及唐宋重要总集选本进行校勘。注释及评笺部分,以杨齐贤、萧士赟、胡震亨、王琦四家注为主,旁搜唐宋以来有关诗话、笔记、考证资料以及近人研究成果,加以笺释、补充与考订。第二部是由安旗主编,薛天纬、阎琦、房日晰参编的《李白全集编年注释》(成都:巴蜀书社,1990年)。此书校勘范围略同于《李白集校注》,书之特色在于编年。李白诗文按编年诗、文和未编年诗、文排列,编年诗、文约占作品的百分之八十五。注释简明,多及诗中题外之旨。第三部是由詹锳主编,葛景春、刘崇德、詹福瑞等参编的《李白全集汇释集评》(天津:百花文艺出版社,1996

年）。此书注释部分分题解、注文、串解等三项内容。对较长诗文，都加上题解，说明写作背景，撰写时间、地点以及诗文义旨。注文主要参照杨注、萧注和王琦注。以上三部书的共同特点是：对李白诗文进行了全面整理，集校勘、注释、评笺为一体，并广泛采纳了新的研究成果，体现了 20 世纪后期李白研究的水平。

作为基础性研究工作，此时期还出版了两部工具书。一部是裴斐、刘善良编的《李白资料汇编（金元明清部）》（北京：中华书局，1994 年）。它的资料来源包括金、元、明、清各朝的总集、别集、诗文评、词话、笔记和方志等。收录内容包括总评、作品研究、生平事迹的记述与考证，以及吟咏凭吊之作等。资料的登录以人为单位，以时代先后为序编排，涉及书目多达 865 种，人 916 家，是一部搜集广博、内容丰富的李白资料书。另一部是郁贤皓主编的《李白大辞典》（南宁：广西教育出版社，1995 年）。它分生平、作品提要、交游、诗文中地名、版本、研究著作、研究学者、海外研究、名篇鉴赏几个部分，是我国第一部既为读者提供李白的各种基本知识，又反映出学术界已有研究成果的工具书。

其二，李白生平事迹的研究，有可喜的进展。20 世纪的后 20 年，李白生平事迹的研究是李白研究的热点之一，詹锳、安旗、乔象钟、裴斐、郁贤皓、胥树人、薛天纬、阎琦、葛景春、李从军等人，在此方面用力较多。研究的内容涉及李白的出生地与家世，李白的长安之行、洛阳之行，李白在四川、安徽、山东的行踪等。仅李白在全国的四个主要生活地的研究，就出版了《李白在江油》《李白与四川》《李白在安徽》《李白在安陆》《李白在山东论丛》等书。关于李白行踪的考辨，仍以长安之行为讨论的焦点。

其三，关于李白思想、性格及诗歌艺术成就的理论研究，视野开阔，硕果累累。老一辈学者，如裴斐的《李白十论》（成都：四川人民出版社，1981 年）、罗宗强的《李杜论略》（呼和浩特：内蒙古人民出版社，1980 年）、乔象钟的《李白论》（济南：齐鲁书社，1986 年），仍坚持通过解决读李白的诗文、剖析作品产生的时代及社会生活，来分析李白的思想、性格与其诗歌艺术成就，既立论平稳、资料翔实，又不乏新论。如裴斐的《李白十论》，立足于分析李白深藏对社会的失望又始终不肯放弃兼济天下理想的思想与性格矛盾，力排李诗是盛唐之音的观点及《李白个性论》（《中国李白研究》1990 年集·上）提出的李白诗悲中见豪的观点，在李白研究领域独树一帜。罗宗强的《李杜论略》通过比较李白、杜甫的政治理想、生活理想、文学思想、创作方法、艺术风格的不同，实事求是地总结出李白和杜甫各自的特点及其在文学史上的地位。

这一时期的中青年学者注意通过广阔的文化背景来研究文学现象，吸收西方文化学及心理分析与意象分析等方法，来研究李白的思想、性格、艺术风格等，给李白研究带来了新的面貌。如葛景春的三部李白研究专著《李白思想艺术探骊》（郑州：中州古籍出版社，1991 年）、《李白与中国传统文化》（中国台湾：群玉堂出版公司，1991 年）、《李白与唐代文化》（郑州：中州古籍出版社，1994 年），都是从文化学角度来探析李白思想和诗歌艺术的。此类著作，还有张瑞君的《李白与盛唐诗新探》（太原：山西古籍出版社，1997 年）、陶新民的《李白与魏晋风度》（北京：中国广播电视出版社，1996 年）、杨海波的《李白思想研究》（上海：学林出版社，1997 年）、孟修祥的《谪仙诗魂》（武汉：湖北人民出版社，1996 年）。

这一时期，探讨李白诗歌艺术特色和艺术风格的文章较多，其中尤以房日晰的研究用力最勤，论文也较集中。

其四，普及著作和作品赏析文章蔚为大观。80 年代以后，李白诗文选注、选译、赏析的主要图书有：安旗《李白咀华》（北京：十月文艺出版社，1984 年），马千里《李白诗歌赏析》（南宁：广西人民出版社，1986 年），裴斐主编的《李白诗歌赏析集》，李开扬等《李白诗选注》（上海：上海古籍出版社，1989 年），牛宝彤主编《李白文选》（上海：学苑出版社，1989 年），张才良主编《李白诗四百首》（合肥：安徽文艺出版社，1994 年），詹锳主编《李白诗选评》（成都：巴蜀书社，1991 年），詹福瑞、葛景春、刘崇德等《李白诗全译》（石家庄：河北人民出版社，1997 年），等等。

总之，20 世纪的李白研究，成果瞩目。但是，李白研究尚有许多领域亟待开拓，如其身世和生平事迹亦有许多问题尚无定论等，因此，李白研究21世纪必大有可为[①]。

（二）研究热点

1.家世

李白家世的原始记载，见于李白诗文自述、李阳冰《草堂集序》、范传正《唐左拾遗翰林学士李公新墓碑》。但李白所言与李阳冰、范传正叙述皆有不契合处，故引起后世种种推测，计有汉人、胡人、胡化之汉人三说。

（1）汉人说。又有唐宗室说和非唐宗室说。李白自谓“家为陇西人，先为汉边将”（《赠张相镐》二首其二），说其祖先曾“遭沮渠蒙逊难”（《上安州裴长史书》），即言凉武昭王暠之子被沮渠蒙逊打败而死。李阳冰、范传正均云白为“陇西成纪人，凉武昭王暠九世孙”，即言李白与唐室同宗，《新唐书·李白传》、王琦《李太白年谱》等从之。而俞平伯[②]、郭沫若[③]等则认为李白的祖先为汉人而非唐宗室。

（2）胡人说。陈寅恪首先提出李白之父本为西域胡人，至蜀地才改姓李[④]。詹锳也认为“白之家世或本商胡”[⑤]。

（3）胡化之汉人说。胡怀琛认为李白的先世曾寓居在呾逻斯城的南面十余里，是突厥化的中国人[⑥]。幽谷支持此说[⑦]。

学者们对李白家世虽众说纷纭，但对李白先世曾流寓西域，于神龙初潜还蜀地的看法是一致的。

2.出生地

关于李白的出生地问题，亦说法不一，难以定论，大致有以下几种：

（1）山东。此说源于元稹误解杜甫“汝与山东李白好”之意，在《杜君墓志铭》中称“是时山东人李白亦以奇文见称”。其后《旧唐书·李白

① 本节内容节略自詹福瑞：《二十世纪李白研究述略》，《二十世纪李白研究论文精选集》，西安：太白文艺出版社，2000年。

② 俞平伯：《李白的姓氏籍贯种族的问题》，《文学研究》1957年第2期。

③ 郭沫若：《李白与杜甫》，北京：人民文学出版社，1971年。

④ 陈寅恪：《李白氏族之疑问》，《清华学报》第十卷第1期，1935年1月。

⑤ 詹锳：《李白家世考异》，《国文月刊》1943年10月。

⑥ 胡怀琛：《李太白的国籍问题》，《逸经》第1期，1936年3月。

⑦ 幽谷：《李太白——中国人乎？突厥人乎？》，《逸经》第17期，1936年11月。

传》、元代辛文房《唐才子传》以讹传讹，以李白为山东人。

（2）蜀中。明代杨慎《李诗选题解》引《成都古今记》说：“李白生于彰明之青莲乡。”清代王琦、黄锡珪两种《李太白年谱》都采此说。今人郑畅①、裴斐②亦持生于蜀中说。

（3）西域。李宜琛③通过对李白生卒年的考证，断定李白不生于四川，而生于西域碎叶。其后，陈寅恪、胡怀琛、幽谷皆持此说。

（4）中亚碎叶。郭沫若《李白与杜甫》根据范传正写的碑文，提出李白出生于中亚细亚的碎叶城，其具体位置在苏联哈萨克境内的托克马克。郭的论点影响很大，一时几成定论。

（5）其他说法。20世纪80年代以后，又出现几种说法：如李从军认为李白出生于焉耆碎叶，即今新疆境内博斯腾湖畔的库尔勒和焉耆自治县一带④；刘友竹认为李白生于条支，即今阿富汗中都一带⑤；钟兴麟则认为李白出生地碎叶在今哈密附近的三堡⑥。

3.几入长安

千余年来，研究者皆认为李白到长安仅一次，即玄宗天宝元年秋奉诏入京，供奉翰林，至天宝三载春离开长安。1962年，稗山在《中华文史论丛》第二辑发表《李白两入长安辨》一文，提出李白在开元间曾到过长安。郭沫若《李白与杜甫》肯定此说，并根据有关史实，推定其首次入长安的时间为开元十八年（730年）。郁贤皓于1978年以后陆续发表《李白两入长安及有关交游考辨》等一系列文章，补充了大量证据。

李从军则认为除开元中、天宝初两次入京外，李白还在大约天宝十一至十二年间第三次到长安⑦。安旗⑧、胥树人⑨亦持此说。

---

① 郑畅：《李白究竟出生在哪里？》，《四川大学学报》1981年第4期。

② 裴斐：《评李白出生碎叶兼及其籍贯问题》，《江汉论谈》1984年第1期。

③ 李宜琛：《李白的籍贯与生地》，《晨报副刊》1926年5月10日。

④ 李从军：《李白考异录·李白出生地考异》，济南：齐鲁书社，1986年。

⑤ 刘友竹：《李白的出生地是条支》，《社会科学研究》1982年第2期。

⑥ 钟兴麟：《唐代安西四镇之一的碎叶位置新探》，《新疆大学学报》1986年第3期。

⑦ 李从军：《李白三入长安考》，《中华文史论丛》1983年第2期。

⑧ 安旗：《李白三入长安别考》，《人文杂志》1984年第4期。

⑨ 胥树人：《李白和他的诗歌》，上海：上海古籍出版社，1984年。

4.重要行踪

(1)出蜀年代。清代以前,各种载籍均未明确李白何年出蜀。清末黄锡珪《李太白年谱》定于开元十四年(726年),詹锳定于开元十三年(725年)①,郁贤皓定为开元十二年(724年)②。

(2)在山东寓居地。旧说据《旧唐书·李白传》"父为任城尉,因家焉",认为李白在山东寓居地为任城(今山东济宁)。20世纪80年代,安旗撰文考证,李白山东寓居之地非任城而实唐兖州治所瑕丘(今山东兖州)③。

(3)安史之乱初李白行踪。前人皆以为安史之乱初李白一直在宣城。郭沫若《李白与杜甫》提出李白在天宝十四年(755年)冬曾回梁园,恰逢乱起,于是南奔。郁贤皓考证李白并非从梁园南奔,而是从沦陷区改换胡装逃出④。

(4)是否到达夜郎。李白因从永王李璘而被判长流夜郎,但是否到达夜郎历来有争议。宋代曾巩《李太白文集后序》谓"至巫山,遇赦得释"。王琦《李太白年谱》、詹锳《李白诗文系年》、郭沫若《李白与杜甫》、郁贤皓《李白丛考》等亦持此说。清代黎庶昌《拙遵园丛稿》卷四、张澍《续黔书·李白至夜郎辨》等则提出李白已经到达夜郎的说法。今人张才良亦持此说⑤。

5.交游

8世纪至19世纪,关于李白交游的研究成果散见于萧士赟《分类补注李太白诗》、清代王琦《李太白全集》及《年谱》等,但所得不多。20世纪以来,有詹锳《李白诗文系年》,瞿蜕园、朱金城《李白集校注》,郁贤皓《李白丛考》等代表性著作。

---

① 詹锳:《李白诗文系年》,北京:作家出版社,1958年。
② 郁贤皓:《李白出蜀前后事迹考辨》,《苏州大学学报》1982年第2期。
③ 安旗:《李白东鲁寓家地考》,《李白研究》,西安:西北大学出版社,1987年。
④ 郁贤皓:《安史之乱初期李白行踪新探索》,《文史》第55辑。
⑤ 张才良:《李白长流夜郎的法律分析》,《李白研究》1990年第2期。

6.卒年

(1)代宗宝应元年(762年)说。此说根据唐代李华《故翰林学士李君墓志并序》云“年六十有二,不偶,赋《临终歌》而卒”等资料推算,李白生于武后长安元年(701年),卒于宝应元年(762年)。长期以来,人们一直沿用此说。

(2)代宗广德二年(764年)说。曾巩《李太白文集后序》称:“以病卒,年六十有四,是时宝应元年也。”李从军《李白考异录·李白卒年辨》亦持李白64岁卒之说,但认为“宝应元年”有误。

(3)代宗广德元年(763年)说。此说见于阎琦《李白卒年刍议》(《西北大学学报》,1985年第3期)及安旗主编《李白全集编年注释》(成都:巴蜀书社,2000年)。反对此说的有杨栩生①、王辉斌②等。

7.作品真伪

李白作品在唐代已大量散失,宋敏求编《李太白文集》在搜辑过程中掺入了一些伪作,鉴别李白作品真伪也就成为李白研究的重要课题。

(1)诗之辨伪。李诗辨伪始于宋代苏轼,后来严羽《沧浪诗话》、萧士赟《分类补注李太白诗》及王琦《李太白全集》亦相继指出他人诗误入李白集中的情况。明代朱谏作《李诗选注》,另将他认为非李白所作的216篇作品编为《李诗辨疑》,但多无根据。20世纪的李诗辨伪主要有詹锳《李诗辨伪》(见《李白诗论丛》,北京:作家出版社,1957年)、郁贤皓、尹楚彬《李白诗的辑佚与辨伪》(见《唐研究》第3卷,北京:北京大学出版社,1997年),等等。

(2)词之辨伪。李白作《菩萨蛮》《忆秦娥》之说分别见于北宋僧文莹《湘山野录》卷上、南宋初邵博《河南邵氏闻见后录》卷十九。南宋黄升《唐宋诸贤绝妙词选》盛赞李白此二词为“百代词曲之祖”。明代胡应麟最早表示怀疑,今人詹锳、俞平伯、吴熊和等也否定李白作二词。肯定李白作此二词的学者主要有任二北、夏承焘、唐圭璋等。

---

① 杨栩生:《李白卒于宝应元年辨》,《中国文学研究》1989年第4期。

② 王辉斌:《李白卒年新说辨析》,《漳州师院学报》1992年第2期。

（3）文之辨伪。黄锡珪《李太白年谱》从《四六法海》和《古今图书集成》中辑录出李白文三篇，附录于该书之后。郁贤皓《黄锡珪〈李太白年谱〉附录三文辨伪》考明此三文非李白所作，而是独孤及之文。

8.《蜀道难》的寓意及写作年代

《蜀道难》是李白名篇，关于此诗寓意及创作年代，历来说法不一，概而言之有：

（1）罪严武。此说始自唐人，如李绰《尚书故实》云："《蜀道难》，李白罪严武也。"

（2）讽玄宗入蜀。萧士赟《分类补注李太白集》卷三、沈德潜《唐诗别裁》卷五持此说。俞平伯也认为此说最可信①。

（3）即事成篇。胡震亨《李诗通》卷四云："白，蜀人，自为蜀咏耳。"顾炎武《日知录》卷二十六亦说："即事名篇，别无寓意。"

（4）送友人入蜀。詹锳《李白诗文系年》、王运熙《谈李白〈蜀道难〉》（见《光明日报》1957 年 2 月 17 日）持此说。

（5）别有寓意说。郁贤皓《李白两入长安及有关交游考辨》认为，此诗寓功业难成之意。安旗认为，是以蜀道艰险寄托仕途坎坷与对现实黑暗的愤恨②。

9.是否反映盛唐气象

20 世纪 50 年代，林庚提出李白诗歌是盛唐气象的代表③，此后李泽厚把他当作盛唐之音的代表④，裴斐则持反对意见⑤。现在多数学者认为李白诗反映了盛唐气象，如罗宗强⑥、袁行霈⑦。

10.李杜优劣论

（1）杜优李劣论。元稹在《杜君墓志铭并序》中称杜甫长篇排律远优

① 俞平伯：《〈蜀道难〉说》，《文学研究集刊》第五册，1957 年 5 月。
② 安旗：《〈蜀道难〉新探》，《西北大学学报》1980 年第 4 期。
③ 林庚：《诗人李白》，《光明日报》1954 年 10 月 17 日。
④ 李泽厚：《盛唐之音》，《文艺理论研究》1981 年第 1 期。
⑤ 裴斐：《谈李白诗歌》《光明日报》1955 年 11 月 13 日，11 月 20 日。
⑥ 罗宗强：《李杜论略》，呼和浩特：内蒙古人民出版社，1981 年。
⑦ 袁行霈：《李白诗歌与盛唐文化》，《文学遗产》1986 年第 1 期。

于太白。宋代苏辙进一步贬抑李白:“诗类其为人,骏发豪放,华而不实,好事喜名,不知义理所在也。”

(2)李优杜劣论。欧阳修《李杜优劣论》说李白“天才自放,非甫可到也”。明代祝允明作《罪知论》,论唐人诗尊太白为冠,而力斥子美,总评杜诗曰“外道”。郭沫若《李白与杜甫》将扬李抑杜倾向推到极致。

(3)不当以优劣论李杜。唐代韩愈《调张籍》诗云:“李杜文章在,光焰万丈长。”宋代严羽《沧浪诗话·诗评》:“李杜二公,正不当优劣。李白有一二妙处,子美不能道,子美有一二妙处,太白不能作。”明代李东阳也认为:“二公齐名并价,莫可轩轾。”

20世纪80年代后,学术界比较李杜多着眼于客观分析,尤以罗宗强《李杜论略》比较突出①。

---

① 本节内容节略自郁贤皓、胡振龙:《八世纪以来李白研究的十大热点》,《文史知识》2001年第10期,第15~23页。

# 第六章 杜甫研究

## 一、杜甫的生平

### (一)杜甫的家世

杜甫,字子美,唐玄宗先天元年(712 年)生于河南巩县(今河南巩义)。由于杜家祖籍在京兆杜陵,所以杜甫常以“杜陵布衣”自称,他后来一度家居杜陵附近的少陵,又自称“少陵野老”。杜甫的十三世祖是晋代名将杜预,杜氏家族从杜预以来,自晋至唐历代有人做官。到杜甫曾祖杜依艺时,杜家迁居河南,杜依艺为巩县令,遂世居巩县。杜甫的祖父杜审言为膳部员外郎,父亲杜闲曾为兖州司马和奉天县令,母系为唐代士族中门第最高的清河崔氏。可见,这是一个有悠久传统的官僚家庭,杜氏家族的子孙,生来便享有许多特权:不必纳税,不服兵役,可以和名门望族互通婚姻。到杜甫这一代,家族已渐趋衰落。

远祖杜预的功勋和祖父杜审言的文学才能对杜甫影响极大。杜预精通战略，平吴有功，有民谣赞他“以计代战一当万”。后来又对开发江汉沅湘一代作出贡献。同时，他博学多才，遍涉历法、天文、算学、工程等各种学问，还是《左传》的研究者，著有《〈春秋经传〉集解》。在杜甫心目中，杜预是“奉儒守官”的楷模，他在祭奠先祖的文章中说：“小子筑室首阳之下，不敢忘本，不敢违仁。”①(《祭远祖当阳君文》)祖父杜审言年轻时与李峤、崔融、苏味道同为“文章四友”，他创作的诗歌又与宋之问、沈佺期齐名，他们奠定了五言律诗的完整形式。尤其排律体诗在杜甫笔下得到了更大的发展。从艺术角度着眼，排律在杜诗中属于创造性比较贫乏的部分，但形式本身却非常清晰地显现出杜甫的家学渊源。杜甫本人也以“吾祖诗冠古”而自豪，在其子宗武生日时，他也谆谆告诫：“诗是吾家事。”

家族良好的人文环境启迪了杜甫的政治理想，滋养了他的文学才能。他对先祖的推崇实际上暗含着重振家声的愿望，向著名的祖先乞求冥冥中的精神支持，渴望像祖辈一样建功立业，实现抱负。这种抱负虽然抽象而朦胧，且不乏世俗性色彩，但却有着强烈的激人向上的力量，能使人站在一个很高的起点，开阔眼界，经历现实的磨炼，得到别样的成就。

### （二）杜甫的经历

#### 1.读书与壮游时期(712—746)

这一时期从杜甫诞生到35岁。这是大唐帝国国力最强盛的时代，也是杜甫个人生活史上最为轻松快意的时光，生活的主要内容是读书和游历。

杜甫从小开始学诗，他记得最早的一件童年往事是6岁时在偃师观看公孙大娘出神入化的舞剑绝技，这在他幼小的心灵里留下了难以磨灭的印象。50年后，他凭记忆写出了《观公孙大娘弟子舞剑器行》，诗中对龙飞凤舞的场面的描述，使人想见当日幼童的无限神往。杜甫真正的创作，始于7岁，其《壮游诗》曰：

七龄思即壮，开口咏凤凰。九龄书大字，有作成一囊。

---

① 引自[清]仇兆鳌：《杜诗详注》卷二十五，北京：中华书局，1979年，第2216页。

凤凰是我国古代传说中的灵鸟,据传凤凰出则天下太平,杜甫咏凤凰表现了其幼年时期就有着富于幻想的性格和不凡的抱负。到了十四五岁,他已是一个出入于翰墨场上的文章高手了:

往昔十四五,出游翰墨场。斯文崔魏徒,以我似班扬。①

他的文章得到了当时洛阳一些文人的褒奖,他也获得了与贵族文士交往的机会。杜甫常去歧王李范和秘书监崔涤的府第里做客,李范好与文人往来,崔氏兄弟皆能文。杜甫还听到了著名乐工李龟年的歌唱,在年少时,即领略了高雅的艺术。文学与艺术,本就交融互通,这对杜甫以后的创作产生了一定的影响。

开元十九年(731年),杜甫20岁时,离开书斋,开始了他的游历生活。前后共三次,时间约有10年。首先是南游吴越,经金陵、苏杭、钱塘、镜湖、剡溪、天姥山等地,历览名胜古迹,饱尝山川秀丽。24岁时,为参加进士科考,杜甫从江南返回洛阳,结果却名落孙山。

由于当时社会安定,生活上又无负担,杜甫并未将这次落第放在心上。就在次年开始了他的第二次游历,足迹遍及齐赵。"放荡齐赵间,裘马多清狂。"生活的主要内容是饮酒、射猎、侠游,少年气盛,狂放不羁,展现在诗篇里的是昂扬明朗的情调。

开元二十九年(741年),杜甫由齐地回到洛阳,在偃师西北首阳山下筑"陆浑庄"土室,在那里居住了好几年。天宝三载(744年),李白在京城开罪于杨贵妃和高力士,被赐金放还,到洛阳与杜甫相会。两位大诗人的会面成为文学史上千载共传的佳话,他们彼此仰慕,结成真正的益友,并共同游历。当时共游者尚有另一诗人高适,二人志同道合。天宝五载(746年),杜甫结束了游历生活。

游历南北的生活对杜甫有良好的熏陶,使他有机会接触到祖国无比丰富的文化遗产,积累了知识,拓展了文思,提炼出非凡的艺术感受力,也加深了对祖国的热爱。生存环境的宽松客观上阻碍了他对生活的深入体

---

① 杜甫:《壮游诗》,载仇兆鳌《杜诗详注》卷十六,第1438页。本章所引杜诗皆出于此,以下仅注篇目。

察,充满现实主义精神的作品尚未出世。

2.困食长安时期(746—755)

天宝六载(747年),唐玄宗下令通一艺者进京应试,34岁的杜甫参加了考试,宰相李林甫惧其奸恶被士人揭发,建议由尚书省长官试问,在其操纵下,应试者全部未被录取,李林甫却上表称贺“野无遗贤”。这次考试的失败对杜甫是一个沉重的打击,为了谋取官职,解决生计问题,他开始向达官们投诗献赋,以求得赏识。《奉赠韦左丞丈二十二韵》《赠翰林张学士》《赠起居舍人澄》等都是这一类的作品。

政治生活的失意,加剧了他物质生活的艰难。大约杜甫到长安不久,他的父亲就去世了。生计没有着落,他过起了遭人白眼、挨饿受冻的屈辱生活,所谓“朝叩富儿门,暮随肥马尘。残杯与冷炙,到处潜悲辛”(《奉赠韦左丞二十二韵》)。生活的每况愈下却带来了诗歌政治性和现实性的增强,在个人命运的蹭蹬之外,他敏锐地感受到了国家命运的危机。他渐渐游离了浪漫主义诗坛,以写实为主要倾向,冷静地观察社会,努力探索社会的病根。个人的痛苦遭际使他与民众接近,深刻体会到了社会底层百姓谋生的辛苦,对下层人民理解的加深,也就意味着对当权贵族腐败行径批判的加强。他写出了《兵车行》与《丽人行》等优秀作品。

天宝十三载(754年)秋,长安一带雨水泛滥,农田被淹没,房舍倒塌无数,关中大饥。这年冬天,因京师缺少粮食,杜甫把家小送往奉先,只身返回长安。第二年十月,他被任命为河西县尉。杜甫在长安求仕十年,才得到这个官职,但是他并没有接受。不久又改任右卫率府兵曹参军,杜甫接受了。至于为何接受后者而拒绝前者,他有自己的解释:“不作河西尉,凄凉为折腰。老夫怕趋走,率府且逍遥。”(《官定后戏赠》)在得到官职后不久,他复往奉先探视家小。路经骊山时,想到玄宗和杨贵妃在山上的华清宫尽情享乐,可是百姓却正饥寒交迫地挣扎在死亡线上,心中百感交集。等他回至家中,发现幼子已饿死,更是心如刀割。于是诗人奋笔写下了《自京赴奉先县咏怀五百字》,个人的不幸遭遇、人民的苦难生活与对国家命运的忧心,在诗歌中有机地结合为一体,显示了沉郁顿挫的风格。

这一时期他生活的窘况是前期所没有的，而诗篇的深度、力度也是前期所不具备的。

3.陷贼与为官时期(756—759)

天宝十四载(755 年)，安史之乱爆发。叛军攻陷长安，唐玄宗西逃入蜀。杜甫逃离长安，他听说肃宗李亨即位灵武，便将家小安置在鄜州，只身奔赴国难。不料中途为胡兵所俘，被解至长安。在这里，他亲身感受了亡国的痛苦，国恨家愁，使其头发尽白。他写下了《哀江头》《悲陈陶》《悲青坂》《春望》等传诵千古的名篇。在《月夜》一篇里，他对亲人骨肉的思念抒写得尤为动人：

今夜鄜州月，闺中只独看。遥怜小儿女，未解忆长安。香雾云鬟湿，青辉玉臂寒。何时倚虚幌，双照泪痕干。

至德二年(757 年)四月，他冒险从小路逃出长安到达凤翔，被肃宗任命为左拾遗，但不久就因上疏营救房琯而触怒肃宗，不得重用。这一年八月，他回鄜州探视家小，写下了有名的《北征》和《羌村三首》，诗篇表现出强烈的平民意识。

同年九月，长安光复，杜甫携家返回都城。他过了一段闲暇的时光，可惜好景不长，乾元元年(758 年)六月，房琯被贬为豳州刺史，与之关系密切的严武等人皆贬外任，杜甫也在其列，被贬为华州司功参军。从此，他永远离开了长安。

杜甫又一次得到了深入民间的机会，“三吏”“三别”便是他由洛阳回华州的路上目睹广大人民悲惨生活的写真。这是杜甫生活最艰难的一年，所谓“一岁四行役”。这年七月，由于关东大旱，杜甫弃官，由华州前往秦州，到秦州后又奔同谷，可是同谷的生活更苦。他的《乾元中寓居同谷县作歌七首》详细记述了那段艰辛的日子，其二为：

长铲长铲白木柄，吾生托子以为命！黄独无苗山雪盛，短衣数挽不掩胫。此时与子空归来，男呻女吟四壁静。

全家几乎陷入了绝境，不得已之下，杜甫向西南搬迁。这一时期时间虽短，但生活变迁最剧烈，时势最动荡，佳作也最多。

4.漂泊西南时期(759—770)

乾元元年冬,杜甫由同州到了成都,第二年春,他在成都西郭盖了一所草堂,正式开始了他“漂泊西南天地间”的生活。在草堂,他自耕自种,生活较为安稳。在这里他居住了约有5年,作诗430首。这一时期是其创作的又一丰收期。

代宗宝应元年(762年)七月,因避战乱,杜甫到了梓州,直到广德二年(764年)严武重新镇守蜀地,才把他接回草堂。严武举荐杜甫为检校工部员外郎(后人称其为“杜工部”),并委之以节度使署参谋,杜甫迫于友情,“束缚酬知己”,无奈充任,但不到半年即辞职。这年四月,严武去世。失去了庇护者,杜甫不得不离开草堂继续漂泊,又到夔州住了将近两年,过的是寄人篱下、仰人鼻息的生活。

大历三年(768年)正月,杜甫离开夔州,出峡东下,思返故里。三月,至湖北江陵,在此逗留了半年,生活上很不如意,遂移居公安,境遇亦不佳,于是就沿江东下,到达岳阳。这段时间内,他过的都是“饥籍家家米,愁征处处怀”的生活。在登岳阳楼时,他发出了沉痛的感慨:

昔闻洞庭水,今上岳阳楼。吴楚东南坼,乾坤日夜浮。亲朋无一字,老病有孤舟。戎马关山北,凭轩涕泗流。

自身的衰老、漂泊,亲友的杳无音信,国家的动荡不安,这一切沉重地压在诗人心头,无怪他凭栏远眺,老泪纵横。大历四年(769年)年初,杜甫过洞庭,抵潭州,又至衡州投奔衡州刺史韦之晋,可是当他到达时,韦已调任潭州刺史,杜甫复返潭州,没想到韦已病卒。从夏至冬,杜甫一家一直住在停泊潭州的一叶扁舟之中。大历五年(770年)四月,湖南兵马使臧玠据潭州作乱,59岁的杜甫又一次携眷逃难,欲往彬州投奔舅氏崔玮。至耒阳遇涨大水,挨饿数日,当地县令听到杜甫被困的消息,派人送来酒肉解急,方免饿死。因阻水不能南行,便折回潭州。在这年冬天,诗人病倒在行往岳阳的舟中,写下了绝笔诗《风疾舟中伏枕书怀三十六韵奉呈湖南亲友》,对“战血流依旧,军声动至今”的乾坤大地表示了最后的哀痛。

杜甫走完了他苦难的人生历程,灵柩殡于岳阳,四十余年后由其孙杜嗣业葬偃师首阳山下。“千秋万岁名,寂寞身后事。”(《梦李白二首》之二)这本是他对李白遭遇的不平之鸣,竟然也成了他自身命运的写照。

## 二、版本书目介绍

关于杜甫的集子,《旧唐书·杜甫传》称“甫有集六十卷”,《新唐书·艺文志》著录“杜甫集六十卷,小集六卷”。小集六卷,是樊晃所编,这是当时流行的最古老的本子,宋人编杜诗,大量引用该本。杜集六十卷本今已不传,现在传世杜集,以北宋王洙编本为最古。现本最通行者为《杜工部诗集》二十卷。

《四部备要》据清郑沄刊本排印(郑沄认为笺注太多,反使诗意晦而不明,故将笺注概从删削),北京中华书局1957年用《四部备要》纸型重印。

宋代以来,各种杜诗注本极多,难以一一列举。现仅介绍几种重要而又通行易得者。

1.《九家集注杜诗》三十六卷,[宋]郭知达编

此书《四库全书》著录,“九家”是:王洙、宋祁、王安石、黄庭坚、薛梦符、杜田、鲍彪、师尹、赵彦材。中华书局1982年影印南宋曾噩覆刻本,此本原藏瞿氏铁琴铜剑楼,存三十一卷,缺数卷。20世纪30年代张元济曾借瞿藏本制成铅皮版,因抗战未能付印,今中华书局即以此打样重新制版。

2.《杜工部草堂诗笺》五十卷,[宋]蔡梦弼撰

此书题“嘉兴鲁訔编次,建安蔡梦弼会笺”,全书内容按编年为次,有南宋建安刊本流传。

3.《分门集注杜工部诗》二十五卷,[宋]无名氏编辑

《四部丛刊》影印宋刊本。附吕大防、蔡兴宗等所编年谱。这是分类会注本,分为月、雨雪、四时、送别等七十余门。所集诸家注,掺有伪作(如所谓苏东坡注)。一般而言,分类本不如编年本,但《四部丛刊》编者认为

此书宋椠毕竟是“罕见之秘帙”,故用此影印。

4.黄氏补《千家集注杜工部诗史》三十六卷,[宋]黄希、黄鹤补注

杜诗注本在宋代已有“千家注”之称,千家言其注者之多,并非实有千家。黄希以旧注多有遗舛,因随文补辑,故称补注,其子鹤续其稿成书。黄氏补注杜诗较早刻本,有毛氏汲古阁旧藏宋刻本。

5.《杜臆》十卷,[明]王嗣奭著

中华书局上海编辑所1962年据上海图书馆藏稿本影印。1963年该所将此书整理校点排印。王嗣奭说:“臆者,意也。以意逆志,孟子读诗法也。”努力探索杜诗产生的社会背景和杜甫思想的发展线索,是此书特点所在。

6.《钱注杜诗》二十卷,[清]钱谦益笺注

中华书局上海编辑所1958年据清康熙静思堂原刊本断句排印,附钱编《少陵先生年谱》,全二册。1979年转由上海古籍出版社再版,再版时订正了某些错字和断句不妥之处。钱谦益认为吴若本杜集(宋绍兴三年刻)“最为近古,他本不及”,故据以诠订笺注。钱注的特色是注意以史证诗,力图通过对历史背景、诗人经历的稽考,揭示诗歌的精神实质。对诗中人名、地理、典章制度的注释,亦有创见。

7.《杜诗详注》二十五卷附编二卷,[清]仇兆鳌编注

文学古籍刊行社1955年用万有文库本纸型校订重印,题《杜少陵集详注》,附仇氏编《杜工部年谱》,全四册。中华书局1979年整理排印,题《杜诗详注》,全五册,附篇目索引,使用最便。仇注以资料丰富著称,康熙以前各家注释大都汇集其中。

8.《读杜心解》六卷,[清]浦起龙著

中华书局1961年用雍正间浦氏宁我斋自刊本校点排印,全三册,1978年重印。此书除注释字句外,还注意讲解章节大意,分析全诗主旨,颇有独立见解。

9.《杜诗镜铨》二十卷附张溍《杜工部文集注解》二卷,[清]杨伦笺注

四川人民出版社1957年重印成都志古堂刻本。中华书局上海编辑

所 1962 年排印本,全二册。按:郭绍虞说此书"以精简著称。不穿凿,不附会,不矜奇,不逞博,而平正通达,自使少陵精神跃然纸上"。又说:"如果要于杜诗注中选一本一般适用的读本,则《杜诗镜铨》诚是最适当最理想的书;如果对于杜诗要作深入的研究,则前人之注不可尽废。"①

10.《读杜诗说》二十四卷,[清]施鸿保著,张慧剑校

中华书局上海编辑所 1962 年用手稿校订排印,1964 年重印。此书主要对仇兆鳌《杜诗详注》进行辨正,并阐说自己的研究心得。

今人研究、选注杜诗的专著,有傅东华选注的《杜甫诗》(1930 年上海商务印书馆万有文库本,1947 年、1949 年重印),冯至编选,浦江清、吴天五注释的《杜甫诗选》(作家出版社 1956 年版,1959 年转由人民文学出版社出版),苏仲翔《李杜诗选》(春明出版社 1955 年版,1957 年转由古典文学出版社出版),傅庚生《杜甫诗论》(上海:古典文学出版社,1956 年)、《杜诗散绎》(东风文艺出版社 1959 年版,1963 年重印,后经傅庚生修订,1979 年由陕西人民出版社重版)、《杜诗析疑》(西安:陕西人民出版社,1979 年),萧涤非《杜甫研究》(山东人民出版社 1957 年版,1959 年修订再版,又 1961 年重印),郭沫若《李白与杜甫》(北京:人民文学出版社,1972 年),徐仁甫《杜诗注解商榷》(上海:中华书局,1979 年),朱东润《杜甫叙论》(北京:人民文学出版社,1981 年),金启华、陈美林《杜甫诗选析》(南京:江苏人民出版社,1981 年),等等。

有关杜甫集版本、注本方面的著作,有马同俨、姜炳炘编的《杜诗版本目录》(载《图书馆》1962 年《纪念杜甫诞生 1250 周年另册》,又收入《杜甫研究论文集》第 3 辑),万曼的《杜甫叙录》(载《文学评论》1962 年第 4 期,又收入《杜甫研究论文集》第 3 辑和《唐集叙录》)。

研究杜甫及其作品的重要资料有:

《古典文学研究资料汇编·杜甫卷》,该书辑录了唐代至五四运动前有关杜甫研究的资料,原计划分上、下两编:上编是从诗文别集、总集、诗话、笔记、史记、地志一类书中,辑集有关杜甫生平事迹及其作品思想、艺

---

① [清]杨伦笺注:《杜诗镜铨》,北京:中华书局上海编辑所,1962 年,第 2 页。

术总评论的资料，依资料的时代先后排列；下编是辑集对每一篇作品的评析。已出上编的“唐宋之部”，全三册，华文轩编，中华书局 1964 年版，1982 年重印。

中华书局 1962 年至 1963 年编辑出版了《杜甫研究论文集》第一、二、三辑。第一辑收五四运动以后至 1949 年的论文 20 篇，第二辑收 1949 年至 1961 年年底的论文 26 篇，第三辑收 1962 年发表的论文 36 篇。各辑均有报刊论文索引。

四川省文史研究馆编写的《杜甫年谱》（四川人民出版社 1958 年版，1981 年重版），内容较详。

冯至有《杜甫传》（人民文学出版社 1952 年初版，1980 年重版，增补冯至 1962 年写的三篇论文和一篇以杜甫与苏涣的交往为题材的小说）。缪钺有《杜甫》（成都：四川人民出版社，1980 年）。陈贻焮有《杜甫评传》（上海：上海古籍出版社，1982 年）。莫砺锋亦著《杜甫评传》（南京：南京大学出版社，1993 年），文中吸收了不少新的研究成果。

## 三、杜甫的思想

杜甫思想上的一大特点是其浓厚的忠君观念。翻开杜诗，表现忠君思想的诗句随处可见，盛唐一代诗人对社会现实的洞察力没有人比杜甫更深刻，对“朱门酒肉臭，路有冻死骨”的黑暗面的揭露，没有人比他更坚决，但他对皇帝却始终抱有信心和希望。在他的诗中，唐玄宗、唐肃宗仍是作为“亮舜君”“至尊”“中兴主”的明君形象而出现的。他替当权者辩解说：“圣人筐篚恩，实欲邦国活。”（《自京赴奉先县咏怀五百字》）杜甫虽然也有不被重用的牢骚语“唐尧真自圣，野老复何知”（《秦州杂诗》），但又坚信“皇纲未宜绝”（《北征》），表示“生逢尧舜君，不忍便永诀”（《自京赴奉先县咏怀五百字》），甚至向玄宗表达忠心曰“葵藿倾太阳，物性固莫夺”（《自京赴奉先县咏怀五百字》），到了穷困潦倒的晚年，依然是“每依北斗望京华”（《秋兴八首》之二），“时危思报主，衰谢不能休”（《江上》）。

综观他的一生所为，亦可用“忠君”二字来概括。杜甫一生追求“致君尧舜上，再使风俗淳”（《奉赠韦左丞丈二十二韵》）的儒家思想，以积极入世的人生态度，极力想挽救唐王朝由盛转衰的颓势，恢复唐王朝的盛世秩序，并为之奔走呼号，惨淡经营。“虽乏谏诤姿，恐君有遗失”（《春望》），表现出一个在儒家传统文化熏陶下的封建士子的强烈责任心。他为山河残破而痛苦：“感时花溅泪，恨别鸟惊心。”（《北征》）为战乱给人民带来的深重灾难而哀叹：“穷年忧黎元，叹息肠内热。”（《自京赴奉先县咏怀五百字》）但仍从忠君爱国的观念出发，勉励人们为国家大业“勿为新婚念，努力事戎行”（《新婚别》），盼望着“周汉获再兴，宜光果明哲”（《北征》）。

忠君是儒家文化精神的一项重要内容。儒家的伦理道德是以礼为核心的，君君、臣臣、父父、子子的伦理秩序是神圣不可侵犯的，这就极大影响了后世封建士子忠君观念的形成。虽遭遇挫折，历尽磨难，但初衷不改，任何情况下都对皇帝寄托着希望。

杜诗中的忠君常常与爱国联系在一起。忠君与爱国作为一种理念与情感的表现，应该说还是有区别的，但在儒家观念里，国是家的扩大，君是国之主，国为君之土，二者是合二为一的。作为历史人物，杜甫的思想观念自然也超不出这种认识的范畴，尽管剥离忠君内容之后，他对国家民族表现的强烈责任感，已作为封建士子必备的优良情操积淀成我们民族美德的一部分。

杜甫思想上的另一特点是其以儒为本、兼及他家的多元性理念，这反映出鲜明的时代特色。盛唐国力的强盛造就了一个开放而多元的人文环境。正如刘大杰先生所说：“自魏晋南北朝以来，因老庄、佛学的盛行，造成那种旷达狂放的人生观，造成那种避世的隐逸风气，造成那种轻世务逃现实的思想，到了唐朝，禅宗思想的兴起，更助长了这种风气。人人都敬佛爱道，文集里充满了同山人禅师赠答的作品。”①当时，儒、释、道三家在思想界争奇斗艳，统治者对此表现出兼收并蓄的开明态度。所以在那一时代的诗人身上往往杂糅好几种思想，比如李白，儒、道、佛三家思想在他

① 刘大杰：《中国文学发展史》中册，上海：上海古籍出版社，1982年，第480页。

身上皆有体现,其人又喜纵横、任侠。在杜甫的青年时期,思想上同样不乏这种自由色彩。他与李白同游时,曾一起到王屋山寻访道士华盖君,欲学长生之道。后又同去东蒙山访寻董炼师和范隐士,想炼就丹砂。杜甫在鲁郡写过一首《赠李白》,其中有“秋来相顾尚漂蓬,未就丹砂愧葛洪”两句,表达了他们未能炼就长生丹药的失望心情。

杜甫与佛教的法缘更为深厚,不但常到佛寺游览,听讲佛法,而且与赞公、文公等和尚交谊甚深,诗中引用佛语之处也很多。在诗中,他有时也表现出皈依的想法,《秋日夔府咏怀奉寄郑监审李宾客一百韵》这首诗中说:“身许双峰寺,门求七祖禅。落帆追宿昔,衣褐向真诠。……本自依迦叶,何曾藉偓佺。炉峰生转盼,橘井尚高褰。东走穷归鹤,南征尽跕鸢。晚闻多妙教,卒践塞前愆。顾恺丹青列,头陀琬琰镌。众香深黯黯,几地肃芊芊。勇猛为心极,清羸任体孱。金篦空刮眼,镜象未离铨。”此诗中,不但用佛语、佛典甚多,而且语气颇为坚决,似乎真的要遁入空门了。清人俞玚评曰:“垂老而将为出世之人,故皈依曹溪之念特深。”①诗中体现了诗人暮年寻求归宿的苦闷心情,但若据此确定杜甫已皈依佛门则尚须商榷。首先,该诗作于大历二年(767 年),在那之后,杜甫于其诗作中仍自视为儒者,《江汉》云:“江汉一归客,乾坤一腐儒。”又《舟中出江陵南浦奉寄郑少尹审》云:“社稷缠妖气,乾坤送老儒。”复次,佛教本是出世的宗教,要求信徒割舍世情,心如止水,“万事不关心”,可是杜甫一生忧国忧民,至死方休,“死为星辰终不灭,致君尧舜安肯休”,他的信念如此执着,全无佛家的冷寂空灭之气。杜集中还有两首诗:一是《别李秘书始兴寺所居》:“重闻西方止观经,老身古寺风泠泠。妻儿待我且归去,他日杖藜来细听。”二是《谒真谛寺禅师》:“问法看诗忘,观身向酒慵。未能割妻子,卜宅近前峰。”此二诗皆作于大历二年,既肯定了杜甫对佛教怀有浓厚兴趣,又清楚地表明,这不是那种万念俱冥的遁入空门,仅限于表面层次的欣赏感悟。

杜甫确实受到佛、道二教的一些影响,但在杜甫思想中占主导地位的

---

① [清]杨伦笺注:《杜诗镜铨》卷十六,上海:上海古籍出版社,1962 年,第 805 页。

始终是儒家思想。他在青年时代一度醉心于道家,特别对仙丹灵芝及长生仙界充满了向往,这只是盛唐时代风尚的产物,作为一个世界观尚未完全定型的年轻诗人,有这种率性之举是不足为奇的。等到他在现实生活中历经沧桑之后,这种豪兴自然就消失了。他对佛教的兴趣主要是壮年之后,一生蹭蹬,志向未行,生活中极度的苦闷得不到宣泄,不免会流入空门,寻求心灵的慰藉,所谓“一生几许伤心事,不向空门何处销”①,佛教理论博大精深,其拥有的精致的心性学说尤为儒家思想所不及。士人遭受挫折磨难,皆可借此得以消解,恢复心灵的平衡。所以,佛教对杜甫而言,只是心灵受创时的栖居所在,而非真正意义上的虔诚皈依。

## 四、杜诗的思想内容

杜甫生在唐代封建社会发生巨大变化的时代,他的诗歌真实形象地反映了唐代社会由盛至衰的转折过程,他将时代症结以及暴露的一系列社会问题全部纳入诗篇之中,以高超的艺术手法表现出来,成为《诗经》以来中国诗歌优良传统的伟大继承者,他作的诗篇反映了玄、肃、代三朝的事迹和生活,获得“诗史”的美誉,这在他的政治诗和时事诗中体现得尤为充分。

抒情叙事与社会生活相结合,是我国诗歌的优良传统。这一传统在杜甫笔下得到淋漓尽致的发挥。忧国忧民的强烈感情使他以坚韧的承受力担负起苦难人生,并以理智去细细观察社会实况,体会人民的苦难,从而创作出具有“诗史”性质的杰作。以他中年时期的两篇长诗《自京赴奉先县咏怀五百字》和《北征》为例,里边有抒情,有纪行,有说理,有对自然的观察,有对社会矛盾的揭露,有内心的冲突,有收复失地的政治抱负,有个人的遭遇和家庭的不幸,有追念国难的哀痛和对未来的希望。

又如“前出塞”和“后出塞”两组诗,通过对从军征战的描写反映诗人对战争的态度。其中有军旅生活的苦乐感触,有对士兵英勇行为的褒扬,

---

① 王维:《叹白发》,载《全唐诗》第八册,上海:上海古籍出版社,1986年,第286页。

也有对皇帝好武、边将骄横的谴责。诗篇极富形象性，典型的细节刻画尤为感人。《后出塞》五首中前三首写青年士兵离别家乡，是“斑白居上列，酒酣进庶羞。少年别有赠，含笑看吴钩”，在军营里的所见所闻是“落日照大旗，马鸣风萧萧”，到战场上又是另一番光景：“拔剑击大荒，日收胡马群。”故乡父老含笑送别的情景温暖感人，亲情浓浓，而边塞的氛围则是壮阔苍凉，战争的场面肃杀而壮烈。而后二首则对诗中主将的骄横作了痛斥，“主将位益崇，气骄凌上都。边人不敢议，议者死路衢”，士兵的战绩被统帅的无能葬送，从军二十年后，只得穷老归乡：“中夜间道归，故里但空村。恶名幸脱免，穷老无儿孙。”这里概括了盛唐一代边疆战争中皇帝黩武、边将奢横的情况下，无数英勇战士遭逢的不幸命运。

杜甫后来写的“三吏”“三别”将眼光全部对准下层社会的百姓，诗的题材内容扩大了，艺术手法也发展了，采用的也是组诗形式，但各篇题旨相近，而题材不同，分开来是短篇，合起是长篇，是“前出塞九首”“后出塞五首”的进一步发展。诗中各种人物描写得惟妙惟肖，将曲折的隐情表现得传神而尽致。不论县吏、关吏、老妇、新妇、老人、孤人的语言，皆各肖其声。在这些诗篇里，作者个人的遭遇感触与国家人民的痛苦，永远是胶漆般密不可分，充满着个人和时代的血泪，产生了巨大而感人的力量。时事诗和政治诗中的强烈抒情性是后世学诗者所难以企及的。

杜诗除“诗史”性质的时事诗、政治诗外，尚有不少咏物诗与山水诗，同样是情深景深，显示出很高的艺术造诣。尤其是其漂泊西南时期，在成都草堂创作的篇章就表现出一种清新淡泊的风貌。在长年的奔走流离之后，他过上了较为稳定安闲的田园生活，建草堂，辟田亩，种花草树木，养鸟兽虫鱼。日常生活的百态千景流露出平凡温馨，深深滋润了诗人的心灵，诗笔拥有了陶渊明式的淡然洒脱。在这里，他是清闲松弛的，“用拙存吾道，幽居近物情。桑麻深雨露，燕雀半生成。树鼓时时急，渔舟个个轻。杖藜从白首，心迹喜双清”（《屏迹》）。漫步山间田野，他对万物的体察依然是细腻而深切的，如静态的植物是“圆荷浮小叶，细麦落轻花”（《为农》），“杨柳枝枝弱，枇杷对对香”（《田舍》），动物界有“芹泥随燕嘴，花粉上蜂须”(《徐步》),“细雨鱼儿出,微风燕子斜”(《水槛遣心》),“随风潜入夜,润物细无声”(《春夜喜雨》)。我们的诗人不只能以大手笔“刻画山河的奇险和时代的巨变,也能描绘出燕嘴蜂须和春夜的细雨”①。如许清词丽句之中,流动的是诗人对自然万物真切的热爱,赏心悦目的诗句本身就极为完美地诠释了杜诗风格的多样性以及诗人驾驭不同题材作品的高超艺术才能。

## 五、杜诗的艺术特色

杜诗的主导风格是“沉郁顿挫”,这原是他对自己的赋的评价,后人则取之以界定杜诗。其《进雕赋表》曰:

臣幸赖先臣绪业,自七岁所缀诗笔,向四十载矣,约千有余篇。……倘使执先祖之故事,拔泥涂之久辱,则臣之述作,虽不能鼓吹六经,行鸣数子,至于沉郁顿挫,随时敏捷,扬雄、枚皋之徒,庶可企及也。

这种“沉郁顿挫”风格的具体内涵包括三个层面:

第一个层面是表层的语言之凝练、意象之精警、结构之波澜起伏、声调之抑扬顿挫,皆给人以凝重深沉、千锤百炼、百转千回之感,这形成了杜诗总体的艺术风貌。

以杜诗的语言为例,其凝练表现为具有高度的概括性,即以少量字句容纳丰富的内容,用语准确,简而精,少而凝。如“三顾频烦天下计,两朝开济老臣心”(《蜀相》)一联概括了诸葛亮鞠躬尽瘁的一生。而“一去紫台连朔漠,独留青冢向黄昏”(《咏怀古迹五首》之三),两句之内言及王昭君的生前和死后。“连”点明千里万里,行行重行行的不舍,而心不忘汉,独留青冢。一个“留”字又化无意为有意,使民间传说中的昭君形象更为真切。而“向”字的使用,又摹画出绝域香魂的滢滢泪影。诗人的感士不遇之情深深寄寓于其间,真是字字精金粹玉,话语沉郁苍凉。

第二个层面在于诗歌艺术构思的奇崛宏阔。杜甫诗思之深刻堪称前

① 冯至:《杜甫传》,北京:人民文学出版社,1980年,第172页。

无古人。杜甫自称:“为人性僻耽佳句,语不惊人死不休。”(《江上值水如海势聊短述》)相传李白作诗戏赠杜甫:“饭颗山头逢杜甫,头戴笠子日卓午。借问别来太瘦生,总为以前作诗苦。”①此诗多半是后人伪托,但将杜甫苦吟之样貌,却描摹得相当生动。可见杜甫作诗是以学力胜,要经过呕心沥血、惨淡经营的过程,这必然导致诗篇呈现出深沉凝重、曲折之貌,而不可能如李白诗那样纯凭才气驾驭,飘逸洒脱。他曾赞扬元结的《春陵行》等诗是“比兴体制,微婉顿挫之词”,他自己的创作也贯彻了这一特点,例如“三吏”“三别”组诗,诗人对苦难百姓表示了深切同情,对统治阶层和叛乱者表示了深刻谴责,感情极其强烈,但却寓于精练的叙事之中,在字里行间含蓄地表现出来。再如《哀江头》一诗,对唐玄宗、杨贵妃的历史悲剧表示了巨大的哀痛,与白居易《长恨歌》的主题相近,相比之下,杜诗依然含蓄而发,曲折尽致。思想力的深厚使诗歌深沉隽永,具备了潜气内转、一唱三叹的艺术效果。

第三个层面是诗中凝聚了诗人忧愤深广的感情。诗人的内心世界越是深沉,诗歌的风格也就越深沉。杜甫一生遵循儒学仁政而爱民的思想,热爱生活,热爱人民,热爱祖国,热爱家庭,终身服膺,须臾不离。然而,他的生活是在艰难困苦中度过的,祖国战乱不断,人民水深火热,亲友离散四方,他以满腔爱心拥抱的是疮痍满目的乾坤、遍地破碎的山河。所以这种热爱就具备了悲天悯人、忧怀深广的浓烈与沉重。他目睹世间危难而不能拯救,眼看百姓受苦而无能为力,深沉的感情激起了深沉的痛苦,使他的诗风显得格外沉痛。我们看几个例子:

君不见空墙日色晚,此老无声泪垂血。(《投简咸华两县诸子》)

汝曹催我老,回首泪纵横。(《熟食日示宗文宗武》)

吊影夔州僻,回肠杜曲煎。(《秋日夔府咏怀寄郑监审李宾客之芳——百韵》)

访旧半为鬼,惊呼热中肠。(《赠卫八处士》)

---

① 孟棨:《本事诗·高逸第三》,引自丁福保辑《历代诗话续编》上册,北京:中华书局,1983年,第14页。

穷年忧黎元,叹息肠内热。(《自京赴奉先县咏怀五百字》)

诗人泪流如雨,肝肠如煎,读者也受到深深感染。不仅如此,真挚的感情,伴随着深沉的思考,对国家人民命运的忧虑,对王朝兴衰原因的体察,使杜诗充溢着沉重的忧患感,自身的遭遇是沉重的:“男儿生不成名身已老,三年饥走荒山道。”(《乾元中寓居同谷县作歌七首》之一)家庭的生计是沉重的:“强将笑语供主人,悲见生涯百忧集。入门依旧四壁空,老妻睹我颜色同。”(《悲忧集行》)忧国忧民的感情更为沉重,这在《自京赴奉先县咏怀五百字》《北征》《诸将五首》《秋兴八首》中皆有体现。忧患直接给杜诗抹上了沉郁的感情色彩,而且使杜诗在反映社会和时代时具有无与伦比的深刻性。他的忧乐俱过于人,其感情抑扬跌宕的幅度也过于人,强烈的感情、深刻的思想是其沉郁顿挫风格最深层的内涵。

综上所述,这种风格是一位感情特别真挚、思想特别深刻的诗人在动荡年代所创造的,其中又融入了深厚的学力和深沉的构思,达到了前无古人的境界。自宋至清,历代学杜者众多,但无一人能重现这种风格。它作为杜诗的独特标志,被众多学者视为诗词的最高艺术境界之一。

## 六、杜诗的创作原则

杜甫在《戏为六绝句》中说:“不薄今人爱古人,清词丽句必为邻。”又有“别裁伪体亲风雅,转益多师是汝师”。向古人多方面学习,撷取其长,转益多师,这是杜甫文学创作的立足点和总原则。

第一,杜甫非常重视诗歌兴、观、群、怨的教化功能,这突出表现于对陈子昂和元结的评价中。他评陈子昂云:

有才继骚雅,哲匠不比肩。公生扬马后,名与日月悬。……终古立忠义,《感遇》有遗篇。(《陈拾遗故宅》)

陈子昂是唐代诗歌革命运动的有力先驱者,他的代表作品《感遇》诗是深刻表现当时政治、社会的典范。杜甫对陈子昂的为人和作品作了极高评价，认为他上承《诗经》《楚辞》的优良传统，所表现的对国家的一片忠义之心，是可以永垂不朽的。

杜甫对元结的评价，见于杜甫的《同元使君舂陵行》一诗中，对元结在道州刺史任上勤政爱民的行为及其所著《舂陵行》和《贼退示官吏》两诗，予以有力的褒扬：

粲粲元道州，前圣畏后生。观乎《舂陵作》，欻见俊哲清。循览《贼退篇》，结也实国桢。贾谊昔流动，匡衡常引经。道州忧黎庶，词气浩纵横。两章对秋月，一字偕华星。

杜甫认为元结这两首诗可与星月争光，因其具备忧民的内容和辞情慷慨的风格。该诗小序中更赞美元诗是“比兴体制，微婉顿挫之词”，指出了其对《诗经》艺术传统的继承。元结的《舂陵行》是以新乐府体来写作的，杜甫自己就是唐代新乐府诗体的开拓者，他的名作《兵车行》《丽人行》《悲陈陶》《悲青坂》“三吏”“三别”，以至暮年《岁晏行》《蚕谷行》等，在体制上都属于新乐府。其特色在于“即事名篇，无复依傍”。效法古乐府取题的用意，自立新题，叙写时事，独创格调。后来的元稹、白居易等诗人继承了这一传统，将这一体制发扬光大，中唐诗歌的一个创作高潮出现。杜甫对元结诗的赞扬反映了他对新乐府体的特殊重视，也反映了他写作“三吏”“三别”等诗篇的指导思想，即上承《诗经》《离骚》，内容上反映国计民生。元稹、白居易倡导的新乐府运动在创作理论和创作实践上皆受到了杜甫的启发。

第二，杜甫对唐代反对唐初及齐梁浮靡文风，对复兴汉魏风骨的诗歌革新运动持赞成态度，但陈子昂、元结等都对六朝诗风的攻击不遗余力，杜甫则显示了辩证而客观的态度，这主要是由于杜甫重视诗歌艺术技巧的缘故。六朝诗歌就内容的现实性和风格的古朴性而言，远逊《诗经》《离骚》和汉魏古诗，但在语言的华美和表现手法的细致、丰富方面，则比前代有很大的创造和发展，抒情诗艺术手段逐渐丰富。唐代诗歌多借鉴六朝。尤其是六朝声律和新体诗的产生为唐律奠定了基础。讲究诗律、擅写近体诗的杜甫，对六朝及初唐诗歌的艺术成就予以充分肯定，对一些具体作家表示出推重之意。现举一些例子：

赋诗何必多，往往凌鲍谢。（《遣兴五首》其五，《忆孟浩然》）

清新庾开府，俊逸鲍参军。（《春日忆李白》）

谢朓每篇堪讽诵。（《寄岑嘉州》）

庾信生平最萧瑟，暮年诗赋动江关。（《咏怀古迹》其一）

庾信文章老更成，凌云健笔意纵横。（《戏为六绝句》之一）

王杨卢骆当时体，轻薄为文哂未休。尔曹身与名俱灭，不废江河万古流。（《戏为六绝句》之二）

"初唐四杰"王勃、杨炯、卢照邻、骆宾王的作品，风格华艳，基本上沿袭陈隋遗风，在唐代中期诗文复古运动时，四杰及庾信的作品皆遭攻击与否定，杜甫却给予他们公允的评价，认为其诗在艺术上有不可抹杀的成就。杜甫自己对于诗歌的形式和技巧是非常重视的，他注意语言的精雕细琢，"为人性僻耽佳句，语不惊人死不休"。在用词造句上，"颇学阴何苦用心"，用心炼字、炼句、炼意，使其诗歌在遣词用语方面达到一字千金、炉火纯青的艺术境界。他也非常重视诗律，自言"晚节渐于诗律细"（《遣闷戏呈路十九曹长》），"思飘云物动，律中鬼神惊"（《敬赠郑谏议十韵》）。他是唐代律诗艺术最高成就的体现者，共创作律诗 916 首，晚年创作律诗所占比重更大，仅在夔州以后的五年内，就写了 400 首律诗。他对律诗不仅遵循规律，而且有所创造，能在严整的形式之中开合顿挫，纵意所如，尤其以五律、五排和七律最见造诣。

总之，杜甫在创作理论上，一方面强调思想内容，同时又注重艺术表现；一方面推重古体，又留心近体；一方面要求风格语言的雄浑古朴，又重视雕琢用心，讲究清丽华美。这种眼界开阔、注意到艺术创作各个方面的特色，构成了杜甫"不薄今人爱古人"的"转益多师"的理论原则。正是在这种思想指导下，他能全面认识各个历史时期作家作品的不同特色和成就，而不是一概加以笼统否定。这体现在创作上，就是一种集众家之长的大气魄、大境界。

杜甫的创作理论对后代产生了深远影响，他强调风雅比兴的传统，力创新乐府诗体，对中唐元稹、白居易等有直接启发。他的“语不惊人死不休”的创作态度和刻意锤炼的艺术用心，启迪了韩愈、孟郊等人，发展出奇险一径，形成中唐的另一诗歌创作流派。他的《戏为六绝句》等诗以短小精悍的七绝体评述作家作品，为中国古代文学批评提供了新形式，后人模仿者甚众，较著名的有金人元好问《论诗绝句》、清代王士禛《戏仿元遗山论诗绝句》等。他以惊人的独创精神对诗歌的主题走向作了多方面探索，以成功的经验为后人开辟了宽广的道路，在创作实践和创作理论上都作出了无与伦比的杰出贡献。

## 七、杜甫研究状况

杜甫是伟大的诗人，然而在他所处的时代里，却受到了冷遇。杜甫在唐代的知名度并不高。他死后，只有樊晃编了《杜工部小集》六卷，文集仅仅流传于江汉之间，并不普遍。到了中唐元和年间，杜诗得到了元稹、白居易、韩愈等人的推崇，将杜甫与李白并称。但其诗歌的价值并未得到当时文坛的公认。

到了宋代，杜甫作为伟大诗人的地位才被确立，被誉为集古今诗家之大成，宋人学杜蔚为风尚，一时形成了千家注杜的局面。此后，历经元、明、清，学杜研杜者数不胜数。其中著名的有明代王嗣奭的《杜臆》十卷、清代钱谦益笺注的《钱注杜诗》，以及仇兆鳌的《杜诗详注》、浦起龙的《读杜心解》、杨伦笺注的《杜诗镜铨》等，这些著作的特色前节已有论及，兹不赘引。

新时期的杜甫研究，经历了从复兴到全面展开、向各个领域纵深发展、再到全面整合的过程。研究者们或沿着传统研究的路子走下去，或另辟蹊径，开创新的研究领域，出现了“百家争鸣”的可喜局面。据不完全统计，自 1977 年至 1999 年年底，中国大陆出版有关杜甫著作百余部，发表论文 2500 多篇。现仅摘要加以综述。

### (一)综合研究

作为学术研究,杜甫研究的重新兴起始于对刘大杰《中国文学发展史》("文革"改写本)杜甫部分和郭沫若《李白与杜甫》一书的批评。前者以陆侃如《与刘大杰论杜甫信》(《文史哲》1977 年第 4 期)为代表,后者以萧涤非《关于〈李白与杜甫〉》(《文史哲》1979 年第 3 期)为代表,两位学者的意见对新时期杜甫研究起了正本清源的作用。陆文针对刘氏的"轻儒重法"观点,以准确的统计数字证明杜甫不是"轻儒重法",而是"尊儒尊孔"的。萧文则针对郭氏扬李抑杜的基调,一一驳斥了其曲解、误解杜诗之处。两文充分表现了作者的胆识和理论勇气,于是围绕郭著展开了一场不小的论争。胡可先《论〈李白与杜甫〉的历史与政治内涵》(《杜甫研究学刊》1998 年第 4 期)认为郭著从某种意义上说是一部政治著作,它留给我们两点启示:中国知识分子的人格缺陷与学者应具有人文精神。

综合研究杜甫,必须提到萧涤非的《杜甫研究》和几部各具特色的杜甫评传。《杜甫研究》(济南:齐鲁书社,1980 年修订本)是著者精心研究杜甫的一部力作,被誉为一部有创造性的作品,能以今日的科学方法,进行全面系统的研究,从而作出新的正确的评论,它代表了我国 20 世纪 80 年代前杜甫研究的水平。朱东润《杜甫叙论》(北京:人民文学出版社,1981 年)的显著特点是博采史实,联系杜甫在安史之乱前后的经历和进入夔州以后的生活变化,深刻阐述了杜诗的两次高峰:一是从《自京赴奉先县咏怀五百字》到《同谷七歌》,认为"乾元二年(759 年),杜甫的诗已经发展到最高的境界";二是寓居夔州时期杜甫在七古、七律和排律,特别是"组律"和"拗律"等形式上都有极大的创造,完成了集大成的光辉业绩。陈贻焮《杜甫评传》(上海:上海古籍出版社,1982 年)是继萧著《杜甫研究》之后的又一研究高峰。它将杜甫与杜诗放在唐王朝由盛转衰的纷繁复杂的历史背景下,对时代和创作的关系、杜诗产生的主客观因素及对其创作的影响等进行了深入细致的研究,并按历史和生活的本来面目,深刻揭示了杜甫的思想性格及其整个思想发展过程。又通过作家的纵横比较,探讨杜诗艺术的独创性及其在诗歌发展史上的作用等问题,填补了杜甫研究中的一些空白。莫砺锋《杜甫评传》(南京:南京大学出版社,1993年)的特点在于既把杜甫作为伟大诗人,论述其诗歌创作成就及其创作发展过程,又把杜甫当作伟大的思想家,对其人生哲学及政治、文学和美学思想进行了探讨。同时,该书在评传结合中侧重于评,试图把杜甫置于时代和社会的广阔背景中予以审视,对杜甫的地位及影响作出了较深刻的阐述。

另外,程千帆、莫砺锋、张宏生《被开拓的诗世界》(上海:上海古籍出版社,1990年)以中国文学发展史为广阔背景,对杜诗流变作纵向研究,又通过对“同题共作”等形式的多层次剖析,极大地拓展了杜诗横向研究系统的视野。张忠纲《杜诗纵横探》(济南:山东大学出版社,1990年)对杜甫思想、生平交游、行踪遗迹、作品鉴赏、版本考证、词语阐释等方面的研究,多为前人未涉及或很少涉及者,被誉为“多发前人之所未发,创见迭出,是一本很有价值的专著”(陈贻焮语)。朱明伦《杜甫散论》(沈阳:辽宁大学出版社,1993年)则“散论不散”,对杜甫其人其诗进行了多方位的研究。

**(二)思想研究**

杜甫被尊为“诗圣”,诗被誉为“诗史”,忧国忧民,爱国爱民,其忧也深,其爱也笃,在我国历史上产生了广泛而深远的影响。我们首先要注意的是杜甫儒家思想的研究。如张忠纲《应该正确评价杜甫的忠君思想》(《山东大学文科论文集刊》1982年第2期)对忠君问题进行了历史的考察和辩证的分析:中国历史上第一个提倡愚忠的不是儒家的孔、孟,而是法家的韩非,杜甫的忠君思想有其深刻的社会、思想根源。其《忧国忧民无已时——杜甫爱国思想琐谈》(《杜甫研究学刊》1995年第3期)再次强调杜甫生活在封建社会的鼎盛时期,忠君和爱国是不能分开的,杜甫忠君的实质是爱国爱民,一以贯之的自我牺牲精神是他忧国忧民的根基。康伊《杜甫君臣观新探》(《草堂》1986年第2期)认为杜甫的君臣观实质上就是魏徵的良臣观:强调君臣相契、明君直臣、爱国利民,“一饭未尝忘君”是其本色。

杜甫爱国爱民思想渊源研究也有新的开拓。如邓小军《杜甫是唐代儒学复兴运动的孤明先发者》(《杜甫研究学刊》1990 年第 4 期)、《杜甫与儒家的人性思想和政治思想》(《杜甫研究学刊》1991 年第 4 期)、《杜甫:儒学复兴运动的先声》(《陕西师范大学学报》1991 年第 3 期)三文认为,人性思想和建立于其上的政治思想,是晚周原始儒家思想的两大骨干。人性思想的核心是人性源于天道、人性本善、人性普遍平等,其发展高峰是孟子直指人性本善、恻隐之心为仁的思想。杜甫直承孟子,创新了其仁政思想:恻隐之心,对人民疾苦的同情心,乃是民本政治的根本。这正是杜甫高明于王通、韩愈、李翱等人的地方。杜甫的政治思想"完全继承着原始儒家和隋代王通一系传统……与愚忠不相干",而且"体现了士在君主面前为道而自重的独立自由之人格"。所以说"杜甫与杜诗,乃是唐代儒学复兴运动的先行者与先声",这是少有的既论杜甫思想核心,又论其思想贡献的有分量的论文。刘明华《社会良知——杜甫:士人的风范》(太原:山西教育出版社,1994 年)将杜甫的忧患意识、批判精神、重建意识与思想整合在"社会良知"这一伟大人格形象中,杜甫的突破在于扬弃了仁政学说中以君为核心的内容,而以民为出发点。直接从民族文化角度发掘其思想渊源是杜甫研究的新拓展。胡晓明《略论杜甫诗学与中国文化精神》(《文艺理论研究》1994 年第 5 期)认为杜甫曾是中国文化生命的"托命之人"与人格代表,在他的身上体现了中国哲学的终极关怀,不轻贱、不贬抑生命价值又迥异于佛学的特点。裴斐《贫病老丑话杜甫》(《江汉论坛》1982 年第 8 期)确认杜甫是最能体现韧性这种民族性格的诗人,他的韧性表现于对社会、时代和民族命运始终不渝的关怀与他日常生活中始终保持的丰富情趣。从这两类作品的辉映中即可看出杜甫性格的全部光辉,这正是充分理解杜诗作为一代国史的全部意义。谢思炜《杜诗的伦理内涵与现代阐释》(《文学遗产》1995 年第 1 期)认为杜甫的道德实践具有一种自觉性,但从未达到高度理论自觉性,所以他始终是个思想纷杂的诗人。因此,杜诗的伦理内涵超越了对某一道德原则的简单确认,并把历史的客观形式呈现给读者,这对我们今天批判改造在历史上曾发挥巨大作用的儒家思想，无疑会有重大的启示。

杜甫受佛、道思想影响的研究有一定的突破。郭沫若在《李白与杜甫》中提出，杜甫对于佛教和道教的信仰很深，而且是禅宗南宗的信徒，他的佛、道信仰是“老而愈笃”，学术界对这一观点一直存在着不同的看法。如钟来茵《再论杜甫与道教》（《首都师范大学学报》1995 年第 3 期）认为杜甫求仙访道受李白的影响，并吸收了道家道教中的许多营养，其核心思想仍是儒家仁政思想。吕澂《杜甫的佛教信仰》（《哲学研究》1978 年第 6 期）坚持杜甫早年信仰禅学北宗，而与南宗无涉，入蜀后禅宗信仰逐渐动摇，终于改信了净土教。陈允吉《略辨杜甫的禅学信仰》（载《唐音佛教辨思录》，上海：上海古籍出版社，1988 年）也认为杜甫的禅学信仰是属于禅学北宗，但“在他的世界观中，禅学思想的影响只是一个很次要的方面”。谢思炜《禅宗与中国文学》（北京：中国社会科学出版社，1993 年）认为杜甫早年主要信奉道教，晚年主要信奉禅宗，南宗思想深刻影响了其宗教信仰的发展变化，然而儒家思想是与之互补的、互相结合的。后来，他的《净众、保唐禅与杜甫的禅宗信仰》（《首都师范大学学报》1995 年第 5 期）则指出杜甫晚年漂泊四川时期在一定程度上受到了净众宗、保唐宗的影响。正是从杜甫开始，“儒家思想的认真信奉者和实践者们都必须以某种方式对禅宗思想的影响作出回应”。孙昌武《禅思与诗情》（北京：中华书局，1997 年）也指出“杜甫在四川时，正是净众宗、保唐宗兴盛时，他的创作中表现的思想倾向的变化，直接或间接地与这种禅思想的发展有关系”，对杜诗的艺术表现也有一定影响。

**（三）李杜比较论略**

对李杜两位大诗人的比较研究更有助于全面认识杜甫。为此，新时期的论者作了不小的努力。如罗宗强《李杜论略》（呼和浩特：内蒙古人民出版社，1980 年）作为新时期李杜研究的第一部论著，以其理论深度补偏救弊，进而对李诗“飘逸”、杜诗“沉郁”如何表现、如何形成作了令人信服的解释，又反复强调现实生活对于创作的意义。李杜诗风的不同取决于认识、概括和反映现实的特殊方式，而无优劣之分，在政治上杜甫的迂阔、李白的天真正说明政治家与文学家的不同。燕白《简论李白和杜甫》(成都:四川人民出版社,1981 年)重点是对李杜诗歌的特点、异同加以概括和总结,否定了《李白与杜甫》抑杜扬李的观点。萧瑞峰《李杜诗论新探》(《杭州师范学院学报》1995 年第 4 期)总结了李杜诗论的共同点和不同点:共同点表现在倡导诗歌的现实主义、主张文质兼胜和清新质朴三方面;不同点则在李重"逸兴""批判"和"创造",杜则重"诗律""继承"和"学习"。萧华荣《文学批评史上的李白》(《华东师范大学学报》1995 年第 6 期)站在文学批评史的高度对李杜作了比较研究:"热闹局"与"冷落局"——古人学杜的多,学李的少,更没有学李的流派;"守旧"的李白与"革新"的杜甫——李朝向过去,前见古人,杜面向未来,后见来者;在宋代道学作用下,杜甫地位明显上升,李白则相形见绌;明人难圆的"青春梦"——明人提倡"诗必盛唐",亲近喜欢李白而不能学习李白,对杜甫有微辞而实学杜甫;清代的"实学"与"经世"——杜甫地位再度上升,李白又被冷落;萧条异代不同时——李白代表着青春,其时代不可重复,故其诗不可学。张浩逊《李杜咏月比较论》(《上海师范大学学报》1995 年第 3 期)在比较其共同点——酷爱明月、善于以月营构意境、睹月怀乡和以月寄托国事的同时,探讨了不同点:杜用典过多,匠气过重,不如李之清新。康怀远《元白批评李白刍议》(《祁连学刊》1990 年第 1 期)指出元白批评李白的失误在于,二人过分从形式和风格立论,另设藩篱,把李杜有意对立起来。李一飞《李杜并称、李杜优劣论探析》(《湘潭师院学报》1991 年第 2 期)认为唐人李杜并称始于贞元,盛于元和,将李杜并称最早见于文字则为元稹所说李"亦差肩于子美",并非有意抑李。方凤岐《"李杜文章在,光焰万丈长"——关于李杜评估的历史回顾》(《江汉大学学报》1991 年第 4 期)从文艺学角度指出,飘逸和沉郁只是李杜诗歌互相区别的风格特征,不可据此妄比二人的优劣高下。吴光兴《李杜独尊与八世纪诗歌的价值重估》(《文学遗产》1994 年第 3 期)在论述唐人对李杜的评论时说,唐元和年间,元稹认为李比不上杜,白居易认为李不如杜,对杜的评价也不高;韩愈认为李杜齐名并尊,不可臧否。当韩愈在以"志—气—气势—

壮丽"这一种新观念对8世纪作重新考量时,以李杜为最,以主张"兴寄"的陈子昂为7、8世纪之交的诗坛第一重镇,"兴象""风骨"兼备的开元诗坛被充分肯定,杜甫完全被当作开元诗人,与李白一起成为盛唐诗坛的中心,这就意味着8世纪的结束,9世纪的新创。这种站在学术史的高度重新考量李杜地位的方法很值得注意。

此外,尚有分体、分类、分时期、分地域研究,杜诗学研究,杜诗海外研究,等等,因限于篇幅,从略。

# 第七章 苏轼研究

## 一、苏轼的生平与思想

苏轼(1037—1101),字子瞻,初字和仲,号东坡,眉州眉山(今四川眉山)人,生于宋仁宗景祐三年(1037年)十二月九日。

苏轼出身于一个富有文学气息的封建知识分子家庭。据苏氏族谱推演,苏轼的祖先是赵郡栾城人(苏轼之弟苏辙有《栾城集》)。祖父苏序,字仲先,生于太祖开宝六年,娶史氏,眉山大家,慈仁宽厚,晚好为诗,能自道,敏捷立成,不求甚工。苏序生三子:长子苏澹,不仕,早亡;次子苏涣,为天圣二年(1024年)进士;幼子苏洵,即为苏轼之父。苏洵,字明允,成名前曾屡试落第,遂发奋苦读,终于成为“唐宋八大家”之一。同时,他也造就了“唐宋八大家”中更重要的另两位。苏轼之母程氏出身世家,是大理寺丞程文应之女,贤良淑惠,知书达理,后封成国夫人。苏洵与程氏共生三子。长子景先,早夭;次子即苏轼,故苏轼又字和仲;三子苏辙,小苏轼四岁，字子由，初字同叔，是苏轼政治上和文学上的同道，兄弟二人情意深厚，终生相濡以沫。由于苏氏父子三人卓越的文学成就，后世号之为“三苏”，又分别称之为“老苏”“大苏”“小苏”。

苏轼8岁时正式入乡校读书，师从天庆观道士张易简，同学近百人中唯独苏轼和另一学童陈太初深受道师的赏识。苏轼在天庆观学习了三年，除了传统的启蒙教育，还接触了不少道教的内容，这对他以后的人生道路产生了重要的影响。10岁时，苏轼回家就学，改由母亲程氏执教。程氏通晓诗文，她的教育偏重于正统的儒家教育，所授之书有《论语》《孟子》《汉书》等，这段时期的学习让苏轼受益终生。苏轼能够在写作中旁征博引，信手拈来，直到晚年仍可熟练地背诵《汉书》。12岁时，父亲苏洵从外地求官游学返家，苏轼和苏辙便由父亲亲自教授。一次，苏洵命二人作《夏侯太初论》，苏轼写出了“人能碎千金之璧，不能无失声于破釜；能搏猛虎，不能无变色于蜂虿”的精彩句子，对仗工整，寓意深刻。这两句话，初次显露出苏轼随机生发、翻空出奇的雄辩才情，受到苏洵的称赞。苏轼成年后还在《黠鼠赋》和《颜乐亭诗序》中引用过这两句话。

在接受中国古典文化的熏陶培养的同时，幼年的苏轼也开始接受儒家经世济时的政治理想教育。他8岁开蒙，即庆历三年（1043年），宋仁宗撤换吕夷简、夏竦等守旧大臣，起用范仲淹、韩琦、富弼、欧阳修等革新派人物，力图革除积弊，刷新政局，这就是著名的“庆历新政”。国子监直讲石介作《庆历圣德诗》加以颂扬。这首诗传到了四川，苏轼诵习之余，幼小的心灵中产生了对范仲淹、韩琦、富弼、欧阳修等四位人杰的深切仰慕。后来，他的母亲程氏给他讲《后汉书·范滂传》。东汉名士范滂反对宦官专权误国，汉灵帝建宁二年（169年）大逮党人，他镇静自若地前去投案，其母和他诀别道：“汝今得与李、杜齐名，死亦何恨！既有令名，复求寿考，可兼得乎？”讲到这里，母子二人都很激动，苏轼问：“轼若为滂，夫人亦许之否乎？”程氏慨然答曰：“汝能为滂，吾顾不能为滂母邪！”苏轼十分振奋，亦奋厉有当世之志①。以后，终苏轼之一生，少年时代母亲所给予他的这

① 苏辙：《亡兄子瞻端明墓志铭》，载《栾城集》卷二三，上海：上海古籍出版社，1987年。

种忠君报国、视死如归的精神都在发挥作用,它融化在诗人的血液里,成为诗人人格本质的主干。苏轼正是怀着这样的雄心壮志和万丈才情离蜀赴京,找寻出路。

嘉祐元年(1056 年)三月,苏轼兄弟随父出蜀,五月抵达汴京。八月,苏轼与苏辙在开封府考进士,同时获选。于是兄弟二人寄居在兴国寺准备迎接下面的礼部主持的考试和皇帝亲自主持的殿试。苏洵则投书欧阳修、富弼、韩琦等人,得到重视。次年正月,欧阳修以礼部侍郎兼翰林侍读学士知贡举,国子监直讲梅尧臣负责编定细则。这年的试题是"刑赏忠厚之至论",旨在论述陟罚臧否之策。苏轼在考试中厚积薄发,发挥得淋漓尽致,以"广恩""慎刑"为主旨,并自撰了皋陶三请斩犯、尧三答"宽宥"的典故加以论证。梅尧臣首先发现了这份精彩的答卷,将之推荐给主考欧阳修。向来厌恶奇诡艰涩文风,主张以"平易晓畅"作为行文和取士标准的欧阳修,读过这篇文章后惊喜万分,叹曰:"不觉汗出。快哉,快哉!老夫当避路,放他出一头地也。可喜,可喜!"①当即就想将之评为第一名,因疑为其得意门生曾巩所作,为防物议,欧阳修遂将此卷勉强抑为第二。随后,苏轼又顺利通过了仁宗皇帝御临的殿试,名列榜首,赐进士及第,苏辙、曾巩紧随其后,赐同进士及第。宋仁宗喜语皇后曰:"朕今日为子孙得两宰相矣。"②苏轼的进士及第在文学发展史上的意义也非同小可,可以视为欧阳修等倡导的"古文革新运动"的一次重大胜利。

进士及第后,苏轼终于有机会拜晤结识自幼渴慕的文坛先贤欧阳修和韩琦、富弼等诸位元老重臣了。身任执政的韩琦、富弼诸公对苏轼大加赞许,目以国士。欧阳修对"三苏"的文章给予高度评价,认为"后来之文章当如此"。他以敏锐的眼光发现了以苏轼为代表的新一代文学家的价值,并全力扶持。欧阳修欣赏苏轼的豪迈和创新精神,经他的一再奖掖,苏轼名震京师,作品为人争相传诵。欧阳修的未来的文坛盟主将属于苏轼的预言,在不久的将来得到了证实。

---

① [宋]欧阳修:《与梅圣俞》,《欧阳修全集》卷一四九,上海:中国书店,1986 年。

② 《宋史》卷三三八《苏轼传》,北京:中华书局,1977 年。

正当苏氏父子名动京师，正欲一展身手时，噩耗传来，苏轼的慈母程氏突然病故。事出仓促，苏氏父子只好回蜀奔丧。按当时惯例，苏轼兄弟要为母亲丁忧守丧27个月。父亲苏洵遭丧妻之变故，又加旅途奔波，一下子衰老了许多，9年后病故，享年58岁。

嘉祐四年(1059年)十月，苏氏父子经由水路再度赴京。途经嘉州、泸州、涪州、夔州等地，出三峡抵达江陵时已是岁末。一路上山明水秀，胜迹层出，使得三人胸襟开阔，才思激荡，写下了不少诗作。为了纪念这次舟行，他们将途中所作诗共百首，编为《南行集》。其中有苏轼诗40首，这是现存苏诗中最早的作品，可看作苏轼诗歌创作的发轫。这些作品初步显示了苏轼的政治抱负和诗歌才能，大都以五言古诗见长，如《入峡》《巫山》等长篇，结构严整，用词凝练，表现出作者在诗歌创作中的刻意磨炼。

嘉祐五年(1060年)二月，苏氏父子到达汴京。礼部授予苏轼河南府福昌县(今河南宜阳县西)主簿之职。苏轼并未赴任，而是与苏辙一起参加"制科"考试。次年八月，苏轼以"贤良方正能直言极谏科"考入第三等(为"上考")，北宋历史上仅有四人获此殊荣。试毕，授官大理评事，签书凤翔府(治所在今陕西凤翔)签判。苏辙考入第四等，被任为商州(治所在今陕西商县)推官，但因苏洵奉命在京修礼书，他奏请留京侍奉父亲。兄弟二人有生以来首次分离，恋恋不舍，苏轼为此作《辛丑十一月十九日，既与子由别于郑州西门之外，马上赋诗一篇寄之》①。这篇名作多被苏诗选本收为首篇，它标志着苏诗的成熟。这年冬天，他到凤翔任上。凤翔文物古迹众多，苏轼作组诗《凤翔八观》一一吟诵，尤以《古鼓歌》为上，可与韩愈争胜。苏轼于宋英宗治平二年(1065年)正月还朝，以殿中丞差判登闻院，又经学士院考试，授官直史馆。这时，他的家庭连遭不幸，年轻的妻子王弗和老父苏洵先后病卒于京师。哀痛之余，苏轼和苏辙一起扶柩从水路回蜀，并为父亲守丧家居。神宗熙宁二年(1069年)，苏轼守丧期满，重返京师。历任殿中丞、直史馆和差判官诰院等职。此时，整个国家都卷入

---

① 本文苏轼作品均引自《苏轼诗集》《苏轼文集》。北京：中华书局，1992年。《东坡乐府编年笺注》，上海：华东师范大学出版社，1990年。

了王安石变法的浪潮之中,苏轼也未能幸免。这时,他是站在他的老师欧阳修、韩琦、富弼等人一边反对新法的。他把新法比作“毒药”,说“今日之政,小用则小败,大用则大败,若力行不已,则乱亡随之”。结果遭到了王安石一派的诬蔑弹劾。苏轼深觉情势艰险,不宜在朝久留,遂寻求外放。熙宁四年(1071年)十一月,苏轼任杭州通判,此后又相继在密州、徐州、湖州任知州。在此后的时间里,苏轼用自己的实际行动证明自己不愧是一位关心民瘼、有所建树的良吏。他曾在常州、润州赈济,到临安、于潜监督捕蝗,在徐州任上还亲率军民筑堤抢险,力拒黄河水患。远离了朝廷内部的党争倾轧,接触到新鲜活泼的现实生活,徜徉在旖旎秀美的湖光山色之中,苏轼的文学才能有了尽情挥洒的广阔空间,登上了一个新的艺术高度,成为他创作上的第一个丰收时期。在写下大量传世佳作的同时,苏轼开始尝试词的创作,并已明显显示出“以诗为词”的倾向。他开拓题材,寄慨遥深,一定程度上打破了北宋初年以来文坛上“诗庄词媚”的传统界限。

苏轼杰出的文学成就使他声望日隆,奠定了他文坛盟主的地位,求学者与日俱增。远在北京大名府(今河北大名东北)的黄庭坚寄来书信和《古风》两首求教,愿列于苏轼门下;秦观入京应举,专程到徐州求见苏轼,诗云“我独不愿万户侯,惟愿一识苏徐州”①,愿执弟子之礼;晁补之、张耒、陈师道、李廌也于黄、秦前后求学于苏轼。以上六人被称为“苏门六君子”,黄庭坚、秦观、晁补之、张耒又被称为“苏门四学士”。苏轼对后进的培养、提拔极为热忱,他一生到处碰壁,无所顺遂称心,唯以识拔后进为平生一大快事。他曾对门生们说:“文章之任,亦在名世之士相与主盟,则其道不坠。……昔欧阳文忠常以是任付与某,故不敢不勉,异时文章盟主,责在诸君,亦如文忠之付授也。”苏轼继承其师遗志,以培养后代文坛盟主,推动一代文学进步为己任。尤其值得称道的是,苏轼并不以自己的文学好尚强加于他的门生,而是尊重他们各自的艺术风格,鼓励他们自由发挥各自的艺术才能。

元丰二年(1079年)七月二十八日,御史台的官吏奉命从汴京赶到湖

① [宋]秦观:《别子瞻学士》,载《淮海集笺注》卷四,上海:上海古籍出版社,1994年。

州衙门，当场逮捕了刚到任不久的苏轼，“顷刻之间，拉一太守。如驱犬鸡”。原来，六月以来，变法派先后四次上章弹劾苏轼，指摘其诗文是“愚弄朝廷”“指斥乘舆”“无尊君之义，亏大忠之节”。宋神宗随即下令御史台审理。同年八月十八日，苏轼入御史台狱，这就是著名的“乌台诗案”（“乌台”是御史台的代称）。事实上，所谓的“罪证”或本与新法无关，纯属穿凿附会，罗织诬陷；或确有不满，但又直指新法流弊。苏轼入狱百余日，精神和肉体上都饱受虐待摧残，自度将死，遂写下“是处青山可埋骨，他年夜雨独伤神”的绝命诗，格调凄婉动人。后来，仁宗妻曹太后、张方平和范镇等元老重臣纷纷出面营救。最后还是王安石说：“岂有圣世而杀才士者乎？”这场轰动一时的诗案才“一言而决”，苏轼被从轻发落。苏轼以责授检校尚书水部员外郎、充黄州团练副使之职被贬谪黄州（今湖北黄冈）。苏轼在《初到黄州》诗中自我解嘲，表达了对黄州自然风光的赞美，仍想有“补”国“事”的追求，对自己宦途偃蹇则淡然处之。但是他很快发现自己的实际处境仍然险恶，忧谗畏讥之心时时显露。为了缓解经济上的拮据困顿，他亲自垦荒耕种，稍济“困匮”和“乏食”之急。因所垦之地在郡城之东，因取名“东坡”，他自号“东坡居士”。这个“自号”意味着苏轼思想上的一个重大变化：佛老思想成为他在政治逆境中的主要处世哲学。一方面，他齐生死，泯是非，等贵贱，有意逃避现实；另一方面，始终保持一种通脱旷达的心态，不放弃对美好人生的执着和追求。贫困的生活，“垦辟之劳，筋力殆尽”的劳动体验，使他更接近人民、关心人民。谪居生活充实了苏轼文学创作的题材，他迎来了又一次文学上的丰收期。元丰五年（1082 年），苏轼先后数次到黄州赤壁矶头游览，抚今怀古，浮想联翩，写下了不朽名作〔念奴娇〕《赤壁怀古》和《前赤壁赋》《后赤壁赋》。

元丰七年（1084 年）四月，苏轼改授汝州（今河南临汝）团练副使，本州安置。苏轼利用迁移之机，先南下九江，游览了庐山。随后奔赴筠州（今江西高安），看望弟弟苏辙。然后北上，途经金陵（今江苏南京）时，病中的王安石“野服乘驴，谒于舟次”，盛情款待苏轼。两人谈诗论词，宴饮赏花，相与甚欢，尽释前嫌，相约来日结邻于钟山之下。然终未能如愿以偿，王安石也于次年辞世。

年底，苏轼到了泗州（今江苏盱眙县东北），向朝廷请求折回常州居住，很快获准。元丰八年（1085年）五月，刚刚抵达任所的苏轼还未喘息，又奉诏赴登州（今山东蓬莱）任知州。随即又因司马光推荐，匆匆奉调回朝。满心欢喜的诗人并不知道等待他的又是一场激烈的政治斗争。

元丰八年三月，支持新法的宋神宗病故，年仅十岁的哲宗赵煦继位，由其祖母高太后垂帘听政。高太后起用司马光等守旧派人物，政局逆转。苏轼入京后，先任礼部郎中，又转起居舍人，再迁翰林学士知制诰。二十余日连升数级，还享有了“翰林学士”这一封建士大夫的最高崇衔，可谓春风得意，仕途顺遂。然而，苏轼却是“一肚皮的不合时宜”。他对司马光等人“专欲变熙宁之法，不复校量利害，参用所长”的倒行逆施深为忧虑和不满。元祐元年（1086年）三月，他和司马光之间就免役法的存废问题展开了激烈的争论。他的态度和言辞都极为激烈，以至于时人孙升说：“若以轼为辅佐，愿以安石为戒。”直到这年九月司马光去世，他仍继续上疏恳请保留免役之法。

不久，苏轼和程颐、程颢之间又爆发了“洛蜀党争”（二程是洛阳人，苏轼是四川人）。如果与司马光等是政治上的矛盾，那么与二程则是哲学、思想上的矛盾。从本质上说，这是苏轼“任天而动”的性格及其追求个性独立的自由观，与旨在从伦理、道德、精神上强化封建统治的理学思想的一场激烈交锋。遗憾的是，封建官场中派系倾轧的痼疾又一次发作了，双方的门人互相攻讦谩骂，愈演愈烈。是年十一月，洛党的正言朱光庭、右司谏贾易等先后以“谤讪先朝”、结党营私之名弹劾苏轼。苏轼又不安于朝，再三请求，方才获准出知杭州。但洛蜀两党之争还是给他的生活蒙上了浓重的阴影，这一时期苏轼的创作趋于低潮。

从宋哲宗元祐四年（1089年）七月到绍圣元年（1094年）四月，苏轼历任杭州、颍州（今安徽阜阳）、扬州、定州（今河北定县）知州，其间两度返京供职。这是他又一个事业上和文学上均有所建树的时期。苏轼是孟子“民本”思想的忠实继承者，在地方官任上，他总是竭力造福一方百姓。在杭州,他积极组织赈济水旱灾害,又疏浚盐桥、茅山两河,而治理西湖更是他为杭州人民办的一件大好事。他修建的长堤被后人命名为“苏堤”,“苏堤春晓”已成为今日“西湖十景”之一。

苏轼改知扬州仅半年,又被召进京,参与郊祀大典,进官端明殿学士、翰林侍读学士、礼部尚书,这是他一生最高的官位。但是迫于朝廷内部党争的压力,他又一次也是最后一次请求外放,出知定州。定州地处宋辽边境,苏轼到任后就着力整顿防务,增强武备。但他的心情仍然是忐忑不安的,虽然他还不知道定州是他官宦生涯的终点,但他已预感到一场更猛烈的政治风暴已经向他无情地袭来。果然,元祐八年(1093 年)九月,一直庇护支持苏轼的高太后病逝,宋哲宗亲政,熙宁、元丰时代的所谓新党人物章惇、安焘等出任宰辅大臣,他们废除了王安石新法的革新精神和具体政策,把打击元祐党人作为主要目标,当时在朝的高官三十多人都被贬谪到岭南等边远地区,苏轼兄弟首当其冲。这次新党故技重演,指责苏轼在起草制诰、诏令中“语涉讥讪”“讥斥先朝”,加以弹劾。先是追削苏轼翰林侍读学士等官衔,贬谪英州(今广东英德),接着在一月之内三改谪命,最后贬为宁远军(今湖南宁远)节度副使,仍惠州安置。政敌手段之狠毒险恶,可见一斑。惠州远在岭南,地处不毛,瘴疠横行。但此时的苏轼已经能更为成熟地用佛老思想坦然超脱地看待这一切。他在屡遭贬逐中保持乐观不屈的精神和对生活的热爱。贬谪惠州,苏轼由官入民,生活中自得其乐,他曾写道:“日啖荔枝三百颗,不辞长做岭南人。”他还积极推广秧马,兴建水力碓磨,传播中原地区的先进科技。

但是,即使是这种贬谪生活,也仅仅持续了两年多。苏轼再次被贬为更为偏远的琼州(今海南海口)别驾,昌化军(今海南昌江)安置。苏轼认定自己“垂老投荒,无复生还之望”,他把家属留在惠州,只身携幼子苏过渡海,全家人痛哭诀别。七月,苏轼抵达儋州(今海南儋县)。生活之艰苦绝非他日可比,他亲自在桄榔林中搭建茅屋,命为“桄榔庵”。每日“食芋饮水,著书以为乐”;他与当地的黎族人民结下了深厚的友谊,仍然一如继往地关心民瘼,如饮用淡水,推广新式农具秧马,使农民免受弯腰插秧之苦。

元符三年(1100年),哲宗驾崩,其弟赵佶继位,是为徽宗。这是苏轼一生中侍奉的最后一位皇帝,也是北宋王朝的最后一位帝王。神宗皇后向氏以皇太后身份垂帘听政,她也是一位元祐党人的庇护者。苏轼似乎已有了北归的预感,他曾以默写平生所作八赋,如不脱一字,即可北归为赌,结果默写成功后数月即遇赦北还。7年的岭外流放终告结束,在北归路上,他受到亲朋故交和民众的欢迎。徽宗元年(1101年)正月,苏轼过大庾岭,五月抵达南京,朝廷准许他自由居住,于是他决定终老于常州。然而六月溽暑,鞍马劳顿,加之多年来精神和肉体上的折磨压抑一朝消解,却使得他一病不起,七月二十八日病逝于常州孙氏宅中。在病重期间,他听到儿子朗读米芾的赋,竟从床上一跃而起,极口赞誉,他给米芾写信说:"公不久当自有大名,不劳我辈说也。"这不由得让人联想到早年欧阳修对他的推许。他终年六十五岁,也与欧阳修相同。噩耗传出,苏轼任职过地方的人民,纷纷拜揖,相与痛哭于世。

苏轼死后葬于河南汝州郏县的峨眉山。一方面,此地离京城不远,表明他心系朝廷,不能完全归隐之心迹;另一方面,此地风光酷似他的故乡四川峨眉,他一生魂系故乡,不能归葬,只得选择小峨眉来了此心愿。

纵览苏轼的跌宕起伏、崎岖坎坷的一生,儒、佛、道思想因素贯穿始终,互为扶持,同时这三种思想因素又经常互相自我否定。儒家入世,佛家超世,道家避世,苏轼却以"外儒内道"的形式将其统一起来,并具体化为以下形式:任职时期,以儒家思想为主;贬居时期,以佛老思想为主。这两种思想武器随着生活遭遇的不同而交替使用,而这又是与儒家"穷则独善其身,达则兼善天下"的旨趣相通的。

## 二、苏轼的创作成就

宋仁宗赵祯嘉祐二年(1057年),22岁的苏轼于汴京应试。欧阳修读了他的文章后说:"不觉汗出。快哉,快哉!老夫当避路,放他出一头地也。可喜,可喜!”[①]并且预言“三十年后世上人更不道着我”,未来文坛的主将将是苏轼。苏轼也没有辜负欧阳修的殷切期望。他一生虽在政坛上起起落落,并不得意,但在文坛却取得了丰硕的成果:他因诗与黄庭坚并称“苏黄”,开有宋一代诗歌新风;他因词与辛弃疾并称“苏辛”,是豪放词风的创始者;他因文与欧阳修并称“欧苏”,被称为“唐宋八大家”之一。苏轼是北宋文学最高成就的代表人物,对后世产生了深远的影响。

**(一)苏轼的诗**

明代李东阳认为前代诗歌内容较窄,格局较小,“赖杜诗一出,乃稍为开扩,庶几可尽天下之情事。韩一衍之,苏再衍之,于是情与事无不可尽”[②]。就诗歌的内容涵概来说,苏诗确实在杜、韩的基础上有所展衍开拓。与其词、散文相比,与同时代的其他诗人相比,苏轼的诗内容都较为丰富,题材更加广泛。

苏轼是一个有志经世济民的人,他对社会现实中种种不合理的现象抱着“一肚皮不合时宜”的态度,始终把批判现实作为诗歌的重要主题。他入仕后勤于政邑,又累次遭贬谪,有机会较多地接触下层社会,常把耳闻目睹的民间疾苦写进诗中。如《夜泊牛口》(文中苏轼作品均引自《苏轼诗集》《苏轼文集》《东坡乐府编年笺注》)写沿江居民的生活苦痛,《送黄师是赴两浙宪》写水灾后江浙人民的艰难,《吴中田妇叹》则反映了当时赋税深重、谷贱伤农的境况。苏轼认为如要“裕民”“安民”,必须发展生产,所以他非常重视兴利除弊、改善劳动工具和生产条件。《游博罗香积寺》抒写了诗人对利用水利改善农民生活条件的憧憬,《石炭》描写了徐州开发白土镇煤矿的场面。对于社会矛盾和政治弊病,苏轼也敢于大胆地予以揭露。《荔枝叹》是这方面的名作,它由进贡荔枝的历史故事,引出对当朝贡茶和贡花风气的批判,并指名道姓地谴责了蔡襄、丁谓等所谓的“名臣”。苏轼的此类诗作有一定的思想深度,对于人民的苦难,他不是冷漠

---

① [宋]苏辙:《亡兄子瞻端明墓志铭》,载《栾城集》卷二三,上海:上海古籍出版社,1987年。

② [明]李东阳:《麓堂诗话》,《丛书集成》初编本。

的旁观者，而是交织着强烈的爱憎感情。他常常“作诗先自劾”，首先将诗歌作为自我批判的工具，而不是仅仅表达对他人的同情。苏轼人生经历丰富，其诗歌取材广泛，其社会政治诗在描写社会生活的广度方面，比起杜甫、白居易等人是有着新的开掘和推进的。

苏诗中流传最广、美学价值最高的是那些写景抒怀之作。苏轼一生喜欢登山临水，“身行万里半天下”，“行遍天下意未阑”，足迹遍及各地，于是钱塘江潮的汹涌、岭南风光的壮丽、陕西名胜的珍奇、蜀中山川的雄伟等都涌入了他的笔端，在读者面前展开了瑰丽奇妙的艺术画卷。苏轼写山水往往注入浓情深致，在景物中融入个人感情。这样就由纯粹客观的描摹写景变成渗透有主体感情的造景，所以他的山水诗往往物我交融，情与景密不可分。如《游金山寺》先由万里征程、半生宦游导入写景，然后写江景之奇丽，并以“望乡国”照应开端，结尾处借江神见怪、自誓归田收束全篇。陈衍《宋诗精华录》曾评论此诗云：“通篇全就望乡归山落想，可作庄子《秋水篇》读。”有些诗则由写景抒怀升华到对社会生活及物理的深刻思辨，使之带有浓厚的哲思意味。《题西林壁》一诗说明局囿于事物之中就难以看清庐山真面目，欲要认识复杂的事物必须能从中跳出来。这类诗作的成功不在于鲜明的意象和浓郁的诗味，而是于日常情景中生发出弦外之音，说出人人心中皆有而笔下皆无的道理，堪称苏诗的一大特色。

苏轼晚年写了许多和陶诗，颇具特色。黄庭坚云：“彭泽千载人，东坡百世士。出处虽不同，风味乃相似。”①指出了两者风格的相似。但文学创作毕竟不是简单的重复，所以苏轼的和陶诗虽在用韵、句数、格调等方面与陶诗相近，但内容却不为其所限，举凡自然景物、风土人情及人世沧桑都被苏轼纳入诗中。对于此类诗作，前人有不同的评价。刘克庄云：“和陶之作，如海东青、西极马，一瞬千里，了不为韵束缚。”②王若虚却说：“虽穷极技巧，倾动一时，而害于天全者多矣。使苏公而无此，其去古人何远

---

① ［宋］黄庭坚：《跋子瞻和陶诗》，《豫章黄先生文集》卷七，《四部丛刊》本。

② ［宋］刘克庄：《后村先生大全集》卷一七四，《四部丛刊》本。

哉!"[1]应当说,和陶诗虽为和作,却是苏轼发自肺腑的真实文字,也表现了苏轼逞才炫学、难免作茧自缚的缺陷。苏轼本人擅长作画,造诣颇深,其题画诗也有很高的成就。如《惠崇春江晚景》描写了桃花、春水、蒌蒿、芦苇等美丽的景物,并且以鸭子的触觉来推测河豚的动向,使静止的画面充满了活力。《书王定国所藏烟江叠嶂图》将近景与远景、实景与虚景相结合,层次分明,舒卷自如。苏轼的题画诗不仅诗中有画,还善于传达出画中的神韵,进而自由生发,或借以抒怀,或讥讽时世,达到了信笔挥洒、自然真率的境界。

苏轼对诗歌风格的主张是兼收并蓄。从其诗作与一些记载中可知他对《诗经》《楚辞》以下的古典诗歌都做过精深的钻研,深受李白、杜甫、陶渊明、柳宗元等人的影响。审美情趣的多元化使他能欣赏多种文学风格,也影响了他自己的创作。苏诗的风格基调是雄奇奔放,同时又兼有简淡绝俗之美,而他在创作时特别注意将阳刚之美与阴柔之美互相调和、互相渗透,所以苏诗中的佳作常常呈现出刚柔并济的风貌。苏轼古今各体兼善,而以七古为最优。施补华说:"东坡最长于七古,沉雄不如杜,而奔放过之;秀逸不如李,而超旷似之。"[2]"以才学为诗"是苏轼诗作的特点之一。苏轼学识广博,精熟典实,所以信手拈来,随意驱使,使其作品尽呈古雅之貌。一般而言,苏诗的用典平稳妥帖,浑然天成,如水中着盐,不露痕迹。但有时用典过多,也招致后人的批评。清人王夫之说:"人讥西昆体为獭祭鱼,苏子瞻、黄鲁直亦獭耳。……除却书本子,则更无诗。"[3]这虽有过激之处,但也指出了苏诗的缺陷。"以文为诗"指诗歌散文化的倾向,主要是指将散文的章法、句法、字法等引入诗中。苏诗常可见到"以文为诗"之处,这有助于苏诗自然奔放风格的形成,尤其是古诗更是如此。赵翼《瓯北诗话》卷五云:"以文为诗,始自昌黎,至东坡益大放厥词,别开生面,

① [金]王若虚:《滹南诗话》卷二,《四部丛刊》本。
② 施补华:《岘佣说诗》,《清诗话》本,上海:上海古籍出版社,1982年。
③ [清]王夫之:《姜斋诗话》卷下,《清诗话》本,上海:上海古籍出版社,1982年。

成一代大观。”①所言甚当。

就创作风格而言，王安石、黄庭坚、陈师道等人的诗作或许比苏诗更要突出、鲜明，但若论创作成就，苏轼则是出类拔萃的。在内容的丰富、题材的广泛、形式的多样、情蕴的深厚等方面，苏诗都是独树一帜的。在宋诗革新的过程中，苏轼起着重要的作用，为宋诗新面貌的创造作出了巨大的贡献，不愧为北宋诗坛的第一大家。

（二）**苏轼的词**

苏轼的文学成就是多方面的，但就一种文体的自身发展而言，他对词体的革新在文学史上更具有特殊意义。北宋的胡寅在《酒边词序》中说："眉山苏轼，一洗绮罗香泽之态，摆脱绸缪宛转之度，使人登高望远，举首高歌，而逸怀浩气，超然乎尘垢之外，于是《花间》为皂隶，而柳氏为舆台矣。”②充分肯定了苏轼在革新宋词中的功劳。

苏轼对词的革新，基于他的自觉的理论主张。他的词论，散见于有关的题跋、序引、书简及宋人所作的一些诗话、词话、笔记中，约有十余则，见解新颖独到，时常体现出变革的思想。词自晚唐五代以来，一直被视为“小道”，在宋初文人的心目中是“方之曲艺，尤不逮焉”，其地位与诗文不能相提并论。但苏轼大胆地突破了这种传统观念，破除了诗尊词卑的偏见。他将诗与词相提并论，认为词“为诗之苗裔”，诗与词虽有形式上的差别，但在艺术本质上却是一致的。从文体的角度将词提高到与诗相同的地位，为其革新词体、词风的实践奠定了理论基础，开辟了道路。

在诗化理论的指导下，苏轼开拓了词体堂庑。东坡词现存三百余首，在风花雪月之外，凡怀古感旧、思亲念远、言志抒情、咏物记游、酬唱应答、叙事绘景、赠别悼亡，甚至谈禅说理、滑稽戏谑都见于其词中，可谓无事不可入。尤其是对农村生活的描写，对士大夫情怀的抒发，对人世沧桑的思索，相对于男女情思、花间樽前等传统的词的题材而言，是一种巨大的变

---

① ［清］赵翼：《瓯北诗话》卷五，北京：人民文学出版社，1982年。

② ［宋］胡寅：《酒边词序》，《斐然集》卷一，《四库全书》本。

化。刘辰翁曾云:“词至东坡,倾荡磊落,如诗如文,如天地奇观。”①所言甚是。苏词不仅内容开阔,而且表现重点有所转移。前代词人多写男女情思、离愁别恨,而苏轼则把词作为文人言志抒怀的工具;前代词人多男子而作闺音,苏轼则更多地表现自我。如〔沁园春〕《密州早行马上寄子由》既表现了他“致君尧舜”的政治抱负和少年时代意气风发的精神风貌,也流露出中年经历仕途挫折之后复杂的人生感慨。稍后在密州写的〔江城子〕《密州出猎》,表现了他希望驰骋疆场、以身许国的豪情壮志。〔临江仙〕《夜饮东坡醒复醉》则反映出他感到人生如梦的怅惘的思绪。这些词作展现了作者丰富而复杂的精神世界,体现了他独特的个性。元好问曾说:“唐歌词多宫体,又皆极力为之。自东坡一出,性情之外不知有文字。”②苏轼将词作为陶冶性情之具,其意义在于开拓了词的抒情功用,使词在合乐歌唱之外,还有独立的文学价值。把词家“缘情”与诗人“言志”很好地结合起来,词品与人品得到了高度的统一,提高了词的品位,增强了词的生命活力。同时,他注重以词陶冶性情,与传统诗教偏重社会政治的功利性价值取向又有所不同,而是比较贴近于歌词创作的实际,是对传统诗教作了合乎情理的修正。后人可以对苏轼之词不谐音律加以指责,但对他以词陶冶性情却从无异议。

苏轼倡导词之诗化一个重要内涵是促进了词风的转变,改变了人们于词独重女音、偏尚婉媚的观念。词为“艳科”,自唐五代以来就多写艳情,风格上专主婉约柔曼,柳永的词即是如此。苏轼作词时正是柳词风靡一时之际,其词“绮罗香泽之态,所在多有”,所以苏轼革新词风就从力辟柳永开始。据《高斋诗话》记载,少游自会稽入京师拜见东坡,东坡说:“不意别后,公却学柳七作词!”③少游则回答说:“某虽无学,亦不如是。”东坡曰:“‘销魂当此际’,非柳七语乎?”苏轼对秦观的批评毫不留情,可见他对浮靡词风的强烈不满。他作〔江城子〕《密州出猎》以后给友人的书信中

① [宋]刘辰翁:《辛稼轩词序》,《简斋诗外集引》,《四部丛刊》本。
② [金]元好问:《新轩乐府引》,《遗山先生文集》,《四部丛刊》本。
③ [宋]曾慥:《高斋诗话》,《学海类编》本。

说:“近却颇作小词,虽无柳七郎风味,亦自是一家。”苏轼知道此词“无柳七郎风味”,未必会得到时俗的认可,但他仍然以“自是一家”自许,其变革词风的信念是相当坚定的。后人认为苏轼革新词风的一大成果即是创立了豪放词风。此种说法始见于曾慥跋《东坡词拾遗》:“豪放风流,不可及也。”随后陆游《老学庵笔记》亦云:“……则公非不能歌,但豪放不喜裁剪以就声律耳。”①明人张綖《诗余图谱》更是以豪放论定苏词:“苏子瞻之作,多是豪放。”②所谓豪放,大致是指劲拔雄健、磊落恢宏、放笔挥洒、不受拘束的一种创作个性。以这种标准来衡量,苏词中如流传甚广的〔念奴娇〕《赤壁怀古》,早期为送陈述古而写的〔清平乐〕,为和杨元素而作的〔南乡子〕《七夕》,送陈令举而作的〔鹊桥仙〕,后期守徐州时所写的〔水调歌头〕《安石在东海》,贬黄州时所作的〔满庭芳〕,知颍州时所写的〔满江红〕等,都是笔力矫健、词锋凌厉之作,这些显然是可以称为“豪品”的。但是,苏轼革新词风的功绩与意义并不仅限于开创豪放词风。冯煦为朱孝臧注《东坡乐府》作序,就提出:“东坡之于北宋,稼轩之于南宋,并独树一帜,不域于世,亦与他家绝殊。世第以豪放目之,非知苏、辛者也。”③苏轼词风格的多样性表明,他革新词风并非单纯地反对婉约一派,而是要改变婉约风格独占词坛的局面,使词的风格由一元化朝多元化方向发展。

关于苏词是否合乎音律的问题,宋人的意见即难以统一。晁补之云:“苏东坡词,人谓多不谐音律。”④李清照认为其词为“句读不葺之诗”⑤。而陆游《老学庵笔记》谓绍圣初东坡“自歌《古阳关》”,叶梦得《避暑录话》记载,东坡在黄州,与客夜饮归来,曾大歌〔临江仙〕。由苏轼的创作实际来看,他的词确有不合音律的地方,但苏轼并非不懂音律,当词的音乐属性与文学属性发生矛盾的时候,他往往更注重文学属性。另外,苏轼在词律上也有创新之处。他在创作时着重引进了不少慷慨豪放的曲调,如〔沁

① 〔宋〕曾慥:《东坡词拾遗》跋,《高斋词话》,《历代词话》本。
② 〔明〕张綖:《诗余图谱》,《词话丛编》本。
③ 〔清〕冯煦:《蒿庵论词》,《词话丛编》本。
④ 〔宋〕晁补之:《评本朝乐章》,《鸡肋集》卷三,《四部丛刊》本。
⑤ 〔宋〕李清照:《词论》,《重辑〈李清照集〉》,济南:齐鲁书社,1981年。

园春〕〔念奴娇〕〔水调歌头〕〔哨遍〕等词调,有的是自度腔,有的是他最先使用,有的是他运用之后获得流传与推广。它们后来成为词人习用的熟调,往往就是通过苏轼之词作为媒介的。

王灼《碧鸡漫志》卷二云:"东坡先生非醉心于音律者,偶尔作歌,指出向上一路,新天下耳目,弄笔者始知自振。"①苏轼大刀阔斧的改革,给宋词的发展开辟了一个新方向,为词坛开创了一种新的风格和美感,提高了词品,提升了词的地位。从苏轼开始,词的"小道""卑体"的形象逐渐开始改变。苏轼对词的发展,可谓功莫大焉。

**(三)苏轼的文**

在中国文学史上,苏轼是继韩愈、柳宗元、欧阳修之后的又一散文大家。苏辙曾指出苏轼学文的道路:"初好贾谊、陆贽书,论古今治乱,不为空言。既而读《庄子》,喟然叹息曰:'吾昔有见于中,口未能言,今见《庄子》,得吾心矣。'""后读释氏书,深悟实相,参之孔、老,博辩无碍,浩然不见其涯也。"②转益多师,博采众长,这使得苏轼的散文呈现出多姿多彩的风貌。苏文的体裁有赋铭、颂赞、议论、杂记、记叙、表状、书牍、碑传、笔记多种,其中较重要的有下面三类:政论文和史论文,叙事和记游之作,书简、题跋、杂记等小品文。

苏轼一生写了大量的政论文和史论文。苏轼年轻时即爱"诵说古今,考论是非"(《答李端叔书》),其中有些是为应试而作,难免空疏散漫,他本人也曾自感愧悔。但这只是白璧微瑕,其论文中更多的还是见解新颖、含意深刻的佳作。苏轼在议论史事时常常能发人所未发,提出新见。如《平王论》批评周平王避寇迁都,实为失策。《留侯论》谓圯上老人是秦朝的隐士,其之所以要折辱张良,是为了培养其"忍小忿而就大谋"的品质。这些史论在写作上善于随机生发,翻空出奇,论说技巧也相当高超。政论文如《思治论》《进策》等都是名作。《思治论》以财乏、兵弱、官滥现象为"三患",并提出要以"犯其至难而图其远"的勇气革除之。《进策》是一组

---

① [宋]王灼:《碧鸡漫志》,《知不足斋丛书》本。

② [宋]苏辙:《亡兄子瞻端明墓志铭》,《栾城集》卷二三,上海:上海古籍出版社,1987年。

多达25篇的系统、完整的宏文巨著，其中《策略》总论天下形势和应变方针，《策断》分析敌我长短，提出御侮之术，《策别》则就驭官、安民、丰财、治军四端设计改革措施。此类文章针对现实，有的放矢，集中体现了作者早期的改革主张。苏轼的议论文论辩滔滔，笔力纵横恣肆，富于变化，使文章气势雄伟，浑浩流转，但在语言上他不好奇尚怪，而是追求平易自然、明晰畅达。另外，苏轼在议论时善于运用一些生动形象的比喻来阐明深刻的道理，取得了深入浅出、发人深省的效果。如《拟进士廷试策》用“乘轻车驭骏马，冒险夜行”来比喻改革操之过急者易于陷入险境，《策略一》用受病“深而不可测”说明了当时政局“有可忧之势而无可忧之形”。又如《教战守》一文为了说明“知安而不知危，能逸而不能劳”的危险性，除了引用史事，还以人体的养生保健为喻，将“王公贵人”与“农夫小民”作对比，使道理透彻易懂。

与政论文和史论文相比，苏轼的碑传文、山水记、亭台记更具有艺术性，文学价值更高。碑传文善于选取对象日常生活中的细节来凸显其个性，以展现人物的高风亮节。《石氏画苑记》《书刘庭式事》《方山子传》等可为代表。山水游记约有十七八篇，创作于黄州贬谪时期的约占一半。于模山范水之外，苏轼常常通过对自然景物的描写来揭示自己内心世界，所以我们往往能从这些游记中体会到作者情感的起伏与波动。如《前赤壁赋》中，“饮酒乐甚，扣舷而歌”，似乎已经陶醉其中，但下文作者说“渺渺兮余怀，望美人兮天一方”，淡淡的怅惘之情又从中流露了出来。《后赤壁赋》中作者因为“仰见明月，顾而乐之”，所以萌发了夜游赤壁的想法，可夜景虽美，作者仍然“悄然而悲”，难以抑制“凛乎其不可久留”的悲哀。这些作品已突破了山水游记将景物描写作为重点的传统写法。苏轼的亭台记也独具特色，《凌虚台记》《超然台记》《放鹤亭记》《喜雨亭记》《清风阁记》等都为佳作。这些文章往往打破先叙事后描写再议论的程序化格局，结构灵活多变，独具匠心。苏轼在写作时常下笔着题而不为题囿，长于随机生发，阐发哲理。《放鹤亭记》在写完建亭缘起与亭台景色之后，从鹤引出议论，将好鹤与亡国联系了起来。然后又突然以“酒”与其对比，说明了

“南面之乐”不能换“隐居之乐”的道理。全文由事及景，由景入理，融记事、抒情、思辨于一体，既能给读者以艺术的感染，又能发人深思。

小品文在苏轼的散文中也占有相当重要的地位。这类作品或记友情，或写襟怀，洋洋洒洒，抒写自如。如《与李公择》一文，苏轼针对友人之信极力劝解，既使友人不为自己过分担忧，又表明了自己坦荡磊落的襟怀。《与参寥子》则在文中与老友笑谈家常，将无限酸楚藏在了幽默的语言背后。这些书简的特点是“信笔书意，不觉累幅”，自然真率，可谓从肺腑中流出的至文。书画题跋谈文论艺、简短精警，往往熔铸了作者的真知灼见。如《书吴道子画后》总结了“出新意于法度之中，寄妙理于豪放之外”的创作经验，高度评价了王禹偁的“雄文直道”。苏轼的随笔、杂文多见于《东坡志林》与《东坡七集》。《东坡志林》原仅为十三则，《稗海》本广为增益，与其姊妹篇《仇池笔记》同为笔记总汇而内容互有出入。两书去其重见，约得三百余篇。其中有些关于日常生活片段的记述，常能用极少的文字渲染出一种情调或一片心境，如《记承天寺夜游》即是如此。其他如《黄州访海棠》《曲江舟中》《佛迹》等篇，有的笔致凝练，有的文情酣畅，有感而发，信笔写来，都体现了作者的人格与个性。

总之，苏文在手法和体制上由单一化走向复合化，经常突破旧有的格局，灵活多变；语言庄谐相间，散韵互用，奇偶交错；既以议论见长，又不拘于明道论政，尤能写胸臆，见性灵，妙手生春，涉笔成趣；文风自然平易，而又仪态横生、气象万千。可以说，苏轼的散文集中体现了北宋散文的特色，代表了一代散文创作的最高成就。

**（四）苏轼的影响**

苏轼的文学创作代表着北宋文学的最高成就，在当时文坛上享有巨大的声誉。他继承了欧阳修的精神，十分重视文学人才的发现和培养。当时有许多青年作家围绕在他周围，其中成就较大的有黄庭坚、秦观、张耒、晁补之四人，合称“苏门四学士”。另外，张舜民、孔平仲、李之仪、贺铸、李格非等人，也直接或间接地受到苏轼的影响。他的著作在当时就有编辑。元丰四年（1081 年）苏轼贬谪黄州时，陈师仲就把他在密州、徐州两地所作的诗编成《超然集》《黄楼集》。在辽国、高丽等地，苏轼的作品也广受欢迎。但到北宋末年，因为政治原因，苏轼的著作遭到禁毁。到南宋高宗时党禁解除，他的集子又以多种版本广为流传，形成“人传元祐之学，家有眉山之书”的盛况，当时“士大夫不能诵坡诗者，自觉气索”①。

苏轼的诗作对当时及后世都有深远的影响。宋人爱在诗中显学识、发议论的风尚，大都源于苏轼。从南宋诗人范成大、刘克庄等人诗作流动自然、汪洋恣肆的特点中，我们也可看到苏诗的影子。金代中叶形成了“苏诗运动”，王若虚等人论诗颇为推崇苏轼。元代郝经教人学诗，曾主张唐宋以来只读李白、杜甫、苏轼、黄庭坚四家的诗作。明代宋诗虽遭到冷落，但公安派作家如袁宏道、袁宗道等却大力提倡宋诗，并借以反对“前七子”“后七子”。清代的宗宋诗派诗人，如钱谦益、查慎行、宋荦等都从苏诗中获益甚多。

苏轼所创立的豪放词派，直接为南宋词人辛弃疾所继承。在辛弃疾前后出现了一大批爱国词人如张孝祥、张元干、刘过、刘辰翁、刘克庄等，形成了豪放词派。金代的蔡松年、党怀英、元好问作词皆学苏轼。元好问《新轩乐府引》云：“坡以来，山谷、晁无咎、陈去非、辛幼安诸公俱以歌词取称，吟咏情性，留恋光景，清壮顿挫，能起人妙思，……皆自东坡发之。近岁新轩、张胜予，亦东坡发之者欤？”可见苏词对金代影响之大。元代的刘因、许有壬，均有慷慨悲凉、雄浑豪纵的作品，与“苏辛”一脉相承。清初词家如陈维崧、曹贞吉、顾贞观、蒋士铨诸人，都以风骨遒劲、善学“苏辛”著称。

苏轼的散文一直受到后人的称颂。其文驰骋纵横的笔力和自然酣畅的风格，给南宋主战派、事功派散文以一定的影响。元、明、清中叶以前的文风基本上是继承宋代文章的传统的，其中苏轼的影响尤巨。他的议论文宏辩滔滔、说理详彻的特点常被人奉为典范。明代唐宋派创始人唐顺之称誉道：“苏子瞻之于文，李太白之于诗，韩信之于兵，天各纵之以神仙逸世之才，而非世之问学所及者。”②但在文学史上影响更大的是小品文。

① ［宋］周煇：《清波杂志》，《四部丛刊》续编本。
② ［明］唐顺之：《唐荆川文集·苏文忠公文钞卷首》，《聚文堂唐宋八大家文钞》重校刊本。

明代公安派独重性灵,反对拟古主义,苏轼的小品文自然率真、随意挥洒的特色很为他们重视。直到清代袁枚、郑板桥的散文,还可以看出苏轼的影响。

## 三、苏轼研究概况介绍

苏轼是一位在中国文学史上最具生命力并且对后世作家产生极大影响的作家,几乎是从他的同时代人起,就已经开始了对他的研究,自然形成了一部长达 900 年的苏轼研究史。这部研究史,以 2700 多首苏诗、300 多首苏词、4800 多篇苏文为中心,围绕着以理论阐述为主的学术研究,以作家创作借鉴为特点的文学创作,以阅读鉴赏为内容的大众传诵等三个层面展开,采取评论、笺注、年谱、编选、传记、唱和、刊刻、传抄等不同形式,具有丰富而深厚的学术内涵。

### (一)苏轼生平研究

中国自古强调“知人论世”,因此历代学者都很重视对于苏轼生平的研究。宋代第一个对苏轼生平作系统论述的是苏辙为他作的墓志铭①,这是关于苏轼生平最原始、最权威的资料,以后各种苏轼的传记和年谱的材料均出于这一墓志铭。这篇长达 7000 余字的墓志铭,历述了苏轼生平各个阶段的历史事件,其中许多为作者共同经历,或得自兄弟通信,是最为可靠的第一手资料。

南宋人所撰苏轼年谱,计有 10 种以上,为历代之冠。仅为今人所知者,就有蜀人何抡、李焘、孙汝昕,汴阳段仲谋,清源黄德粹,五羊王宗稷,仙溪傅藻,庐陵罗良弼,吴兴施宿著有《东坡先生年谱》或《三苏年谱》。现存的四种是:(1)王宗稷《东坡先生年谱》,附于《东坡七集》本中;(2)傅藻《东坡纪年录》,附于各种类注本中;(3)何抡《眉阳三苏先生年谱》;(4)施宿《东坡先生年谱》。明人所作苏轼年谱仅两种:一为王世贞据王宗稷年

---

① [宋]苏辙:《亡兄子瞻端明墓志铭》,《栾城集》卷二三,上海:上海古籍出版社,1987 年。

谱改编之《重编苏文忠公年谱》，附于明陈梦槐刊《东坡诗选》上；一为郑鄤所编《考订苏文忠公年谱》，收于旧钞本《岑阳全集》卷一五。这两种年谱均为改编，考辨性质，影响不大。在众多的苏轼年谱中，当数清人王文诰的《苏诗总案》与今人孔凡礼的《苏轼年谱》为后来居上之作。王文诰的《苏诗总案》向以资料翔实、考核精密著称。孔凡礼《苏轼年谱》①资料详而不繁、言必有据、考证精赅的程度，均超过前人，是研究苏轼生平的得力之作。

（二）**苏集整理**

苏轼的著作，按照中国古代的图书分类法，经部有《东坡易传》《东坡书传》；子部有《东坡志林》《仇池笔记》《东坡手译》《苏沈良方》；集部既有含诗、文或含诗、词、文的东坡合集，亦有分别刊行的《苏轼诗集》《苏轼文集》《东坡乐府》。

苏轼诗文在其生前曾被多次辑集刊刻。他本人编辑或参与编辑的有《南行集》《歧梁唱和诗集》《和陶诗》《东坡集》等。更多的乃是别人为他编辑的，如友人陈师仲所编《超然集》《黄楼集》；有宋王朝辖区编的，也有契丹辖区编的；有以所仕之地各自为集的，如《钱塘集》《超然集》《黄楼集》，也有收到编集时为止的，如《眉山集》、京师印本《东坡集》；有单收诗的，如《歧梁唱和诗集》《和陶诗》，但更多的是兼收诗文的合集、总集。苏轼生前，其诗文的“镂版行世”，基本上都是旁人特别是书贾所为。苏轼诗文被书贾大量刊刻的事实，除反映北宋印刷业的发达外，主要是因为他的作品具有深刻的社会意义和感人的艺术魅力，从而赢得了大量的读者。这就是苏轼一生虽屡遭贬谪，作品虽曾几被严加禁毁，却仍获得广泛流传的原因。

明刻南宋《重编东坡先生外集》卷首有一序，其中反映出南北宋时期苏集的刊刻情况。第一，苏轼作品的刊刻，在其生前已多达十余种，此书编者所见苏先生文集之传世者更多达 24 种；本朝人著述为本朝人所刊

① 孔凡礼：《苏轼年谱》，北京：中华书局，1998 年。

刻，几乎无人超过苏轼。第二，南宋《重编东坡先生外集》的编者所见到的二十余种诗文集，至明代已大都失传，因为《外集》确实编得好，假使明代刻者能广泛搜罗东坡遗文，详加校订，汲取各本精华，去伪存真，作为集大成之作，一定能够后来居上。

苏轼作品在其生前就已散失很多，一是因为他生前所遭的政治迫害接连不断，二是因为他对自己的诗、文、词、书画作品不甚珍惜。所谓“书成辄弃去，谬被旁人裹”，不仅是苏轼书法、绘画作品流传情况的实录，也是他的诗、文、词流传情况的实录。苏辙《亡兄子瞻端明墓志铭》列举苏轼著述为六种，南宋晁公武《郡斋读书志》所举苏轼著述已多出《东坡应诏集》，南宋刊刻的《东坡外集》更有不少诗文未被《东坡集》《东坡后集》刊载。明人茅维对苏文的辑佚，清人宋荦、查慎行对苏诗的辑佚，今人孔凡礼对苏文、苏诗的辑佚，都做出过不可磨灭的贡献。

苏诗全集注以南宋和清代的成就为最高。宋代的苏诗注本十余种中，一为分类注本，有题为王十朋所编的《集注分东坡先生诗》二十五卷，有《四部丛刊》影印本。一为编年注本，有施元之、顾禧《注东坡先生诗》四十二卷，有宋嘉定刊本、景定补刊本、清康熙间刊本，均已残。20 世纪 80 年代末，王水照先生将分藏于我国北京、台湾和美国的几个残卷裒为一集，又据其他罕见材料，编为《校注足本施顾注东坡先生诗》，将该书基本复原，为苏诗研究者提供了又一个重要南宋版本。1982 年中华书局出版由孔凡礼点校的排印本《苏轼诗集》，其卷一至卷四十六即以王文诰本为底本；卷四十七至卷四十八为补编诗；卷四十九至卷五十为他集互见诗，以冯应榴本为底本；书末附有新发现的佚诗。清人查慎行《补注东坡编年诗》五十卷，冯应榴《苏文忠公诗合注》五十卷，王文诰《苏文忠公诗编注集成》四十六卷，均有嘉庆间刻本。

苏词全集注则以南宋和今人的成就为最高。最早的是南宋傅干的《注东坡词》十二卷，据《增订四库简明目录标注》记载，有钞本流传。另见于书目记载的几种宋人注东坡词或早佚，或有目无书，仅能据史籍记载而略知概况。1936 年上海商务印书馆出版由朱祖谋编年圈点、龙榆生校笺的《东坡乐府笺》三卷，卷一收录苏轼词编年106首，卷二编年100首，卷三不编年138首，计344首。其特色是以编年为主并增加笺注，吸收傅干注，首创东坡词编年笺注合一之体例。今人唐玲玲、薛瑞生都有《东坡词编年笺注》问世。其编年不无可议之处，尚待后人补正，但用力均甚勤。

苏文至今没有全集注本，只有选注本。值得重视的只有南宋郎晔的《经进东坡文集事略》。郎晔编注此书，在于呈进，所依据当为较好底本，他在笺疏之暇，兼事订伪，对传写的差讹，作了一些纠正，以此受到研究者的重视。苏文至今亦无编年注本，只有1990年内蒙古教育出版社吴雪涛的《苏文系年考略》，暂略补其缺。

### （三）苏诗研究

历代苏诗研究的文献包括以下内容：（1）辑录、整理苏诗的合集、专集。（2）选录、评点苏诗的著作。（3）注释苏诗的著作。（4）有关苏轼的年谱、传记。（5）论评苏诗的片段言论、专文或专著。清代同光体诗人、诗论家陈衍《知稼轩诗叙》云：“长公之诗，自南宋风行，靡然于金、元、明中熄，清而复炽。二百余年中，大人先生殆无不濡染及之者。”①。陈衍的话实则概括出了苏诗研究的阶段特点：两宋时期，是苏诗研究的形成期；金元时期是苏诗研究的过渡期；经历了明代的低落之后，清代又形成了苏诗研究的高潮。

由于苏轼生前就已诗名卓著，宋代的苏轼研究在苏轼生前即已肇端。从存世文献来看，年长于苏轼48岁的张先是宋代第一位评论苏诗的专家。欧阳修、张方平都曾称许苏轼为“天下之奇才”。苏门文人的评诗论词之语，亦可视为对苏轼的专题研究。崇宁元年（1102年）元祐党禁，次年四月诏毁《东坡集》并《东坡后集》印版，同月又诏《三苏集》及苏门黄、张、晁、秦等文集印版悉行焚毁②。自此苏诗流传大受影响。在此背景下，苏诗研究出现了一个短暂的衰落时期。南渡初期，文禁大开。高宗赠苏轼资政殿学士，孝宗追谥文忠，特赠太师，亲为文集撰序并赞，苏诗遂广为

---

① ［清］陈衍：《石遗室文集》卷九，光绪三十一年武置刻本。

② 参见《续资治通鉴长编拾补》卷二一“徽宗崇宁二年四月”条，北京：中华书局，1985年。

流传。宋孝宗《苏文忠公赠太师制》即云:“人传元祐之学,家有眉山之书。”陆游《老学庵笔记》卷八亦云:“建炎以来,尚苏氏文章,学者翕然从之。”与此相应,苏诗研究的第一次高潮随之出现。其表现形式为:第一,注苏之风盛况不亚于注杜、注韩。第二,年谱编撰数种。据各种书目统计,宋人所编苏轼年谱,计有十种以上。第三,散见于诗话、笔记、书信及序跋中的苏诗论评资料比较丰富,涉及面较广。总之,两宋对于苏诗的编刻与注释、系年与考辨、主题与艺术的探讨,为后世的苏诗研究奠定了坚实基础。

金元时期,苏诗研究趋向衰微,其间研究苏诗稍有可称道者,有刘辰翁、方回等人对苏诗的评点,脱脱等的《宋史》本传及各北宋人物传对苏轼的零星言论。明人推崇苏文,而对苏诗研究较少,所作评语亦多泛泛而谈,多为重复宋人老调。明人所作苏轼年谱仅两种:一为王世贞据王世稷年谱改编之《重编苏文忠公年谱》,附于陈梦槐刊《东坡诗选》上;一为郑鄤所编《考订苏文忠公年谱》,收于旧钞本《岑阳全集》卷一五。这两种年谱均为考辨性质,影响不大。明人对苏诗文献整理功绩最著者当为佚诗的辑录,这一成果主要反映在两种诗文合集中:一是成化四年(1468 年)程宗刊《东坡七集》,其中《东坡续集》前三卷收诗 646 首;一是万历三十六年(1608 年)焦竑序刊《重编东坡先生外集》,其中前十卷收诗 463 首。以上两集所收诗不见于《东坡集》和《东坡后集》,所增补诗部分据宋人所编《南行集》《和陶诗》等单行集收录,部分为编者新辑,苏诗数量大增。

清代是苏诗研究的繁荣期与高峰期,取得了许多超越前人的成果,体现了集大成的性质。第一,清人注苏诗的风气很浓,据《清史稿·艺文志》统计,清人注苏诗的著作有 7 部 265 卷,仅次于注《楚辞》与注杜诗的数量,在古代作家中排第三位。清人注苏的代表作,一为冯应榴《苏文忠公诗注》五十卷,集施顾注、分类注、查注等诸家之注,又出之以自己新注,考核精审,材料翔实,极具学术性。一为王文诰《苏文忠公诗编注集成》,由上书改编而成。第二,清人掀起了评点苏诗的热潮,约有十余种评点著作问世,其中查慎行、纪昀、汪师韩的评点著作颇有学术价值。第三,清代的苏诗研究亦极其兴盛。清初学者围绕唐宋诗之争发表了许多论宋诗的意见,其中还就李、杜、韩、苏并称,苏诗的议论、用典,乃至具体作品展开热烈讨论。道光、咸丰后,桐城派传人方东树,同光体诗人陈衍研究、评点苏诗亦颇有成绩。清人的苏诗研究所取得的成果,对20世纪以来的苏诗研究具有极大的启发与借鉴作用。

**(四)苏词研究**

历来苏词爱好者甚多,但苏词研究远不如苏诗研究深入。从古至今,以南宋和当代对苏词的研究成就最高。苏词研究大约分为四个层面:一是搜集、整理、刊刻其白文本,二是注释,三是编年或编年注,四是诗文集、诗话、词话对苏词的评论。苏轼的词作最初在宋代并未得到肯定的评价,无论赞颂还是讥刺苏词的人都说苏轼"以诗为词":"退之以文为诗,子瞻以诗为词"①,"少游诗似小词,先生小词似诗";李清照的《词论》,更认为东坡词不是词,而是"句读不葺之诗"。在苏轼同时及其以后相当长一段时间,也无多少人步苏轼豪放词的后尘,包括其门人在内。直至南宋中叶,一些爱国词人如陆游、辛弃疾、刘克庄才开始以词言志抒愤,对苏词的评价也高出北宋许多。王灼《碧鸡漫志》卷二驳苏轼"以诗为词"云:"东坡先生以文章余事作诗,溢而作词曲,高处出神入天,平处尚临镜笑春,不顾侪辈。……东坡先生非醉心于音律者,偶尔作歌,指出向上一路,新天下耳目,弄笔者方知自振。"陆游《老学庵笔记》卷五谓苏轼"非不能歌,但豪放不喜裁剪以就声律耳"。刘辰翁《辛稼轩词序》云:"词至东坡,倾荡磊落,如诗如文,如天地奇观,岂与群儿雌声学语较工拙?"即使婉约派词人对苏词的评价也与北宋婉约派词人大异,如张炎《词源·杂论》云:"东坡词如〔水龙吟〕咏杨花,咏闻笛,又如〔过秦楼〕〔洞仙歌〕〔卜算子〕等作,皆清丽舒徐,高出人表。〔哨遍〕一曲,隐括《归去来辞》,更是精妙,周、秦诸人所不能到。"②

---

① [宋]陈师道:《后山诗话》,《津逮秘书》本。
② [宋]张炎:《词源·杂论》,《词话丛编》本。

从研究角度来看,前人对苏词的研究远远落后于对苏诗的研究。苏词注本长期以来就只有一种宋人傅干的《注坡词》十二卷,而且仅靠钞本传世,直至 1993 年巴蜀书社出版了刘尚荣整理的《傅干注坡词》,才得以在学界流传。此外,虽有南宋顾景繁的《补注东坡长短句》(见陈鹄《耆旧续闻》卷二)、金人孙镇的《东坡乐府注》(见《元遗山文集》卷三十六《东坡乐府集选》引、黄虞稷《千顷堂书目》卷三十二),但均早已失传。

南宋时期苏词的单刻本和注本有多种,仅现在所知,至少有一卷本《苏轼词》,二卷本《东坡词》,张宾老所编并载于蜀本的《东坡词》,曾慥辑《东坡先生长短句》二卷、《拾遗》一卷,傅干《注坡词》十二卷,顾禧《补注东坡长短句》等。元延祐七年(1320 年)叶曾云间南阜草堂刊刻《东坡乐府》二卷,是今存东坡词集的最早刻本,世称元祐本或云间本,这是元人对苏词的最大贡献。全书按词调编次,总共 68 调,收词 281 首。此本兼傅本、曾本之长,又有所增订,比傅本多 9 首,比曾本多 10 首。原本辗转流传,现存北京图书馆。明人所刻苏词,多附于苏集或其他总集、丛书中。明代毛晋编《宋六十名家词》中收《东坡词》一卷,凡 72 调、328 首词,是清初以来流传最广的本子。

宋、元、明、清出版的东坡词均未编年,直至清亡前一年(1910 年),始有朱祖谋的编年本《东坡乐府》,此为苏词编年之始。此书卷一、卷二为编年词,共 204 首;卷三不编年,按调编次,137 首;3 卷共收词 341 首。此书重在编年,笔注甚略,只在各编年词用双行小字注明注首词编年依据。石声淮、唐玲玲的《东坡乐府编年笺注》1990 年由华东师范大学出版社出版,此书是在朱祖谋《东坡乐府》、龙榆生《东坡乐府笺》基础上编写的,对朱、龙二氏未编年苏词的 35 首词进行了编年,认为朱、龙编年不当而作调整的有 10 余首。1998 年三秦出版社出版了薛瑞生的《东坡词编年笺注》,全书收东坡词 362 首,残句 12 则,是目前收苏词数量最多者。此书订正前人编年错误者 10 首,原未编年今予以编年者 103 首,编年者几占苏词十分之九,是现有编年苏集成就最为卓著者。

1994 年由中华书局出版的《苏轼研究资料汇编》(全五册),是四川大学中文系唐宋文学研究室历 30 年之功编成。该书将宋代以来有关苏轼的资料,按诗评、文评、词评分类编排,录入有关苏轼的生平、资料、逸闻逸事及书法绘画的书 1000 余种,是一部全面研究评价苏轼的珍贵资料。

### (五)苏轼研究的几大热点

苏轼的卓越艺术成就与独特人格魅力,为历代人们所喜爱。同时,他也是研究者争论最多的人物。可以说,围绕着对苏轼的研究与评论,历代都出现过许多不同的观点。

1.关于苏轼的思想

学术界一般都认为苏轼是杂家,兼受儒、释、道思想的影响,而以儒家思想占据主导地位。学术界还普遍认为,苏轼对儒、释、道的态度,前后期各不相同:前期(指贬官黄州以前)主异,认为儒与释、道是对立的;后期(从贬官黄州至去世)主同,融合儒、释、道。这一观点,南宋汪应辰就已提出:“东坡初年力辟禅学,其后读释氏书,见其汗漫无极……始悔其少作。于是凡释氏之说,尽欲以智虑臆度,以文字解说。”①今人多采此说。曾枣庄先生在《论苏学——纪念苏轼逝世 900 周年》一文中指出:“说苏轼随着仕途的失意,受释、道影响越来越深,确为事实。但是,如果说苏轼前期才辟佛、老,后期则融合佛、老,根据并不充分。实则苏轼一生在政治上都在‘辟佛、老’,而在其他方面又都在‘融合佛、老’,他在融其所认为可‘融’,辟其所认为不可不‘辟’。”“事实上苏轼从少年时代起就开始接触释、道著作,他与和尚、道士的交往也始于青少年时代。8 岁入小学即以眉山天庆观道士张易简为师,20 岁时与成都僧惟度、惟简结为好友。南行赴京有乡僧宗一送行,入京后又与净因大觉琏禅师往来密切,通判杭州时更广交杭州寺僧。而这一切都是贬官黄州以前的事。苏轼从贬官黄州起,受佛、老思想的影响确实更深了,但对释、道的态度并未发生本质变化。元祐年间苏轼所作《六一居士集叙》云:‘自汉以来,道术不出于孔氏而乱天下者多矣。晋以老、庄亡,梁以佛亡。’在治学上,苏轼后期并未以主要精力研究

---

① [宋]汪应辰:《文定集》卷一五《与朱元晦书》,《四库全书》本。

释道典籍,而仍以主要精力研究儒家典籍。儒家经典他注释了《易》《书》《论语》三部,而且都是在贬官黄州、惠州、儋州期间,而《老子》《庄子》和佛书,他却一部也没有作过传注。这充分证明,释、道思想对苏轼后期的影响虽较前期更显著,但儒家思想始终仍占主导地位。"

王水照先生对苏轼思想的看法,在他的著作《苏轼选集》①前言里体现出来:"苏轼人生思想的特点是'杂':既表现为儒佛道思想因素同时贯串他的一生,又表现为三种思想因素经常互相自我否定。……儒家入世,佛家超世,道家辟世,三者原有矛盾,苏轼却以'外儒内道'的形式将其统一起来。……在宋代三教合一日益成为思想界一般潮流的情势下,苏轼对此染濡甚深,并具体化为以下形式:任职时期,以儒家思想为主;贬居时期,以佛老思想为主。两件思想武器,随着生活遭遇的不同而交替使用。这又是与儒家'穷则独善其身,达则兼善天下'的旨趣相通的。"学术界对于苏轼思想的深入研究,从令人信服的第一手材料出发,得出的科学结论,表明对于苏轼的学术研究已经进入日益成熟的阶段。

2.关于苏轼的政治立场

这一问题争论的焦点是苏轼反对王安石变法。学术界认为,苏轼生前因反对王安石变法遭到种种迫害,在他死后的徽宗朝,其后代还继续遭到迫害。新中国成立后的30年,因苏轼反对王安石变法,学术界最初还只是说他保守,"十年动乱"时,又给他加上了种种恶谥。而在南宋、元、明、清时期,对苏轼却很少有这种指责,只有理学家朱熹曾说:"二公(王安石、苏轼)之学皆不正。……东坡初晦若得用,未必其患不甚于荆公。"②这正从反面说明苏轼是主张革新的,其革新主张甚至在某些方面更彻底。苏轼在《辩试馆职策问札子》中历述了他在仁宗、神宗、哲宗三朝的政治立场:仁宗朝因循守旧,所以他"劝仁宗励精庶政,督察百姓,果断而行";神宗敢作敢为,励精图治,所以他"劝神宗忠恕仁厚,含垢纳污,屈己以裕人";元祐初废除新法,"多行仁宗故事",苏轼又强调新法"不可尽废",主

① 王水照:《苏轼选集》,上海:上海古籍出版社,1984年。

② [宋]朱熹:《朱子语类》卷一三〇,《四库全书》本。

张“参用所长”。也就是说，历朝他都在针对当时存在的一些问题提出与当政者不同的意见。他之所以这样，是因为他认为：“圣人之治天下，宽猛相资，君臣之间，可否相济。若上之所可，不问其是非，下亦可之；上之所否，不问其曲直，下亦否之；则是晏子所谓以水济水，谁能食之？”针对当代一些朝臣，特别是谏官，只知道跟在别人后面摇旗呐喊：“台谏所击，不过先朝（神宗朝）之人；所非，不过先朝之法。正是以水济水，臣甚忧之。”这些人，在神宗朝附和王安石，在元祐初附和司马光，“昔之君子，惟荆是师；今之君子，惟温是随。所随不同，其为随一也。老弟（自指）与温相知至深，始终无间，然多不随耳”。这正是宋孝宗在《苏文忠公赠太师制》中所说的“不可夺者，挠然之节”，“不顾身害，忠言谠论，立朝大节，一时廷臣，无出其右”①，这也几乎是历朝对苏轼政治立场的定评。

王水照的《苏轼的政治态度和政治诗》是“十年动乱”之后第一篇为苏轼正名的文章。作者在实事求是地运用史料进行辩证分析的基础上，得出“苏轼的许多政治诗，包括被列入‘乌台诗案’的不少诗作，和新法并没有关系。这些诗篇表明，作者的政治视野比较广阔，敢于揭露社会矛盾和政治弊病，反映了下层人民的苦难生活”，“苏轼一生变动不居的政治立场和态度，在他主观上确是为了坚守所谓‘危言危行，独立不回’的自立自断的政治操守，但在客观的政治斗争中，却使他有时作了守旧派的附庸，有时又成为‘旧党’中变法派的代言人”的结论。

3.关于苏轼在文学领域的创新

苏轼在文学各个领域都有不同程度的创新，然而只有苏文为历代肯定，几无异议。南宋王十朋《读苏文》云：“不学文则已，学文而不韩、柳、欧、苏是观，诵读虽博，著述虽多，未有不陋者也。”学文须以欧、苏之文为典范，几乎已成为历代学界的共识。只是到了明代，袁宏道、李贽更推崇东坡小品，袁宏道云：“坡公之可爱者，多其小文小说。使尽去之，而独存高文大册，岂复有坡公哉？”②

---

① [宋]郎晔：《经进东坡文集事略·御制文集序》，《四部丛刊》本。

② [明]袁宏道：《袁宏道集·苏长公台作引》，上海：上海古籍出版社，1984年。

对苏诗的评价从宋代起就有分歧。在内容上,有人肯定苏诗“托事以讽”的现实主义精神,也有人指责其“多怨刺”①,“短处在好骂”②。在风格上,有人肯定宋诗形成与唐诗有别的风貌,是到王安石、苏轼、黄庭坚才完成的,苏诗功不可没。南宋陈善《扪虱新话》云:“欧阳公诗,犹有国初唐人风气。公能变国朝文格,而不能变诗格。及荆公、苏、黄辈出,然后诗格遂极于高古。”③尊唐派则对苏诗指责为:“自汉魏以来,诗妙于子建,成于李、杜,而坏于苏、黄。……苏、黄用事,押韵之工,至矣尽矣,然究其实,乃诗人中一害,使后生只知用事、押韵之为诗,而不知咏物为工,言志之为本也,风雅自此扫地矣。”④严羽则进一步将苏黄诗归为“诗之一厄”:“近代诸公乃作奇特解会,遂以文字为诗,以才学为诗,以议论为诗。夫岂不工,终非古人之诗也,盖于一唱三叹之音,有所歉焉。”⑤对于苏轼晚年的和陶诗也有两种完全相反的评价。苏辙云:“自其斥居东坡,其学日进,沛然如川之方至,其诗比杜子美、李太白为有余,遂与渊明比。”⑥这一评价显然过高,故晁说之反驳道:“或以东坡之诗胜李、杜而比陶渊明者,其言大可惧哉!”⑦这一争论始于宋,至今仍在继续。

对苏词评价的分歧,主要围绕以诗为词、豪放词风、不谐律等三个方面有不同看法。无论赞颂还是讥刺苏轼的人都说苏轼“以诗为词”“退之以文为诗,子瞻以诗为词”,“少游诗似小词,先生小词似诗”;东坡词“皆句读不葺之诗”。其实,所谓苏轼“以诗为词”,主要是指苏轼大大扩大了词的题材。他以词的形式记游咏物,怀古伤今,歌颂祖国的壮丽山川,抒发个人的豪情与伤感。历代文人往往只以诗的形式来抒写自己的理想、抱负、志向,是苏轼打破了“诗言志,词言情”的传统藩篱,经常用词抒写他那不可一世的气概和壮志难酬的苦闷,凸显了理想与现实的矛盾,创立了豪

---

① [宋]陈师道:《后山诗话》,《津逮秘书》本。
② [宋]黄庭坚:《豫章黄先生文集》卷十九,《四部丛刊》本。
③ [宋]陈善:《扪虱新话》,《津逮秘书》本。
④ [宋]张戒:《岁寒堂诗话》卷上,《丛书集成》初编本。
⑤ [宋]严羽:《沧浪诗话·诗辨》,《历代诗话》,北京:中华书局,1981年。
⑥ [宋]苏辙:《栾城后集》卷二十《子瞻和陶渊明诗集引》。
⑦ [宋]晁说之:《嵩山文集》,《四部丛刊》本。

放词，革新了婉约词，是苏轼在词的发展史上的主要贡献。在现存三百余首苏词中，绝大多数仍属婉约词，因此有人否定苏轼创立的豪放词。但决定事物性质的不是数量，而是对历史有什么新的贡献。正如胡寅《酒边词序》所说："掩众阙而尽其妙，好之者以为不可复加；及眉山苏轼，一洗绮罗香泽之态，摆脱绸缪宛转之度，使人登高望远，举首高歌，而逸怀浩气，超然乎尘垢之外，于是《花间》为皂隶，而柳氏为舆台矣。"苏轼作词虽遵词律，但又不受词律的束缚。贬抑苏词的人常说它"不入腔""不协律"。推崇苏词的人，也常常就此为苏轼作辩解，晁补之说："居士词横放杰出，自是曲中缚不住者。"①陆游也说："公非不能歌，但豪放不喜裁剪以就声律耳。"②

对于苏轼其人及其在各个领域成就的评价，历代都产生过一些分歧与争论，这些分歧意见历时日久且难以得到统一，可供后来的研究者在这广阔的领域里继续耕耘与探讨。

① [宋]晁补之：《评本朝乐章》，《鸡肋集》卷三，《四部丛刊》本。
② [宋]陆游：《老学庵笔记》卷五，北京：中华书局，1986年。

# 第八章 辛弃疾研究

辛弃疾是南宋中叶杰出的词人,他的词发出了时代的最强音,代表了南宋爱国词的最高成就。辛弃疾的词达到了词体艺术的高峰,形成了备受称道的“稼轩体”,对当时及后世均产生了深刻的影响。在唐宋词的发展史上,辛弃疾上承苏轼的传统,又注入更为丰富、深刻的时代内容和审美新质,继往开来,具有崇高的地位。

## 一、辛弃疾的生平

辛弃疾(1140—1207),原字坦夫,改字幼安,号稼轩居士,历城县(今山东济南)人。辛弃疾的生平可分为四期。

**(一)南归以前**

辛弃疾出生那年,宋室南渡已13年。他的家乡历城已是金人的占领区。绍兴三十一年(1161年),金主完颜亮南下侵宋,历城农民耿京聚众20多万起义,青年辛弃疾也组织了2000多人参加,并在军中掌书记。完颜亮南侵失败后，辛弃疾劝耿京和朝廷联系，在军事上配合行动，进一步反击敌人，并代表起义军到建康去见宋高宗。在他去完成使命时，叛徒张安国已谋害了耿京，并劫持了部分起义军投降金人。辛弃疾得到这个消息，和部下 50 人驰骑直入张安国 5 万人的大营，缚张安国于马上，当场又号召了上万的长驱渡淮，奔向南渡的宋王朝。

**（二）南渡初为官时期**

辛弃疾本以为南归后会大有可为，可以一展光复宏图，未料南宋小朝廷为求偏安，采取妥协的方针，使得辛弃疾英雄无用武之地。南归之初，他被解除武装，任江阴军签判，所率万余义军，竟做了南宋流民。隆兴元年（1163 年），张浚出兵北伐，败于符离，南宋王朝又倾向对金和议。辛弃疾不顾自身官职的低微，写成《美芹十论》献给宋孝宗。论文前三篇详细分析了北方人民对女真统治者的怨恨，以及女真统治集团内部的尖锐矛盾。后七篇就南宋方面应如何充实国力，积极准备，及时完成统一大业等，也都提出一些具体的规划。后来虞允文做宰相，他又写了《九议》献给他。《九议》除包括《美芹十论》里的一些重要论点外，更根据刘邦、项羽率吴楚子弟北上灭秦的史实，驳斥存在于士大夫间的"吴楚之脆弱不足以争衡于中原"的谬论，批评了盲目主战者妄图速胜、立志不坚者经不住失败的极端情绪。辛弃疾的这些意见虽没有被南宋王朝采纳，但仍可以看出他对形势认识的清楚和对统一祖国事业的关心，这和他词里所表现的爱国主义精神是息息相通的。

在这期间，辛弃疾历任滁州知州、建康留守参议官、京西转运判官、湖南安抚使等职，不到 10 年，职务调动 11 次。频繁的调动，不能久于职守而有所建树，英雄失意，内心郁闷。辛弃疾不与投降派妥协的政治态度，使他在南宋统治集团处于孤危地位，在政治上屡受打击。他在这一时期写的词里交织着种种复杂矛盾的心情，形成辛词所特有的豪壮而苍凉、雄奇而沉郁的风格。

**（三）闲居带湖、瓢泉时期**

淳熙八年（1181 年），辛弃疾因言官弹劾而落职，退居江西上饶的带湖。并取“人生在勤，当以力田为先”的意义，自号稼轩。这时他爱庄子的文章与陶渊明的诗，对政治流露出厌倦。但由于他一直期望把一生贡献给统一大业，表面上他好像过着一种悠闲自得的生活，内心还是愤愤不平。这期间，朝廷曾一度起用辛弃疾为福建提点刑狱，不过两年光景，又一次遭谏官弹劾而被革职。罢官后他定居瓢泉，对官场毫无留恋，寄情山水颇有自适之感，也并没有走向消沉，爱国情怀变得更加忧愤深广了。

**（四）晚年参与北伐时期**

宁宗嘉泰三年（1203 年），64 岁的辛弃疾忽然被朝廷起用为浙东安抚使，出知绍兴府。这主要是因为宰相韩侂胄正想乘蒙古部族对金国后方形成威胁之机，对金用兵来提高自己的威望，起用了一些主张抗金的人。这样，辛弃疾又一次应诏出山。辛弃疾对这次起用抱有很大希望。他来到镇江，一面派遣人到金国侦察形势虚实，一面准备招募沿边士兵来训练。可惜辛弃疾到镇江刚满一年，就因言官的弹劾而罢职，他只好重回故宅闲居。开禧三年（1207 年）九月十日，他怀着恢复中原的宏愿，抑郁以殁。据说他在临死时大呼：“杀贼！杀贼！”

## 二、辛弃疾词作的内容

辛弃疾的文学创作较为丰富，诗、文、词皆为后人所称道。但由于辛弃疾词名极高，诗、文遂为词的光芒所掩。辛弃疾词自来流传极广，宋时已有多种刻本。淳熙十五年（1188 年）范开作《稼轩词序》时就称“近时流布于海内者率多赝本”。此年辛弃疾方在中年，可见辛弃疾生前已有词集问世。赝品之多，也可说明当时辛词流传甚广。宋人的文献中曾记载有多种辛词版本，如刘克庄《辛稼轩集序》、岳珂《桯史》等文献都记有辛弃疾的词集，但这些集子均已亡佚。今存与宋本有关的刻本有：《稼轩词》，汲古阁影宋钞本四卷；元大德三年（1299 年）广信书院翻刻宋信州本《稼轩长短句》十二卷。明清时期辛词的版本又有多种。今人邓广铭依据各本，汇合比勘，又益以法式善、辛启泰所辑《辛词补遗》及《永乐大典》《草堂诗余》等书中辑得的数首，著成《稼轩词编年笺注》，共收词626首，为稼轩词集最优者。另外，孔凡礼所辑《全宋词补辑》中有邓著未收的3首，合计辛词今存629首。

辛弃疾为“一世之豪，以气节自负，以功业自许”（范开《稼轩词序》）。他首先是一个爱国志士，英雄本色表现于词，方成就了他的一代词名。

辛弃疾词最突出的题材是抒发报国豪情和壮志难酬的悲愤。冯班论云：“辛稼轩当宋之南，抱英雄之志，有席卷中原之略。”（冯班《叙词源》）驰骋疆场杀敌立功，是稼轩一生的向往。直至晚年他还在追忆当年的战斗生活，如〔鹧鸪天〕《有客慨然谈功名，因念少年时，戏作》：

壮岁旌旗拥万夫，锦襜突骑渡江初。燕兵夜娖银胡䩮，汉箭朝飞金仆姑。

追往事，叹今吾。春风不染白髭须。却将万字平戎策，换得东家种树书。

然而，少年壮志却与朝廷的软弱政策产生了尖锐的冲突。周在浚说：“辛稼轩当弱宋末造，负管、乐之才，不能尽展其用。一腔忠愤，无处发泄。观其与陈同父抵掌谈论，是何等人物，故其悲歌慷慨抑郁无聊之气，一寄之于词。今乃欲与搔头傅粉者比，是岂知稼轩者。……予谓有稼轩之心胸，始可为稼轩之词。”（周在浚《借荆堂词话》）再如〔破阵子〕《为陈同甫赋壮词以寄之》：

醉里挑灯看剑，梦回吹角连营。八百里分麾下炙，五十弦翻塞外声。沙场秋点兵。

马作的卢飞快，弓如霹雳弦惊。了却君王天下事，赢得生前身后名。可怜白发生。

开篇由醉里看剑——英雄无用武之地写起，在梦中豪情壮志得以实现：阅兵、射箭，建功立业令人激昂感奋。梦醒回到现实，“可怜白发生”，将理想击得粉碎。南宋朝廷的偏安政策，对志在恢复中原的爱国志士只能是打击。壮志难酬、报国无门的愤懑成为稼轩词的又一主题，如〔水龙吟]《登建康赏心亭》：

楚天千里清秋，水随天去秋无际。遥岑远目，献愁供恨，玉簪罗髻。落日楼头，断鸿声里，江南游子。把吴钩看了，栏干拍遍，无人会登临意。

休说鲈鱼堪脍。尽西风、季鹰归未。求田问舍，怕应羞见，刘郎才气。可惜流年，忧愁风雨，树犹如此。倩何人，唤取红巾翠袖，揾英雄泪。

词中故国沦陷的悲愤、漂泊他乡的失落、岁月流逝的焦虑和无人理解的孤独交织而形成了沉郁悲壮的风格。辛弃疾智勇双全，功绩卓著，却不时招致小人的谗陷和政敌的攻击。辛弃疾词悲愤之中又注入激切，如〔摸鱼儿〕：

更能消几番风雨，匆匆春又归去。惜春长怕花开早，何况落红无数。春且住。见说道、天涯芳草无归路。怨春不语。算只有殷勤，画檐蛛网，尽日惹飞絮。

长门事，准拟佳期又误。蛾眉曾有人妒。千金纵买相如赋，脉脉此情谁诉。君莫舞。君不见、玉环飞燕皆尘土。闲愁最苦。休去倚危栏，斜阳正在，烟柳断肠处。

春愁、春思、春怨之中抒发了流年已逝、志不得伸的感慨，笔锋一转，对朝中宵小进行了辛辣的讽刺。

辛弃疾词的题材十分广泛，穷达出处、儿女之情、田园感受都在词中有充分的表现。辛弃疾的感情世界十分丰富，除了对国家民族的饱满激情，仍有缠绵之情，如〔青玉案〕：

东风夜放花千树，更吹落，星如雨。宝马雕车香满路，凤箫声动，玉壶光转，一夜鱼龙舞。

蛾儿雪柳黄金缕，笑语盈盈暗香去。众里寻他千百度，蓦然回首，那人却在，灯火阑珊处。

上片极力描写元夕的繁华热闹，反衬出“那人”的孤独。也许这是词人的一次微妙的感情经历。

在辛弃疾的眼中，农村田园的生活和景致充满了意趣，如〔清平乐〕：

茅檐低小，溪上青青草。醉里吴音相媚好，白发谁家翁媪。

大儿锄豆溪东，中儿正织鸡笼。最喜小儿无赖，溪头卧剥莲蓬。

〔西江月〕《夜行黄沙道中》：

明月别枝惊鹊，清风半夜鸣蝉。稻花香里说丰年。听取蛙声一片。

七八个星天外，两三点雨山前。旧时茅店社林边，路转溪头忽见。

农村生活平凡而富有情趣，乡间景象自然而清新，表现出词人生活于农村中的自在和惬意。

附带介绍一下辛弃疾的诗、文。辛弃疾以词闻名，诗、文不免为词所掩，其实其诗歌、散文亦有较高的成就。今存辛弃疾诗歌124首、散文17篇。

辛弃疾诗歌的内容和风格与其词大致相通，多写爱国之情及报国无门的悲愤之气，如下面这首《送别湖南部曲》：

青衫匹马万人呼，幕府当年急急符。

愧我明珠成薏苡，负君赤手缚於菟。

观书到老眼如镜，论事惊人胆满躯。

万里云霄送君去，不妨风雨破吾庐。

此诗将当年一呼万应的豪气与现实的遭际相对比，悲壮与伤感交织，颇有稼轩词的韵味。刘克庄《后村诗话》后集卷二说："此篇悲壮雄迈，惜为长短句所掩。"

辛弃疾的散文主要是一些奏疏札子，多议论朝政时事。说理透辟，气势凌厉，其风格正如他《九议》所云："论天下之事者主乎气。"刘克庄曾评论辛弃疾的文章风格云："辛公文墨议论尤英伟磊落，乾道、绍熙奉篇及所进《美芹十论》、上虞雍公《九议》，笔势浩荡，智略辐凑，有《权书》《衡论》之风。"

## 三、辛词的艺术成就

### （一）刚柔相济的审美特质

苏轼开拓词领域，无意不可入，无事不可言，确是词体的进步。但是，词的发展关键在于怎样能够既扩大题材又能保持词体要渺凄迷之特美，辛弃疾词则是成功的典范。他的豪放词大都刚柔相济，陈廷焯说："稼轩词，于雄莽中别饶隽味。”（《白雨斋词话》）缪钺说：“稼轩作壮词于其所欲表达之豪壮情思之外，又另造一内蕴之要渺词境，豪壮之情，在此要渺词境之光辉中映照而出，则粗犷除而精神益显。”这正是辛弃疾与其他写“豪气词”者的主要区别。冯煦《蒿庵论词》说：“〔摸鱼儿〕〔西河〕〔祝英台近〕诸作，摧刚为柔，缠绵悱恻，尤与粗犷一派，判若秦越。”而他的婉约词也柔中有刚，如〔祝英台近〕《晚春》：

宝钗分，桃叶渡，烟柳暗南浦。怕上层楼，十日九风雨。断肠片片飞红，都无人管，更谁劝啼莺声住？

鬓边觑，试把花卜归期，才簪又重数。罗帐灯昏，哽咽梦中语，是他春带愁来，春归何处，却不解带将愁去。

此词写怨女伤春，为传统的相思离别的题材，后人评为“风流妩媚”①。然细味此词，于词体“本色”的婉媚中又透出刚毅之气，这就是辛词所特有的柔中带刚的风格。

**（二）以论为词**

喜议论、善用典是稼轩词的突出特点。前人论苏轼有“以诗为词”之说，论辛弃疾则有“以论为词”之评。明人徐君野说：“苏以诗为词，辛以论为词。”杨慎论稼轩用典：“稼轩，诸子百家，行间笔下，驱斥如意矣。”试看〔永遇乐〕《京口北固亭怀古》：

千古江山，英雄无觅，孙仲谋处。舞榭歌台，风流总被，雨打风吹去。斜阳草树，寻常巷陌，人道寄奴曾住。想当年，金戈铁马，气吞万里如虎。

元嘉草草，封狼居胥，赢得仓皇北顾。四十三年，望中犹记，烽火扬州路。可堪回首，佛狸祠下，一片神鸦社鼓。凭谁问，廉颇老矣，尚能饭否？

此词写于镇江知府任上，举历史经验教训为即将北伐的将领鼓气献言。上片列举三国孙权、东晋刘裕，描写其英雄业绩的同时已含赞许之意。下片以南朝宋文帝的教训告诫不可轻敌冒进。全词以议论为旨，又饱含感情。辛弃疾词中用典典源十分广泛，如吴衡照《莲子居词话》卷一

---

① ［宋］黄昇：《中兴词话》，《词话丛编》本。

说:“辛稼轩别开天地,横绝古今。《论》、《孟》、《诗小序》、《左氏春秋》、《南华》、《离骚》、《史》、《汉》、《世说》、选学、李杜诗,拉杂运用,弥见其笔力之峭。”当然,用典过多不免使人有“掉书袋”之感。

词史上常将辛弃疾与苏轼相提并论,合称“苏辛”,二人颇有相似之处。范开《稼轩词序》说:“世言稼轩居士辛公之词似东坡,非有意于学坡也。自其发于所蓄者言之,则不能不坡若也。坡公尝自言与其弟子由文□多而未尝敢有作文之意,且以为得于谈笑之间而非勉强之所为。公之于词亦然,苟不得之于嬉笑,则得之于行乐;不得之于行乐,则得之于醉墨淋漓之际。挥毫未竟而客争藏去,或闲中书石,兴来写地,抑或微吟而不录,漫录而焚稿,以故多散逸。是亦未尝有作之之意,其于坡也,是以似之。”过人的才气、豪放的气质、坎坷的经历,特别是辛弃疾有意学习苏词,都是二人风格相近的原因。然而二人也有相异之处。

第一,时代不同,词人的经历不同,词中的感情内涵也不同。清人尤侗说:“夫苏公以殿阁之才,屏弃蛮烟瘴雨之外,惟与老僧谈禅,或强闲人说鬼;辛公当南渡时,自恨抱负未尽,至欲据牛头山,决西湖之水,陈同甫骇而遁去。彼两公者,何如人哉!其见于词者如‘大江东去,浪淘尽千古风流人物’与‘把吴钩看了,栏干拍遍,无人会登临意’,略见一斑矣。”(《溉堂词序》)苏轼的遭际是党争攻讦所致,辛弃疾面对的是亡国于异族的危险。清人杨希闵《词轨》卷六说:“苏如诗家太白,非辛可观,惟辛有一段耿耿不忘恢复之思。”二人面对的时代矛盾不同,所激发的思想感情不同,作品的风格自然会有差异。

第二,二人风格个性的差异。苏、辛二人个性不同,不仅表现在为人处世上,还突出地表现在作品的风格上。清人陈廷焯《白雨斋词话》卷八说:“稼轩求胜于东坡,豪壮或过之,而逊其清超,逊其忠厚。”王国维《人间词话》说:“东坡之词旷,稼轩之词豪。”东坡性情旷达,词作自然天成,稼轩性情豪放,词作沉郁痛快。在作词的态度上,苏多呈天籁,辛多以人力。周济《宋四家词选目录序论》说:“苏、辛并称,东坡天趣独到处,殆成绝诣。而苦不经意,完璧甚少。稼轩则沈著痛快,有辙可循,南宋诸公,无不传其衣钵,固未可同年而语也。”王鹏运也说:“词家苏、辛并称,其实辛犹人境也,苏其殆仙乎?”(《半塘遗稿》)皆指出苏词飘逸超谐、辛词功力深厚的特点。苏、辛二人词的种种特点都与其个性有深刻的关系。

第三,词调守律的不同。苏轼豪放词在北宋即有不谐音律之评,宋人晁无咎说:“苏东坡词,人谓多不谐音律。然居士词横放杰出,自是曲子中缚不住者。”(《能改斋漫录》)李清照《词论》也说(苏词乃)“句读不葺之诗,又往往不协音律”。而稼轩词则有“当行”之誉,即指辛词合于音律。周济《介存斋论词杂著》说:“辛之当行处,苏必不能到。”陈廷焯《云韶集》卷五说:“苏、辛千古并称。然东坡豪宕则有之,但多不合拍处。稼轩则于纵横驰骋中,而部伍极其整严,尤出东坡之上。”

第四,二人对待作词的态度不同。苏轼生活于北宋,受时代风气的影响,词学观念中尚不能完全摆脱词为“小道”“末技”的传统影响,因而苏轼不免有游戏为词的作品。辛弃疾则是全力作词,并将词作为自己表现思想情感、志向抱负的主要载体。周大枢说:“词家两派,秦柳、苏辛而已。秦、柳婉媚,而苏、辛以宕激慷慨变之,近于诗矣。诗以风骨为主,苏分其诗才之余者也,辛则并其诗之才之力而专治其余。”(《词话纪余》)

邓广铭说:“就辛稼轩所写作的这些歌词的形式和它的内容来说,其题材之广阔,体裁之多种多样,用以抒情,用以咏物,用以铺陈事实或讲说道理,有的‘委婉清丽’,有的‘浓纤绵密’,有的‘奋发激越’,有的‘悲歌慷慨’,其丰富多彩也是两宋其他词人的作品所不能比拟的。”(《稼轩词编年笺注》)

## 四、辛弃疾在文学史上的地位和影响

### (一)“稼轩体”的特色和在词史上的地位

词本起源于“胡夷里巷”,自文人染指以后,词便逐渐形成了为词人普遍认同的所谓“本色”“当行”。以温庭筠为代表的花间词人的词作,多为歌伎应歌佐欢而作,正如欧阳炯《花间集叙》所描述的:“有绮筵公子,绣幌佳人,递叶叶之花笺,文抽丽锦;举纤纤之玉指,拍按香檀。不无清绝之辞,用助娇娆之态。”词是在花间樽前由“公子”写出来,交由“佳人”演唱的。因而“男子而作闺音”就成为词体特殊的表达方式。因与演唱者的女性特点有关,词的题材内容多写艳情,风格追求婉丽绮靡,“香而软”(《北梦琐言》)为其典型表征。南唐词步《花间》后尘,依然以艳情为主要内容,柔靡为基本风格。中主李璟和冯延巳等人醉心于“风乍起,吹皱一池春水”和“小楼吹彻玉笙寒”之类精细刻画女子心理的所谓“警策”之句,于词的主题风格均无新的开拓。南唐词虽有李后主沦为阶下囚之后“变伶工之词为士大夫之词”的新变,但并未对改变词坛风气起到根本的作用。词坛风尚的重大变化开始于北宋。北宋初中期,一方面有以晏、欧为代表的“本色”词人群,承继着“花间”、南唐的余绪,一方面词坛已开始了变革的动荡。首先是柳永创制慢词,以俚俗之词赢得社会下层受众的欢迎。其次是苏轼在词中强化创作主体意识,展示豪放旷达阳刚之美,开辟了词体的新天地。正如宋人胡寅《向子諲酒边词序》所说:“柳耆卿后出,掩众制而尽其妙,好之者以为不可复加。及眉山苏轼,一洗绮罗香泽之态,摆脱绸缪宛转之度,使人登高望远,举首高歌,而逸怀浩气,超然乎尘垢之外,于是《花间》为皂隶,而柳氏为舆台矣!”然而柳永的词虽有“凡有井水饮处,皆能歌柳词”的广泛影响,但因其俚俗“尘下”而遭致文人阵营的抨击。苏轼“以诗为词”,不免对词体的特性有所忽视,因而苏轼的词风在当时并不为词坛的主流所认同。北宋中后期,周邦彦调和雅与俗、抒情与应歌的矛盾,折中于柳、苏之间,形成了典丽精工、浑厚博雅、集传统婉约体之大成的清真体,或曰“大晟词风”。

词体经北宋词人的努力,在南渡之前作为一种艺术形式已达到巅峰,后继者似已难以为继。南渡之后,辛弃疾登上词坛。从词体的发展演变的历史来看,辛弃疾所处的时代对他是一个严峻的挑战。缪钺对此曾有精当的描述:

自苏轼开拓词之领域,稼轩继之,益为恢宏,重在言志,非徒应歌,无意不可入,无事不可言。就扩大词体而论,此种转变未尝非进步,然所难者，在如何仍能保持词体要渺凄迷之特美，不然成为押韵之文，领域虽开拓，而词之所以为词者亦亡矣。秦、晏以写男女之情，内容与体裁相得而彰，其势甚顺。稼轩以词写感事忧时之雄怀壮志，相反之物而调剂浑融之，其事较难。①

正是在这种传统与开拓、本色与新变的冲突中，辛弃疾探索出了一条相反相成、调剂浑融的道路，创立了“稼轩体”这种新的体式。“稼轩体”在南宋特殊的社会文化环境和时代审美主潮作用下，产生了积极的影响，不仅开辟了新的词体，并形成了新的词派，有力地推动了词体的发展。

这种新的“稼轩体”具有以下四个特征：

第一，稼轩以绝大的阳刚之气一改传统的绮靡，以词抒情言志，用词来干预家国大事，提高和强化了词的文学功能，使词从单弱的应歌之体彻底演变为一种独立、完善的新体抒情诗。

第二，稼轩全力作词，使词体变成了体现创作主体完整人格与表现多方面生活、展示词人全部心灵世界的工具。

第三，稼轩汲取了前人多种表现手法，尤其是苏轼的“以诗为词”，进一步引进古文手段，“以文为词”，丰富了词的艺术表现力。

第四，在词的审美情趣和艺术风格上，稼轩完成了从单纯的阴柔之美向融阳刚、阴柔之美为一体的新特质的转变，实现了词体文学风格的多样化(《书龙川集后》)。

“稼轩体”在词史上具有重要的地位，它将词体特有的幽微要渺的特质与时代的风云际会结合在一起，既保持了词体的审美特色，又融入了时代精神，强化了词体的生命力。

**(二)辛派词人**

《四库全书总目·稼轩词提要》说：“其词慷慨纵横，有不可一世之概，于依声家为变调，而异军特起，能于剪红刻翠之外，屹然别立一宗，迄今不废。”与辛弃疾同时期的一批词人，或与稼轩为同志，或追慕稼轩，感时激

① 参阅刘扬忠：《唐宋词流派史》，福州：福建人民出版社，1999 年，第 422~423 页。

愤，词的主题抒发爱国感情，风格豪放激切，形成了风格相近的“辛派”，主要人物有陈亮、刘过，南宋后期的刘克庄、刘辰翁以及金朝的元好问等人。

陈亮（1143—1194），字同甫，号龙川，学者称龙川先生，婺州永康（今浙江永康）人。少喜谈兵，下笔千言立就，有国士之目。词集名《龙川词》。叶适说陈亮作词“每一章就，辄自叹曰：平生经济之怀，略已陈矣。”（《词林纪事》）。周密说：“龙川好谈天下大略，以节气自居，而词亦疏宕有致。”（《词话丛编》）刘熙载《词概》说：“陈同甫与稼轩为友，其人才相若，词亦相似。”陈亮与辛弃疾交谊甚笃，曾经鹅湖聚会，以词酬唱。陈亮词风格豪放如稼轩，而又在词中议论纵横，如其〔水调歌头〕《送章德茂大卿使虏》：

不见南师久，漫说北群空。当场只手，毕竟还我万夫雄。自笑堂堂汉使，得似洋洋河水，依旧只东流。且复穹庐拜，会向藁街逢。

尧之都，舜之壤，禹之封。于中应有，一个半个耻臣戎。万里腥膻如许，千古英灵安在，磅礴几时通。胡运何须问，赫日当中。

词中上片慨叹南宋朝廷不思恢复，以屈辱换取苟安，下片则表达了抗战的决心和必胜的气概。陈廷焯《白雨斋词话》卷一评换头五句“精警奇肆，几于握拳透爪。可作中兴露布读”。陈亮以词为武器、为号角，却往往剑拔弩张，不免有失词的深蕴。沈曾植说：“（陈亮）终不堪与稼轩同日语，非嫌其面目粗，嫌骨理粗耳。”（《柽史》）

刘过（1154—1206），字改之，号龙洲道人。吉州太和（今江西泰和）人。四举不第，一生布衣，放浪江湖。词集有《龙洲词》。刘过对辛弃疾十分崇拜，其《呈稼轩》诗道：“书生不愿黄金印，十万提兵去战场。只欲稼轩一题品，春风侠骨死犹香。”黄见《花庵词选》说：“改之，稼轩之客。”“其词多壮语，盖学稼轩者也。”刘过词风“效辛体”，“下笔便逼真”（《后村别调跋》）。如下面这首〔沁园春〕《寄辛承旨》：

斗酒彘肩，风雨渡江，岂不快哉。被香山居士，约林和靖，与东坡老，驾勒吾回。坡谓西湖，正如西子，浓抹淡妆临镜台。二公者，皆掉头不顾，只管衔杯。

白云天竺飞来。画图里峥嵘楼观开。爱东西双涧，纵横水绕，两峰南北，高下云堆。逋曰不然，暗香浮动，争似孤山先探梅。须晴去，访稼轩未晚，且此徘徊。

此词构思极为奇特。将先后相隔几百年的白居易、林逋和苏轼会聚一起，巧借三人的诗句来对话。此词有稼轩词狂放而又幽默的影子，风格、结构都与辛弃疾的〔沁园春〕《杯汝前来》近似。谢章铤《赌棋山庄词话》卷十二说："刘之于辛，有其豪而无其雅。"效仿辛弃疾者往往仅得形似。

刘克庄（1187—1269），字潜夫，号后村。学者称后村先生，莆田（今属福建）人。词集名《后村长短句》，一名《后村别调》。刘克庄《自题长短句后》说："青端帖子让渠侬，别有诗余继变风。"表明自己作词是针对社会时政，有感而发。冯煦《蒿庵论词》说："后村词，与放翁、稼轩，犹鼎三足。"此评似过高，如果说刘克庄为辛派词人的后劲则当之无愧。陈廷焯《云韶集》卷六说："潜夫词豪宕风流，有独来独往之概，豪宕感激，悲壮风流，是潜夫本色，是苏、辛流亚。"试看其〔贺新郎〕《送陈真州子华》：

北望神州路，试平章这场公事，怎生分付。记得太行山百万，曾入宗爷驾驭。今把作握蛇骑虎。君去京东豪杰喜，想投戈下拜真吾父。谈笑里，定齐鲁。

两河萧瑟惟孤兔，问当年祖生去后，有人来否。多少新亭挥泪客，谁梦中原块土。算事业须由人做。应笑书生心胆怯，向车中闭置如新妇。空目送，塞鸿去。

词中表达了收复中原失地的激情，并谴责、讽刺南宋朝廷的苟且偷安、胆怯畏敌。刘克庄"《后村别调》一卷，大率与辛稼轩相类"（《古今词话》）。然而，由于时代不同，同样是抒发爱国之情，后村与稼轩词的风格也有所不同。所处的时代已近南宋末期，政治黑暗，国势衰颓，复兴之事已属渺茫。因而后村词中更多的是忧愤悲凉，如："国脉微如缕，问长缨何时入手，缚将戎主？"（〔贺新郎〕《实之三和有忧边之语走笔答之》），"时事只今堪痛苦，未可徐徐俟驾。"（〔贺新郎〕《送黄成父子还朝》）

张炎说："潜夫负一代时名，《别调》一卷，大约乃效稼轩而不及者。"所谓“直致近俗”，即豪放有余而深婉不足。此为他与稼轩的差异。

刘辰翁（1232—1297），字会孟，号须溪，庐陵（今江西吉安）人。理宗景定三年（1262 年）进士。廷试对策因触忤贾似道，被置丙等，以鲠直著称。词集名《须溪词》。况周颐《蕙风词话》卷二说：“须溪词，风格遒上似稼轩。”刘辰翁上承辛弃疾爱国情怀和豪放风格，但作为遗民，其词情韵已染上凄苦之色。如〔柳梢青〕《春感》：

铁马蒙毡，银花洒泪，春入愁城。笛里番腔，街头戏鼓，不是歌声。

那堪独坐青词灯，想故国高台明月。辇下风光，山中岁月，海上心情。

元宵抒怀，明月依旧，但物是人非，元军带来了“蒙毡”“番腔”，亡国景象触目惊心，其情何其痛。须溪词直抒胸臆，情真语切。况周颐《餐樱庑词话》说：“须溪词多真率语，满心而发，不假追琢，有掉臂游行之乐。其词笔多用中锋，风格遒上，略与稼轩旗鼓相当。”

金朝是存在于 1115 年至 1234 年的北方区域性政权，时间上与宋朝（主要是南宋）同时，宋金关系一直是对峙状态。金朝文化深受宋朝文化的影响，辛弃疾的豪放词风也对金朝词人产生了广泛的影响。元好问是金朝词人的优秀代表，也可视为金朝的辛派词人。

元好问（1190—1257），字裕之，号遗山，太原秀容（今山西忻州）人，唐诗人元结之后。兴定五年（1221 年）进士，不就选。正大元年（1224 年）中博学宏词科，授儒业郎，充国史院编修。金亡不仕，以著述存史自任。

元好问《新轩乐府引》曾表明了对词体风格的看法：“自东坡一出，性情之外不知有文字，真有一洗万古凡马空气象。”“乐府以来，东坡为第一，以后便到辛稼轩。”而当有人问到对“秦、晁、贺、晏诸人为何如”时，元好问“大笑，拊客背云：‘那知许事，且啖蛤蜊。’”表现出对以苏轼、辛弃疾为代表的张扬个性、豪迈雄健词风的推崇，以及对以秦观等人为代表的婉丽柔媚词风的轻蔑鄙视（《蕙风词话》）。因而他的词风豪放沉雄，颇有苏、辛风骨。加之元好问生长于北方，得北国崇山峻岭、酷寒劲风的熏染，又时值国家危亡之秋，因而铸就了元好问豪放沉雄的词风。清人赵翼《瓯北诗话》卷八说：“（元好问）盖生长云、朔，其天禀多豪健英杰之气。又值金源亡国，以宗社丘墟之感，发为慷慨悲歌，有不求工而自工者，此固地方为之也，时为之也。”

元好问早年的词既有秀逸婉丽的情词，又有豪迈激荡的豪放之作。如其方16岁所写的〔摸鱼儿〕《恨人间情是何物》一词，咏雁侣生死与共的至情，缠绵悱恻，张炎《词源》卷下评此词说：“风流蕴藉处，不减周、秦。”再如其20岁左右的〔水调歌头〕《赋三门津》：

黄河九天上，人鬼瞰重关。长风怒卷高浪，飞洒日光寒。峻似吕梁千仞，壮似钱塘八月，直下洗尘寰。万象入横溃，依旧一峰闲。

仰危巢，双鹄过，杳难攀。人间此险何用，万古秘神奸。不用燃犀下照，未必佽飞强射，有力障狂澜。唤取骑鲸客，挝鼓过银山。

写出黄河三门津（今河南三门峡）的险峻雄奇，更写出词人勇往无畏的气概。全词气势磅礴，后人甚至有“崎崛排奡，坡公之所不可及”（《艺衡馆词选》）之评。

开兴元年（1232年），蒙古大军进围金都汴京，两年后金哀宗自缢于蔡州，金朝灭亡。正值中年的元好问开始了遗民生活，其词多写故国之悲，风格更为沉郁，如况周颐《蕙风词话》说：“（元好问）丝竹中年，遭遇国变……神州陆沉之痛，铜驼荆棘之伤，往往寄托于词。”试读其〔木兰花慢〕：

拥都门冠盖，瑶圃秀，转春晖。怅华屋生存，丘山零落，事往人非。追随。旧家谁在，但千年辽鹤去还归。系马凤凰楼柱，倚弓玉女窗扉。

江头花落乱莺飞。南望重依依。渺天际归舟，云间汀树，水绕山围。相期。更当何处，算古来相接眼中稀。寄与兰成新赋，也应为我沾衣。

这首词借赠友人，倾吐家国之感、身世之悲。境界旷远，情思绵渺，体现了词人后期词外柔内刚，融婉约、豪放为一体的特点。

辛派词人及“稼轩体”的追随者一时成为词坛突出的景观。刘扬忠《唐宋词流派史》中列为辛派词人的就有韩元吉、陆游、范开、陈成父、杨炎正、程珌、黄机、岳珂、戴复古、刘仙伦、刘学箕、崔与之、葛长庚、吴潜、李曾伯、方岳、陈人杰等，可见辛弃疾词的影响之大。清人陈洵《海绡说词》说：

"南宋诸家鲜不为稼轩牢笼者。"辛弃疾为领袖一类的大家,南宋的许多词人都受到他的影响。即使辛派之外的词人,也颇受其影响。如南宋以"清空""骚雅"著称的姜夔词也可看出稼轩词风的影响。清人周济《宋四家词选目录序论》曾指出:"白石脱胎稼轩,变雄健为清刚,变驰骤为疏荡。盖二公皆极热中,故气味吻合。"姜夔的〔长亭怨慢〕《渐吹尽枝头香絮》一词,后人评为"浑灏流传,夺胎稼轩"即为显例。辛弃疾的影响历元、明至清代而绵延不绝,如清代阳羡词派的宗主陈维崧即是一例。陈维崧的词以豪放著称,史惟圆也曾形象地描绘他的词风:"观吾子之词,湫乎恤乎,非阡非陌乎! 何其似两山之束峭壑,窘蠢扼塞,数起而莫知所自拔乎! 抑众水之赴夔门乎? 旋涡湍激,或蹙之而转轮,或矶之而测沫乎!"颇有稼轩词的气概,因而其有稼轩后身之称,朱彝尊〔迈坡塘〕《题其年〈填词图〉》说他"擅词场,飞扬跋扈,前身可是青兕?"

## 五、辛弃疾评论研究

### (一)宋元时期的稼轩词评论

辛弃疾的门人范开在1188年(辛弃疾时年49岁)编成了《稼轩词》,并作《稼轩词序》,对辛弃疾词的特点和价值作出了评价,由此拉开了辛词批评研究的序幕。范开此序是从苏轼、辛弃疾的比较中展示辛词的特点的。范开指出:"世言稼轩居士辛公之词似东坡,非有意于学坡也。自其发于所蓄者言之,则不能不坡若也。"人们仅看到苏、辛风格皆为豪放,就将二人相提并论,实为肤浅之见。二人词风相似的根本原因在于二人的词都是由充沛的思想感情的蕴积为基础,辛弃疾"意不在于作词,而其气之所充,蓄之所发,词自不能不尔也"。

辛弃疾在时代的感召下,将爱国之情、报国之志写于词中,豪情壮志充溢于词,又经辛派词人的发扬光大,豪放词风和词派已成为南宋词坛一道夺目的风景。因而南宋人论辛词往往集中于对其豪放词风的评价,既有给予充分肯定的,也有持批评态度的。刘克庄《辛稼轩集序》说:"公所作大声鞺鞳，小声铿鍧，横绝六合，扫空万古，自有苍生以来所无。”刘辰翁进一步上溯至苏轼，充分肯定了豪放词风的审美价值：

词至东坡，倾荡磊落，如诗如文，如天地奇观，岂与群儿雌声学语较工拙；然犹未至用经用史，牵雅颂入郑卫也。自辛稼轩前，用一语如此者必且掩口。及稼轩横竖烂熳，乃如禅宗棒喝，头头皆是；又如悲笳万鼓，平生不平事并卮酒，但觉宾主酣畅，谈不暇顾。词至此亦足矣。

元好问《自题乐府引》更是将苏、辛视为词坛主流，极为推崇：“乐府以来，东坡第一，以后便到辛稼轩。”对稼轩词予以充分肯定的论者，皆从“以诗为词”，“以论为词”，用词抒发文人志士豪情壮志的角度立论，因而高度评价了稼轩词激昂的爱国、报国之情和豪放的风格的价值。

持词的本色当行的观念的词论者往往批评辛词粗豪。如詹傅《笑笑词序》说：“近世词人……如辛稼轩，非不可喜，然其失也粗豪。”张炎《词源》卷下也说：“辛稼轩、刘改之作豪气词，非雅词也，于文章余暇，戏弄笔墨，为长短句之诗耳。”南宋末年，词坛流行以讲求词律规范和语言精工为主要内容的典雅风气，加之辛派后学流弊的影响，连累稼轩也遭受责难。

**（二）明清时期的稼轩词评论**

明代是词史上的“中衰”期，词坛风气颓靡纤弱，明代的词学观念更是固守所谓本色当行的传统。明人论词偏好区分正变，以婉丽为正，豪放为变。对待正变的态度又以崇正抑变为主，因而稼轩的豪放风格往往受到词论者的批评。如王世贞《艺苑卮言》认为，词的特点是“婉娈而近情也，足以移情而夺嗜，其柔靡而近俗也”，“词须宛转绵丽，浅至儇俏，挟春月烟花于闺幨内奏之，一语之艳，令人魂绝；一字之工，令人色飞，乃为贵耳。至于慷慨磊落，纵横豪爽，抑亦其次，不可作耳。作则宁为大雅罪人，勿儒冠而胡服也”。受这种词体观念的影响，他将南唐李璟、李煜和北宋的晏殊、晏几道称为“词之正宗也”，而认为“幼安辨而奇，又其次也，词之变体也”，具有明显的崇正抑变的态度。明代的徐君野说：“正宗易安第一，旁宗幼安第一。”与王世贞的态度近似。王骥德本为曲学家，特别重视词曲的音乐性。从重视词体特性的角度出发，王骥德明确地排斥苏、辛的豪放词风，《曲律》卷四说：“词曲不尚雄劲险峻，只一味妩媚闲艳，便称合作，是故苏长公、辛幼安并置两庑，不得入室。”基于这种偏颇的认识，明代对稼轩词的评论几无可取。

清代是词学的“中兴”时期，尤其在词学理论上取得了很大的成就，因而对辛弃疾词的认识进一步深化。

清代对辛弃疾词的评价颇不一致。有的论者沿袭明代的论调，未能给予辛词以正确的评价。如浙西词派以姜夔、张炎的清空、雅正为宗旨，不免轻视苏、辛的豪放风格，将辛词视为“非正宗”“非正位”而不能给予正确的认识。如曹溶《古今词话序》说：“上不牵累唐诗，下不滥侵元曲者，词之正位也。豪旷不冒苏、辛，秽亵不落周、柳者，词之大家也。”顾咸三说：“宋名家词最盛，体非一格：辛、苏之雄放豪宕，秦、柳之妩媚风流，判然分途，各极其妙，而姜白石、张叔厚辈以冲淡秀洁，得词之中正。”浙派中期的厉鹗则用画史上的流派加以比喻：“以词譬之画，画家以南宗胜北宗。稼轩、后村诸人，词之北宗也；清真、白石诸人，词之南宗也。”（《莫荆琰词序》）推崇正体，贬抑变体，将以辛弃疾为代表的豪放词风置于等而下之的地位。

但充分肯定辛弃疾词的价值的批评理论在清代词学批评史上还是居于主导地位的。康熙年间以陈维崧为领袖的阳羡词派力主以豪健之风抒抑郁慷慨之气，辛弃疾词的价值重又受到重视。陈维崧《词选序》说：“东坡、稼轩诸长调，又骎骎乎如杜甫之歌行与西京之乐府也。”陈维崧本人的词风豪放刚健，时人有“辛弃疾后身”之评。王士祯《倚声初集序》将辛词概括为“英雄之词”。王时翔将辛弃疾置于唐宋词的发展史加以认识：

词自晚唐温、韦主于柔婉，五季之末李后主以哀艳之辞倡于上，而下皆靡然从之。入宋号为极盛，然欧阳、秦、黄诸君子且不免相沿袭，周、柳之徒无论已，独苏长公能盘硬语与时异，趋而复失之粗。南渡后得辛稼轩寄情于豪宕中，其所制往往苞凉悲壮，在古乐府与魏武埒，斯可语于诗之变雅矣。

既指出了苏、辛对传统词风的突破，又将苏、辛风格加以比较，“寄情于豪宕中”之论说得极为精当。

清人论词亦好言正变，与上面介绍的明代崇正抑变的认识相对立，而是只分正变，不加轩轾。具体到对稼轩词的认识即是：认定其为“变体”“变调”，又充分肯定其价值。如乾隆时期撰成的《四库全书总目·稼轩词提要》说：“其词慷慨纵横，有不可一世之概，于依声家为变调，而异军特起，能于剪红刻翠之外，屹然别立一宗，迄今不废。”王盛鸣说：“东坡、稼轩英雄本色语，何尝不令人欲歌欲泣。文章能感人，便是可传，何必净洗艳粉香脂与铜琵铁板乎。”（《论稼轩词》）虽为变体、别宗，但与正体、正宗相比亦毫不逊色。

清代中后期的常州词派论词虽并未独尊辛弃疾，但仍给予了高度评价。如张惠言《词选序》即把辛弃疾视为“渊渊乎文有其质”给予充分肯定。周济《介存斋论词杂著》进而分析：“稼轩不平之鸣，随处辄发，有英雄语，无学问语，故往往锋颖太露。然其才情富艳，思力果锐，南北两朝，实无其匹，无怪流传之广且久也。”可谓稼轩的知音。周济《宋四家词选目录序论》还提出了学词途径：“问途碧山，历梦窗、稼轩，以还清真之浑化。”这条途径成为常州词派的“家法”，而产生了广泛的影响。

清代对辛弃疾词风的认识进一步深化，尤其对辛词艺术渊源的认识值得称道。如邹祗谟《远志斋词衷》探讨了辛词受庄子的影响：“稼轩雄深雅健，自是本色，俱从南华冲虚得来。”辛词的豪放与后世追摹者的呼喊叫嚣有着本质的区别，在于辛词具有深厚的内涵，指出辛词具有庄子的“冲虚”的内涵可谓深刻之论。刘熙载《词概》还针对明代及清初视稼轩词为“变调”并加以贬抑的论调加以反驳：“苏、辛皆至情至性人，故其词潇洒卓荦，悉出于温柔敦厚。或以粗犷托苏、辛，固宜有视苏、辛为别调者哉！”

清人论稼轩词常常从比较入手，如辛弃疾与苏轼、辛弃疾与刘过等，在比较中显示辛词的特点，在比较中突出辛词的成就。常州词派的周济论稼轩词往往从论苏、辛异同处立论，如他在《介存斋论词杂著》中说：“世以苏、辛并称，苏之自在处，辛偶能到。辛之当行处，苏必不能到。二公之词，不可同日语也。后人以粗豪学稼轩，非徒无其才，并无其情。稼轩固是才大，然情至处，后人万不能及。”在《宋四家词选目录序论》中也说：“苏、辛并称，东坡天趣独到处，殆成绝诣。而苦不经意，完璧甚少。稼轩则沈著痛快，有辙可循，南宋诸公，无不传其衣钵，固未可同年而语也。稼轩由北开南，梦窗由南追北，是词家转境。”所论皆能探到苏、辛二人风格精髓，有助于后人对苏、辛风格特征的认识。

把辛弃疾与辛派词人相对比也是清人常论及的话题，如辛弃疾与刘过。辛弃疾的词豪放而要渺，有阳刚阴柔相济之美；而刘过则一味追求豪放，不免堕于粗豪。这一点宋人也曾指出过，如陈模曾举刘过〔沁园春〕词说：“虽颇似其豪，而未免于粗。”清人在对稼轩词有更为全面、深入认识的基础之上，作了进一步的比较。如李调元《雨村词话》卷三说：“辛稼轩词肝胆激烈，有奇气，腹有诗书，足以运之，故喜用《四书》成语，如自己出。……为词家另一派。然学之稍粗则堕恶道。其时为稼轩客如龙洲刘过，每学其法，时多称之，然失之粗劣。”谢章铤《赌棋山庄词话》卷十二则说：“刘之于辛，有其豪而无其雅。”这些评论对我们认识辛弃疾词的艺术价值，以及全面认识豪放词派，都具有深刻的借鉴意义。

### （三）现代辛弃疾研究

与古代词话评点、印象式的批评不同，现代词学研究注重系统性。文献与理论相结合，社会批评与创作心理研究相结合，是 20 世纪辛弃疾研究的特点。

邓广铭是辛弃疾研究用功最深、成就最大的学者，他在关于辛弃疾的生平和稼轩词的编年注释方面的研究成果为研究界所推重。

第一，在辛弃疾生平的研究方面，邓广铭用力最勤。清人辛启泰曾编撰有《稼轩先生年谱》，20 世纪初，王伯祥撰有《辛弃疾的生平》，陈思撰有《辛稼轩先生年谱》，吴世昌撰有《辛弃疾》，梁启超编有《辛稼轩先生年谱》。以上几种论著或过于简略，或未完成，皆有缺失。20 世纪 30 年代，邓广铭遍考南宋重要文献，撰成《辛稼轩年谱》，1947 年由商务印书馆出版，后加增订于 1997 年由上海古籍出版社出版。在这部年谱中，辛弃疾的生平经历的重要内容都有了清晰、准确的描述。邓广铭还于1956年出版了《辛弃疾传》(上海人民出版社),不仅较为详细地叙述了辛弃疾创作的起始、高潮、特点及背景,而且把辛弃疾作为一个具有多方面才智的英雄人物,力图再现其一生抱负、遭际和作为。

第二,在辛弃疾词的整理、编年、注释方面,邓广铭有《稼轩词编年笺注》。此书于1956年由上海古典文学出版社出版,1978年经作者修订后由上海古籍出版社再版,1993年又由作者重新修改和补充,上海古籍出版社出版了增订第三版。此书与《辛稼轩年谱》在内容上互为表里,相互参证。此书广征博引古今各种文献资料,排比考订,为大多数的辛词作了编年,并详细注出了辛词所使用的绝大多数典故的出处,附录记载了某些词本事的材料以及诸家酬赠词。《稼轩词编年笺注》资料详赡,编年翔实可信,是迄今为止最好的辛词编年注释本。

有关辛弃疾的研究一直是学术界的热点,近年来发表的有关辛弃疾研究的专著论文的数量也居于唐宋词各大家的前列。近年来出版的唐宋词研究著作,如《唐宋词通论》(吴熊和著,杭州:浙江古籍出版社,1989年修订版)、《唐宋词史》(杨海明著,南京:江苏古籍出版社,1987年)、《唐宋词十七讲》(叶嘉莹著,长沙:岳麓书社,1989年)、《唐宋词流派史》(刘扬忠著,福州:福建人民出版社,1999年)、《南宋词史》(陶尔夫、刘敬圻著,哈尔滨:黑龙江人民出版社,1992年)等,均以专章对辛弃疾词的艺术成就加以论述,显示出对辛弃疾在唐宋词史上地位的重视。

近年来还出版了一批辛弃疾研究的著作,如吴则虞《辛弃疾词选集》(上海:上海古籍出版社,1993年)、徐汉明《辛弃疾全集》(成都:四川文艺出版社,1994年)、佟培基等《辛弃疾选集》(开封:河南大学出版社,1996年),均值得称道。值得介绍的还有刘扬忠的《辛弃疾词心探微》(济南:齐鲁书社,1990年)和巩本栋的《辛弃疾评传》(南京:南京大学出版社,1998年)。前者是辛弃疾词思想艺术研究的专著,尤以对稼轩词的特色在唐宋词史上的地位和影响的论述为特色。后者作为“中国思想家评传丛书”的一种,与以往的辛弃疾评传相比自有特色。此书不仅注重辛弃疾的生平经历和创作成就，而且列专章研究辛弃疾的文学思想和审美情趣，颇有创见。

近年来有关辛弃疾研究的论题很多，下面选取四个问题作简要介绍。

第一，关于“稼轩体”。辛词在南宋即颇受推重，不少词人追摹其风格填词，于是便有了“稼轩风”“稼轩体”的称谓。如宋人戴复古〔望江南〕云：“诗律变成长庆体，歌词渐有稼轩风。”宋人蒋捷〔水龙吟〕自注云：“效稼轩体，招落梅之魂。”清人陈廷焯《白雨斋词话》卷八划分唐宋词流派，其中“辛稼轩为一体”。所谓“稼轩体”即为辛弃疾词独特的风格。对“稼轩体”的认识，是研究者普遍关注的焦点，但也有不尽相同的阐释。如吴熊和《唐宋词通论》说：“摧刚为柔，心危词苦，尤为辛词中独创的风格。”杨海明《唐宋词史》则将辛词的风格概括为“亦刚亦柔与亦庄亦谐”。陶尔夫、刘敬圻《南宋词史》则用“雄豪、博大、隽峭”凝练地概括了“稼轩体”的特色。施议对有《论稼轩体》一文专门探讨这一范畴：辛词有三种表现形式，即英雄语、妩媚语、闲适语，它们构成了“稼轩体”。并且“其姿态、其面目、其风味繁复多样”，从而将“稼轩体”理解为“对立统一”的有动态变化的范畴①。

第二，金初“吴蔡体”与稼轩的词学渊源。“吴蔡”是指金朝初期词人吴激和蔡松年。北宋灭亡以后，苏轼词派分为南、北二支。吴、蔡即北派的代表，是苏轼豪放词风在北方金源的发展。关于辛弃疾的词学渊源，论者多谈及苏轼的影响，而对稼轩所受到的金源北派的影响有所忽略。其实在《宋史·辛弃疾传》中已有稼轩“少师蔡伯坚（松年）”的记载。近年来有研究者深入分析了金朝“吴蔡体”与稼轩词的关系，指出了北派亦是稼轩词学的源头。这方面的研究对厘清豪放词派的源流发展，对深化探讨辛词风格内在机制的形成有着重要意义。

第三，辛词的艺术渊源。清人吴衡照《莲子居词话》卷一曾评论辛词道：“辛稼轩别开天地，横绝古今。《论》、《孟》、《诗小序》、《左氏春秋》、

---

① 参见胡传志：《稼轩的师承关系与词学渊源》，《安徽师大学报》1997 年第 1 期。赵维江：《金元词论稿》，北京：中国社会科学出版社，2001 年，第 100～109 页。

《南华》、《离骚》、《史》、《汉》、《世说》、选学、李杜诗,拉杂运用,弥见其笔力之峭。”此论不仅指出了辛词的独特的艺术风格,也指出了稼轩的深广的艺术渊源。不少论者即受此论启发,进一步探讨了辛弃疾词与屈原、庄子、陶渊明、杜甫作品之间的关系。如袁行霈《辛词与陶诗》一文认为稼轩有 60 首词涉及陶渊明,之所以如此,乃因为二人有几个契合点:一是归隐,二是酒,三是对友情的重视。他通过考察得出一个新的认识:“辛弃疾此人是战士与隐士的统一。”①有学者指出辛词与杜诗有关者竟达 140 首之多,师杜是辛词的一个重要现象。这些论文皆能发前人所未发,且论断精辟。

第四,有关辛弃疾生平经历的补证。辛弃疾的生平虽经邓广铭等学者的梳理考证而大体明晰,但仍有若干疑点尚待解决,如稼轩任江阴签判后的行踪即是一例。1984 年辛更儒发表《跋〈铅山辛氏宗谱〉和〈辛稼轩历仕始末〉》,认为江西铅山新发现的《辛氏宗谱》和《宋兵部侍郎赐紫金鱼袋(辛公)稼轩历仕始末》所载稼轩江阴签判任满改任广德军(今安徽广德县)通判一事,可补史传中的这段空白。此论得到了研究界的广泛赞同,邓广铭已在其《辛稼轩年谱》和《稼轩词编年笺注》之中加以采用。

① 刘扬忠:《稼轩词与老杜诗》,《文学遗产》1992 年第 6 期。

# 第九章 关汉卿研究

关汉卿是诞生于13世纪的我国伟大的戏剧家,元杂剧的创始者和“一代文学”光辉业绩的卓越代表者。他倾尽毕生的才华和精力,创作了六十多部杂剧,其作品以广阔的社会生活画面和众多栩栩如生的舞台艺术形象,生动地再现了金元之际云谲波诡的时代风貌,堪称有元一代最直观、最充实的立体诗史。作为处在空前的民族动荡和文化转型时期的艺术巨匠,关汉卿杂剧最大限度地揭示了在血与火交织中陵谷迁变、士失所业、民怨沸腾的时代状况,反映了广大被压迫者诅咒暴政、抗击邪恶、呼唤正义、渴望太平的共同愿望。从其剧作对腐败吏治的抨击、对权豪势要的嘲弄、对儿女私情的大胆宣泄来看,关汉卿显然已挣脱了封建礼教和伦理纲常的羁绊,当然也跨越了“怨而不怒”的儒家温柔敦厚诗教观的藩篱,带有追求人格独立和个性解放的叛逆意味——洋溢于关剧字里行间的这种新思想、新观念,无疑是在民族文化融合大背景下日益高涨起来的市民意识推涌的结果。在这一点上,关汉卿不啻为尊重自我、崇尚自由的时代弄潮儿。然而,当我们注目于关剧精心设计的惩恶扬善、姻缘和美的大团圆结局时，又不能不感受到剧作家救世劝俗、向往王道吏治和渴望重建温馨祥和的伦理秩序的良苦用心，这种不免虚幻而又充满人情味的结构模式深深地烙上了根深蒂固的儒家伦理文化的印痕——关汉卿正是传统理性精神与新兴市民意识猛烈撞击孕育催生近古人文解放思潮这一文化转型时期的典型代表。唯其剧作具有如此鲜明的时代特征，加上“一空依傍，自铸伟词”、“曲尽人情，字字本色”①、汪洋恣肆、酣畅淋漓的独特风格，才以震撼人心的巨大艺术感召力，雄踞于元代剧坛，获得了“驱梨园领袖，总编修帅首，捻杂剧班头”②的至尊地位。自元代以来，关汉卿一直在人民心目中享有崇高的声誉，直至被推为“中国戏曲之父”，跻身于世界文化名人之列。

## 一、关汉卿的生平及创作

关汉卿，名不详，号已斋叟，大都人。约生于金末，卒于元成宗大德年间。如果《录鬼簿》“太医院尹”和《青楼集序》“金之遗民若杜散人、白兰谷、关已斋辈皆不屑仕进”的记载无误，关汉卿当是由金入元的早期杂剧作家，其任“太医院尹”也只能在金代，而非入元之后。依常理推测，关汉卿的生年应早于白朴，其生活年代似在1210年至1300年之间。关汉卿青年时期来往于开封、洛阳之间，其杂剧创作活动应肇始于此时③。中年以后，他长期生活在大都，是“玉京书会”的核心成员，与许多杂剧作家交情诚笃，常常诗酒唱和，审文度曲，共同切磋杂剧技艺。如其与杨显之为“莫逆交，凡有珠玉，与公较之”，与梁进之亦“相亲为故友”。这一时期是其杂剧创作的成熟期和高峰期。南北一统后，关汉卿离开大都，在扬州逗留期

① 王国维：《宋元戏曲史 · 元剧之文章》，北京：东方出版社，1996年。

② 据天一阁本《录鬼簿》略传后贾仲明所补挽词记载。

③ 关氏散套〔南吕 · 一枝花〕《不伏老》自云：“我玩的是梁园月，饮的是东京酒，赏的是洛阳花，攀的是章台柳。”其杂剧《拜月亭》《救风尘》《蝴蝶梦》《谢天香》《鲁斋郎》等均以今河南开封、郑州、洛阳为故事发生地，足见其对中原风俗人情的谙熟，其投身于杂剧创作，理应在金末游寓南京（开封）时期。

间,与“杂剧当今独步”的青楼名妓珠帘秀来往十分密切。他的散曲〔南吕·一枝花〕《赠珠帘秀》就如实地反映了对这位著名演员的爱慕和敬重。有学者考证,著名社会悲剧《窦娥冤》即创作于元末游历扬州那段时间内,很可能就是专为杂剧名角珠帘秀编写的。晚年一度寓居杭州,曾在散曲《杭州景》《大德歌》中盛赞杭州山水和江南风情。

关汉卿作为在金元易代之际沦入市井间的落魄文人,他对蒙古人入主中原所造成的伦理文化解体和社会的混乱无序有过深沉的忧患,对科举取士的废止所导致的仕进无门产生过忧伤和苦闷,但长期混迹青楼的颓唐生涯,却培植了他风流自适、滑稽佻㑥,甚至玩世不恭、放纵不检的狂狷性格,正如《析津志·名宦传》中所谓“生而倜傥,博学能文,滑稽多智,蕴藉风流”。他在套曲〔南吕·一枝花〕《不伏老》中不无狞厉地自我宣称“我是个普天下郎君领袖,盖世界浪子班头”,“我玩的是梁园月,饮的是东京酒,赏的是洛阳花,攀的是章台柳”。甚至以无所顾忌的傲岸姿态公开向世俗挑战:“我是个蒸不烂、煮不熟、捶不扁、炒不爆、响珰珰一粒铜豌豆”,“则除是阎王亲自唤,神鬼自来勾,三魂归地府,七魄丧冥幽——天哪!那其间才不向烟花路儿上走”。这种与唐宋文人所恪守的人格范型迥然有异的以世俗享乐为求的生活态度和行为方式,固然带有整体上“垮掉的一代”的文士阶层心理畸变的印痕,但也未尝不是贵己重身、务实弃虚的市民意识濡染同化的结果。与众多书会才人一样,关汉卿由被迫到自觉地和杂剧艺人联手编演杂剧的艺术活动,使他逐步认同了市民阶层的价值观和道德观,主动走出自我失落、精神迷惘的人性误区,不失时机地从通俗质朴的民间文艺中汲取滋养,将满腹才学倾注到“借古人之酒杯,浇自己胸中之块垒”的杂剧创作活动中,代民立言,为民请命,揭露强权政治所酿成的斑斑罪恶,把下层百姓的悲欢离合、喜怒哀乐搬上舞台,最大限度地传达被压迫者愤郁不平的心声,以如椽的巨笔描绘出时代生活的艺术画卷,以冷峻而睿智的思致,赋予其剧作直面现实、谋求医治民族心理创伤、挽救社会危机的现实品格。正如黄天骥等先生所指出的:关汉卿“是一位勇于以杂剧创作来干预生活积极入世的作家,又是一位倜傥不羁的浪子，还往往流露出在现实中碰壁之后解脱自嘲、狂逸自雄的心态。总之，这多层面的矛盾，是社会文化思潮来回激荡的产物。唯其如此，关汉卿才成为文学史上一位说不尽的人物”①。

根据各本《录鬼簿》的记载及其他有关材料，关汉卿一生创作杂剧 67 种，现存 18 种。它们分别是《感天动地窦娥冤》《包待制三勘蝴蝶梦》《钱大尹鬼报绯衣梦》《赵盼儿风月救风尘》《诈妮子调风月》《望江亭中秋切脍旦》《闺怨佳人拜月亭》《钱大尹智宠谢天香》《杜蕊娘智赏金线池》《温太真玉镜台》《关大王单刀会》《关张双赴西蜀梦》《邓夫人苦痛哭存孝》《状元堂陈母教子》《包待制智斩鲁斋郎》《山神庙裴度还带》《尉迟恭单鞭夺槊》《刘夫人庆赏五侯宴》。在上述这些剧目中，著作权存有争议的有《哭存孝》《陈母教子》《鲁斋郎》《裴度还带》《单鞭夺槊》《五侯宴》6 种。就目前情况看，《哭存孝》《陈母教子》《鲁斋郎》3 剧，已被多数文学史著作署于关汉卿名下。这样，关剧现存剧目就是为大多数学者认可的 15 种。

从基本可确认为关汉卿所作的现存 15 种杂剧的题材类型来看，大致可分为三类。第一类是社会剧(亦可叫公案剧)《窦娥冤》《蝴蝶梦》《鲁斋郎》《绯衣梦》等，第二类是爱情风月剧《救风尘》《望江亭》《拜月亭》《谢天香》《金线池》《调风月》《玉镜台》等，第三类是历史剧《单刀会》《西蜀梦》《哭存孝》《陈母教子》。

## 二、关汉卿的公案剧

在关汉卿现存杂剧作品中，将古老的“东海孝妇”故事直接移植到吏治黑暗、冤狱四起的社会现实之中，以感天动地的悲剧震撼力量引起广泛而持久的共鸣效应的《窦娥冤》，是足以体现元杂剧最高成就的光辉杰作。以《窦娥冤》为典范代表的社会悲剧的陆续出台，既是元代前期民族矛盾和阶级冲突全面激化的生动缩影，同时也以艺术聚焦的形式反映了一代

---

① 袁行霈主编:《中国文学史》第三卷，北京:高等教育出版社，1999 年，第 257~258 页。

书会作家关注疮痍满目的动荡现实的高贵品格。关汉卿等人借助系列化的社会悲剧对救治时代创伤、呼唤逝而不返的王道吏治的深沉思考，既唱响了那一特定时期高亢激越的时代精神的主旋律，也留下了诸多为固有价值观念与传统思维定势所拘囿的缺憾和病斑。

《窦娥冤》尽管也设置了一个清官断狱的关目，但并非一般意义上的公案戏，其戏剧冲突的激烈程度也远远超过了一般的社会剧或公案戏。关汉卿的伟大之处在于成功地把外在的社会性冲突引入了心理意识层面，既揭示了悲剧主人公惨遭虐杀的直接的或显性的社会根源，也深刻地剖析了导致这位善良孤弱的年轻女性负屈衔冤而死的思想根源。简而言之，《窦娥冤》的戏剧冲突表现为外在的善、恶冲突与潜在的情感、理念冲突相互扭结的复合形态。从某种意义上说，沉潜于主人公命运悲剧深处的情感意志与道德理念冲突的如实显现，才是这部旷世悲剧的永恒生命力之所在。在剧作情节关目提供的显性社会层面上，导致窦娥被屈杀的灾祸缘由有三个：高利贷剥削酿成的人性丧失，流氓恶势力横行给民众生存带来的威胁，官府贪赃枉法、扭曲作直对无辜生灵的血腥残害。窦娥7岁时，其父窦天章将其作为高利贷的抵押品送给蔡婆；蔡婆因向赛卢医索讨银债引来杀身之祸，碰巧被路过的张驴儿父子救下，却又受其要挟，引狼入室，酿成儿媳被冤杀的惨剧。窦娥是高利贷的直接受害者，而蔡婆既是高利贷的受益者，又是自取其祸的受害者。张驴儿父子借故强入民宅，足见元代社会恶势力的无孔不入。张驴儿为谋夺窦娥为妻，从赛卢医处购得毒药，乘人不备放入羊肚儿汤中，没承想毒死了亲父，却反咬一口，诬陷窦娥药杀“公公”，强逼“私休”。窦娥自知清白，情愿“官休”，可贪婪愚蠢的梼杌太守竟听信张驴儿一面之词，定她个杀人死罪。窦娥宁死不招，残暴的赃官便以拷打其婆母相威逼，迫使窦娥画供屈招，被打入死牢。楚州太守梼杌身上集中体现了元代官吏的贪暴和官府的黑暗。一件本来是曲直分明的民事案件，却被他葫芦提审得一团糟，轻易地放过杀人凶犯，反把孤苦无助的善良女子送上断头台。如果我们的目光仅仅停留在单一的社会冲突的层面上，作为戏剧冲突高潮的第三折，自然是悲剧主人公与虐人害物的官府及其所倚恃的专制政权的全面对峙，并在所有真诚的愿望彻底破灭的生死关头，再也抑制不住满腔的悲愤，向素所敬畏的天地神灵发出严正的抗议。窦娥在刑场上对主宰人类寿夭祸福的上界神权的诅咒，实质上是对制造冤狱、戕害生灵的人间政权的血泪控诉，表现了一位善良无辜的女性在生命被剥夺前的瞬间觉醒。以往的论者，也正是从这一认识立场出发，把窦娥提升为反抗封建专制的"英勇斗士"，把剧作的主题定位于鞭挞黑暗腐朽的封建制度、歌颂被压迫人民的反抗斗争精神这一崇高的思想境界之上。我们想要指出的是，这样的评价本亦无可厚非，但仅仅把《窦娥冤》的主题限制在这样单一的社会层面上，就不足以揭示窦娥悲剧根源的广泛性和深刻性，也不足以说明窦娥形象何以具有感天动地的巨大艺术震撼力量。一个不争的事实是，处在传统文化断裂与市民意识高涨这一超常时期的关汉卿，个体意识的多元性和矛盾性全部突显，才得以用精湛的艺术笔力塑造了窦娥这一具有鲜明时代特征和丰富精神内涵的悲剧形象。也正因为她是元代社会特有的"这一个"，所以才产生了无可替代的永恒的魅力！

我们想要强调的是掩映在《窦娥冤》外在的善、恶对峙的社会冲突背后的情感与理念的冲突，即潜藏于悲剧主人公内心深处的情感愿望与礼教信条、道德规范的激烈冲撞。从这个角度说，《窦娥冤》又是强权制度下的一位贞烈女子的人格悲剧和命运悲剧。窦娥乳名端云，出生于书香之家，不幸母亲早逝，家境贫寒，7 岁上为抵债被父亲送与蔡婆做童养媳。17 岁与蔡婆之子成婚，婚后不久丈夫即因病去世，年纪轻轻就成了寡妇。幼年所受的教养，被卖到蔡家以后心灵上承受的磨难，尤其是寡居三年体验到的人生辛酸，像是层层永远拨不开的阴云，逼迫她对冥冥之中的命运之神深信不疑，自甘命苦，守孝励节，几乎成了她生活的全部内容。这种清灯空房的孤凄生涯带给她的痛苦煎熬是常人难以想象的，可为了盼得来世命运的转机，她食苦若饴般地默默打发着寂寥的时光：

〔仙吕·点绛唇〕满腹闲愁，数年禁受，天知否？天若是知我情由，怕不待和天瘦。

〔混江龙〕则问那黄昏白昼，两般儿忘餐废寝何时休？大都来昨宵梦里，和着这今日心头。催人泪的是锦烂漫花枝横绣闼，断人肠的是剔团圞月色挂妆楼。长则是急煎煎按不住意中焦，闷沉沉展不彻眉尖皱；越觉的情怀冗冗，心绪悠悠。

这两支曲子，隐隐透露出尚在青春芳龄的窦娥难以名状的痛苦和悲哀。这“数年禁受”的寡居生活所积压的“满腹闲愁”，是那样沉重，那样令人烦闷、焦灼、惆怅，又是那样难以抑制和羞于启齿。绣闼前的烂漫花枝，妆楼上的团圞月色，给她枯寂的心田带来的是无尽的凄楚和幽怨，对着春花和满月，她只有热泪涌流，肝肠寸断。奔突于青春血液中的情感欲求与守贞服孝的礼教信条构成的尖锐对峙，使她对主宰人间生老病死的命运之神产生了莫名的畏惧和疑虑：“莫不是八字儿该载着一世忧？谁似我无尽头！须知道人心不似水长流。”（第一折〔油葫芦〕）但转瞬之间又为无意中冒出的对命运的怀疑深自忏悔：“莫不是前世里烧香不到头，今也波生招祸尤？劝今人早将来世修。我将这婆侍养，我将这服孝守，我言词须应口。”（同上〔天下乐〕）

窦娥万万没有想到，她这种无异于一潭死水般的索寞生活也被流氓张驴儿父子的突然闯入而搅乱了。当她听到婆婆被迫答应张驴儿父子招赘的要求时，第一反应是：“婆婆，这个怕不中么！”然后就以贞节为自卫武器，嘲弄没有主张的蔡婆“怪不的‘女大不中留’。你如今六旬左右，可不道到中年万事休。旧恩爱一笔勾，新夫妻两意投，枉教人笑破口！”（同上〔后庭花〕）直至又怨又恨地指责婆婆“怕没的贞心儿自守，到如今招着个村老子，领着个半死囚。……婆婆也，你岂不知羞！……兀的不是俺没丈夫的妇女下场头！”（同上〔赚煞〕）应当指出的是，窦娥的公开顶撞婆婆，抗拒张驴儿的蛮横无理，除了恪守“一马难将两鞍鞴”的贞节妇道，还主要表现为对人格尊严的坚决捍卫，对社会邪恶势力的不屈抗争。尤其是当张驴儿毒死亲父，反而要挟窦娥“私休”、好歹要和她做夫妻之时，她更是义正词严，迎头痛击。直至被昏庸残暴的桃杌太守动用酷刑，打得她“一杖下，一道血，一层皮”“肉都飞，血淋漓”之时，依然当面痛斥张驴儿：“我

做了个衔冤负屈没头鬼，怎肯便放了你好色荒淫漏面贼。”（第二折〔黄钟尾〕）

就是这样一个命苦到不能再苦、善良到无可再善良的弱女子，为了维护传统的贞节观念和起码的人格尊严，却被黑暗腐朽的专制政权推上了刑场！自认是一身清白的窦娥，面对张驴儿的威胁，决不答应“私休”，情愿和他见官，坚信“明如镜，清如水”的父母官会为她做主，“照妾身肝胆虚实”。即使是在她被打得“魄散魂飞，恰消停，才苏醒，又昏迷”的时候，仍在呼喊着：“则我这小妇人，毒药来从何处也？天那，怎么的覆盆不照太阳晖！”（同上〔采茶歌〕）她多么希望太守大人能在她衔冤负屈的哭喊声中猛醒，保住她的性命啊！直到贪婪昏庸的狗官以拷打蔡婆相逼，强行令其招供，旋即判斩的那一刻，窦娥才彻底地绝望了。尽管她无力抗拒官府的淫威，但至死也不甘心承认天地间居然没有公道可言，“想人心不可欺，冤枉事天地知”，发誓要“争到头竞到底”（同上〔黄钟尾〕）。当一切的抗争都被披枷带锁送上断头台的严酷现实击得粉碎时，窦娥仅存的那一点对天地神灵的敬畏和期待也完全动摇了：

〔正宫·端正好〕没来由犯王法，不提防遭刑宪，叫声屈动地惊天！顷刻间游魂先赴森罗殿，怎不将天地也生埋怨？

〔滚绣球〕有日月朝暮悬，有鬼神掌著生死权，天地也，只合把清浊分辨，可怎生糊突了盗跖颜渊？为善的受贫穷更命短，造恶的享富贵又寿延。天地也，做得个怕硬欺软，却原来也这般顺水推船。地也，你不分好歹何为地？天也，你错勘贤愚枉作天！哎，只落得两泪涟涟。

应当说，窦娥在生命的最后一刻所发出的对天地神灵的诅咒是蕴蓄着满腔怒火的，但字里行间依然贯注着善良、不平和无可告语。她一个受尽人间磨难，恪守妇道、安分守己的苦命女子，平白无故地被官府判成死罪，真个是“没来由犯王法，不提防遭刑宪”，怎不教她“叫声屈动地惊天！”，人间的罪恶政权剥夺了她守贞尽孝的权利，也浇灭了她对人生的留恋和幻想，可她到死也弄不明白，她一向顶礼膜拜的天神地祇竟然也不辨善恶清浊、怕硬欺软和顺水推船！这样的社会，这样的天地，这样的官府和神灵，无处不是扬恶抑善，无处不是罪恶公行，无处不是扭曲作直、错勘贤愚，那善良的人们还有丝毫的活路吗？尽管如此，窦娥还是执意要向天地神灵讨回一个公道，还她一个清白！刑前她发下三桩誓愿：血飞白练，六月飞雪，楚州大旱三年。她冤痛无比地对天呼告："不是我窦娥罚下这等无头愿，委实的冤情不浅。若没些灵圣与世人传，也不见得湛湛青天！"（第三折〔耍孩儿〕）她依然坚信"若果有一腔怨气喷如火，定要感的六出冰花滚似绵"（同上〔二煞〕），"你道是天公不可欺，人心不可怜，不知皇天也肯从人愿。做什么三年不见甘霖降？也只为东海曾经孝妇冤，如今轮到你山阳县。这都是官吏每无心正法，使百姓有口难言！"（同上〔一煞〕）作为一个被黑暗的吏治吞噬了年轻生命的弱女子，除了幻想让天公证实她的冤情，还有什么别的办法呢？她多么希望她的屈死能唤醒世人的良知，也让滥杀无辜的贪官污吏受到正义的谴责！关汉卿运用超自然的幻想手法验证了窦娥的誓愿，让哀哀无告的被压迫者获得了几许心灵的慰藉，也向怙恶不悛的大小官吏发出了严正的警告！同样是窒息在高压和强权之下的关汉卿，能将一个守贞尽孝的年轻寡妇被与社会恶势力沆瀣一气的官府推上断头台的现实悲剧搬上舞台，并独具匠心地运用典型化的艺术手法，完成对窦娥这一悲剧女性形象的成功雕塑，一经问世即产生感天动地的巨大共鸣效应，着实是值得后人崇敬和赞佩的。

说到《窦娥冤》第四折鬼魂诉冤和清官断狱这场戏，论者可谓见仁见智。有学者指责关汉卿"宣扬封建迷信"，批评此折有"麻痹人民斗争意志"的消极作用，是严重的"败笔"。对此，我们不认同。因为，这种带有政治评判色彩的非难，至少是对剧作家心理现实和创作动机严重隔膜所造成的误解。如果硬要说该剧的主题是借窦娥被屈杀来抨击现实、否定专制，那么第三折〔正宫〕套曲的淋漓宣泄已足以让观众振奋，就没有必要让悲剧主人公临刑前发下三桩誓愿，当然也就无须乎"画蛇添足"地再敷衍一场鬼魂戏了。然而，人们不禁要问：窦娥发下三桩狠愿到底图的是什么？她既已成为地狱中的冤魂，"平反"又有何用？再听听窦娥哀怨无助的自白吧："我将这婆侍养，我将这服孝守，我言词须应口。"（第一折〔天下乐〕）“本一点孝顺的心怀，倒做了惹祸的胚胎。”（第四折〔梅花酒〕）即使是在阴司地府，她仍念念不忘地敦劝做了高官的父亲，一定要惩恶扬善，为官清正：“从今后把金牌势剑从头摆，将滥官污吏都杀坏，与天子分忧，万民除害！”（第四折〔鸳鸯煞尾〕）她的冤魂夜闯官衙，既是“争到头竞到底”不妥协斗争精神的延续，更是捍卫自己的清白、维护人格尊严的顽强意志的进一步高扬。做了两淮提刑肃政廉访使的窦天章的出现，正是昭雪冤案、还窦娥一个清白的最佳人选。为一个被屈杀的贞魂雪冤平反，让社会恢复公理和道德，不正是黎民百姓莫大的期冀吗？窦娥是伦理制下贞孝的典范，而贞孝又是传统观念中最具普遍意义的道德信条，推崇和彰显全贞全孝的性格行为，借助窦娥冤狱平反的理想结局表达伦理道德复归的意向，不正是关汉卿创作动机之所在吗？

《蝴蝶梦》《鲁斋郎》《绯衣梦》均为以清官断狱为题材的公案戏，所不同的是前两种出现的清官是包拯，后者则换成了“开封府尹”钱可。无论是包拯还是钱可，大抵都以宋代社会为依托，而反映的却是元代的现实情状。以包拯为代表的清官在元代舞台上的活跃，实质上是元代吏治黑暗、权力肆虐、民怨沸腾的变形反映；而出现在大量社会剧中的“权豪势要”，则显然是元代统治下特权阶层的缩影。剧中专以惩治衙内权豪为职事、民众有口皆碑的包拯，无疑是民众意愿和智慧的结晶，他几乎成为被压迫者与权势者做斗争的精神支柱，一把惩治邪恶的“尚方宝剑”；而剧中的“开封府”，则不啻于老百姓心目中唯一可信赖的公正衙门，或曰代表善良和正义的道德法庭，这在一定程度上体现了人民大众对法治和王道的期盼，尽管这期盼难免会带上梦幻般的色彩。

## 三、关汉卿的爱情风月剧

关汉卿的爱情风月剧从题材类型上可分为士妓之恋和才子佳人之恋两类。第一类以《救风尘》为典范代表，另有《谢天香》《金线池》两种；第二类以《望江亭》为代表，另有《拜月亭》《玉镜台》两种；《调风月》则介于二者之间。我们已经知道，元代前期以士妓之恋为描写对象的杂剧比较集中地反映了处在文化转型时期的士人心理，洋溢在剧作中的浪子风流和超越世俗偏见的爱情婚姻理想，明显地受到了新兴市民意识的濡染，带有鲜明的时代印记；才子佳人类杂剧尽管多借用古人的衣装，但着力表现的却是落魄文人困顿境遇中风流缱绻的功名花月梦，是在现实的重压下扭曲变形的狂狷、自恋心态的恣意宣泄。

关汉卿的《救风尘》《金线池》《谢天香》等剧作无疑是元代士妓之恋杂剧中最具时代风采和艺术魅力的名篇佳作。他借助舞台艺术形象着力表现的风尘女性为捍卫人格尊严和争取爱情幸福而进行的不屈不挠的抗争，及在抗争过程中所显示的胆识和心性，不啻给挣扎在社会底层的被侮辱被损害的妇女大众点亮了一支冲破漫漫黑夜的火炬，并以此炬照亮了那个剥夺了青楼女子人身自由和爱的权利的罪恶社会，开启了近古人文解放思潮的先河。单就人物形象塑造而论，谢天香的柔弱卑屈，杜蕊娘的倔强孤傲，赵盼儿的机智泼辣，神采各异，栩栩如生，为中国古代文学艺术长廊平添了几位亭亭玉立、光彩照人的女性形象。

《救风尘》不仅是关汉卿杂剧中最具艺术个性的喜剧名作之一，而且在元代所有以士妓之恋为题材的杂剧中，也是在主题开拓、人物形象塑造诸方面最富创造性的一部。就戏剧冲突的性质而言，《救风尘》属于士—妓—商三角连环式。与其他同类作品相比，它有其不同凡响的独特之处：戏剧主人公赵盼儿并非士妓之恋的当事人，但理想结局的实现，却全仗这位有胆有识、灵心慧性的风尘女侠的斡旋智斗；作为士妓之恋当事人之一的秀才安秀实，是一个完全不能支配自身命运的“多余的人”，在恋爱风波中始终处于被奚落、被挤迫的不利地位，有钱有势的周舍根本不把他放在眼里；当初表示要嫁给安秀实的妓女宋引章，不唯不为安秀才的文采风流所倾倒，反而从吃、穿、用的实际需要出发投进了富商的怀抱。唯其如此，关汉卿笔下的安秀实才是元代读书人的真实缩影，而赵盼儿风月救风尘的侠行义举才闪耀出璀璨夺目的时代光芒。

《救风尘》卓越的艺术成就突出地表现在人物形象塑造方面，赵盼儿是关汉卿倾注满腔心血雕塑而成的风尘女侠形象。这一智勇色艺兼备的巾帼英豪是在戏剧冲突展开的进程中,在与其他戏剧角色的强烈对比中闪亮登场的。赵盼儿舍身相救的宋引章是个涉世未深的青楼女子,她单纯而不免虚荣,渴望从良嫁人却又易于被嫖客的假象所迷惑。赵盼儿营救结义姊妹的狡猾对手周舍是宦门子弟加奸商的恶棍,他是郑州同知之子,自称"酒肉场中三十载,花星整照二十年",吃喝嫖赌,无所不为。作为风月场上的老手,他有一套蛊惑人心的高超骗术;官僚家庭的熏陶和长期经商的阅历,又培植了他虚伪奸猾、残忍暴虐的性格。面对这样一个狡猾凶恶的"花台子弟",赵盼儿搭救宋引章的行动一开始就处在极为不利的被动局面之下。她必须周密安排,谨慎行事,任何疏忽和差错都可能招致不堪设想的后果。开初她曾想到用金钱为宋引章赎身,但听说周舍曾扬言"则有打死的,无有买休卖休的",颇费了一番踌躇。凭着她对情场淫恶之徒的了如指掌,决计以风月手段智救宋引章出贼手。为此,她对自己的营救计划进行了周密安排。为让周舍着迷上钩,她把自己打扮得"别样儿娇柔",自信教"那厮爱女娘的心,见的便似驴共狗,卖弄他玲珑剔透"。"割舍的一不做二不休,拼了个由他咒也被咒。不是我说大口,怎出得我这烟月手!"(同上〔双雁儿〕)她充分利用周舍生性好色的致命弱点,经过两三个回合的较量,终于赚得了休书。毫无社会地位的赵盼儿,靠着她的天然姿色,靠着风月场中惯熟的逢场作戏手段,靠着对风尘姊妹的一腔真情,靠着对青楼女子人格尊严的维护和对被屈辱者不幸命运的顽强抗争精神,更靠着她过人的智慧和胆识,赢得了营救落难姊妹、成全士妓姻缘的宝贵胜利。这是一场处在社会底层的弱者的胜利,当然也是精神人格领域不屈的强者的胜利。这场恶者受惩、弱者获救的情场斗争,使全剧充满了令人解颐的喜剧气氛,为被侮辱、被损害的风尘女性竖起了一座巍峨的丰碑!

《金线池》和《谢天香》都是写妓女从良与书生缔结姻缘的故事。两剧的女主人公杜蕊娘和谢天香均为"上厅行首",男主角皆系落魄文人。两对情人的爱恋都经历了一些人为的波折,最终依赖当权者成全,妓女获准脱籍，与书生结成美眷。两剧在关目设置上都使用了误会法，戏剧冲突皆以此为线索展开，着重表现妓女的卑贱地位和屈辱的生涯，以及渴望跳出火坑、从良嫁人的迫切要求，字里行间时时可见剧作家关切妓女命运、同情其悲惨处境的人道主义情怀。基于关汉卿对勾栏生活的熟悉，两剧对妓女内心世界的揭示都颇为真实生动，对杜蕊娘、谢天香性格特征的刻画也很见功力，如谢天香的聪慧卑屈、杜蕊娘的心高气傲，都在戏剧冲突展开的过程中得到了全方位的显现。

总的说来，与借士妓之恋以调节自身的心理失衡，表现书会作家“集体无意识”的众多爱情风月剧有所不同，关汉卿从前人和当代人不敢或不愿选择的角度，勇敢地解剖病态的社会，关切在社会道德期待与卖笑生涯中的妓女的两难处境。不仅用《救风尘》《金线池》加以揭露，而且还用《谢天香》写出了社会道德期待的实际破裂，以及人格尊严被践踏之下人性的挣扎和勃动，把人性的本能追求还给被剥夺了起码人权的女性。这种沉重的交还当然无由引发美好的情愫，却能唤起深切的痛楚；而这种沉重的痛楚感恰恰来自剧作家对人物形象的忠实描绘。当我们痛感禀性不俗、才思敏捷的谢天香何以对生活要求的层次那么低微，痛感她过于委曲求全，甚至有些厌恶她时，也同时深深感受到了作者入木三分而不露声色的精湛笔力。正是在这一点上，关汉卿不仅超越了同时代的作家，也超越了自身的道德与意识局限，如实地揭示出娼妓制度摧残人性的本质，体现出伟大戏剧家深厚的人道主义精神。

《望江亭》《拜月亭》和《玉镜台》是以才子佳人爱情婚姻故事为题材的杂剧作品，其中《望江亭》和《拜月亭》的成就较为突出。另有一剧《调风月》，写宦家婢女与其服侍的小千户的爱情纠葛，介乎士妓之恋与才子佳人之恋二者之间。《望江亭》直接触及了寡妇改嫁这一封建时代最敏感的社会问题，关汉卿借助其笔下人物谭记儿与白士中传奇式的婚姻故事，令人信服地作出了肯定性的回答。单从对“一女不嫁二夫”这一礼教信条的大胆突破而论，《望江亭》不仅在元代，而且在整个封建社会后期都是一盏引导广大妇女挣脱礼教羁绊、争取自主命运的指路明灯。谭记儿是丧偶寡居的年轻女子,奉旨往潭州为理官的白士中路过清安观,探望在观中做住持的姑姑。经白道姑撮合,谭记儿嫁与白士中,一同往潭州赴任。权豪势要杨衙内早就垂涎谭记儿美色,闻听已被白娶走,大为光火,带上捕人文书并势剑金牌,径往潭州取白士中首级。为救丈夫,谭记儿扮成渔妇,登上杨衙内官船,假意与衙内调情,将其灌醉,盗走文书和金牌势剑,化险为夷。杨衙内因遗失势剑金牌,被朝廷贬为庶民。谭记儿寡居三载,从孤独凄凉的痛切体验中,对扼杀人的生理与心理本能的伦理说教由衷地憎恶,并由憎恶诅咒走向公开对抗,在她改嫁白士中并为捍卫自主婚姻而智斗杨衙内的传奇式经历中,处处洋溢着争取人格独立和个性自由的人文主义光辉,甚至带有某些市井女性和风尘女侠的泼辣和无畏。与窦娥的贞孝自持、以礼克情明显不同,谭记儿毫不掩饰"香闺少女"对"朝云暮雨"的爱恋,公然告白"那个肯凤只鸾单?这愁烦恰便似海来深,可兀的无边岸!怎守得三贞九烈,敢早着了钻懒帮闲"(第一折〔混江龙〕)。当老道姑亲自做媒劝其改嫁新任潭州理官白士中,由于事出突然,碍于白道姑强人所难,她没有草率答应,但并非恪守"一马难将两鞍鞴"的贞节观念,而是没有得到面前的陌生男子哪怕是一言半语的承诺。直到白士中诚恳地答应了她提出的"肯做一心人,不转关"的要求,她才应允了这桩婚事,并特地剖白了心迹:"非是我拿班,只怕他将咱轻慢。"(第一折〔后庭花〕)也正是基于对失而复得的美满婚姻的珍视,她才甘冒风险,化作渔妇,夜上官船,以美貌和智慧与色狼做面对面的较量,直到以假意的"雨约云期"赚取金牌势剑和捕人文书,把"赖骨顽皮"的杨衙内送上被告席。从中表现出的不让须眉的胆识和市井青楼女子才具备的泼辣顽练,大有挣脱礼教羁縻、谋求人格独立和个性自由的潜在势头。

《拜月亭》是一部以蒙金战争为背景的爱情婚姻杂剧。剧写蒙古攻金,金人被迫迁都汴梁,王尚书夫人与女儿瑞兰、书生蒋世隆与其妹瑞莲均各自逃难。途中被乱军冲散,瑞莲跟上了王夫人,瑞兰则与世隆结伴儿。蒋、王二人由相识到相爱,在招商店结为患难夫妻。世隆偶感风寒,病倒在招商客栈,瑞兰精心护理,不离半步。王尚书奉命回朝途中路经客栈，将瑞兰强行带走。瑞兰回府后日夜思念丈夫，月下为其祈祷，被瑞莲听到，两人方知是姑嫂至亲。后来世隆考中状元，经历一番周折，终得与瑞兰团圆。瑞莲也与武状元成婚。剧作家独出心裁地将一对秀才、淑女的爱情故事安置在兵荒马乱的动荡局势之下，既突出了猝然而起的战争阴云给人民带来的无尽灾难，又为青年男女冲破礼教的藩篱，追求患难与共、自主美满的爱情婚姻生活创造了难得的机遇和理想的氛围。唯因战乱流离，才鬼使神差地把相门之女与寒门书生的命运连在一起，由结伴逃难而培植起心心相印的爱情；也正因为蒋、王二人相濡以沫的爱情经受了种种磨难和考验，才使得知书达礼的贵族小姐对刻薄势利、"猛虎狞狼"般的尚书父亲产生由衷的憎恶，并由对夫妻深情的珍惜而从骨子里蔑视和诅咒吃人的礼教。从剧中人王瑞兰称其母为"阿者"、呼其父为"阿马"来推测，瑞兰可能是女真族姑娘。如果推测无误，蒋、王的结合就不仅仅是突破了等级的界限，而且还打破了不同民族之间的隔阂。诚如李春祥先生所说："他们相爱结合，不仅突破了二人社会地位悬殊的等级观念，而且也突破了不同民族的种族界限，表现了两个民族的青年男女，在患难与共中走向融合，这样的爱情与婚姻值得肯定。"①

在关汉卿以爱情婚姻生活为题材的杂剧作品中，《调风月》是具有独特审美价值的一部。它既迥然有别于才子佳人类杂剧，也与士妓之恋杂剧有着明显的区别。从剧作的结局处理来看，它似乎应归于以"团圆"告终的喜剧；但从主人公的命运及其在争取人格独立和婚姻自主过程中所蒙受的种种屈辱而论，又具有令人心酸的悲剧内涵。戏剧主人公燕燕是一位富有反抗精神的倔强婢女，在她身上闪烁着被奴役者倔强不屈的人格光辉！正如郑振铎先生所评价的那样："我们看惯了红娘式的婢女，却从不曾在任何剧本上，见过像这位燕燕那般的一位具着真实的血肉与灵魂的少女，这是汉卿最高的创造！"②

与上述作品相比，《玉镜台》的成就要逊色得多。此剧系根据《世说新

---

① 李春祥：《元杂剧史稿》，开封：河南大学出版社，1989年，第91页。

② 郑振铎：《插图本中国文学史》第三册，北京：人民文学出版社，1957年，第644页。

语》所载东晋人温峤的一则传闻敷衍而成，主要情节是戏剧主人公诈称为别人做媒，巧设机彀把年轻貌美的刘倩英小姐骗娶到手。刻薄地说，这是一部老夫骗娶少妻的婚姻闹剧。联系《谢天香》《金线池》诸剧中出现的类似情节，再读读关汉卿《不伏老》套曲中“凭着我折柳攀花手，直熬得花残柳败休”“我是个锦阵花营都帅头”这类不无顽劣之态的风月宣言，你大概能从老温峤身上看到“普天下郎君领袖”的依稀身影。

## 四、关汉卿的历史剧

《单刀会》是关汉卿历史剧的代表作。同类的剧作还有《西蜀梦》（一作《双赴梦》）、《哭存孝》、《陈母教子》等。与关氏的社会剧、婚姻爱情剧相比，“这些作品，通过对历史上英雄人物的歌颂，在表现拯物济世愿望的同时，折射出一种悲凉情绪”，“在反映客观世界时，更加高扬着作家的主体意识”①。为弘扬民族正气，呼唤英雄主义气概，表达鲜明的爱憎，关汉卿对历史剧的素材作了程度不等的加工改造。《单刀会》所依据的历史背景是：赤壁战后，刘备用诸葛亮之计，占据了荆州。孙权多次与刘备交涉，欲图收回本属于东吴的荆州。刘备以无处安身为由，借此暂住，答应收取西川后归还。后刘备攻下西川，却命关羽镇守荆州，无意还吴，吴、蜀为争夺这一军事要塞屡起刀兵。剧中所写关羽单刀赴会的事迹，陈寿《三国志》和民间平话《三分事略》均有记载，具体细节则有较大出入。如《三国志·鲁肃传》载，鲁肃为索取荆州，与关羽相会，大义凛然地谴责刘备背信弃义，羽无言以对。平话《三分事略》则显示出“尊刘”倾向，着意渲染关羽的英武盖世，慷慨应对，鲁肃反而弄得理屈词穷。《单刀会》杂剧汲取平话的“尊刘”立场，在设置关目情节时，又融入了作者鲜明强烈的主体意识，剧作用浓墨重彩刻画以忠义神武著称于世的蜀汉大英雄关羽，盛赞其辅助刘备所开创的光辉业绩，讴歌其大义凛然的英雄气概，不着痕迹地将山河易代之际汉族人民不甘臣服于铁血政权之下的反抗情绪融入其中。换

① 邓绍基主编：《元代文学史》，北京：人民文学出版社，1991年，第88页。

而言之，刚刚经历过陵谷迁变、神州陆沉的历史巨变的关汉卿，是在借舞台上叱咤风云的关云长，呼唤不屈不挠、所向披靡的英雄主义精神；挣扎在元代政权铁蹄之下的汉族人民，正需要关羽这样智勇兼备、气贯长虹、解万民于倒悬的空前的民族大英雄！

《单刀会》并不是靠情节曲折、戏剧冲突激烈取胜的，而是以情感激越赢得观众与读者的共鸣的。第四折当视为该剧的情感高潮，独赴单刀会的关羽上场所唱的两支曲子真让人热血沸腾、心潮如涌：

〔双调·新水令〕大江东去浪千叠，引着这数十人、驾着这小舟一叶。又不比九重龙凤阙，可正是千丈虎狼穴。大丈夫心别，我觑这单刀会似赛春社。（云）好一派江景也呵！（唱）

〔驻马听〕水涌山叠，年少周郎何处也？不觉的灰飞烟灭。可怜黄盖转伤嗟，破曹的樯橹一时绝，鏖兵的江水犹然热，好教我情惨切！（带云）这也不是江水，（唱）二十年流不尽的英雄血！

聆听这两支气势浩荡，流荡着激昂亢奋的现实底蕴和慷慨悲凉的历史兴亡之思的名曲，人们透过舞台上的关羽，既看到了三国鼎立时期那位横刀江上、赤面长髯的一代雄豪，也在顷刻之间披阅了中华民族征战不息、兴废相继的历史画卷。〔新水令〕即江上景，抒眼前情，以浩渺无垠、浪涛汹涌的长江为衬垫，展示了单刀赴会的关云长气概凌云、胸藏万机、从容镇定、无所畏惧的英风豪情；"小舟一叶"与"千丈虎狼穴"形成的极大反差，相辅相成地烘托出蜀汉大英雄从容不迫、豁达宏壮的胸襟气魄和视强敌如无物、志在必胜的坚定信念。好一个"大丈夫心别，我觑这单刀会似赛春社"！面对近在咫尺的杀机四伏、凶险莫测的"筵席"，关公谈笑生风，甚至把即将发生的智与勇的殊死较量看成是人生难得的一道风景线，这是何等的伟岸和潇洒！曲词气势磅礴，沉雄激昂，刚健雅练，把关羽这位披肝沥胆、豪气不减当年的老英雄浮雕般地推向人们面前，让人们从他身上感受到一种豪迈的献身精神和不向任何敌人折腰的崇高民族信念。〔驻马听〕写关公注目眼前涛激浪卷、滚滚东去的江水，思绪奔涌，赤壁鏖兵的壮烈场面依然历历在目：孙、刘联军，战将云集；孔明、周瑜合谋，出神入化；庞统献连环计在前，黄盖施苦肉计在后；诸葛亮借来东风，一把冲天大火把百万曹军烧得七零八落……转眼之间，那已经是20年前的事情了，有多少像周瑜、黄盖那样显赫一时的英雄，都随同焚毁的战船"灰飞烟灭"了，可浩浩江水似乎还带着当年激战的余温，永无休止地向东奔流，它带走了多少美好的年华，又给人多少英雄垂暮的悲凉？这教人"情惨切"的江水，真真是"二十年流不尽的英雄血"啊！这两支曲子，化用宋人苏轼〔念奴娇〕《赤壁怀古》的词句，以赤壁鏖兵当事人的身份，感慨万千，追忆了当年那场决定了天下三分形势的重大战役，把剧作家对社会、自然、人生的沉挚悲郁之思，借戏剧主人公之口宣泄而出，给人以厚重的历史感和深刻的哲理启示，既拓展了关羽的情感世界，也让这位令人敬仰的古代英雄更贴近现实人生。谁能说剧中人"二十年流不尽的英雄血"的感慨不是发自关汉卿的肺腑之间呢？应当说，这支曲子既凝聚着时代性、民族性的家国沦亡之思，也带有剧作家鲜明个性特征的"英雄失路"、壮志空怀的悲哀。〔沉醉东风〕从追述朝代变迁、感慨人生易老谈起，直奔主题，一口一个"汉"字，直至理直气壮地质问对方："俺哥哥合承受汉家基业。则你这东吴国的孙权，和俺刘家却是甚枝叶？"很显然，在关羽以"汉家"为正统的庄严声明中，是注入了在特定历史条件下的民族情绪的。也正是在代表被征服的民族喊出久受压抑的心灵呼声这一点上，关羽才成为那一时期华夏儿女心目中的偶像。〔离亭宴带歇指煞〕一曲可说是关羽单刀赴会、以震慑东吴的神武气概奏捷而还的胜利凯歌，豪气发越，情景相生，文而不文，俗而不俗，尽现本色派之骨力神髓，读来令人开怀解颐、遍体通泰。"说与你两件事先生记着：百忙里称不了老兄心，急切里倒不了俺汉家节。"是何等豪迈洒脱！有这等神圣的信念和豁达的气度，东吴众卿焉能不闻风丧胆、拱手相送？

与《单刀会》讴歌英雄主义、呼唤民族正气形成鲜明对照，《西蜀梦》和《哭存孝》都是以揭示英雄人物的悲剧命运为主旨的。贯注于《西蜀梦》中的顽强复仇精神和《哭存孝》对造成英雄人物悲剧结局的深刻社会原因的揭示，体现了这两部杂剧不容忽视的社会认识价值；对历史题材按照主观意愿予以灵活处理，也为后人以剧作文本为依据寻绎作家的主体意识，进而认识元代时期特有的社会心理和时代精神提供了参照。

## 五、关汉卿杂剧的艺术成就

关汉卿是把杂剧从朴野粗糙的民间形式推进到成熟完备的文学形态的伟大戏剧家、元杂剧无可争议的奠基人和最高成就的卓越代表。元人周德清将其置于“一新制作”的“关、郑、白、马”的首席位置。明初贾仲明所补〔凌波仙〕挽词称其“驱梨园领袖，总编修帅首，捻杂剧班头”。对其剧作不无微词的朱权在《太和正音谱》中也不得不承认他“初为杂剧之始”的开拓之功。当然，关汉卿在“一代之文学”中领袖地位的确立，并不仅仅取决于他的开创之功，更重要的是他用心血和智慧结撰而成的体类齐全、异彩纷呈的杂剧名作，以其显著的艺术特色，积累了可资取法的创作经验，提供了后人奉为圭臬的艺术范式。关汉卿杂剧辉耀百代的艺术成就，突出地表现在以下三个方面：

### （一）完善杂剧体制结构，创立戏曲艺术范式

元杂剧一本四折加一楔子、一折使用同一宫调的一组套曲、全剧由正色一人主唱的剧本体制的形成，是其从宋金杂剧脱胎而来的重要艺术标志，而以关汉卿为杰出代表的前期作家，则为这种体制形式的确立、完善发挥了关键性的作用。“初为杂剧之始”、位居“关、郑、白、马”之首的关汉卿，对于杂剧体制“之备”，是立了头功的，因为他一生创作了六十多种杂剧，其中隐约透露出体制演进定型的轨迹。如《五侯宴》为五折一楔子，元刊本《单刀会》第四折〔离亭宴带歇指煞〕后〔沽美酒〕〔天平令〕二曲由净扮周仓主唱，脉望馆本第二折最后〔隔尾〕一曲则由道童唱；《蝴蝶梦》第三折〔尾煞〕后〔端正好〕〔滚绣球〕二曲由丑扮王三主唱；《望江亭》第三折〔收尾〕后〔马鞍儿〕一曲由净扮杨衙内及丑扮张千、李稍三人接唱后又“（合众唱）”。这些“变体”现象理应看成是元杂剧体制尚未完全定型之前的情形；杨显之、张国宾等前期作家的作品中也偶有这类情况出现。到

《窦娥冤》等后期剧作出台的时候，这类“变体”现象就不再发生了。关汉卿现存杂剧大抵都能做到结构完整，开阖自如，首尾照应。开头不拖沓，折与折之间联系紧密，结尾不松懈。如《单刀会》，关羽到第三折方出场，第一、二折先由乔公和司马徽向鲁肃介绍关羽的神武和胸有韬略，给人以先声夺人的气势，为关羽的登场起到烘云托月的映衬铺垫作用。《望江亭》的关目处理、场次安排也独具匠心，贯穿全剧的是谭记儿和杨衙内的冲突，第一、二折并未出现任何征兆，第三折突然以极快的节奏推进到高潮，前两折的爱情描写为这一折的智斗色狼打下了坚实的情感基础，换句话说，捍卫自主美满的婚姻生活，为谭记儿身入虎穴，与色厉内荏的杨衙内作智与勇的较量提供了巨大的精神动力。这样看来，第一、二折的描写就完全没有游离于戏剧冲突的主线之外。再如《望江亭》《鲁斋郎》等剧，故事情节均较复杂，关汉卿巧妙地处理为主、副两条线索，彼此相衬相映、相辅相成，逐步将剧情推进到冲突的高潮。至于《窦娥冤》，尽管剧情关目并不复杂，但经过作者精心安排之后，也给人以上下勾连、环环相扣、移步换形的紧凑感。尤其是在悲剧性戏剧冲突展开的过程中，恰当地穿插一些喜剧色彩浓郁的片段，造成冷热相衬的效果，对剧作的批判性主题起到不可或缺的辅助作用。这种冷热相衬、张弛相间的节奏处理方式，在《蝴蝶梦》《谢天香》等剧作中也有精彩的显现，整个剧情显得跌宕起伏、摇曳多姿、扣人心弦。与巧妙安排情节关目、营造紧张激烈的戏剧氛围相得益彰，善于运用伏笔、设置悬念，也是关剧引人入胜的魅力所在。如《救风尘》第四折，周舍发现中了赵盼儿“金蝉脱壳”之计，急忙骑上快马，追上宋引章，夺走休书，咬个稀碎，观众不禁为宋引章捏了一把汗。没想到赵盼儿早有预防，已将真休书掉了包儿，被周舍扯碎的不过是一张假休书，真的藏在她身上，“便有九头牛，也拽不出去”。看到这里，台下的观众才明白刚才赵盼儿看休书的用意，“包袱”解开，自然为盼儿的机智老练报以欣慰赞许的笑声。对此，章培恒等先生是这样评价的：“在戏剧的结构方面，关汉卿也善于布置情节，在激烈的矛盾冲突中，营造戏剧氛围，并使舞台演出富于动作性。本来，元杂剧四折的体制比较短小，很容易写得单薄，而关汉卿常以适当的剪裁、布置，使之能容纳较丰富的内容。”①

将古典诗词的抒情要素融入代言体的戏剧形式，使其跳出单纯以表演故事为主的院本旧格局，实现抒情与叙事亦即抒情性与戏剧性的和谐统一，使元杂剧具备主观表现与客观再现交融互补的双重审美功能，营造中国戏曲独特的艺术范式，也是关汉卿凭借其数量丰硕、体类齐全的演出脚本影响同时及后世作家，为建构具有华夏民族鲜明特色的戏剧形态所作出的重要贡献。关剧曲词强烈的抒情特征，我们在《窦娥冤》《单刀会》等典范剧作中已有深切的感触。我们有理由这样认为：无论是关羽横刀中流的慷慨悲歌，还是披枷带锁的窦娥在刑场上的怨愤泣诉，其实都是剧作家激昂心声的宣泄，从中依稀可见已斋先生的倔强身影。当然，基于杂剧题材类型的多样化，关汉卿在各类剧作中均能细致入微地揭示其笔下人物的复杂而隐秘的内心世界。比如，同是寡妇的窦娥和谭记儿，她们对孀居苦闷的体验居然有很大的差异。窦娥诉诸曲词的“闲愁”是含蓄的、委婉的，甚至是收敛的、模糊的；而谭记儿唱出的“凤只鸾单”的幽怨却是明确的、率真的，抑或是大胆泼辣的。表现在行动上，窦娥坚持“一马不将两鞍鞴”，对肆意闯入家门的流氓张驴儿严加痛斥；谭记儿则不愿固守“三贞九烈”的礼教藩篱，寡居三年后在白道姑的支持下从容改嫁白士中。据此可见，关汉卿往往能驾轻就熟地运用性格化的唱词展示不同角色的心理活动，并与他们外在的行为举止保持高度的同一性。

对于传统戏剧中惯常使用的“务为滑稽”的表演手法，关汉卿有创造性的继承和发展。这一点，不仅在其喜剧作品（如《救风尘》）中有精彩的运用，就是在悲剧中为了调节戏剧冲突的气氛也往往间而运用之。尤其是在戏剧冲突趋于白热化的紧张情势下，插入由净角表演的滑稽片段，对于杂剧的批判性主题产生意想不到的深化效果。如《窦娥冤》第二折桃杌太守上场一节：

（净扮孤引祗候上，诗云）我做官人胜别人，告状来的要金银。若是上司当刷卷，在家推病不出门。下官楚州太守桃杌是也。今早升厅坐衙，左

① 章培恒、骆玉明主编：《中国文学史》下册，上海：复旦大学出版社，1996年，第35页。

右喝撺厢。(祇候吆喝科)(张驴儿拖正旦、卜儿上,云)告状告状。(祇候云)拿过来。(做跪见,孤亦跪科,云)请起。(祇候云)相公,他是告状的,怎生跪着他?(孤云)你不知道,但来告状的,就是我衣食父母。

贪官污吏贪赃受贿,都是在暗中进行的,这里却采用显形的视角,让桃杌太守自我暴露;百姓见官不啻于见虎狼恶鬼,关汉卿却让昏庸贪暴的桃杌太守跪在告状人面前,使其当众出丑,尽显其狰狞可鄙面目,从中透露出官府欺压良民的腐朽本质。喜剧手法的运用,相辅相成地推动了悲剧性戏剧冲突的进程,预示了窦娥人生悲剧的必然结果。

**(二)运用典型化手法,塑造各类戏剧形象**

关汉卿杂剧中活跃着众多形神独具的戏剧人物形象。其中有温柔多情的闺阁淑女、饱尝酸辛的青楼女子、叱咤风云的英雄烈士,也有市井小民、权豪势要和地痞恶棍。其中最为光彩夺目者,是来自社会各个阶层的女性形象。关汉卿塑造性格鲜明的人物形象的基本方法,实质上就是近世意义上的典型化手法,即把戏剧主人公放入错综复杂的矛盾冲突的旋涡之中,凸显其在典型环境中的典型性格。比如在平静孤寂的孀居生涯中贞孝自守的窦娥,因流氓张驴儿的伺机闯入被一步步逼到了死亡的边缘,其温顺善良的性格也在与包括腐败的官府在内的社会邪恶势力的迫害下发生了质的变化。“刑场”一折,是全剧戏剧冲突的高潮,而窦娥性格中倔强不屈的一面,恰恰是在传统的道德信念与践踏道德的丑恶现实的激烈对撞中得以升华展现的。同样的,单纯倔强的燕燕、机智泼辣的赵盼儿、胆识过人的谭记儿、任性高傲的杜蕊娘、聪慧纤弱的谢天香,都是在无法回避的心理意志与伦理现实的激烈冲突中完成性格塑造的。女性群像之外,在男性系列形象中,矜持雄豪的关羽,卑屈怯懦的张珪,倜傥风流而又不免迂执清高的韩辅臣,雍容大度而近于倨傲古板的钱大尹等,也都是在颇具喜剧意味的戏剧冲突展开的过程中,把性格的主导方面呈现在观众面前的。其中,张珪性格懦弱、苟且的一面更是在鲁斋郎突然闯入而导致的心理崩溃的境遇中显现出来的。作为郑州府衙六案孔目的他,有一定的社会地位,手中还掌握着相当的权力,虽然也曾利用批阅案卷之便,捞取过一些钱财,但善良之心并未泯灭,甚至有时还不免妄自尊大。银匠李四,与他素昧平生,病倒在他家门首,他乐于救助。听说李四的妻子被人抢走,他基于义愤,声言派人捉拿凶徒,为李四做主。可他万没想到,公然夺人妻室的是权势熏天的鲁斋郎,几乎一下子他就被吓破了胆。更教他难堪的是,鲁斋郎竟强迫他将李四的妻子亲自送上门去,在难以抗拒的特权和淫威的欺凌下,心理变态,人格扭曲,以至于万念俱灰,离家出走。剧作在不断升级的戏剧冲突进程中,真实地揭示了这位刀笔小吏性格变化的动态轨迹,令人哀其不幸,又怒其不争。

与正面人物性格刻画的方法有所不同,关汉卿常常运用夸张、变形的漫画式手法,暴露各种社会丑类卑鄙、狰狞的面目,鞭挞他们肮脏的灵魂。这帮丑类,为数不少,比如有恃无恐、滥施淫威的鲁斋郎、庞衙内、杨衙内,愚蠢贪钱的桃杌太守等,作者都是借助类似插科打诨的滑稽情节,让他们的灵魂曝光的。其中对鲁斋郎、杨衙内、桃杌太守龌龊、卑污性格的摹写真可谓灵妙传神,入木三分。

**(三)重视舞台效果,创立本色风格**

关汉卿是一位熟悉剧场、演员和观众的当行戏剧家,他有"躬践排场、面敷粉墨"的舞台演出经验,其剧本都是名副其实的"场上之曲",这就保证了他的优秀作品具有长久的舞台生命力。《窦娥冤》就是以情节曲折、戏剧冲突激烈而产生过持久的舞台共鸣效应的不朽之作。我们在前面说过,《窦娥冤》的戏剧冲突是由显性的善恶冲突与潜在的道德冲突交织而成的,全剧即围绕着矛盾的发展和转换,不断推动剧情进入高潮。楔子用简练的笔墨交代了窦娥苦难的人生经历,她是作为高利贷的抵押品被送入蔡家的,做了十年的童养媳,17 岁成亲,不到一年丈夫就因病去世,还不到 20 岁,守寡已近三年。这就把年轻的窦娥摆在了高利贷盘剥与封建礼教禁锢的矛盾旋涡之中,揭开了戏剧冲突的序幕。窦娥在第一折出场的时候,已经是一位饱经风霜的寡妇了。真是祸不单行,她无法抗拒的灾难再度降临了:蔡婆因讨债险些被赛卢医勒死,碰巧被路过的张驴儿父子救下,却又引狼入室,埋下了更大的隐患。张驴儿的介入,又在社会冲突的层面上添加了流氓恶势力的恣肆。窦娥拒婚的结果是把矛盾的焦点引到了自己身上。张驴儿本想害死蔡婆,迫使窦娥就范,不承想结果了他父亲的性命;“私休”不成,张驴儿把窦娥告到官府,愚蠢贪暴的桃杌太守居然听信张驴儿的一派胡言,将窦娥问成杀人死罪。戏剧冲突环环相扣,始终让观众的情绪高度紧张,步步紧跟剧情的发展,产生强烈的心理回荡,没有丝毫机会分散注意力,一直伴随着戏剧主人公走向悲剧命运的顶点。像这种重视舞台演出效果,引发观众情感共鸣的场面,在关剧中令人目不暇接。诸如赵盼儿以风月手段赚取休书(《救风尘》)、谭记儿以假意调情骗得金牌势剑(《望江亭》)、关大王以神武之气震慑江东群雄(《单刀会》)、受尽委屈的燕燕大闹婚礼喜宴(《调风月》)等,举不胜举。除高潮场次外,关剧还经常在剧作的结尾处卷起波澜,让观众意犹未尽,久久不肯离去。如《拜月亭》第四折,王尚书将瑞兰、瑞莲分别许配两位新科状元,就在两位新郎共赴婚礼的节骨眼儿上,突然发生意外:瑞莲许配的文状元竟是她的亲哥哥——王瑞兰失散数月的丈夫。剧情陡起波折,两姐妹只好请求交换夫婿。这一场面,尽管有人为的斧凿痕迹,在一定程度上损害了戏剧主人公王瑞兰的形象,但台下的观众一定是很开心的。又如,《调风月》的高潮也不在第三折,而在燕燕大闹婚礼的第四折。元人杂剧“至第四折往往强弩之末”,关汉卿杂剧在第四折还能出现小高潮,正表现出不同凡响的艺术功力。正如章培恒等先生所说,关汉卿杂剧“无论是选材与剧情安排,还是人物形象的塑造和语言的运用,都很重视舞台演出效果,适应观众的欣赏心理,以生机勃勃的艺术活力,表现出新鲜的社会意识和人生追求”①。

关汉卿杂剧的语言,向以本色当行著称,如王国维先生所称道的“写情则沁人心脾,写景则在人耳目,述事则如其口出”“曲尽人情,字字本色”②。关剧的唱词,既有为戏剧情境所规定的动作性,又有合乎人物身份的鲜明个性特征。像《救风尘》第二折,宋引章嫁给周舍后备受凌辱,懊悔

---

① 章培恒、骆玉明主编:《中国文学史》下册,上海:复旦大学出版社,1996年,第34页。

② 王国维:《宋元戏曲史·元剧之文章》,北京:东方出版社,1996年。

莫及，写信向盼儿求救，赵盼儿虽埋怨宋引章不听劝告，以致身陷魔掌，但还是对风月姊妹的悲惨处境十分同情，一边写着回信，一边娓娓诉说心曲：

〔后庭花〕我将这知心书亲自修，教他把天机休泄漏。传示与休莽戆收心的女，拜上你浑身疼的歹事头。（带云）引章，我怎的劝你来？（唱）你好没来由、遭他毒手，无情的棍棒抽，赤津津鲜血流。逐朝家如暴囚，怕不将性命丢！况家乡隔郑州，有谁人相睬睬，空这般出尽丑。

这段唱词，把赵盼儿对宋引章的埋怨、怜悯、牵挂、焦虑，以及她将要采取搭救措施的心态和盘托出，情意真挚，又完全符合久历风月的青楼女子泼辣爽直的性格特征，给人以如见其形、如闻其声的真切感。再如她反驳周舍指责她违背咒誓的一段唱词：

〔庆东原〕俺须是卖空虚，凭着那说来的言咒誓为活路。（带云）怕你不信呵，（唱）遍花街请到娼家女，那一个不对着明香宝烛，那一个不指着皇天后土，那一个不赌着鬼戮神诛？若信这咒盟言，早死的绝门户！

以花街子弟言而无信的惯常伎俩，还治其本身，可谓以牙还牙，绝不让周舍讨到丝毫便宜！赵盼儿的伶牙俐齿，机智老辣，表现得活灵活现。对于剧中无处不在的反面人物，已斋先生往往只用三言两语，就把他们的性格特征惟妙惟肖地呈现在观众面前。如同是权豪势要的鲁斋郎、葛彪、杨衙内，或阴鸷骄横，或凶恶霸道，或粗鄙愚蠢，俱各人一面，绝不雷同。即使是着墨不多的配角，如杨衙内的两个亲随、司马徽的道童、流氓张驴儿、书生安秀实等，也都栩栩如生。

关剧的语言通俗平易，明快洗练，亦雅亦俗，各得其宜。关汉卿生活在都市平民大众之间，对民情风俗、街巷口语了然于心，在从事杂剧创作活动时，往往能够熟练地把活泼生动的民众口语提炼成文学语言，收到雅俗共赏的理想效果。例如《窦娥冤》第三折，窦娥临刑前嘱咐婆婆的几支曲子，纯用日常口语，如泣如诉，催人泪下：

〔快活三〕念窦娥葫芦提当罪愆，念窦娥身首不完全，念窦娥从前已往干家缘。婆婆也，你只看窦娥少爷无娘面。

〔鲍老儿〕念窦娥伏侍婆婆这几年，遇时节将碗凉浆奠；你去那受刑法尸骸上烈些纸钱，只当把你亡化的孩儿荐。（卜儿哭科，云）孩儿放心，这个老身都记得。天那，兀的不痛杀我也！（正旦唱）婆婆也，再也不要啼啼哭哭，烦烦恼恼，怨气冲天。这都是我做窦娥的没时没运，不明不暗，负屈衔冤。

在她以年轻的生命救下的婆婆面前，窦娥显得那样恭顺、那样谦卑、那样无助！一连声的"念窦娥"，但所提要求居然是那样的低微，又是那样的虔诚。听着断头台上窦娥的声声泣诉，就是铁石心肠，也会为她的"没时没运，不明不暗，负屈衔冤"的呼告热泪涌流。

关汉卿对语言有敏锐而精细的辨析能力，他善于根据人物所处的不同环境、不同的心理状态，恰当地调整用语的分寸。如同是一个谢天香，在上司钱大尹面前是那样的低声下气、小心谨慎。而一旦避开官府的钳制，她照样用"臭尸骸""臭驴蹄"一类的粗话骂人。至于其他各色人等，关汉卿均能根据其身份、地位、教养的差异，让出自其口的言语当俗则俗，宜雅则雅，完全体现出不同人物的气质与个性。像《望江亭》中的白士中是位儒雅君子，他这样称赞谭记儿："我这夫人十分美貌，不消说了；更兼聪明智慧，事事精通，端的是佳人领袖，美女班头，世上无双，人间罕比。"虽不免有几分酸腐之气，仍不失其矜持含蓄的文士风范。而像《窦娥冤》中的张驴儿，则出语粗俗，令人作呕。如他对蔡婆说："你教窦娥随顺了我，叫我三声嫡嫡亲亲的丈夫，我便饶了他。"三言两语，活现出一副泼皮无赖相。

## 六、关汉卿与其杂剧研究综述

自元人周德清将关汉卿置于"关、郑、白、马"之首，明朱权肯定其"初为杂剧之始"的拓基创始之功以来，关汉卿在中国戏曲发展史上一直享有崇高的声誉，直至被推为"中国戏曲之父"，跻身于世界文化名人之列。近现代以来，关汉卿始终是戏曲史家关注的焦点人物，关剧研究也一直处于整个戏曲研究的前沿位置上，回顾百余年来的关汉卿研究，主要是围绕其籍贯、生平、创作等有争议的问题展开论争，形成了诸多共识。

### （一）关汉卿的籍贯与生平

关汉卿的籍贯，学术界有大都（燕）、解州、祁州三种不同的说法：元钟嗣成《录鬼簿》记作“大都人”，元末熊自得《析津志》又称其为“燕人”；元末明初人朱右所撰《元史补遗》称其为“解州人”，乾隆《解州志·人物》，光绪《山西通志》及《蒲州志》《解县志》等都说是解州人；清乾隆二十年所修《祁州志》卷八《纪事》有“关汉卿故里”条，则将其籍贯定作“祁之伍仁村”。以上三说，各有所据，今人或依此，或信彼，迄今无定论。赞同“大都”说者，认为《录鬼簿》有明确记载，其说又出现最早，比较可靠。至于《析津志》所记“燕人”说，论者谓与“大都”说无甚差异，因“其所谓‘燕’，并非泛指古燕国广大区域，而是沿用辽代燕京旧称，明指元代京师大都”①。作为“大都”说的修正意见，周贻白、顾肇仓、蔡美彪、王雪樵、王钢等认为关汉卿祖籍应为解州。徐子方《关汉卿行迹推考》一文则提出了一种试图把大都、解州、祁州诸说统一起来的新方案：“关汉卿解州出生，汴梁做官，祁州退隐，大都嘲风弄月以及晚年南下楚湘江浙，最后归葬祁州。”②

关汉卿的生平，见于元人记载者多十分简略。如周德清的《中原音韵·自序》仅将其置于“一新制作”的“关、郑、白、马”之首，肯定其对于元杂剧的创始之功。钟嗣成的《录鬼簿》仅有“大都人，太医院尹，号已斋叟”的简单记载。邾经的《青楼集·序》则曰：“我皇元初并海宇，而金之遗民，若杜散人、白兰谷、关已斋辈，皆不屑仕进，乃嘲风弄月，留连光景，庸俗易之，用世者嗤之。三君之心，固难识也。”元末人熊自得《析津志》亦有云：“关一斋，字汉卿，燕人。生而倜傥，博学能文，滑稽多智，蕴藉风流，为一时之冠。是时文翰晦盲，不能独振，淹于辞章者，久矣。”其他如陶宗仪的

---

① 王钢：《关汉卿籍贯考》，《文学遗产》1989 年第 1 期。

② 黄天骥：《关汉卿和关一斋》，《文学评论丛刊》1981 年第 9 辑；又见黄天骥：《冷暖集》，广州：花城出版社，1983 年，第 166 页。

《辍耕录》、杨维祯的《宫词》、贯云石的《附春白雪·序》等,也只记载了一些零星的逸闻琐事或戏曲材料。根据上述这些散见的材料,明人蒋一葵《尧山堂外记》卷八十六总结说:"关汉卿,号已斋叟,大都人,金末为太医院尹,金亡不仕。"应当说,元、明人在肯定关汉卿生于金末,曾为"太医院尹","初为杂剧之始"等问题上认识是大体一致的。王国维《宋元戏曲史》基本上接受了这种观点,把关汉卿看作是生于金末的元杂剧奠基者之一。但是,由于王国维先生持有"宁视汉卿生于金代,仕元,为太医院尹,为稍当也"①的存疑态度,就直接或间接地引发了围绕关汉卿生平与仕历的长期争论。争论的问题除了上述籍贯问题,主要集中在关汉卿的生卒年代及与之相关联的是否做过太医院尹。经过长期的争论,比较一致的看法是:关汉卿生于金末(1210—1230),卒于1300年之前,曾仕金为太医院尹。

**(二)关汉卿杂剧作品的考订与研究**

根据各本《录鬼簿》的记载及其他有关材料,关汉卿著有杂剧67种,现存18种(见前文),其中有争议的是《鲁斋郎》《裴度还带》《五侯宴》《单鞭夺槊》《陈母教子》和《哭存孝》数种。目前,《鲁斋郎》《蝴蝶梦》《绯衣梦》被基本肯定为关氏所撰,《裴度还带》《五侯宴》《单鞭夺槊》基本被否定,《哭存孝》《陈母教子》则尚存争议。

关汉卿杂剧研究,在20世纪的元杂剧研究中,始终是重头戏。在近代学术大师王国维等的倡导下,研究者们努力借鉴西方文艺理论和研究方法,突破元明以来仅限于曲文鉴赏、本事考释、文献整理的旧学局限,在关汉卿研究领域多有新的发现,成绩显著。新中国成立以后,研究者们努力运用马克思主义的立场、观点和方法,把关汉卿研究推向了新的境界。据不完全统计,全国主要报刊发表关汉卿研究专论600余篇,出版研究专著、关剧选集校注不下20种。研究者们把传统的研究范围推而广之,在关剧思想内容、艺术成就等方面的研究上都有突出建树,研究的方法和角

---

① 王国维:《宋元戏曲史·元剧之时地》,北京:东方出版社,1996年。

度,也不断扩展。尤其是进入 80 年代以来,研究者们不再满足于对作家作品的平面式表述,思维方式也逐渐由单一的线型模式朝着多元的、立体的动态模式迈进,并有意识地把关汉卿研究置于中国文学乃至世界文学的历史长河中,确立其在世界戏剧史和文学艺术史上的重要地位。如同其他学术领域一样,20 世纪的关汉卿研究也走过了从兴起、发展到反思、回归的曲折历程。为着叙述的方便,我们不妨把百年来的关汉卿研究划分为三个阶段:

(1)国学创新阶段(1901—1949)。晚清以前的戏曲文献,对关汉卿只保留了一些零星片段的记载,其中包括小传、交游、逸闻和作品点评。这些散见的记录,因多出于传闻,简单而零乱,甚至连关汉卿的本名都无从得知。加上版本异同和明清人别生枝节,使得关汉卿的年代、籍贯、别号、官职,以及著作归属都成为问题。这当然是封建时代鄙薄戏曲等通俗文艺带来的历史遗憾。进入现代以来,王国维慧眼卓识,以具有划时代意义的戏曲理论巨著《宋元戏曲史》,打开了古代通向现代的学术通道,引导富有历史使命感的现代学人,依据《中原音韵》《录鬼簿》《青楼集》等极其有限的珍贵戏曲文献,对上述问题展开了卓有成效的考察研究,基本理清了这位堪称是元杂剧奠基人的伟大戏剧家的生平线索,对其保存下来的杂剧作品进行了认真而全面的考订整理,使其姓名大显于中国戏曲发展的光荣史册。20 年代以后,一大批具有现代学术品位的文学史著作,诸如郑振铎《插图本中国文学史》,陆侃如、冯沅君《中国文学简史》,刘大杰《中国文学发展史》,谭正璧《中国文学进化史》,杨荫深《中国文学史大纲》,林庚《中国文学史》等,都为元杂剧和关汉卿开辟了专门的章节。戏曲理论专著也以强劲的势头陆续付梓印行。为今人所熟知的荦荦大者计有吴梅《中国戏曲概论》《元剧研究 ABC》,贺昌群《元曲概论》,卢冀野《中国戏剧概论》等数种。胡适、鲁迅等新文化运动的先驱者,都对戏曲、小说等通俗文学的研究表现出满腔热情,并以《读曲小记》(其中有专门考证关汉卿年代的论文)、《中国小说史略》等学术专著和高质量的论文发挥着倡导和推动作用。王季烈、孙楷第、郑振铎、隋树森、赵景深、顾肇仓、傅惜华、吴晓铃、王季思等在整理元人戏曲文献、考察元剧作家作品等基础工程上倾注了巨大的心血。

(2)社会学研究炽盛阶段(1949—1966)。50年代初,学者们努力学习马克思主义的理论和方法,对关汉卿剧作的社会作用、文学成就等进行了探讨,孙楷第《关汉卿行年考》、王季思《关汉卿和他的杂剧》是为人们所熟知的文章。1958年,纪念关汉卿创作活动700周年的时候,田汉等提出,要像英国有莎士比亚学一样,中国也应有“关学”。这个提议获得学术界的热烈响应。很短时间内,研究成果大批涌现,赵万里《关汉卿史料新得》公布了他所发现的《析津志·名宦传》中的关一斋小传,推进了关氏生平的研究。蔡美彪《关于关汉卿的生平》和《关汉卿生平续记》等文章,为研究关汉卿生平打开了新的思路。郑振铎、王季思、周贻白、胡忌、钱南扬、赵景深、董每戡、吴晓铃、戴不凡、邵增祺、傅惜华等学者,相继撰文颂扬关汉卿的光辉业绩,论述其剧作的创作倾向、人物形象、语言特色及作品真伪源流等问题。李健吾《从性格上出戏兼及关汉卿创造的理想性格》从题材、人物、结构、语言等角度,把关作和莎士比亚、莫里哀的作品进行比较,开关剧比较研究的先河。戴不凡《关汉卿笔下的妇女性格特征》在论述角度的新颖、分析的透彻精辟深刻等方面,都给读者留下了深刻的印象,吴晓铃等人《关汉卿戏曲集》点校精审,获得学术界的好评。应当说,这一阶段的关汉卿研究已具有相当水平,并且逐步走向成熟。这一时期也是戏曲研究者接受马克思主义唯物史观的初始阶段,一些研究中不免有生硬偏颇的地方。

(3)学术本体回归阶段(1977—1998)。“文革”后的20年,关汉卿研究迅速由复苏而达到全面繁荣,一时号称“显学”。新时期关汉卿研究的突出特征是摆脱了“左”的思想的干扰,恢复了关汉卿研究应有的学术本位。70年代末,关汉卿研究尚处于拨乱反正时期,论者都力图清除“左”的影响。进入80年代,关汉卿研究产生了飞跃,佳作如雨后春笋,层出不穷,为以往各个时期所不能比拟。黄克《娱人和自娱》认为关汉卿剧曲和散曲的不同倾向,是由二者的不同社会功能——娱人与自娱造成的,李汉秋《论关汉卿剧曲和散曲的异同》对黄说提出不同意见。黄、李二位的争议为学术界所注意,引发了对元曲表现的时代精神的讨论。谢柏良《关汉卿的爱情哲学》、黄文锡《关汉卿笔下的性爱问题》,论述了关氏对爱情理想和爱情描写的探索。沈默《论关剧的结构》、高帆《试谈关汉卿剧作的结构艺术》从不同的角度,对关剧的结构作了有益的探讨。张永鑫《关汉卿与南戏》爬梳关剧曲文,从中发掘出关汉卿与南戏关系的证据。徐朔方《关汉卿与莎士比亚》、张燕瑾《元剧三家风格论》代表了比较研究的实绩。王学奇、吴振清《关汉卿笔下的反面人物》,刘知渐、鲜述文《关汉卿清官戏中的法律问题》,开拓了关氏研究的新领域。宁宗一《另一精神世界的透视》、张志岳《关汉卿及其杂剧的新评价》站在坚实的理论基础之上,分别从微观和宏观的角度,对关剧作出合乎实际的评价,显示出关学的成熟。黄克的专著《关汉卿戏剧人物论》从关氏塑造的一群妇女形象入手,透过对她们的阶级与倾向的细致分析,揭示出这位杰出的艺术家的创作观。他选择的角度、运用的方法及取得的成果,都是难能可贵的。他还从纵横两方面,把这些妇女形象同前人及同代人的作品相比,指出关氏的创造在当时的价值和今天的意义。此时文献研究的代表作当推王学奇等的《关汉卿全集校注》(以下称《校注》)。《校注》收录了关汉卿现存全部杂剧和散曲,对著作权有争议的作品,采取求全备录的原则,有说明地收入。《校注》在注释中,根据因声求义的原理,对古代典籍、当时社会语言、现今方言土语尽力搜集,斟酌征引,对关曲中疑难词语作出恰当的解释;在校勘上,亦时有卓见,显示出校注者厚实的功底、扎实的方法、笃实的学风。王季思认为,《校注》确是借鉴前人,推陈出新,后来居上。校注者的治学精神、学术性与普及性相统一的编注意旨,对今天从事古籍整理者有普遍的启迪意义。《校注》可谓“关学”史上里程碑式的巨制。此外,谭正璧《元曲六大家评传》,钟林斌《关汉卿戏剧论稿》,李汉秋、袁有芬《关汉卿研究资料》,王钢《关汉卿研究资料汇考》等,都各有所长,显示出研究者扎实的功力和严谨求实的治学态度,给关汉卿研究的进一步深化奠定了坚实的基础。

近年来,台湾和香港地区的学者也在关汉卿研究方面投入了相当的精力。其中像郑骞(因百)的《关汉卿的杂剧》,罗忼烈的《关汉卿的年代问题》,何美玲的《关汉卿杂剧研究》,李哲洙的《关汉卿现存杂剧研究》等,都是值得称道的。

# 第十章 《西厢记》研究

## 一、《西厢记》的作者及版本

### （一）关于《西厢记》作者的分歧意见

《西厢记》杂剧是元杂剧中爱情戏的杰作，也是我国文学史上炫耀百代的不朽名著。但关于其著作权问题，一直是研究中争论的热点问题之一。归纳起来，主要有以下几种说法：

（1）王实甫作。此说首见于最早记载元曲作家作品的元代钟嗣成的《录鬼簿》，明初朱权作《太和正音谱》，也把此剧归于王实甫名下。明初另一位重要戏曲作家贾仲明就《录鬼簿》上卷为各家补写了吊词，其中为王实甫补写的《凌波仙》吊词中说："作词章，风韵美，士林中等辈伏低。新杂剧，旧传奇，《西厢记》天下夺魁。"可见其认同《西厢记》为王实甫作。这种说法在学术界得到了大多数人的认同。如霍松林在其《西厢述评》中针对《西厢记》作者中出现的"王作关续"之观点，从该说出现的时间很晚，关汉卿生活的时代要比王实甫早，不能把《西厢记》写得较差的最后一本归于关汉卿这位杰出的戏剧家，《西厢记》第五本的情节在董解元的《西厢记诸宫调》中就有，《西厢记》第五本的艺术风格与前四本基本一致等五个方面否定了“王作关续”说①，而确认《西厢记》的作者为王实甫。

（2）关汉卿作。明代弘治年间，都穆在《南濠诗话》中曾提道：“近时北词以《西厢记》为首。俗传作于关汉卿，或以关汉卿不竟其词，王实甫足之。予阅《点鬼簿》（按：即《录鬼簿》）乃王实甫作，非汉卿也。”清人毛西河《西厢记考证》称：“明隆万以前刻《西厢》者，皆称《西厢》为关汉卿作。”新中国成立以后，持《西厢记》为关汉卿作之观点者不乏其人。如杨晦在《再论关汉卿——关汉卿与〈西厢记〉问题》②中，根据清代《祁州志》中“关汉卿故里”条“关汉卿高才博学而艰于遇，因取《会真记》作《西厢》以寄愤”的记载，断定“《西厢记》是关汉卿的晚年之作”。他认为，不能因为钟嗣成《录鬼簿》里没有在关汉卿名下著录《西厢记》杂剧，就断定关汉卿没有写过题作《西厢记》的杂剧。《西厢记》是成熟的元杂剧作品，它在艺术上所达到的高度成就“决不是像王实甫那样的作家所能达到的”。他推断说：“很可能是王实甫写过一本《崔莺莺待月西厢记》，在元成宗大德年间，在杂剧最繁盛的时期，以词章风韵，在士林中，在一般杂剧作者中占了上风，使得当时书会中的才人，不得不认输伏低。至于关汉卿晚年所完成的全五本《西厢记》也为他所掩，或为他所窃夺。这样就引起后世关王优劣的争论。”后来董如龙等人撰文重申关汉卿对《西厢记》杂剧的著作权。其中董文认为，明代嘉靖以前虽然有数家提出《西厢记》为王实甫作，实际都源于《录鬼簿》，没有什么依据。今存关汉卿的《普天乐》小令十六首“崔张十六事”，故事与杂剧《西厢记》相同，它可以视为关作《西厢记》前所拟的大纲③。谭正璧不同意关作《西厢记》杂剧说，提出：“关汉卿不是没有写过《西厢记》，但他所作的不是现在流行的杂剧《西厢记》，而是用

---

① 霍松林：《西厢述评》，西安：陕西人民出版社，1982 年，第 44~45 页。

② 杨晦：《再论关汉卿——关汉卿与〈西厢记〉问题》，《北京大学学报》1958 年第 3 期。

③ 董如龙：《〈西厢记〉作者关王二说辨析》，《学术季刊》1985 年第 2 期。

《普天乐》小令十六支写的散曲《西厢记》。前者用来扮演，后者用来弹唱，而内容是一模一样的。”①

(3)王作关续。这种说法认为，《西厢记》前四本由王实甫作，第五本则由关汉卿续。明代王世贞在《曲藻》中说：“《西厢记》久传为关汉卿撰，迩来乃有以为王实甫者，谓至邮亭梦而止，又云至‘碧云天，黄花地’而止，此后乃汉卿所补也。”明徐士范刻本《西厢记序》亦云：“人皆以为有关汉卿而不知有王实甫，盖自草桥以前作于实甫，而其后汉卿续成之者也。”清代金圣叹等人也持此说。近人郑振铎在《插图本中国文学史》中也提出王实甫只作了前四本，他死后由关汉卿“将第五本续完”②。蒋星煜著文认为“观现存明刊本《西厢记》诸序跋，明确提出全剧五本系王实甫一人所写者尚未发现”，“结论只能是王作关续”。③

除了以上几种影响比较大的说法，尚有“关作王续”说(都穆《南濠诗话》)、“关作董续”说(《祁州志》)、元后期作家集体创作说④、元末无名氏说⑤等。

通过以上考察可见，《西厢记》为王实甫作是从元到明初人提出的，后人在否定此说而提出新说时，往往是道听途说或出于推测，都拿不出令人信服的证据。而续书之说，主要由《西厢记》第五本与前四本的不同风格而引起，这涉及人们对同一作品的不同理解问题，不足以动摇王作说。另外，尽管在《西厢记》著作权问题上异说迭见，但流行的几部文学史、戏剧史著作以及各类元杂剧作品总集、选集，都把《西厢记》的著作权归于王实甫。可见，王实甫作已经为大多数人所首肯。

### (二)王实甫的生平与创作

与元代大多数剧作家一样，王实甫的生平事迹不可详考。钟嗣成《录

---

① 谭正璧：《关汉卿作或续作〈西厢〉说溯源》，《学术月刊》1962年第4期。

② 郑振铎：《插图本中国文学史》，北京：作家出版社，1957年，第684页。

③ 蒋星煜：《从明刊本〈西厢记〉考证其原作者》，《明刊本西厢记研究》，北京：中国戏剧出版社，1982年，第271页。

④ 陈中凡：《关于〈西厢记〉的创作时代及其作者》，《江海学刊》1960年第2期。

⑤ 周妙中：《〈西厢记〉杂剧作者质疑》，《文学遗产增刊》第5辑。

鬼簿》中最早记载了王实甫的姓名和籍贯，说他“名德信，大都人”，将他列于“前辈已死名公才人有所编传奇行于世者”之列，并在其名下著录《西厢记》等杂剧 14 种。这说明，王实甫从事杂剧创作的时间是比较早的，且与关汉卿生活的时代相去不远。根据他保存下来的作品以及有关材料推断，他的创作时代大约在元成宗元贞、大德年间（1295—1307）。

王实甫的生平事迹，虽然不见于具体的史料记载，但我们根据现有的点滴资料以及他个人的创作，大致可以作出如下推断：

首先，他是一个风流才子，与当时的行院艺人有着密切的交往。明初贾仲明在增补《录鬼簿》时，为王实甫写的《凌波仙》吊词云：“风月营密匝匝列旌旗，莺花寨明彪彪排剑戟，翠红乡雄赳赳施智谋。”这里的“风月营”“莺花寨”“翠红乡”等，都是指元代官妓聚居的地方。而在这些官妓中，相当一部分精通包括杂剧在内的各种技艺。元代科举废止多年，知识分子进身无门，出路被彻底阻断，沦为第九等“贱民”，经常出入勾栏瓦舍，与社会底层的妓女交往密切，为她们编写杂剧剧本，供其上演糊口。

其次，他是玉京书会的重要成员，精于杂剧创作，并且享有盛誉。贾仲明在《书录鬼簿后》中说钟嗣成所编《录鬼簿》“载其前辈玉京书会、燕赵才人、四方名公士夫……自金之解元董先生，并元初关汉卿已斋叟已下，前后凡百五十一人”，其中就有王实甫。所谓“书会”，就是当时的杂剧作家的创作团体，王实甫加入玉京书会，更便于与其他作家在创作方面进行切磋，提高杂剧剧本的质量。贾仲明吊词中所说的“列旌旗”“排剑戟”“施智谋”等，就是指王实甫与其他作家在创作上争奇斗胜，施展自己的艺术才能。

再次，根据明代陈所闻编撰的《北宫词记》中收录的署名为王实甫的散曲《商调·集贤宾·退隐》，可以推知王实甫大约早年曾经混迹官场，退隐后感到惭愧，并且心有余悸：“想着那红尘黄阁昔年羞，到如今白发青衫此地游。”“退一步乾坤大，饶一着万虑休，怕狼虎恶图谋，遇事休开口，逢人只点头，见香饵莫吞钩，高抄起经纶大手。”退隐以后，生活比较优裕，“有微资堪赡赒，有亭园堪纵游”，春理“丝桐”，夏品“鲜鱼鲜藕”，秋尝“香蟹”，冬赏雪梅，真是“潇洒傲王侯”。从“百年期六分甘到手，数支千周遍又从头”句推断，他至少活了60岁。

王实甫是个多产的作家，根据《录鬼簿》记载，他创作了14种杂剧，它们是《崔莺莺待月西厢记》《四大王歌舞丽春堂》《吕蒙正风雪破窑记》《韩彩云丝竹芙蓉亭》《苏小卿月夜贩茶船》《东海郡于公高门》《孝父母明达卖子》《曹子建七步成章》《才子佳人拜月亭》《赵光普进梅谏》《陆绩怀橘》《诗酒丽春堂》《双蕖怨》《娇红记》。其中《西厢记》《丽春堂》《破窑记》三剧完整保存下来，《芙蓉亭》《贩茶船》二剧各有一折曲文传世。此外，他还有散曲创作，今存有成套两套，残套一套，小令一首。

**（三）《西厢记》的版本**

在我国古代戏曲作品中，《西厢记》版本之多，情况之复杂，是任何一部剧作都难以比拟的。在明清时期，《西厢记》的版本大约有200种（包括重刊本），近人校注本50余种。日本汉学家传田章在这个方面用力甚勤，在其所著的《明刊元杂剧（西厢记）目录》中，对66种明刊本作了详细的介绍。这是迄今为止对明刊本介绍的最全面的一部专著。

就今天所见的各种版本来看，可以划为分本与不分本两大类。但同为一类，情况又有很大的不同。拿分本的来说，大多数有题目正名，每本末尾有增曲《络丝娘煞尾》，起着“缴前启后，以为关锁”的作用，但有分折与不分折之别，而分折的又有标折目与不标折目之分。不分本的有的有折目，有的却没有折目，有的有题目正名与《络丝娘煞尾》，有的则没有，有的无题目正名却有《络丝娘煞尾》。情况之错综复杂，实为版本学史上所仅见。

现在所传的《西厢记》各种刊本都不是原本。1978年，北京中国书店新发现了《新编校正西厢记》的残页，大约是在明代初年刊刻的。学术界一致认为，这是迄今所见的《西厢记》的最早刊本。明弘治十一年（1498），金台岳家刊刻了《新刊奇妙全相注释西厢记》，此本是我们今天能见到的《西厢记》的最早最完整的刻本。该本将《西厢记》分为五卷，各卷的标题是：

卷之一　　焚香拜月

卷之二　　冰弦写恨

卷之三　　诗句传情

卷之四　　雨云幽会

卷之五　　天赐团圆

其中第一、第二两卷将题目正名放在该卷第一折之后，第三、第四两卷将题目正名放在该卷卷末，而第五卷剧末虽标“题目”二字，但它却是传奇体的四句下场诗，而不是题目正名。可见其体例是不统一的。另外，一般来说，元杂剧剧本的题目正名都是放在剧本的最后，作用是标明剧情提要，确定剧本名称，但这个弘治本各卷的标目却与此不符，这说明各卷的四字标目并非原本所应有，显然是后人添加上去的。

明代中叶以后，出现了许多《西厢记》校注本。其中影响较大的有徐文长本、徐士范本、王伯良本、凌濛初本、闽遇五本、金圣叹本、毛西河本等。其中金圣叹的批注本在清代影响最大。

需要特别指出的是，明代天启年间，凌濛初校刻的《西厢记》面世，这是今存所有明清刊本中唯一的一部以题目正名末句作为该本名称的本子。全书分为五本，每本四折，各折均无标目，并且每本都有题目正名与《络丝娘煞尾》，但每本的标题却与弘治本存在很大的差异。各本的标题为：

第一本　　张君瑞闹道场

第二本　　崔莺莺夜听琴

第三本　　张君瑞害相思

第四本　　草桥店梦莺莺

第五本　　张君瑞庆团圆

五本的剧名正好是该本题目正名的最后一句，完全符合元杂剧以题目正名末句作为该剧名称的规律。因此，可以说此本虽然较弘治本晚出，但它更切合元杂剧的体制特点。清末民初，刘世珩暖红室翻刻凌濛初校刻本，立即在社会上引起了广泛的反响。此本以校刻的精严与切合元杂剧的体制而广为流传，从而取代了金圣叹批注本一统天下的局面①。今天通行的排印本，基本上也都是以它为底本。其中王季思的校注本 1960 年由中华书局上海编辑所印行，1978 年由上海古籍出版社重印，至今已印行多次，最为流行。

## 二、《西厢记》的研究概况

论及《西厢记》研究的源头，可以追溯到明清时期出现的各种版本上的评点文字，以及明代嘉靖、万历时期文人们就《西厢记》与《琵琶记》《幽闺记》优劣问题所展开的争论，但那些论述既说不上深刻，也说不上系统。《西厢记》研究真正走向繁荣是在中华人民共和国成立以后。尽管新中国成立以来《西厢记》的研究也曾受到一定程度的冲击，但就整体而言，还是取得了令人瞩目的成就，达到了较高的水准。据不完全统计，新中国成立以来各种报刊发表的有关《西厢记》的论文和鉴赏文章不下 600 篇，研究专著在 20 种以上。尤其是 20 世纪 80 年代以来，《西厢记》研究更是焕发了勃勃生机，在研究的深度、广度乃至学术观念的更新和思维方法的变革等方面，都有长足的进展。这里就学术界集中讨论的除前文所谈的有关作者、版本问题外的概况，作一粗略的介绍。

首先，关于《西厢记》戏剧样式的争论。《西厢记》究竟是悲剧、喜剧，还是悲喜剧？这一戏剧样式问题的讨论，是 20 世纪初随着西方文艺思潮的传入而展开的。王国维在《〈红楼梦〉评论》中明确地把《西厢记》界定为“始于悲者终于欢，始于离者终于合，始于困者终于亨”的“悲喜剧”。1983 年，方正耀在《读书》第 2 期发表了《西厢记是不是喜剧》一文，提出《西厢记》是悲剧的和喜剧的两种情感糅合在一起的正剧。其理由有四：其一，《西厢记》的主人公不是喜剧角色。崔、张的喜剧性格并非作者刻画的重点，目的也不是引人发笑，而着意刻画了他们冲破封建礼教藩篱的思

① 参见张人和《〈西厢记〉的版本系统概观》，《社会科学战线》1997 年第 3 期；《论〈西厢记〉的版本与体制》，《文史》第 26 辑。

想发展过程,表现他们几经磨难相爱愈挚的坚强性格。其二,《西厢记》的戏剧冲突不属于喜剧类型。贯穿全剧的主要冲突是莺莺与老夫人之间的思想冲突,充满严肃性,具有悲剧性质。其三,《西厢记》的情节安排与关目设置,是"悲喜杂糅、和谐一致",并不符合喜剧特点。其四,《西厢记》的大团圆结局不同于一般的喜剧结局。最终崔、张二人婚姻的和谐是建立在与老夫人妥协的基础之上,老夫人达到了维护门阀利益,"三辈不招白衣女婿"的目的。与这种观点不同,大多数研究者把《西厢记》看成喜剧。刘修业最早在《读〈西厢记〉后》一文中提出这一观点,得到后来众多学者的赞同。如吴国钦在《西厢记艺术谈》一书中,从五个方面论述了《西厢记》是一部喜剧作品:第一,它以赞颂青年男女争取自由爱情为主,"愿普天下有情的都成了眷属"的主题思想贯穿始终,属于颂扬性的喜剧。第二,抒情的喜剧情节是全剧故事的主要成分,最后也以崔、张团圆收尾。剧中诸如《哭宴》《送别》等悲剧场面并不能影响全剧的喜剧性质。第三,作者把张生、红娘等都作为正面喜剧人物来处理。第四,作品大量运用抒情喜剧常用的手法,如误会、巧合、夸张、打趣、滑稽、幽默、诙谐等,都取得了很好的喜剧效果。第五,剧中大多数场面充满喜剧气氛。另有一些学者主张《西厢记》是悲剧。徐朔方在 1954 年 5 月 10 日《光明日报》发表的《论〈西厢记〉》一文中提出,《西厢记》的主题是反对封建婚姻制度,整个封建制度是站在老夫人、郑恒一面的,因而"不能不是一出悲剧"。故事结局让莺莺和张生团圆,这是"不真实的",是"对主题的一个破坏"。

其次,对《西厢记》主题的讨论。1921 年,郭沫若撰写了《〈西厢〉艺术上之批判与其作者之性格》一文,称赞《西厢记》"是超时空的艺术品,有永恒而普遍的生命。《西厢》是有生命的人性战胜了无生命的礼教的凯旋歌,纪念塔"①。此说开启了后来《西厢记》主题为反封建、反礼教说的先河。新中国成立以后,学术界普遍认为《西厢记》表现了反封建的主题,揭露了封建礼教对青年一代自由爱情的摧残,颂扬了青年男女对自由爱情、

① 郭沫若:《〈西厢〉艺术上之批判与其作者之性格》,上海:光华书局《文艺论集》,1931 年,后被收入上海古籍出版社 1985 年版《郭沫若古典文学论文集》。

自主婚姻的执著追求，表达了“愿普天下有情的都成了眷属”的理想。近年来，讨论有了进一步的深入。董每戡在《〈西厢记〉发覆》一文中认为，“很多人都知道它的主题思想是反对封建不合理的婚姻制度，然而还不曾注意到它那特殊的历史内容。老夫人屡次赖婚，根源并非一般的‘贫富悬殊’，而在于唐代森严的门阀制度。‘崔、卢、李、郑、王门女，是不入寻常百姓家的，这才是风流艳冶的主要矛盾，是《西厢记》的根本性问题。”“应把《西厢记》看作一部新兴意识——即‘自由观念’和‘世族观念’的斗争史。”夏虹在《关于〈西厢记〉爱情主题的探讨》一文中却认为，“如果说反对门阀制度是主要冲突，那么就离开了作品的爱情主题，冲淡了它反对封建礼教、封建婚姻制度的社会意义与进步作用，减弱了它的现实主义价值”，并认为“《西厢记》的主要冲突，是在维护封建主义的根本利益的一致性的前提下展开的，从根本上说，它与封建主义的经济基础及其上层建筑并不抵触，对整个封建主义统治并不构成威胁”。“崔张爱情是封建贵族小姐与封建士大夫的爱情。因之，在反对封建礼教和封建婚姻制度上又是不彻底的。他们的爱情基础，明显地具有封建主义的烙印。”章培恒、骆玉明主编的《中国文学史》则指出：“《西厢记》通常被评价为一部‘反封建礼教的作品’，这当然不错。但同时它也有一个显著的特点，是作者很少从观念的冲突上着笔，而是直接切入生活本身来描绘青年男女的自由的爱情的渴望，情与欲的不可遏制和正当合理，以及青年人的生活愿望与出于势利考虑的家长意志之间的冲突。可以说，作者把反对封建礼教的主题充分生活化了。”

再次，对《西厢记》艺术特色的阐述。对于《西厢记》的艺术成就，学术界给予了高度的肯定。其中伍六及在《论〈西厢记〉的艺术特色》一文中将《西厢记》的艺术特色归纳为四个方面：一、通过人物内心深处的微妙而复杂的心理活动的变化，表现出人物性格的成长发展的历史。作者运用各种艺术手段来刻画人物的心理活动，构成了《西厢记》艺术上一个十分鲜明的特色。二、运用虚实相生、明暗对照的艺术手法来表现人物的性格特征和人物之间的性格冲突。如老夫人虽然出场很少，出场话语也不多，但其性格却异常鲜明,人们时刻都感到她的存在,从而用极为经济的笔墨表现出人物之间复杂的社会关系,反映出复杂而深刻的矛盾斗争。三、前后有机勾联、宏大而精密的组织结构,和一开一合、时松时紧的戏剧节奏。四、有着抒情诗般的歌唱语言和富有概括力的道白语言。游国恩等主编的《中国文学史》把《西厢记》的艺术成就概括为四个方面:一是根据人物的性格特征,展开了错综复杂的戏剧冲突,完成了莺莺、张生、红娘等艺术形象的塑造。二是人物性格和情节开展得到了高度的结合,成功地表现了事件曲折复杂的过程。三是作者善于描摹景物,酝酿气氛,衬托人物的内心活动,多数场次饶有诗情画意,形成作品独特的优美风格。四是选择和融化古代诗词里优美的词句和提炼民间生动活泼的口语,熔铸成自然而华美的曲词。近年来,探讨《西厢记》艺术成就的论文大量出现,并出现了吴国钦《西厢记艺术谈》等专著。王季思在《〈西厢记艺术谈〉小引》中评价说,吴国钦《西厢记艺术谈》一书"采取东坡'八面受敌'的读书方法,从故事源流、人物形象、戏剧冲突、全剧结构、场面处理、艺术风格、语言艺术等各个方面,对《西厢记》进行反复研究,剖析其艺术成就。又采取比较文学的方法,把它放在我国文学史的长河中,跟同时的关、白、马、郑诸大家的杂剧,以及从元微之《莺莺传》到曹雪芹《红楼梦》等爱情名著,加以比较、分析,得出自己的结论。因此常能在前人已经达到的境界上有所进展,或在前人引而未发的问题上有所发挥"。

对作品人物的研究是艺术研究的一个方面。明末清初,金圣叹在《读第六才子书西厢记法》中,最早对《西厢记》的人物形象予以关注。他认为《西厢记》只写得莺莺、张生、红娘三个人,而且写张生、红娘正是为了写莺莺。1915 年 7 月杨濬庐在《中华小说界》第 2 卷第 7 期发表的《读〈西厢记〉偶笔》中曾论及崔老夫人:"许婚退贼是老夫人之愚,请宴指婚是老夫人之诈,拷问红娘是老夫人之忍,促张生西行是老妇人之毒;老夫人似是官场老手。"1932 年出版的郑振铎《插图本中国文学史》对张生和莺莺恋爱过程中的心理描写有准确而概括的描述:"写张生一个少年书生的狂恋……时喜时忧,时而失望,时而得意。那么曲折细腻的恋爱描写,在同时剧本中固然没有，即后来的传奇中，也少有如此细波粼粼，绮丽而深入描状的。于少女莺莺的心理与态度，作者似乎写得尤为着力。……《佳期》之前，是写得那么沉默含蓄。《拷红》之后，是写得那么奔放多情。久困于礼教之下的少女的整个形象，已完全为实甫所写出了。”新中国成立以后，有大量的人物专论文章和专著发表，这些著述的特点多是把《西厢记》与《莺莺传》《董西厢》或《牡丹亭》《红楼梦》相比较，从人物性格的发展演进中，探索《西厢记》反封建主题思想的深化，寻求以爱情为题材的中国古代文学名著中女主人公叛逆思想性格成长发展的由来。

运用比较方法来分析问题，是《西厢记》人物研究中值得注意的现象。1935 年《光华》半月刊第 4 卷第 1 期和第 3 期发表了署名尧子的《〈西厢记〉与〈罗密欧与朱丽叶〉：中西戏剧观念之不同》的文章。作者将两部作品的人物，如崔莺莺与朱丽叶、张生与罗密欧、崔老夫人与凯普莱特、红娘与劳伦斯神甫，以及剧中人物的描写方法作了对比，分析相似人物的性格差异及中西描写人物方法之不同。文章的论述虽然简略，也说不上深入，但却是运用比较文学方法研究《西厢记》人物的嚆矢。20 世纪 80 年代发表的一系列从不同角度将《西厢记》和《罗密欧与朱丽叶》进行比较研究的文章，显然是受到该文的启发。

《西厢记》语言优美绝伦，脍炙人口，为历来的研究者所赞赏。由于评论者审美情趣的不同，造成了不同时期对《西厢记》语言风格强调的侧重点的差异。明代朱权、贾仲明、王世贞、胡应麟、王骥德等人多着眼于词旨的婉丽和才藻的高华方面来评价。近代王国维、吴梅、王季思等在肯定《西厢记》曲词华美的同时，更注重其语言的当行本色和方言俗语的运用。《西厢记》的语言正是文采本色皆具、雅俗共赏、形神兼备、情景交融、曲白相生的。新中国成立以来，许多研究者都把《西厢记》称为“诗剧”，是元剧“文采派”的代表作。其中张庚和郭汉城主编的《中国戏曲通史》从三个方面对“堪称古代剧诗范本”的《西厢记》戏剧语言作了细致分析。首先，《西厢记》的语言在戏剧性和性格化方面取得了突出的成就。其次，《西厢记》的曲词部分以当时的民间口语为主体，并自然地化用了一些成语、唐诗、宋词以及经书史籍中的语句，赋予新意，准确而生动地表现出人物在特定情境中的思想感情，形成了通晓流畅与秀丽华美相统一的语言风格。再次，运用各种修辞手段，使得这部戏的语言珠玑满眼，美不胜收。宋绵有《西厢记语言运用的技巧》一文，他结合戏剧艺术的特点，提出《西厢记》在戏剧语言运用上有四个特点：一是形神兼备，二是情景交融，三是虚实相生，四是显隐结合。总之，《西厢记》的语言对于刻画人物性格，推进矛盾冲突，展开故事情节，显示主题思想都起着十分重要的作用，可谓成功的“场上之曲”。

第四，对“大团圆”结局的不同认识。对于《西厢记》第五本张生高中、崔张团圆的结局，研究者的观点判若冰炭。金圣叹当年批改《西厢记》时干脆砍掉了第五本，以张生“惊梦”结束全剧。新中国成立以后，学术界许多人对这种结局加以指责，认为它不真实，是画蛇添足，削弱了作品的思想价值。但与此相反，另有一些研究者不同意对第五本的否定，认为第五本是全剧不可分割的一部分，是合乎逻辑的收尾。团圆结局与全剧抒情喜剧的风格完全一致，如果没有这个结局，则不但戏剧冲突、人物性格、主题思想均不够完整，而且从艺术风格看，与整个原作抒情喜剧的风格也很不协调。

## 三、“西厢”故事的演变

《西厢记》写的是崔莺莺与张生的爱情婚姻故事。这个故事并非王实甫的创造，而是在从唐到金崔、张流传故事的基础上，以前代有关的小说、诗歌、说唱文学为基础，经过加工创作出来的。

西厢故事的源头可以追溯到公元 9 世纪唐代元稹所作的传奇小说《莺莺传》。这篇传奇全文载于宋初李昉等人编辑的小说、笔记总集《太平广记》卷四八八；两宋之交的曾慥在他所编的《类说》中收录了唐人陈翰所撰的《异闻集》的部分佚文，其中有关于崔、张故事的节要，但却题作《传奇》；赵令畤《侯鲭录》等书在引用此故事时也题作《传奇》。由此推测，

《莺莺传》之名可能是李昉等在编辑《太平广记》时所加。后来，因为传奇中的张生写过《会真诗》，所以人们又把《莺莺传》称作《会真记》。《莺莺传》最早记述了崔、张故事。大意是讲，唐代贞元年间，“有张生者，性温茂，美风容，内秉坚孤，非礼不可入”。他在游蒲州时，正巧与同住在普救寺的姨母崔氏孀妇母女相遇。适逢乱兵“大掠蒲人”，崔氏母女“旅寓惶骇，不知所托”。多亏张生与蒲将党羽有旧，才使她们幸免于难。崔氏感其德，设宴款待张生，张生在宴席上迷恋上了表妹崔莺莺，便百般追求，并求莺莺的婢女红娘相助。经过种种波折，莺莺终于冲破了封建礼教的束缚，以月下幽会的方式与张生私下结合。就这样“朝隐而出，暮隐而入”，大约过了一个月的光景。张生因为“文调及期”，西赴长安参加科举考试，二人不得不分手。第二年，张生因为科场蹭蹬，留在长安。他曾写信安慰莺莺，莺莺也给张生写了一封凄婉的回信，并寄去信物，表达了由衷的深情。但张生后来却变了心，抛弃了莺莺，并将莺莺说成是“尤物”“妖孽”，说“予之德不足以胜妖孽，是用忍情”。元稹在篇末议论道：“时人多许张生为善补过者。予常于朋会之中，往往及此意者，夫使知者不为，为之者不惑。”

关于《莺莺传》的故事，人们作过许多考证。宋人王性之《辨传奇莺莺事》、近人陈寅恪《元白诗笺证稿·读〈莺莺传〉》等认为，这个故事是元稹根据自己的风流往事写成的。元稹早年曾与表妹崔氏相爱并与之私下结合，后来却抛弃了崔氏而另娶。元稹在这篇传奇中对张生的美化，对莺莺的污蔑，以及张生对自己抛弃莺莺的行为所作的辩护，其用意是十分明显的。鲁迅在《中国小说史略》中说：“元稹以张生自寓，述其亲历之境，虽文章尚非上乘，而时有情致，固亦可观。惟篇末文过饰非，遂堕恶趣。”

然而，《莺莺传》所产生的社会效果却与作者所宣扬的“妇女祸水论”的说教完全相反。人们通过作品形象本身，解读到了女子在封建社会的不幸命运，看到了封建无德文人道德的沦丧，从而激起对“始乱终弃”行为的憎恶。作品本身所产生的社会效果可能完全出乎元稹的预料。

崔张爱情故事流传到宋代，已广为士大夫阶层以及市民群众所熟悉。

一些文人或在创作中引用《莺莺传》中的诗句，如晏殊有“不如怜取眼前人”词句（《浣溪沙》），苏轼有“吹笙北岭，待月西厢”词句（《雨中花慢》），或以其他艺术形式对此故事进行再创作，在这方面保存下来的作品有秦观、毛滂的“调笑转踏”和赵令畤的《元微之崔莺莺商调蝶恋花》鼓子词。“转踏”是北宋时期的一种鼓舞表演技艺，用八句七言的引诗和一首《调笑令》词来吟咏一个故事，词首二字与诗末二字相叠，联结八个故事成为一套。其中秦观的“调笑转踏”咏莺莺部分，诗曰：

崔家有女名莺莺，未识春光先有情。河桥兵变依萧寺，红愁绿惨见张生。张生一见春情重，明月拂墙花影动。夜半红娘拥抱来，脉脉惊魂若春梦。

曲子曰：

春梦，神仙洞，冉冉拂墙花影动。西厢待月知谁共，更觉玉人情重。红娘深夜行云送，困亸钗横金凤。

毛滂咏莺莺的部分为：

春风户外花萧萧，绿窗绣屏阿母娇。白玉郎君恃恩力，樽前心醉双翅翘。西厢月冷蒙花雾，落霞凌乱墙东树。此夜灵犀已暗通，玉环寄恨人何处？

何处？长安路。不记墙东花拂树。瑶琴理罢霓裳谱，依旧月窗风户。薄情年少如飞絮，梦逐玉环西去。

其中秦观只写到崔、张二人月下幽会，毛滂只写到幽会之后张生赴考、莺莺“玉环寄恨”，表达由衷的相思之苦。由于受体裁的限制，他们虽然对张生的作为流露出不以为然之意，但作品的内容还基本局限在元稹原作的范围之内。

赵令畤的《元微之崔莺莺商调蝶恋花》鼓子词是以说唱的形式来敷衍崔、张恋爱故事。所谓鼓子词，是宋代流行的一种说唱技艺。表演形式分为只唱不说或有说有唱两种，歌唱时主要用鼓伴奏，一个节目不论有几段唱词，均以一个词调反复应用。赵令畤的《元微之崔莺莺商调蝶恋花》鼓子词由 12 首《商调蝶恋花》词和插在各首词前后的散文道白组成。12 首词基本上是对《莺莺传》内容的概括，道白部分在元稹原作的基础上删节而成，用以连贯、过渡情节，其中首尾两段是赵令畤所写。作品称：“张之于崔，既不能以理定其情，又不能合之于义。始相遇也，如是之笃；终相失也，如是之遽。”“最恨多才情太浅，等闲不念离人乱。”“弃掷前欢俱未忍，岂料盟言，陡顿无凭准。”赵氏明确否定了元稹对莺莺的污蔑之词，以及原作所宣扬的“妇女祸水论”的陈腐说教，把张生对莺莺“始乱终弃”造成的悲剧结局看成是一种极大的缺憾，对张生的行为加以谴责，而对莺莺则给予深深的同情。这样一来，不仅克服了原作社会效果与作者主观思想的矛盾，而且为后来的再创作开启了新的思路。

宋、金对峙时期，崔、张故事以各种通俗艺术形式在市民社会广为流传。根据南宋罗烨《醉翁谈录》、周密《武林旧事》等的记载，当时的话本中有《莺莺传》，“官本杂剧段数”中有《莺莺六幺》，金院本中有《红娘子》，南戏中有《张珙西厢记》等，遗憾的是这些作品都没能流传下来。

金章宗（1190—1208）时期，董解元的《西厢记诸宫调》问世，崔、张故事以全新的面貌出现于文坛。所谓诸宫调，是北宋时期兴起于民间的一种说唱技艺，因其是将一个宫调的不同曲牌组成一套，再将若干的套数联为一体轮递歌唱，来叙述一个完整的故事，故称诸宫调。董解元的生平事迹今已不可考知，“解元”是对当时一般知识分子的尊称。我们从《西厢记诸宫调》卷首“秦楼谢馆鸳鸯幄，风流俏是有声价；教惺惺浪儿每都伏咱，俏倬是生涯”，“携一壶儿酒，戴一枝儿花；醉时歌，狂时舞，醒时罢。每日价疏散，不曾着家”等带有自叙性质的词句来看，他大概也是一个放浪不羁、蔑视封建礼法的文人。

《西厢记诸宫调》对传统的崔、张故事进行了一次革命性的改造，表现在：第一，体裁的改变。它将《莺莺传》不足 3000 字的传奇小说原作扩展为一部运用宫调 14 个、长短套数 191 套和 2 支单曲的 5 万多字的诸宫调作品。第二，故事结局的改变。将传统故事中崔、张私下结合后张生对莺莺始乱终弃所造成的悲剧，改为崔、张为争取婚姻自主、共同向封建礼教进行冲击，二人的爱情遭到破坏时双双出走，最后终于“美满团圆”的喜剧。第三,某些关键情节的改变。传统故事中以“寺警”为契机,莺莺之所以有“待月西厢下”之举,是因为张生对她们母女有救命之恩,莺莺的以身相许在很大程度上带有报恩性质。而诸宫调改为在“寺警”之前,二人已经“月下联吟”,这样,莺莺后来的举动,就带有追求自由爱情的性质了。第四,矛盾冲突和主题的改变。元稹原作的矛盾冲突发生在张生与崔莺莺之间,而诸宫调则改为崔、张二人联合起来共同对付阻碍他们爱情的封建势力的代表人物老夫人,这就从根本上摒弃了原作所宣扬的“妇女祸水论”的庸俗腐朽思想,将作品的主题提高到反封建礼教的高度。第五,人物形象的重塑。在原作中,张生是个轻薄文人,到诸宫调中被改塑成为一个忠于爱情的至诚君子。原作中莺莺十分软弱,一味消极忍让,在她预感到张生将抛弃自己时还说什么“始乱之,终弃之,固其宜也,愚不敢恨”之类的话,而诸宫调中改塑成能够冲破礼教羁绊,甚至要以生命来维护自由爱情的人物。原作中老夫人在崔、张爱情发展的过程中无关紧要,诸宫调中成为左右儿女婚姻大事,阻碍崔、张结合,两次许婚又两次赖婚的封建家长。另外,诸宫调又增加了郑恒、法聪两个人物,红娘的作用也比原作大大加强。这一切,都为王实甫创作《西厢记》杂剧奠定了坚实的艺术基础。

王实甫的《西厢记》杂剧,既吸取了诸宫调在情节、结局、人物等方面的优点,又克服了诸宫调存在的不足,如张生不必要的软弱、退缩,主动提出赴考,“兵围普救寺”事件的过度铺排(占了大约六分之一的篇幅)等,达到了同类题材的最高成就。

## 四、《西厢记》的思想内容与人物

恩格斯在《家庭、私有制和国家的起源》中分析欧洲中世纪婚姻制度时指出:“对于骑士或男爵,以及对于王公本身,结婚是一种政治的行为,是一种借新的联姻来扩大自己势力的机会;起决定作用的是家世的利益,而决不是个人的意愿。在这种条件下,关于婚姻问题的最后决定权怎能属于爱情呢?”①这个论断同样适合我国的封建社会。

在今存的150余种元人杂剧中,爱情题材的作品普遍表达出主张男女自由恋爱、自主婚姻的主题,诚如《拜月亭》中王瑞兰所唱:“愿天下心厮爱的夫妇永无分离,教俺两口儿早得团圆。”《墙头马上》李千金所唱:“愿普天下姻眷皆完聚。”《张生煮海》中龙女琼莲所唱:“愿普天下旷夫、怨女,便休教间阻,至诚的一个个皆如所欲。”以及《西厢记》中崔莺莺所唱:“愿天下有情的都成了眷属。”这类作品之所以受到人们的喜爱和高度的赞扬,关键就在于它们立足于人的本性,表现出了积极的反对封建礼教、反对封建门阀婚姻制度的主题,表现出进步的民主倾向。

我国封建社会的婚姻实质,是追求门当户对、财产地位的相称,由父母做主权衡联姻的利害,根本不考虑婚姻当事人的意愿。就其形式来说,是父母之命,媒妁之言。这种不合理的婚姻制度戕害了青年一代的心灵,造成了一幕幕人间家庭婚姻悲剧。从古代文学作品中对爱情题材经久不绝吟咏的现实,就可以看到人们对腐朽的封建婚姻制度的痛恶,以及青年一代对自主婚姻、自由恋爱的殷切渴盼。王实甫继承了文学创作中这种民主精神,通过《西厢记》杂剧对封建婚姻制度进行了深刻的反省,并对人们理想的婚姻——建立在爱情基础上的婚姻进行了热情洋溢的歌颂。

张生和崔莺莺的恋爱,最初是出于容貌的相互吸引,是一种人的自然本性所激发的感情的自然流露。他们后来在对这种爱情孜孜追求的时候,彼此都没有考虑对方的门第、地位、财产,即是否门当户对这个在封建婚姻制度看来非常重要的因素。他们经历了感情的诸多纠葛、考验和磨难后,终于幸福地私下结合,这完全是出于当事人的自主意志,没有父母命、媒妁言的程序。这样,他们从一见钟情到私下结合,无论在实质上还是在形式上,都与封建婚姻制度、封建礼教的要求背道而驰,必然会遭到封建势力的阻挠与破坏。因此,《西厢记》中张生、莺莺与老夫人之间的冲突,实质上是要求婚姻自主的青年一代与维护封建礼教、封建婚姻制度的封建势力的冲突。王实甫旗帜鲜明地站在封建叛逆者一方,通过对崔、张

---

① 《马克思恩格斯选集》第四卷(上),北京:人民出版社,1972年,第74页。

悲欢交织的爱情故事的描写,批判了封建礼教和门阀婚姻制度,歌颂了青年男女反抗礼教束缚,为争取自由爱情、自主婚姻而进行的不屈不挠的抗争,深刻揭露了封建礼教的冷酷、虚伪及其对青年一代的摧残迫害,明确否定了封建婚姻制度的合理性,表达了“愿天下有情的都成了眷属”的爱情、婚姻和理想。《西厢记》这种进步的主题,在张生、莺莺、红娘与老夫人矛盾冲突中,通过一系列鲜明的艺术形象,得到了深刻的体现。

老夫人是贯穿全剧的角色,是封建礼教、门阀婚姻制度的维护者,是阻拦和破坏莺莺与张生相爱的封建家长。她“治家严肃”,有“冰霜之操”,按照封建礼教的要求对莺莺进行严格管教,并派红娘对莺莺“行监坐守”。在女儿的婚姻问题上顽固坚持封建门阀观念,是她一切行为的基本出发点。其行为根据剧情的发展分为几个阶段。在“兵围普救寺”之前,她顽固地坚持门阀观念。她一上场,就流露出了今非昔比的感伤情调:

我想先夫在日,食前方丈,从者数百;今日至亲只这三四口儿,好生伤感人也呵!

面对丈夫去世、门庭冷落的现实,她渴望通过联姻来维持往日贵族家庭的体面,重振门第,复兴家业。而与尚书之子郑恒的联姻,既是门当户对,又是亲上加亲,完全符合门阀利益的需要。当孙飞虎兵围普救寺,扬言索要莺莺为妻,不然就要杀人放火的危急关头,作为一家之长的她惊慌失措,六神无主。当莺莺提出“将我与贼汉为妻”以免众人的灾难时,老夫人首先想到的是“俺家无犯法之男,再婚之女,怎舍得你献与贼汉,却不辱没了俺家谱!”相国的家谱是她考虑问题的立足点。当莺莺最后提出“与英雄结婚姻,成秦晋”时,她不得不在万般无奈中接受这一建议,因为在她看来,“虽然不是门当户对,也强如陷入贼中”,可见其出发点仍是门第观念。大难过后,她拒不履行当初“两廊僧俗,但有退兵之策的,倒陪房奁,断送莺莺与他为妻”的承诺,固然有相国已经将莺莺许给郑恒的因素,但关键问题还在于张生当时书剑飘零,不合门阀婚姻的要求,这从她后来逼张生赴考,并把张生考中作为娶莺莺为妻的条件,申明自己家中“三辈儿不招白衣女婿”,就可得到验证。当张生和莺莺私下结合的事情泄露之后，她被迫承认了他们的关系，她训斥莺莺道："我待要经官来，怕辱没了你父亲，这等事不是俺相国人家的勾当。"根源仍在于害怕"玷辱家门"，"恐辱没了俺家谱"。张生作为一介书生，根本不符合老夫人在女儿婚事方面门当户对的要求，所以她立即就逼张生"上京取应"，并明告张生说："得官呵，来见我；驳落呵，休来见我。"生生拆散了这一对恩爱恋人。总之，始终不忘家世利益，顽固坚持门阀婚姻观念，造成了她在莺莺婚事问题上与张生、莺莺以及红娘之间的尖锐冲突。这种冲突在本质上代表了青年一代对爱情、婚姻的自主追求与封建礼教维护者新旧两种社会力量之间的冲突。另外，剧本也没有把老夫人写成一个一味让人感到憎恶的反面角色，而是从生活出发，让她按照自己的逻辑行事，从而避免了人物形象的单一化、脸谱化。作为母亲，她对女儿又是充满爱怜的。如她在"好生困人"的"暮秋天气"让红娘陪莺莺去佛殿上散心解闷，"寺警"时不同意莺莺提出的"献身全家"之计。但她爱的具体内容就是用封建礼教去管束莺莺，这与正值青春年少的莺莺要求摆脱礼教束缚以及对自由爱情的追求背道而驰。从这个意义上说，她爱得越深，给莺莺带来的痛苦就越大。这种真实的描写，使人们更清楚地认识到封建礼教的虚伪性。总之，王实甫笔下的老夫人，既是一个慈母，又是一个不择手段、出尔反尔、恪守门阀婚姻制度及封建礼教的封建家长。作者通过这个人物形象的塑造，揭露了封建礼教的冷酷和虚伪，鞭挞了不合理的封建门阀婚姻制度。

莺莺是《西厢记》中的女主人公，也是我国古典戏剧文学中最早出现的追求婚姻自主、叛逆封建礼教的贵族少女的典型。

作者花费了大量的笔墨，细致入微地描绘了莺莺青春意识的觉醒，以及她对封建礼教的叛逆过程。她出身于相国之家，受到的自然是严格的封建教养。金丝笼般富贵、不自由的生活，给她造成了无比的痛苦。她一出场就唱道：

可正是人值残春蒲郡东，门掩重关萧寺中，花落水流红，闲愁万种，无语怨东风。

这段伤春曲，隐隐约约地透露出她对自己所处环境的不满。这种"闲愁”、怨气，既是对春归的哀叹，也是她青春意识觉醒的信号。当她在游殿时与张生相遇，不仅没按礼教的要求迅速回避，反而在“那里尽人调戏，亸著香间，只将花笑拈”，并且明对红娘暗对张生说：“寂寂僧房人不到，满阶苔衬落花红。”当红娘催她离开时，她故意“回顾觑末”，“眼角儿留情”，“脚踪儿将心事传”（张生唱词）。这些表现与“非礼勿视”的封建教条是背道而驰的。当红娘抢白了张生的自报家门，回去如实告诉了她，并说“世上有这等傻角”时，她不仅没有生气，反而告诫红娘“休对夫人说”，说明她已留意张生的多情。张生月下吟诗挑逗，红娘告诉她吟诗之人“便是那二十三岁还不曾娶妻的傻角”时，她称赞对方所吟的是“好清新之诗”，并依韵相和。张生撞将出来，她陪着笑脸儿相迎，表明她已接受了张生的求爱。做道场时，她泪眼偷瞧张生，并对红娘说“那生忙了一夜”，称赞张生“外像儿风流，青春年少；内性儿聪明，冠世才学”，在这庄严的宗教圣地与张生眉目传情，互通款曲。先人的亡灵，宗教的神圣，在爱情面前统统退避三舍。自见了张生，她“神魂荡漾，情思不快，茶饭少进”，陷入情网而不能自拔，埋怨“小梅香服侍的勤，老夫人拘系的紧”，无人“把针儿将线引，向东邻通个殷勤”。当孙飞虎带兵包围了普救寺，指名索要莺莺为妻，否则，“伽蓝尽皆焚烧，僧俗寸斩，不留一个”。在这危难关头，她提出三条退兵之策：一是献身“贼汉”，二是献尸“全身”，三是“不拣何人，建立功勋，杀退贼军，扫荡妖氛，倒陪家门，情愿与英雄结婚姻，成秦晋”。此时她并非知道张生有退兵之策。三计都是以自己一人的牺牲换来众人的平安，表现出一个贵族少女可贵的献身精神。大难过后，老夫人在答谢张生的宴席上让她与张生以兄妹之礼相见，她出言不逊：“谁承望这即即世世老婆婆，著莺莺做妹妹拜哥哥！”“老夫人转关儿没定夺，哑谜儿怎猜破？黑阁落甜话儿将人和，请将来著人不快活。”“老夫人谎到天来大，当日成也是恁个母亲，今日败也是恁个萧何！”月夜在张生窗下听了《凤求凰》，更促使她下决心以身相许。红娘告诉她张生要回去时，她要红娘“是必再著住一程儿”，让她转告张生：“好共歹不著你落空。”后来终于写下简帖，与张生自主结合，做出了最为封建礼教不能容忍之事。

从剧本的描写可知，莺莺在决定以身相许之后，在与张生的交往中曾发生了“闹简”与“赖简”之事。看到红娘从张生处捎来的简帖，她本来又惊又喜，但却佯装发怒，斥责红娘不该带来简帖。她明明最怕老夫人知道她和张生暗地来往，却偏偏拿向老夫人出首来吓唬红娘。她本来是写简帖和张生约会，但却当着不识字的红娘说是写回书要张生下次“休是这般”。明明是她约张生幽会，但当张生来到后她又狠狠地教训了他一顿。这个问题应如何看待呢？我们认为，这些假处、做作，是她追求爱情过程中复杂的内心世界的典型反映，完全符合一个贵族少女的性格特征及其思想、行为逻辑，符合历史真实与艺术真实。作为深受封建文化熏染的相府千金小姐，莺莺在追求自由爱情的过程中，不可能一下子冲破礼教的桎梏，身上必然存在情与礼的矛盾。

莺莺的叛逆性格，还突出表现在她对门第观念、功名利禄的蔑视。在追求自由爱情的过程中，她始终没有考虑张生的门第与自己是否般配，而爱的是张生的痴情与才华。在《长亭送别》一折，她将功名斥为“蜗角虚名，蝇头微利”，并说“但得一个并头莲，煞强如状元及第”，告诫张生：“此一行得官不得官，疾便回来。”由此可见，她始终是把爱情看得高于功名利禄的。

张生是《西厢记》中塑造的又一个封建礼教的叛逆者。首先，他藐视门第界限，执著追求与相国小姐崔莺莺建立在爱情基础上的婚姻，显得至诚而近乎痴呆。他在普救寺佛殿上遇到崔莺莺后，立即决定留在蒲州，“不往京师应举”，把爱情看得高于功名。为了追求莺莺，他几乎想尽一切办法，运用了一切可能运用的手段，包括赁居西厢、借故搭斋、月下吟诗、寺警时挺身而出、寄书传情、隔墙弹琴、越墙赴会等。莺莺说他是“至诚种”，正是就他对爱情的执著、专一而言的。其次，他身上具有浓厚的书呆子气，也即红娘所说的“文魔秀士”“风欠酸丁”“傻角”。如他见到红娘，且知道她是莺莺的侍婢，便自报家门说：“小生姓张，名珙，字君瑞，本贯西洛人也，年方二十三岁，正月十七日子时建生，并不曾娶妻。”这话固然让人觉得傻气，但它正是说话人心底实在、至诚老实的表现。寺警后老夫人请他赴宴，他喜出望外，想到好事就在眼前，让红娘看他打扮得如何；后来当红娘告诉他莺莺见到简帖后大发脾气时，他痛苦至极，反而埋怨红娘“不用心”，而一旦读到了莺莺的“明月三五夜”诗后，竟把诗中的隐情毫无保留地告诉了红娘。再次，作为一介书生，他身上还表现出一定程度的软弱性以及缺乏应付实际事务的能力，也即红娘所说的“银样镴枪头”。老夫人赖婚，他又气又恼，但又无计可施，不顾身份地跪在红娘面前求计，甚至要解下腰带在红娘面前自尽。他依约跳墙去幽会，却被莺莺以周公之礼训得无言以对。但他在这些挫折面前没有退缩，最后终于以自己的执著、至诚，赢得了莺莺的爱慕，在红娘的帮助下如愿以偿。

红娘虽然是个地位低下的婢女，但作者用了超过张生、莺莺的笔墨，对她的形象作了成功的刻画。她聪明机智，热情泼辣，富有正义感和斗争精神，是剧中对封建礼教最具有冲击力量的典型。她名义上是莺莺的婢女，但实际上又担负着老夫人交给她的另一重任，即对莺莺“行监坐守”。在“寺警”以前，她是忠于职守的，对崔、张的行为根本说不上赞同。如她和莺莺在佛殿上与张生相遇，马上催促莺莺：“姐姐，那壁有人，咱家去来。”张生向她作自我介绍，并打听莺莺是否常出来时，她把张生抢白了一通并加以斥责，回去又在莺莺面前嘲笑张生的傻气。莺莺与张生月下联吟，她打出老夫人的旗号迫使莺莺回去。“寺警”以后，当她看到老夫人出尔反尔、背信弃义、不顾崔张之间的爱慕而赖婚时，她的正义感被激发了出来，冒着被“打死”的风险，热情地为他们出谋划策，三番五次为他们传书递简，并及时通报双方彼此的思念之情。张生表示以后要“多以金帛酬谢”，她怒斥道：“你个馋穷酸俫没意儿，卖弄你有家私，莫不图你的东西来到此？先生的钱物与红娘做赏赐，是我爱你的金赀？”并说“我虽是个婆娘有志气”。在帮助他们二人时，莺莺却事事瞒着她，并对她动怒、发火，张生也曾埋怨过，说她办事“不用心”，这使她感到“两下里做人难”，但她不计较这些恩怨得失，一方面热诚帮助他们，一方面对他们的弱点直言不讳地嘲讽、批评。她俏皮地说张生是“文魔秀士”“风欠酸丁”，有时“酸溜溜螫得人牙疼”，嘲笑张生的迂阔、软弱性及书呆子气，说他是个“花木瓜”

“银样镴枪头”，目的是让他从挫折中振作起来。她嘲笑莺莺的“假意儿”，批评她心口不一。莺莺闹简时，她不仅大胆反驳，而且机智地以假对假，使莺莺服输。

红娘的机智、善辩及善于斗争的性格，最突出地表现在她与老夫人的冲突之中。老夫人得知崔、张二人私下结合的事情之后，首先气势汹汹地拿她是问，但她理直气壮地把责任推到老夫人身上，抓住老夫人的赖婚失信、怕家谱受辱这两点，陈以利害：

信者人之根本。……当日军围普救，夫人所许退婚者，以女妻之。……兵退身安，夫人悔却前言，岂得不为失信乎？既然不肯成其事，只合酬之以金帛，令张生舍此而去，却不当留情张生于书院，使怨女旷夫，各相早晚窥视，所以夫人有此一端。目下老夫人若不息其事，一来辱没相国家谱，二来张生日后名重天下，施恩于人，忍令反受其辱哉？使至官司，夫人亦得治家不严之罪。官司若推其详，亦知夫人背义而忘恩，岂得为贤哉？

老夫人不得不承认：“这小贱人也道的是。”在红娘面前败下阵来。在第五本，她先是以理开导前来争婚的郑恒，当郑恒骂张生“穷酸饿醋”、胡搅蛮缠时，她予以针锋相对的回击：“君瑞是君子清贫，郑恒是小人浊民。”“你值一分，他值百十分，萤火焉能比日轮？”并在老夫人面前为张生辩解。总之，她站在封建叛逆者崔、张一方，为他们的结合起了至关重要的作用。

## 五、《西厢记》的艺术成就

《西厢记》在艺术上取得了突出的成就，为历代的戏曲评论家所称道。元代音韵学家周德清在其戏曲音乐论著《中原音韵》中分析元曲作品的实际用韵情况、为写作北曲者提供典范时，就曾以《西厢记》中的唱词作为“定格”。明初贾仲明在为王实甫增补的《凌波仙》吊词中称颂道：“作词章，风韵美，士林中等辈伏低。新杂剧，旧传奇，《西厢记》天下夺魁。”明代都穆《南濠诗话》中说：“北词以《西厢记》为首。”“后七子”领袖王世贞在《曲藻》中称赞：“北曲故当以《西厢》压卷。”胡应麟《少室山房笔丛》云：

“《西厢记》为传奇冠”,“独戏文《西厢》作祖”。金圣叹将《西厢记》誉为“第六才子书”,对其艺术内涵加以阐发。清代戏剧家兼戏剧理论家李渔在《闲情偶寄》中认为:“古曲之中,取其全本不懈、多瑜鲜瑕者,惟《西厢》能之。”《西厢记》之所以受到戏曲界的交口赞誉,与其艺术上取得的卓越成就有着直接关系。

《西厢记》突破了元杂剧的体制,表现出大胆的革新精神①。元杂剧的通例是一剧四折一楔子,敷衍一个完整的故事。而《西厢记》全剧写了五本,且第二本又写了五折。像这样用多本杂剧连演一个故事,在当时确实是一种创新。

在演唱方面,元杂剧的特点是由正旦或正末主唱全剧,分旦本、末本表演故事,其他角色一般没有唱词,只能道白。《西厢记》突破了这种一人主唱的框框,在全剧五本二十一折中,莺莺、张生、红娘、惠明都有唱词,并且还有对唱、分唱等。如第二本莺莺、惠明、红娘各唱一折,第四本第四折张生、莺莺对唱。作者根据剧情需要,让不同的角色主唱,以便更广泛、更深刻地反映生活的本质,更有效地展开矛盾冲突,这种情况在元杂剧中也是非常罕见的。

《西厢记》在塑造人物方面取得了杰出的成就。从人物的设计来看,两个基本的群体分别代表着两种社会力量,即老夫人、郑恒代表了封建礼教、门阀婚姻制度的维护者。张生、莺莺、红娘代表着自由爱情、自主婚姻的执著追求者和热情支持者。双方的较量构成了作品的基本矛盾冲突。但其他人物如法本、杜确、惠明、孙飞虎乃至欢郎,也都不是可有可无的,而是在不同时间和事件中起着必不可少的作用。就拿不为一般人注意的欢郎来说,在剧中他是莺莺的弟弟,对崔、张故事本身的发展似乎无关紧要,但他起的作用却无人能够代替。他在剧中两次出场,三次被提到。第一次是老夫人上场自报家门时说:“这一个小厮,唤作欢郎。”这与后面她感叹崔相国去世后门前冷落,“今日至亲只这三四口儿”相照应。第二次

---

① 李春祥认为《西厢记》是元杂剧未定型时期的作品。参见《元杂剧史稿》,开封:河南大学出版社,1989年,第143页。

是在第二本第一折，孙飞虎兵围普救寺，莺莺提出将自已献与贼人，“其便有五”，第五便就是“欢郎虽是未成人，须是崔家后代根”，欢郎插话说：“俺呵，打什么不紧。”表现出莺莺的精神境界。第三次是在第四本第二折，老夫人发现莺莺“语言恍惚，神思加倍，腰肢体态，比向日不同”，怀疑“莫不做下来了么？”欢郎告密道：“前日晚上，奶奶睡了，我见姐姐和红娘烧香，半晌不回来，我先去睡了。”怀疑得到证实，恼怒异常的老夫人立即命欢郎将红娘叫来。当红娘问他何事相唤时，欢郎道：“奶奶知道你和姐姐去花园里去，如今要打你哩。”完全是小孩儿的口吻，无意间把老夫人传唤她的秘密给泄露了，促使了矛盾冲突的爆发。从人物形象的塑造来看，不仅作品中几个主要人物如张生、莺莺、红娘、老夫人等形象鲜明，栩栩如生，就是次要人物如惠明、法本、郑恒等人，也都眉目清晰，各具面貌，给人留下难忘的印象。拿法本这个人物来说，他的身份是和尚，但又是崔相国的“剃度的和尚”，这就使他具备了与相国遗孀交往的特殊身份。长期与官宦之家的交往，培养了他善于察言观色、八面玲珑的待人接物的本领，决不会轻易得罪他看来不该得罪的人。“满腹文章”的张生提出租赁西厢，他一口答应。张生提出给崔相国做道场时“带一分斋，追荐父母”，以便见到莺莺，法本应允，并在老夫人面前谎称张生与自己有亲，征得老夫人的同意，使二人有了“眉目传情”的机会。“寺警”时，他代替老夫人当庭宣布，谁有退兵之策，将“倒陪房奁，断送莺莺与他为妻”。长亭送别时，当老夫人要张生“挣揣一个状元回来者”，法本一面说“夫人主见不差”，一面又说“张生不是落后的人”，两面讨好，谁也不得罪。与张生道别时说：“此一行别无话说，贫僧准备买登科录看，做亲的茶饭少不得贫僧的。……从今经忏无心礼，专听春雷第一声。”预祝中不乏恭维，话说得非常得体。老夫人听信了郑恒关于张生另娶的造谣，他为张生辩解，并独自一人到十里长亭去迎接得官回来的张生。尽管他是个次要人物，但其举手投足都能给读者留下深刻的印象。作者善于在错综复杂的矛盾冲突中、波澜起伏的情节中去充分展示人物的个性特征。张生对爱情执著追求，既勇又怯，以及他的书呆子气，莺莺在叛逆封建礼教过程中所表现出的情与礼的矛盾，红娘的机智、泼辣、善辩，老夫人的出尔反尔、恪守门阀婚姻观念等，无不是在尖锐的矛盾冲突中、情节的发展中逐步得到深刻的揭示。作者还善于通过细致入微的心理描写，来揭示人物的性格。即使短短的道白，也往往有着丰富的心理内涵。如第三本第二折"闹简"，莺莺看到红娘从张生处捎来的简帖，心里本来很高兴，但却佯作十分矜持，在发了脾气、遭到红娘的反驳后，她对红娘说："红娘，不看你面时，我将与老夫人看，看他有何面目见夫人？虽然我家亏他，只是兄妹之情，焉有外事？红娘，早是你口稳哩，若别人知呵，什么模样？"把莺莺那种搭讪、掩饰、担心的神态、心理，写得惟妙惟肖。此外，作者把元杂剧一人主唱这种体制上的局限性作为一种塑造人物的手法，通过主唱人物的唱词，来表现其他人物，通过主唱者的眼睛来兼写他人。如崔、张二人的心事，在很多情况下是通过红娘的眼睛、唱词写出来的。莺莺的美丽，通过张生之眼写出。张生的书呆子气，通过红娘的唱词显现。

《西厢记》结构严谨，情节曲折，冲突激烈。崔、张从佛殿相遇、彼此钟情到私订终身、被迫分离一直到最终团圆，五本二十一折一气呵成，不枝不蔓，场次洗练。即如"寺警"中惠明送书等看来与崔、张故事关系不大的情节，也都成了情节展开中不可或缺的组成部分。它们不仅成为红娘对崔、张由不支持转变为支持的重要契机，而且促使崔、张爱情趋于合法化，推动了情节的发展。就情节的演进来看，老夫人由大难关头的许婚，到大难过后的赖婚，得知了崔、张私下结合后再度许婚，听信了郑恒的谎言后再度赖婚，一波三折，跌宕多姿。就张生来说，从佛殿与莺莺一见钟情，到月下联吟痴心追求，幽会被呵斥陷入绝望，私订终身相亲相爱，再到老夫人逼试、郑恒破坏，在走向团圆之前确实走过了一段艰难曲折的历程。就全剧的冲突来看，不仅存在着以莺莺、张生、红娘为一方同老夫人为另一方的主要的冲突，而且莺莺、红娘、张生之间也存在着一条冲突线索，这是次要的冲突。两条线索有主有次，交错展开，相辅相成。

《西厢记》的语言华丽而富有文采。明初朱权在《太和正音谱》中说"王实甫之词如花间美人"，主要是针对《西厢记》的语言而言。在《西厢记》中，王实甫用华丽而富有文采的语言，将张生与莺莺这一对有较高文化素养的青年的爱情写得曲折多致，摇曳多姿，从而开创了元杂剧中的文采一派，与关汉卿为代表的本色派、马致远为代表的清丽派鼎足而立。

首先，作者善于选择和融化古代诗词里优美的词句，提炼民间生动、活泼的口语，熔铸成自然、华丽而又具有浓厚生活气息的曲词。如《长亭送别》一折的〔正宫·端正好〕：

碧云天，黄花地，西风紧，北雁南飞。晓来谁染霜林醉？总是离人泪。

这里运用范仲淹《苏幕遮·碧云天》中的句子，用一组深秋季节的景物，衬托离别之情，同折〔滚绣球〕〔叨叨令〕两支曲子则朴素自然，口语性强，生活气息浓，加上排比的句式和重言叠词，淋漓尽致地表达出莺莺在送别张生时那种痛苦、复杂的心情。

其次，人物语言高度个性化。如第一本第二折张生与红娘初次见面时的对话：

（红出科）（末迎红娘祗揖科）小娘子拜揖！（红云）先生万福！（末云）小娘子莫非莺莺小姐的侍妾么？（红云）我便是，何劳先生动问？（末云）小生姓张，名珙，字君瑞，本贯西洛人也，年方二十三岁，正月十七日子时建生，并不曾娶妻……（红云）谁问你来？（末云）敢问小姐常出来么？（红怒云）……先生习先王之道，尊周公之礼，不干己事，何故用心？……今后得问的问，不得问的休胡说！

读者完全可以从这段对话中体会到张生的痴情、书呆子气以及红娘的俏皮泼辣。人物的唱词也具有高度个性化的特点。如第二本第二折写普救寺解围，红娘受老夫人指派去请张生，张生以为与莺莺的婚事可以和谐了，便高兴得忘乎所以，让红娘看他打扮得如何，红娘嘲笑道：

来回顾影，文魔秀士，风欠酸丁，下工夫将额颅十分挣，迟和疾擦倒苍蝇。光油油耀花人眼睛，酸溜溜螫得人牙疼。

这段极富个性的唱词，不仅符合红娘的身份，而且刻画出张生的神态模样。

## 六、《西厢记》的影响

《西厢记》问世以后，无论在文艺创作领域还是在社会生活领域中，都产生了巨大而深远的影响。

《西厢记》对当时以及后世的文学创作影响甚大。“元曲四大家”之一的白朴在《西厢记》问世不久，就模仿创作了《董秀英花月东墙记》。同列“元曲四大家”的后期杂剧作家郑光祖创作了《㑳梅香翰林风月》。明代仿作者有李日华的《南调西厢记》和陆采的《南西厢记》。明、清、近现代以至当今，各种地方戏大多移植、改编、演出过《西厢记》。总之，王实甫的《西厢记》问世以后，演出这个故事的戏剧层出不穷①。不仅在戏曲领域，《西厢记》对其他体裁的创作也有积极的影响，最为人熟知的是对代表我国古典小说最高成就的作品《红楼梦》的影响。曹雪芹《红楼梦》第二十三回“《西厢记》妙词通戏语，《牡丹亭》艳曲警芳心”，以“妙词”来概括《西厢记》在唱词方面所取得的高度成就，并通过宝玉之口称赞道：“真真这是好书！你要看了，连饭也不想吃呢！”林黛玉“接书来瞧，从头看去，越看越爱看，不到一顿饭工夫，将十六出俱已看完，自觉辞藻警人，余香满口。虽看完了书，却只管出神，心内还默默记诵。”崔、张故事再一次激起了这一对追求自由爱情的青年心目中的层层涟漪。

《西厢记》对社会生活的影响也是很大的。元代后期作家宫天挺写有《范张鸡黍》杂剧，有胸无点墨的王韬窃冒孔嵩的万言长策得官的情节。当别人问起王韬《春秋》时，王韬竟回答说：“小生不曾读《春秋》，敢是《西厢记》？”从这里可见《西厢记》在元人心目中的地位。明代李开先《词谑》载：

《西厢记》谓之《春秋》，以会合以春，别离以秋云耳；或者以为如《春秋经》笔法之严者，妄也。尹太学士直舆中望见书铺标帖有《崔氏春秋》，笑曰：“吾止知《吕氏春秋》，乃崔氏亦有《春秋》乎？”亟买一册，至家读之，

① 参见谭正璧《王实甫以外二十七家〈西厢〉考》，《文献》1981年总7期。

始知为崔氏莺莺事……

一贡士过关，把关指挥止之曰："据汝举止，不似读书人。"因问治何经，答以《春秋》；复问《春秋》首句，答以"春王正月"。指挥骂曰："《春秋》首句乃'游艺中原'，尚然不知，果是诈伪要冒渡关津者。"责十下而遣之。贡士泣诉于巡抚台下，追摄指挥数之曰："奈何轻辱贡士？"令军牢拖泛责打。指挥不肯输伏，团转求免。巡抚笑曰："脚跟无线如蓬转。"又仰首声冤，巡抚又笑曰："望眼连天。"知不可免，请问责数，曰："'先受了雪窗萤火二十年'，须痛责二十。"责已，指挥出而谢天谢地曰："幸哉！幸哉！若是'云路鹏程九万里'，性命合休矣！"

可见，在明人心目中，《西厢记》也是被儒家奉为经典的《春秋》，贡士遭受责打，就在于他不知道《西厢记》已经取代了《春秋》的地位。更有意思的是巡抚在责打把关指挥时，竟然又拿《西厢记》中的唱词相调侃。而这位科举出身的巡抚大人竟然对《西厢记》的唱词也烂熟于心。清代余治在《得一录》中也记载了一个离奇的故事：

金陵一名家子，过目成诵，年十三，博通经史。一日偷看《西厢》曲本，忘食废寝，七日夜而元阳一走，医家云心肾已绝，乃死。

虽然显得荒诞，但我们从一个侧面看到《西厢记》对青年一代的巨大吸引力。

另外，还可以从封建统治者和卫道者对它的态度看到《西厢记》对社会生活的巨大影响。《西厢记》在明清两代都曾遭到禁毁。那些正统的封建文人一再诋毁《西厢记》是"淫书之尤者""诲淫之最甚者"，甚至咒骂《西厢记》的作者王实甫未写完就"忽然扑地，嚼舌而死"，死后被打入阿鼻地狱永世不得超生。禁止和诋毁无效，他们就采取篡改歪曲的办法，炮制出《续西厢》《翻西厢》《不了缘》《新西厢》《西厢印》等作品。而这些恰恰从反面证明了《西厢记》的深远影响。如今，《西厢记》被好多剧种作为传统的保留节目，舞台演出经久不衰，学术界对《西厢记》的研究也如火如荼，走向广泛和深入。此外，《西厢记》还被翻译成拉丁文、英文、德文、法文、意大利文、日文等，影响遍于全世界。

# 第十一章 《西游记》研究

## 一、《西游记》的成书过程

《西游记》所写的唐僧取经故事，源于唐代僧人玄奘只身赴天竺国（今印度）取经的史实。由于玄奘富有传奇色彩的经历，取经故事便在社会上广泛流传，并带上了神奇色彩，由此产生了第一部讲说取经故事的话本——《大唐三藏取经诗话》。王国维根据此书卷末“中瓦子张家印”的题款，认定此书成于南宋。后有学者对该书体制形式、思想内容、语言进行研究，认为此书虽刻于南宋，很可能在晚唐五代就已经成书①。我们经过考察，发现该书中有“陕西”“京东路”等地名和行政区域名称，而这些名称，都是宋初至道三年（997 年）才确定的，晚唐五代根本就没有这些行政

① 李时人、蔡镜浩：《〈大唐三藏取经诗话〉成书时代考辨》，《徐州师范学院学报》1982 年第 3 期。

划分，故认为还是确定该书成于宋代为宜①。该书共十七讲，一万多字，虽然还是一部十分幼稚、粗糙的作品，但它完成了从玄奘取经史实向西游记神话故事的过渡，特别是孙行者已经成为取经故事的主角，所以在西游记故事演变史上具有重要意义。元末，又有平话《西游记》问世，此书今不见传。《永乐大典》转录了其中一段"梦斩泾河龙"的故事，标明引自《西游记》。古代朝鲜汉语教科书《朴通事谚解》中保存了"车迟国斗圣"片段和有关的八条注文。注文叙述了《西游记平话》的主要故事梗概，其中已经有大闹天宫、黄风怪、蜘蛛精、狮子怪、多目怪、红孩儿、火焰山、女人国等故事。同时，参与取经者除唐僧、孙吾空（非孙悟空）外，还有沙和尚和黑猪精朱八戒（非猪八戒）。戏曲方面，宋代就有西游戏出现。元至明初，西游戏大量涌现，粗略统计有二十余种，其中比较重要的是杨景贤的《西游记》杂剧。此剧共六本十四折，分别写了唐僧出世、大闹天宫、收龙马、收猪八戒、女人国、火焰山等故事。从此书猪八戒姓"猪"而不姓"朱"看，显然成书于明代初年，时代要较《西游记平话》稍晚。此外，丰富的中国民间文学、神话传说乃至印度文化以及佛教和道教文化，对《西游记》的成书也产生了巨大的影响。

## 二、《西游记》的版本

《西游记》成书之后，可能经历了一个抄本流传的阶段，可惜至今未能发现抄本的任何线索。现存的《西游记》版本，分为简本和繁本两个系统。简本系统有两种：其一为《唐三藏西游释厄传》，因其题"朱鼎臣编辑"，故学术界称为"朱本"。此本十卷，共六十七节。郑振铎的《西游记的演化》根据此书版式及纸张，推断此书的刊刻时代"最迟似不能后于万历初元"，由此知此本为《西游记》的最早刻本。且其中用了八节篇幅，叙写唐僧出世故事。其二为《西游记传》，署名"杨致和编"，简称"杨本"。此种版本

① 曹炳建：《也谈〈大唐三藏取经诗话〉的成书时代》，《河南大学学报》1995年第2期。

传世者又有两种：一为清刊单行本。一为清刊《四游记》（指的是明代四种长篇神魔小说的合称，包括《东游记》《西游记传》《南游记》《北游记》）本，此本四卷四十节（过去小说史上多沿用四十一回说，经陈新先生考证是错误的，今当改正①）。以上两种简本经陈新校订，由人民文学出版社1984年排印出版。

繁本系统又分三种类型：一为华阳洞天主人校本。此类版本皆题为"华阳洞天主人校"字样，首有陈元之的《刊西游记序》。其最早刊本为万历二十年的世德堂刊本，简称"世本"。全书共二十卷一百回。此本在整个繁本系统中刊刻最早，故与吴承恩的《西游记》最接近。此书保存了大量方言，叙述生动。然而未题作者姓名，且无唐僧出身故事。此类版本还有《鼎锲京板全像西游记》《唐僧西游记》以及《西游记》的荣寿堂梓本。二为《李卓吾先生批评西游记》，简称"李评本"。此本虽标明"李卓吾批评"，但研究者一般认为其批评文字并非出于李卓吾（名贽）之手。有人认为出于明代另一位评点家叶昼之手，也缺乏确切证据。此本一百回不分卷，卷首有明末清初人袁于令的《西游记题词》。此本是现存明代唯一带有评点文字的版本，所用底本和世德堂本文字上比较接近。三为清代刊本，计有：(1)《西游正道书》，(2)《西游真诠》，(3)《新说西游记》，(4)《西游原旨》，(5)《通易西游正旨》，(6)《西游记评注》。以上清代各刊本，均带有评点文字，均说明《西游记》为"长春真人邱处机"著，均补入了唐僧身世的有关情节。但除了《新说西游记》的"晋省书业公记藏版"本，其他各刊本对《西游记》原文删减极多。

《西游记》版本方面争论比较大的，是关于世本、朱本、杨本的关系，即吴承恩创作《西游记》的祖本问题。鲁迅在《中国小说史略》中认为杨本是世本的祖本。后来，孙楷第于《日本东京所见小说书目》、郑振铎于《西游记的演变》中均发表意见，认为朱本、杨本均为世本的删节本。"永乐大典本"（即今所谓《西游记平话》）才是吴承恩《西游记》的祖本。后鲁迅于

① 陈新：《唐三藏西游释厄传》《西游记传》合订本整理后记，北京：人民文学出版社，1984年，第315页。

《〈中国小说史略〉日本译文序》中，根据郑振铎等人的观点修改了自己的看法，郑振铎等人的观点遂成“定论”。20世纪60年代，澳大利亚籍华人学者柳存仁在其所著《伦敦所见中国小说书目提要》中，首先对“定论”表示怀疑，认为杨本是删减朱本而成，吴本（即吴承恩写本）对朱本和杨本均有继承。不久，英国学者杜德桥撰《西游记祖本考的再商榷》一文，反驳柳氏观点，坚持“定论”。80年代，大陆学者如陈新、苏兴、吴圣昔、李时人、姚政、陈君谋、朱德慈、黄永年等纷纷发表意见，一时形成《西游记》版本研究热。

我们认为：杨本和朱本都是吴本的删节本，只有平话《西游记》才是吴本的祖本。（1）从主要情节和结构看，《平话》已经初步具备吴承恩《西游记》的规模。（2）《朴通事谚解》和世本第六回关于二郎神的庙号基本一致，即“昭惠灵显真君之庙”。朱本只称“灵显王”，杨本无二郎庙号。（3）世本第四十四回写车迟国众和尚被迫做苦工，在劳动中以“大力王菩萨”为号。朱本、杨本均未提到“大力王菩萨”，只有《朴通事谚解》中有关《平话》的注文，才记载孙悟空修成正果为“大力王菩萨”。吴承恩在根据《平话》创作时，感到“大力王菩萨”还不足以概括孙悟空的精神风貌，于是改为“斗战胜佛”。但在第四十四回，却又由于一时疏忽，残留下“大力王菩萨”这个佛号。就朱本来说，前后内容详略有别，比例失调，显示出头大尾小的畸形现象。且前半部分多有细节描写，故生动形象，后半部分只是故事提纲，故情趣大减。朱本较世本少了乌鸡国、车迟国、通天河等几个故事，使朱本本身情节前后缺乏照应。朱本的节末诗、节目都有高低雅俗之分：和世本相同的则比较文雅，而朱本添加的则比较粗俗。这些都说明，朱本绝不可能是创作本。朱本比世本多出唐僧身世的有关情节和其他文字，只是世本和吴承恩稿本、抄本之间的文字差别而已。至于杨本，不仅比例失调，且漏洞百出，其中绝大多数都是创作构思所不应该有的漏洞，说明杨本绝不是创作本，而只是删节本。

## 三、《西游记》作者的考证

如上所述,现存所有的《西游记》明代繁本,均未注作者姓名。清代所有刊本又都注明“长春真人邱处机”著。邱处机是金末元初全真道士,道号长春真人。他曾应成吉思汗的诏请,前往西域大雪山朝见成吉思汗。其弟子李志常记述此次行程,写成《长春真人西游记》一书。清代初年,评论者汪象旭误将《长春真人西游记》当作小说《西游记》,在其所著《西游证道书》中,注明此书为邱处机著。此后清代所有刊本,便都承袭了汪象旭的谬误。其实,当时学者就从这种谬误中看出了破绽。纪昀就认为,《西游记》“祭赛国之锦衣卫,朱紫国之司礼监,灭法国之东城兵马司,唐太宗之大学士、翰林院、中书科,皆同明制”,故断定“《西游记》为明人依托无疑也”(《阅微草堂笔记》)。钱大昕则从《道藏》中抄出了《长春真人西游记》,认定村俗小说有《唐三藏西游演义》,乃明人所作。萧山毛大可据《辍耕录》,以为出邱处机之手,真郢书燕说矣(《潜研堂文集》)。淮安人吴玉搢等人则发现,天启《淮安府志·艺文志一·淮贤文目》在淮安人吴承恩名下,有如下记载:“《射阳集》四卷□册,《春秋列传序》《西游记》。”同书《人物志二·近代文苑》又记载曰:“吴承恩,性敏而多慧,博极群书,为诗文下笔立成,清雅流丽,有秦少游之风。复善谐剧,所著杂记几种,名震一时。”再加上《西游记》中运用了不少淮安方言,因而,吴玉搢、阮葵生、丁晏等人,便将吴承恩和小说《西游记》联系起来。至 20 世纪二三十年代,又有鲁迅、胡适、郑振铎等学者对《西游记》的作者作了进一步的考证,肯定了吴承恩的著作权。自此以后,吴承恩说几乎成为学术界的共识。

但是,早在 1933 年,俞平伯就对吴承恩说表示怀疑①。此后,不少学者如中国港、台的张静二、张易克、陈敦甫、陈志滨,以及日本的小川环树、太田辰夫、田中严、中野美代子,英国的杜德桥,美国的余国藩等续有议

① 俞平伯:《驳〈跋销释真空宝卷〉》,《文学》1933 年创刊号。

论。大陆学者对吴承恩著作权的怀疑，由章培恒首先发难①，续有杨秉祺、陈君谋、金有景、张锦池、刘勇强、黄永年、黄霖、李安纲、孙国中等人从不同角度加以探讨。综合诸位先生怀疑吴承恩的理由，最具有说服力的有三点：(1)《淮安府志》既没有说明吴承恩的《西游记》是多少卷或多少回，也没有说明是一种什么性质的著作，因此，没有充分证据证明吴承恩名下的《西游记》就是通俗小说，而不是同名的游记或地理类著作。(2)明清官修地方志都不收章回小说，《淮安府志》著录的《西游记》一定不是章回小说。(3)清初黄虞稷所撰《千顷堂书目》卷八史部地理类著录有"吴承恩《西游记》"，可见吴著乃一部通常意义上的游记。

与怀疑说并行的是仍有不少学者坚持吴承恩说，如苏兴、谢巍、杨子坚、钟扬、陈澉、蔡铁鹰、廉旭、张秉健、宋克夫等。他们的主要理由是：(1)吴承恩一生除两次北上京城谒选、一次赴浙江任县丞外，其余无西游的记载，所以不具备创作游记性质《西游记》的基本条件。(2)天启《淮安府志》明确说明吴承恩所著杂记"名震一时"，然而时至今日，并未发现这一游记或地理著作的任何刊本或抄本、稿本。遍查吴承恩诗文及其亲朋好友有关文字，亦未有蛛丝马迹。(3)黄虞稷以个人之力，撰写一部三十二卷的书目，不能完全排除个别书籍并未亲自过目的可能和分类上的错误。著录吴承恩《西游记》于"史部，舆地类"，是黄虞稷"见书名想当然的误载"②。一些学者经过对《千顷堂书目》进行研究，发现其确有误载之处。

笔者经过对诸家观点的认证和自己的考证，认为还是应该把小说《西游记》归于吴承恩名下。这除了上述各家理由，我们还有以下三个理由。

首先，小说《西游记》被收入《淮安府志》，有着特殊的原因。考天启《淮安府志》所载吴承恩的著作，即存在着可疑之处：其一，吴承恩的诗文集刻于万历十八年(1590年)前后，题名为《射阳先生存稿》，而后出的天启《淮安府志》却题名为《射阳集》。其二，《春秋列传序》本已在《射阳先生存稿》中，却又单篇列出。其三，《西游记》既没有标明卷数，又没有说明

---

① 章培恒：《百回本〈西游记〉是否吴承恩所作》，《社会科学战线》1983年第4期。

② 苏兴：《也谈百回本〈西游记〉是否吴承恩所作》，《社会科学战线》1985年第1期。

其性质。这些疑点可以证明，天启《淮安府志》在撰写过程中，并没有真正看到过吴承恩的著作，只是照抄前代有关“府志”。查《明史·艺文志》，曾为《射阳先生存稿》写过序的陈文烛，曾撰写过《淮安府志》十六卷，只可惜未能保存下来。天启《淮安府志》很可能就是照抄陈文烛的《淮安府志》。由此我们可知，陈文烛写作《淮安府志》时，吴承恩的诗文集还只题名为《射阳集》，且《春秋列传序》还没有归入其诗文集中。至于《西游记》，陈文烛则含糊其词，既不言明性质，又不言明卷数，显然有难言之隐。就笔者推测，陈文烛应该是吴承恩亲友中少数几个知道吴承恩写有小说《西游记》的亲友之一（详见后文）。又因为他本人对《西游记》特感兴趣，不忍其湮没无闻，故含糊其词，将小说《西游记》写入了他的《淮安府志》。此后天启《淮安府志》，便承继了陈文烛的“错误”。

其实，陈文烛将小说《西游记》收入正史，也不能完全算是“错误”，而是由《西游记》取经故事的宗教性质决定的。一般正史虽然不收通俗小说，但并不拒绝宗教的考虑，陈文烛掂量再三，还是把《西游记》写入了自己的《淮安府志》，但又未注明卷数和性质，既给后人留下了探讨的空间，又避免了不必要的麻烦。

其次，翻看刘修业所辑《吴承恩诗文集》，其中一首题名《对酒》的五言古诗，颇为可疑。透过此诗，也许可以证实《西游记》确为吴承恩著。全诗如下：

客心似空山，闲愁象云集；前云乍飞去，后已连翩入；回环杳无端，周旋巧乘隙。劳劳百年内，未省何时毕。闻古有杜康，偏工扫愁术。问愁何以扫？杯斝能驱除。年来不能饮，对酒成长吁。剥琢闻叩门，良友时过余。延之入密室，共展千年书。顾愁忽已失，花鸟同欣如。①

关于这首诗的写作时间，没有确切记载。从其内容来看，好像是作者

① 吴承恩：《对酒》《禹鼎志序》《赠沙星士》《赠卫侯章君履任序》《满江红·穷眼摩挲》《二郎搜山图歌》《祭卮山先生文》《送我入门来》，刘修业辑《吴承恩诗文集》，北京：古典文学出版社，1958年。

晚年的作品。吴承恩晚年“家居在委巷中”①,家里非常贫困,又遭丧子之痛,其凄凉愁苦的确扫之不去。特别是“劳劳百年内,未省何时毕”两句,对前途是一种绝望的态度,既不像早年无病呻吟之作,也不像中年“志丘壑”时的作品。且据记载,吴承恩中年饮酒特别厉害,这首诗又说“年来不能饮”,可见不是早期的作品。

由首句“客心似空山”来看,作者此时似应客游在外。是短期客游还是长期客游,则不甚清楚。然而就在作者愁不可解之时,有良友造访。从诗意来看,这位良友非同一般关系。他大概就是作者的忘年交陈文烛。陈文烛,字玉叔,湖北沔阳人,隆庆四年(1570 年)知淮安府时,便和吴承恩交往甚密,陈文烛自己就说“时造其庐而访焉”②。这“时造其庐而访焉”一句,就恰如“良友时过余”的注脚。陈文烛于万历二年(1574 年)转四川学使,至万历六年(1578 年)再转漕储,回到淮安,继续与吴承恩交往。因此,吴承恩晚年撰写《西游记》,他应该是最知情者。也正因为如此,在他撰写《淮安府志》时,才会含糊其词地将《西游记》载入其中,并为后来的天启《淮安府志》所收入。

特别是“延之入密室,共展千年书”两句,最让人怀疑。良友以读书为乐,此文人雅事,何必多此一道——“延之入密室”而读呢?诗中所谓的“千年书”,如果是前人典籍,在社会上流传已广,自不用延入密室而读之。因此,这部书必然是作者自己的作品。

在作者自己的作品中,能称得上“千年书”的,一是《禹鼎志》——但此书作为一部志怪小说,作者所作序文还存在于其诗文集中,自不用于密室读之。同时,一部“微有鉴戒寓焉”的志怪小说,也难以在一读之下便扫去愁烦,而达到“同欣如”的高度境界。再就是《西游记》。明、清士大夫轻视戏曲小说,特别是小说;所以,当时不少文人纵然写作长篇小说,也多处于秘密状态,少为外人所知,更不用说在作品上署自己的大名了。清代吴敬

---

① 陈文烛:《花草新编序》,转录自苏兴《吴承恩年谱》,北京:人民文学出版社,1980 年,第 65 页。

② 同上。

梓写《儒林外史》，其友程晋芳便曾题诗曰："外史纪儒林，刻画何工妍。吾为斯人悲，竟以稗说传。"①可见在明清时代，文人撰写通俗小说，是大失身份之事。正是在这种特殊情况下，吴承恩和知己良友共读《西游记》，才必须进入密室。同时，也只有《西游记》这部富于诙谐幽默的神话小说，才能使人在一读之后，达到"同欣如"的高度境界。另外，《西游记》所写，从孙悟空出世到大闹天宫五百年，悟空被压于五行山下又五百年，合起来恰千余年时间，正好与诗中"千年书"相呼应。

再次，从吴承恩的生平事迹和《吴承恩诗文集》，亦可看出其写作《西游记》的动机、思想基础和素养准备。

吴承恩(约1504—1582)，字汝忠，号射阳山人，淮安山阳(今江苏淮安)人，出身于一个由书香门第而沦为小商人的家庭。吴承恩从小十分聪慧，但成年后参加科举考试，却屡试不第，直到四十余岁才补上"岁贡生"，六十多岁才做了一任长兴县丞，又因故被罢职。此后虽有荆府纪善之补，却又逢丧子之痛，境况凄凉。但纵然如此，他"平生不肯受人怜，喜笑悲歌气傲然"，表现了不屈服、不妥协的倔傲精神。同时，遭遇坎坷，又使他对当时社会现实有着清醒的认识，他在《赠卫侯章君履任序》中形容当时社会是"行伍日雕，科役日增，机械日繁，奸诈之风日竞"，而那些权臣、宦官们则是"身渐重，头颇别，手可炙，门庭热"。因此，他希望能铲除奸邪，重整世风。在《二郎搜山图歌》诗中，他满怀热情地赞美捉妖擒怪的二郎神，并表示自己愿意拿起"斩邪刀"来，诛杀残害民众的"五鬼""四凶"。然而，"胸中磨损斩邪刀，欲起平之恨无力"，他只好借助幻想中的英雄，来寄托自己铲除邪恶的愿望。此外，吴承恩从小爱好神异故事，在他的诗文中，不时可以看到神话传说的影响。他的《禹鼎志》就是一部志怪小说集，可惜已经失传。他在《禹鼎志序》中说："吾书名为志怪，盖不专明鬼，时纪人间变异，亦微有鉴戒寓焉。"可见，他创作神话小说是有针对性的，寄寓着自己的社会理想和对现实生活的批判。这些，都和《西游记》的精神内

① 程晋芳：《怀人诗》，转录自李汉秋《〈儒林外史〉研究资料》，上海：上海古籍出版社，1984年，第9页。

涵有某些共同之处。

## 四、《西游记》研究现状概述

关于《西游记》的研究，如果以世德堂本所载陈元之《刊西游记序》为起点，至今已经有四百多年的历史。四百多年来，学者们全方位多角度地对《西游记》及其有关问题进行了深入探讨。其讨论焦点除了上述作者问题、版本问题，主要集中在以下几个方面：

（一）孙悟空形象来源问题。鲁迅在《中国小说史略》《中国小说的历史变迁》中，都提到唐人李公佐的《古岳渎经》中的无支祁形象："形若猿猴，缩鼻高额，青躯白首，金目雪牙，颈伸百尺，力逾九象，搏击腾踔疾奔，轻利倏忽，闻视可不乂。"鲁迅认为，此传说"流传不绝，且广被民间"，至吴承恩《西游记》，遂"移其神变奋迅之状于孙悟空"。与之同时，胡适在《西游记考证》中，则疑心孙悟空"不是国货，乃是一件从印度进口的。也许连无支祁的神话都是受了印度影响而仿造的"。这是因为，钱度史为《罗摩衍那》塑造了一个神猴哈奴曼的形象。他是猴国大将，身体又如山峰，高如高塔，脸放金光，尾巴特别长。他有很大的神通，能在空中飞行，能把喜马拉雅山拔起来背着走。他曾经大闹魔宫，帮助罗摩救出妻子息达。

鲁迅和胡适之后，两种观点进行了长期论战。持外来说者如季羡林，他认为孙悟空的形象"就是哈奴曼在中国的化身"①。持本土说者，如金克木，他在《梵语文学史》中认为："汉译佛经中没有提到过这个神猴和他的大闹魔宫，加以史诗这一段闹宫又是晚出成分，所以两个神猴还不能证明有什么关系。"稍后，刘毓敏、萧相恺、刘荫柏等都从不同角度，探讨本土文化对孙悟空形象形成的影响。在以上两种说法的基础上，如蔡国梁、肖兵等，则认为孙悟空原形兼有无支祁和哈奴曼的影响，是一只"混血猴"。

（二）主题问题。这向来是《西游记》研究的中心问题，就其大的分类来说，有三种主题观。

---

① 季羡林：《印度史诗〈罗摩衍那〉》，《世界文学》1978年第2期。

（1）是宗教性主题。从陈元之《刊西游记序》开始，就出现了把《西游记》和道教丹道学理论联系起来的倾向。袁于令的《西游记题词》则认为儒、释、道"三教已括于一部"。至清代，此类主题说呈泛滥之势，如汪象旭、陈士斌、张书绅、刘一明、张含章等人，都是在其评点文字中宣扬此类观点，"或云劝学，或云谈禅，或云讲道"，或以为"三教合一"。今人李安纲承清人之余绪，认为《西游记》是一部"道书"，其主旨在于敷衍道教的金丹大道。

（2）是政治性主题。在《〈西游记〉考证》中，胡适即认为孙悟空的大闹天宫，实际上是一次伟大的革命。20世纪五六十年代，学者多持主题转化说或主题矛盾说。前者以北大和社科院所编《中国文学史》为代表，认为大闹天宫着重歌颂了孙悟空的反抗精神，是农民起义反抗封建统治在幻想世界中的高度概括；西天取经歌颂了孙悟空勇往直前的斗争精神，曲折地反映了中国人民战胜邪恶势力、征服自然的愿望和信心。后者以张天翼《〈西游记〉札记》一文为代表，认为《西游记》中"神是正，魔是邪，而邪不敌正"，作品在"卫护封建正统的故事主题和题材里，却多多少少表现了些人民性"。80年代以来，《西游记》主题研究可谓众说纷纭。胡光舟在其专著《吴承恩与〈西游记〉》中认为，大闹天宫重在表现对传统势力的反抗，取经故事重在表现对理想光明的追求。刘达远的论文《试论〈西游记〉的思想倾向》，认为"《西游记》是艺术化的'心学'，是'破心中贼'的政治小说"。金紫千的论文《也谈〈西游记〉的主题》认为，《西游记》通过神话故事，暗寓了一个"求放心"的道理。此外，又有安天医国说、诛奸尚贤说、反映人民斗争说、歌颂新兴市民说、宗教批判与政治批判说、正统与正义说、歌颂孙悟空说、描写"将功赎罪"悲剧说等。

（3）是哲理性主题。这种意见认为，《西游记》就是说明人生哲理的，能给人们以哲理性的启迪。但说明了什么人生哲理，各家观点又不相同。彭力一的《〈西游记〉的理趣》一文认为，孙悟空前后形象的不同，恰恰表现了人生的两个阶段——青少年时期不成熟的"胡闹"与中年以后努力于事业的奋斗。因此，作品就在于说明人生的历程，人生的艰辛，人生的目的，人生的最高境界，人生的意义。霍雨佳的论文《〈西游记〉主题及其他》则认为，唐僧师徒取得真经，是靠两件法宝：一是靠决心，二是靠本事。作品所宣扬的就是：苦练本领，百折不挠，历尽艰险，取得真经。吴圣昔在其力著《西游新解》中认为，《西游记》主要“表现唐僧师徒追求理想、实现理想的艰苦历程，是一曲理想之歌”。同时，吴圣昔还认为，《西游记》的哲理寓意，“还有层次高低之分和容量的角度理解，也可以从日常人情世态理解。此外，关于《西游记》的主题，还有主题模糊说、无主题说等”。

（三）孙悟空形象研究。胡适《〈西游记〉考证》认为，“美猴王的天宫革命，虽然失败，究竟还是‘虽败犹荣’的英雄”。五六十年代，各家文学史多认为孙悟空是封建社会中人民反抗斗争的英雄。80年代初，有人认为孙悟空是造反者的叛徒、投降派。有人认为孙悟空是地主阶级集团中的反对派和激进派，封建时代安天医国的英雄，有些异端倾向但又不否定封建制度的豪杰之士、才智之士等。有人联系明代后期市民阶层成长壮大的现实，认为孙悟空是新兴市民的化身。还有人认为其为闯荡江湖的英雄侠士形象。

此外，关于《西游记》性质的研究，有神话（神魔、仙话、神怪）小说、游戏之作、哲理（象征主义）小说、童话小说、科学小说、寓言小说、宗教著作等多种说法。

## 五、《西游记》的思想内容

打开《西游记》，我们不能不为其中无所不在的天界佛国的幻想描写而惊叹。但是，假如我们透过天界佛国神话世界的表面现象，而深入到作品的精神深处的话，我们又会发现：中国文化以儒家思想为中坚层面，吴承恩“尤未学佛”而以儒生身份去进行形象刻画，都使《西游记》更多地带上了儒家色彩，表现为儒家浓厚的入世情怀。更确切地说，这是一部深受明代后期以王学左派为代表的思想解放启蒙思潮影响的文学巨著。

儒、释、道共同创造了中国封建社会文化，已经成为不争的事实。三者的共同点就在于,都包含了对人生哲理的深入探索。其所不同,则在于佛、道二教,都把出世作为摆脱人生苦难的道路,而儒家思想则以入世为宗旨,表现为对有限生命的执著,对实现人生价值的热切渴望。被儒家称为经典著作的《易经》即说:“天行健,君子以自强不息。”“地势坤,君子以厚德载物。”这实际上是从阴阳两个方面要求君子实现自己的人生价值。孟子则把人格的修养归于“浩然之气”,倡导“舍生而取义”的献身精神,要求人们敢于直面现实社会,“富贵不能淫,贫贱不能移,威武不能屈”,把儒家的入世情怀具体化为一种大丈夫型的阳性人格。先秦儒家的这种理想人格模式,唤起了人们巨大的社会责任感和历史使命感,并成为后代知识分子所遵循的原则。在封建社会里,知识分子要想实现自己的人生价值,就必须依附于封建统治阶级。因此,儒家的入世情怀,便被具体化为“修齐治平”“忠君爱国”。

《西游记》写的是佛教的取经故事。但在这个故事里,同样表现了强烈的入世精神。玄奘当年取经,其动机就是探索佛教教义,完全出于宗教的目的。但是,到了吴承恩的《西游记》,取经的直接目的却是为了唐王朝“江山永固”,其宗教本身的目的倒在其次。唐僧自告奋勇取经时就曾对唐王说:“贫僧不才,愿效犬马之劳,与陛下求取真经,祈保我王江山永固。”第十三回唐僧再次声称取经是为了“使我们法轮回转,愿圣主皇图永固”。在取经过程中,他更是处处表现出忠君思想。第四十八回他说道:“世间事惟名利最重。似他为利的,舍死忘生,我弟子奉旨全忠,也只是为名,与他能差几何!”女儿国国王要招赘他,他又说:“我们在这里贪图富贵,谁却去西天取经?那不望坏了我大唐大帝王也?”第八十五回他被妖怪捉住,首先想到的不是自己的生命安全,而是“今若丧了性命,可不盼杀那君王,孤负那臣子?”并对同样被捉的樵夫说:“事君事亲,皆同一理。你为亲恩,我为君恩。”第三十九回作者还借悟空之口,称赞唐僧“大发弘愿,情欣意美,报国尽忠”。这些都说明,唐僧虽然是佛教徒的面目,但骨子里却有着忠君爱国的儒生情怀,是封建知识分子和虔诚佛教徒的复合体形象。

《西游记》的主题思想，同样体现了儒家浓重的入世精神。我们认为，《西游记》的主题就是一曲抗争与进取精神的颂歌。这个主题，是在“西游”故事的母体中即已体现出来的。经济的繁荣，国力的强大，儒、释、道并举的多元化政治，使唐人普遍地持有一种昂扬向上的进取心态和强烈的建功立业意识。生活在这种文化氛围之下的玄奘，不顾朝廷禁令，毅然西行取经，固然是出于宗教的殉道精神，但亦是唐人奋发有为、积极进取精神的反映。

随着取经故事在社会上流传，西游故事也表现为三个文化走向：一是取经故事的符号化，即取经故事逐渐脱离了其本身的宗教性质，被赋予一种象征性的意义——人生奋斗的意义。二是唐僧形象逐步地士大夫化和孙悟空渐次在故事中占据主角地位。这一方面说明了国民性格在经历了强汉盛唐之后，由阳刚向孱弱转化的事实，国民自信心的下降，使人们对玄奘个人突破艰难险阻而终于生还的事实难以理解，以至于不得不借助于神奇的力量来达到取经的目的，其结果便表现为神性对人性的异化。另一方面也表现了中国人民不屈服于自然和社会的恶势力，因而借助幻想形式，歌颂自己心目中的理想英雄。《大唐三藏取经诗话》中，猴行者被唐太守授予“铜筋铁骨大圣”；《西游记平话》中，孙悟空被如来授予“大力王菩萨”；至吴承恩的《西游记》，孙悟空的佛号才再变为“斗战胜佛”。很明显，“铜筋铁骨”只是猴行者的外部特征，“大力王菩萨”亦未突出孙悟空的精神实质，至“斗战胜佛”，才真正突出了孙悟空的精神实质。三是内容的渐次丰富。这又表现在两个方面：一方面是取经队伍的不断壮大。由玄奘一人到《大唐三藏取经诗话》的“僧行六人”、《西游记平话》的四人集团，再到吴承恩《西游记》的“五圣”，取经集团不仅表现为人数上的增加，更表现为战斗力的增强。另一方面，遇到的艰难险阻和妖魔鬼怪也越来越多，妖魔鬼怪的战斗力也随之提高，并由此带来的矛盾冲突愈来愈尖锐，因而更体现了取经集团克服困难、战胜妖魔的抗争精神和进取精神。

吴承恩的《西游记》中，抗争和进取精神一直是作品的主题精神。《西游记》虽然由大闹天宫、取经缘起和西天取经这三大块组成，但是，西天取经却是作品的主体部分,也是取经集团的终极目标。为了实现这个目标,取经集团与妖魔鬼怪斗,与自然灾难斗,更与取经集团内部的自我弱点斗。其中每翻过一个山头,每渡过一条河流,每战胜一个妖怪,都是取经集团抗争和进取精神的具体体现。

《西游记》的抗争与进取的主题,更体现在人物形象塑造上。透过天界佛国的幻想世界我们可以看出,《西游记》实际上体现了作者对旧的人格理想的批判和对新的人格理想的追求。

《西游记》对旧的人格理想的批判,主要体现在唐僧形象塑造上。如前所述,唐僧实际上是封建知识分子和虔诚佛教徒的复合体形象。这个形象最主要的特点,就在于他具有坚定的取经信念,超越常人的道德修养,但在取经的具体实践中,却表现为百无一能。一听说有妖怪,他就吓得战战兢兢,坐不稳马鞍;取经遇到了困难,他也是束手无策,毫无解决实际问题的能力;被妖怪捉住时,他除了乞哀告怜,就只会哭。因此,他被悟空、八戒送了一个雅号——“脓包”。这种个性集中到一点,即表现为精神境界的崇高和解决实际问题能力的匮乏。唐僧身上的这种特点,和程朱理学“醇儒”式的人格理想有着重要关系。“醇儒”人格要求人们“绌去义利双行、王霸并用之说,而从事于惩忿窒欲、迁善改过之事,粹然以醇儒之道自律”(《朱文公文集》三十六),就使人们越来越趋向“内省”,而很少想到“外扩”。久而久之,道德修养的超前与实际才能的滞后就形成了恶性循环,使人们逐渐丧失了对自然、对社会的战斗能力,由刚健自信走向了孱弱自卑,怯于反抗,怯于冒险。明代后期,随着以王学左派为代表的启蒙思潮的兴起,人们对“不知职掌何事”(《明史·王应熊传》),“问钱谷不知,问甲兵不知”(《明史·杨嗣昌传》)的空谈无用的“醇儒”人格进行了深刻的反思。王阳明就批评理学家们“文盛实衰,人出己见,新奇相高,以眩俗取誉,徒乱天下之聪明,涂天下之耳目,使天下靡然争务修饰文词,以求知于世,而不复知有敦本尚实,反朴还淳之行”(《传习录》)。李贽则臭骂当时儒生“平居无事,只解打恭作揖,终日匡坐,如同泥塑,以为杂念不起,便是真实大圣大贤人矣”,“一旦有警,则面面相觑,绝无人色,甚至互相推委，以为能明哲”（《焚书》）。黄宗羲也批评理学家们平时高谈阔论，用以“钤束天下，一旦有大夫之忧，当报国之日，则蒙然张口，如坐云雾”（《南雷文定后集》），以致“朝庙无一可倚之臣，天下无复办事之官”（《恕谷后集》）。到了国家危难之际，那些儒生竟至“愧无半策匡时难，惟余一死报君恩”（《存学编》卷二）。这同唐僧明知“此去真是渺渺茫茫，吉见难定”，但因“受王恩宠，不得不尽忠以报国”一样，虽然充满了崇高的献身精神和悲壮情怀，却很难让人肃然起敬，反而使人感到可悲与可叹，这是时代的悲剧，也是“醇儒”人格的悲剧。

对传统人格的反思与批判，必然导致对新的人格理想的追求。早在南宋，针对着程朱理学重道德而轻实际才能，轻事功的“醇儒”人格，陈亮就曾指出，“醇儒”们“相蒙相欺，以尽废天下之实，终于百事不理”①，以“书生之智，知议论之当正，而不知事功为何物”②。叶适亦认为“‘仁人正谊不谋利，明道不计功’，此语初看极好，细看全疏阔”，“后世儒者行仲舒之论，既无功利，则道义者乃无用之虚语耳”（《习学记言》）。逮至明代，“事功”和“务实”思想更是屡见于著述。王阳明针对程朱理学知行分离的弊端，强调“知行合一”，强调不能离开“簿书讼狱悬空去讲学”（《传习录》）。吕坤对道学家们“舍官守而语玄虚，薄事功而谭名理”（《国榷》）的现象十分不满，认为“事功”才是真学问。泰州学派的开创者王艮则提出了“百姓日用即道”（《明儒学案》）的著名命题。而尤为当时人们所向往的，则是以“狂”为外部特征的自由、开放型人格。王阳明就称自己具有“狂者的胸次”（《传习录》）。王畿则“宁可阙略不掩之狂士，毋宁为完全无毁之好人”③。颜钧主张撇开一切“道理格式”，“率性所行，纯任自然”（《明儒学案》）。罗汝芳则要求“解缆放船，顺风张棹，则巨浸汪洋，纵横任我”（《明儒学案》）。祝允明以“玩世自放，惮近礼法之儒”（《国宝新编·祝允明传》）而闻名。徐渭则行为举止奇奇怪怪，近于疯癫。李贽可

① ［南宋］陈亮：《龙川文集》，卷十五《送吴允成运干序》，卷一《戊申再上孝宗皇帝书》。

② 同上。

③ 张元益：《龙谿墓志引》。转引自嵇文甫《晚期思想史论》，北京：东方出版社，1996年，第52页。

说是明代狂人之首,被称为“异端之尤”。此外,像著名戏曲家汤显祖、通俗文学家冯梦龙等,也都在不同程度上表现出“狂”的特征。

吴承恩晚于王阳明和王艮,比李贽早出生二十余年,和王畿、徐渭、何心隐、罗汝芳、颜钧大致同时代。因此,吴承恩生活的时代,正是启蒙思潮的兴盛时期。从王学在当时风靡一世的影响看,知识分子不受其影响者甚少。吴承恩长期往来于淮阳和南京之间,南京又是明朝的留都,因此,受启蒙思潮的影响,自是意中之事。再加上吴承恩“屡困场屋”,激发了他“迂疏漫浪”的狂放个性。他自称“平生不肯受人怜,喜笑悲歌气傲然”,“狗有三分糠分,马有三分龙性,况丈夫哉”。特别是他深感自己一介书生,虽有“经国”“宁民”的良好愿望,却于国于民丝毫无补,以至于“胸中磨损斩邪门,欲起平之恨无力”,激起了他对封建儒生软弱性格和处理实际问题能力匮乏的现象的极大不满与深刻反思。表现在《西游记》中,则是他形象地刻画了唐僧的懦弱无能及种种迂腐拘执行为,对“醇儒”人格予以一定程度的怀疑和嘲笑,同时,将自己的理想人格,寄托在孙悟空身上。

吴承恩将孙悟空的佛号由“大力王菩萨”改为“斗战胜佛”,就体现了作者塑造这个形象的意图。孙悟空实际上是封建时代的斗士形象。这首先表现为他敢于斗争,有着一往无前的斗争气概和无所畏惧的斗争精神。在大闹天宫中,他不承认天之独尊,更不理会天国任何的威严和秩序。在玉皇大帝面前,他也只是“唱个大喏”。他偷蟠桃、盗御酒、窃仙丹,并假传圣旨,愚弄赤脚大仙,把个堂堂天国闹得不亦乐乎。从八卦炉中逃出后,他一根金箍棒“打得那九曜星闭门闭户,四天王无影无形”,并且公然声称:“皇帝轮流做,明年到我家。”表现了大无畏的叛逆精神。

西天取经中,孙悟空斗争的对象发生了很大的变化,但其斗士的形象却没有改变。他经常驱使日值功曹、四海龙王、山神土地、天兵天将为他效劳,稍不如意,便喝令他们“伸过孤拐来,各打五棍见面”。第三十三回他为了骗取两个小妖的宝贝,竟要玉皇大帝把天借给他半个时辰,还威胁说:“若道半声不肯,即上灵霄殿动起刀兵!”对于观音菩萨,孙悟空敢骂她

"惫懒",活该"一世无夫";对于如来佛,敢骂他是"妖精的外甥"。

当然,西天路上孙悟空主要是和妖魔鬼怪作斗争。从东土到西天,遇到的妖怪头子就有几十个,但他一根金箍棒打遍西天世界,令妖魔鬼怪闻风丧胆。并且他同妖怪斗争大多数都是主动进攻,一听说妖怪扰乱人间,就决不放过。收伏八戒之后,他就对引路的高才说:"以后但有妖精,多作成我几个,还有谢你处哩。"第六十七回驼罗庄主人请悟空捉妖,悟空当即向上唱个大喏。八戒在一旁就这样说:"你看他惹祸!听见说拿妖怪,就是他外公也不这般亲热。"很能说明悟空斗争的主动性和积极性。

作为一名斗士,孙悟空还很善于斗争。在斗争中,他并不是单单凭着武艺逞勇斗狠,而是善于以智取胜。他经常变成蟭蟟虫、小苍蝇,钻到妖精洞里去弄清妖精的底细,或者化为妖精的母亲、丈夫去欺骗妖精。他还善于运用钻到敌人肚子里去的战术。第七十六回写他钻到狮魔王的肚子里,狮魔王表面讨饶,却想趁他出来之际咬住他,孙悟空知道后,就先把金箍棒伸出来,那妖怪使劲一咬,把门牙迸得粉碎。

作为斗士,孙悟空还具有百折不挠的进取意志和乐观精神。在斗争中,孙悟空也并不总是取胜,甚至有几次他还面临死亡的威胁,但他却乐观向上,锐气不减。大闹天宫他曾两次失败,却没有丝毫乞哀告怜。在狮驼山他误入"阴阳二瓶",险些丧了性命,但仍然"咬着牙,忍着疼",从里面跑了出来。在枯松涧,红孩儿口吐"三昧真火",把他烧得"火气攻心,三魂出舍",可是他刚一苏醒便又投入了战斗。

很明显,孙悟空这种斗士精神,和唐僧那种"醇儒"式的"脓包"性格形成十分鲜明的对比,表现了作者对"醇儒"人格的反思和批判,对具有抗争与进取精神、具有真才实能的"事功"型的崭新人格的歌颂与赞美。从更广阔的意义上看,孙悟空这种富有抗争与进取精神的崭新人格,既植根于我们民族不畏强暴、顽强进取的性格土壤之中,又是对民族性格的开拓与展望。

八戒形象也带有明代后期启蒙思潮的印记。八戒形象最突出的特点,是他那无所不在的对人生欲望的强烈追求。他贪色、贪吃、贪穿、贪睡、贪图安逸、贪生怕死，又爱打小报告。总之，作者几乎将人生最基本的欲望，都加在了八戒身上。作者对这个形象，可以说是既有一定程度的肯定，又有一定程度的批判；既有几分喜爱，又有几多嘲笑。这实际上透露了作者矛盾的创作心态。

自孔子提出“君子喻于义，小人喻于利”的著名论断之后，历代儒学大师们便就义利发表了自己的看法。到了宋代，义利之辩又主要围绕着理欲之辩展开。其中程朱理学认为人的知觉有两个出发点：出于个人私欲的思想动机是“人心”，人心即“人欲”；出于“理”的思想动机是“道心”，道心即“天理”。天理的一切都是好的、善的，人欲的一切都是坏的、恶的，并进而提出了“存天理，灭人欲”的理学大纲。其实质就是要人们不能有一丝一毫追求个人享受的欲望，不能有爱，不能有恨，不能有七情六欲。因此，如果说欧洲中世纪表现为宗教禁欲主义的话，程朱理学则可称为道德禁欲主义。不论何种禁欲主义，造成的恶果就是：个体缺乏由欲望所驱动的创造力量，整个社会的经济、政治就必然停滞不前，虽则社会稳定了，但同时这个社会也必然“万马齐喑”，缺乏生机。从王阳明本人来看，亦是倡导“存天理，灭人欲”的。但是，他的心学理论动摇了程朱理学的一统地位，且一发不可收，其后起者们便以情反理，以欲反理，表现了和程朱理学的尖锐对立。泰州学派的干将何心隐就认为：“性而味，性而色，性而声，性而安佚。”①把人欲看成了人的天性。“异端之尤”李贽更是热情地肯定人的种种欲望，“如好货，如好色，如勤学，如进取，如多积金宝，如多买田宅为子孙谋，博求风水为儿孙福荫，凡世间一切治生产业等事”（《焚书》）。他还表示：“夫私者，人之心也。人必有私而后其心乃见，若无私则无心矣。”（《藏书》）“声色之来，发于性情，由乎自然。”（《焚书》）公安派的代表人物袁宏道亦认为，“目极世间之色，耳极世间之声，身极世间之鲜，口极世间之谭”②，就是人生一大“快活”。新兴市民又越礼犯分，纵情

① 容肇祖整理：《何心隐集》，北京：中华书局，1960 年，第 40 页。

② ［明］袁宏道：《龚惟长先生》，钱伯城《袁宏道集笺校》，上海：上海古籍出版社，1981 年，第 205 页。

声色，形成了一种崇尚追求的社会风气。

正是在这种社会风气和进步思潮的影响下，吴承恩在《西游记》中表达了对欲的宽容态度。唐僧就曾说过："世间事惟名利最重。似他为利的，舍死忘生；我弟子奉旨全忠，也只是为名，与他能差几何！"把神圣的取经庸俗化，也就从反面把人们追求金钱的欲望神圣化。孙悟空身上也表现出人欲的特点，如率性而为的大闹天宫，对名的强烈追求等。当然，作者对人欲的宽容态度，主要还是表现在八戒身上。八戒的种种贪欲，与佛教的教义和正统儒家的道德修养都是格格不入的。特别是他的这些贪欲并不是随着取经的进程一步步改正，而是始终一贯的，连佛祖也说他"保圣僧在路，却又有顽心，色情未泯"。纵然如此，如来亦不顾佛教戒律，封他为净坛使者，以满足他的口腹之欲，并声称这个封号"乃是个有受用的品级"。可见作者受时代思潮的影响，并没有把人欲看成罪恶，这明显地有违"存天理，灭人欲"的理学大纲。

问题在于，吴承恩本人的遭遇、经历和思想等，使他对人欲和个性的扩张又具有自己独立的看法。表现在《西游记》中，就是他满腔热情地描写了孙悟空的大闹天宫，同时又认为这是"欺天罔上"。西天路上，孙悟空又被戴上了金箍。同样，作者把八戒塑造成一个贪欲不泯的形象，但又对八戒予以某种程度的嘲笑。可见，作者的思想只达到了这种高度：并不认为个人欲望就是罪恶，但个人欲望又是不可过分的。他没有为社会设计出一种更新的、和谐的存在形式，也没有为人欲的表现和满足设计一个可行的方案。这是《西游记》和明代后期启蒙思潮的同中不同。

## 六、幻笔、戏笔和寓笔

打开《西游记》，首先映入人们眼帘的便是天界佛国的神奇世界——这便是作者运用幻笔的结果。阅读《西游记》，人们往往会不由自主地哑然失笑——这便是作者运用戏笔的结果。读完《西游记》，人们自觉或不自觉地会受到某种启迪——这便是作者运用寓笔的结果。幻笔、戏笔和寓笔,构成了《西游记》的三大艺术笔法。

如前所述,儒家文化向来以入世为宗旨。“子不语怪力乱神”的求实精神,影响了人们对神话艺术的理解。因此,儒家学派对于神话一类著作或予以删削,或予以历史化的改造,形成中国古代神话流传极少且不系统的局面。道教兴起之后,对中国神话又进行了一番改造,许多神话人物又成为道教的崇信神。这些,无疑影响到后世“怪力乱神”一类奇幻文学作品的出现。然而,奇幻文学却以其顽强的生命力,在文学史上写下了光辉的篇章。《西游记》的神话世界,既是对前代奇幻精神的继承和发展,又开创了不可企及的奇幻典范。这当然得力于幻笔艺术。在《西游记》中,作者充分发挥神话小说的特点,大胆地张开艺术想象的翅膀,创造了一个个光怪陆离的神话世界。其画面之阔大,想象之奇特,都为前代所罕见。在这样典型的神话世界中,孕育了典型的神话人物,如悟空、八戒、沙僧、玉皇大帝、太上老君、白骨精、红孩儿、铁扇公主、牛魔王等。这些典型神话人物之间的矛盾冲突,构成了全书四十多个神话故事。这些故事大都生动有趣,引人入胜,绚丽多彩,神奇多变,充分体现了作者惊人的想象力和创造力。

关于《西游记》戏笔的论述,自古及今不绝于笔。陈元之的《刊西游记序》即指出了《西游记》“浪谑笑谑以恣肆”的特点。李评本卷首《凡例》中就有“批趣处”一条,具体评点中“趣”“令人绝倒”等文字更是不绝于笔底。特别是在第十九回回评中,直称《西游记》“游戏之中,暗传密谛”。清人张书绅《新说〈西游记〉》第一回夹批认为,《西游记》“纯以游戏写意”。张阳全《〈西游〉原旨跋》认为,《西游记》“每于戏谑中而推出天机”。任蛟《〈西游记〉叙言》认为,《西游记》“以戏笔寓诸幻笔”。到鲁迅,则又称《西游记》“实不过出于作者之游戏”。胡适也称《西游记》好就好在“能使人开口一笑”。至当代,学者则径称《西游记》为“游戏之作”。由此可见,关于《西游记》戏笔的探讨由来久矣。戏笔的作用就在于,形成作品诙谐幽默的艺术风格,使人们在阅读过程中获得愉悦之感,并不由自主地爆发出笑声。这种笑,实际上就是艺术欣赏的快感。

至于《西游记》的寓笔,也为历代所称赏。上述引文中所谓的“游戏之中,暗传密谛”“纯以游戏写意”“每于戏谑中而推出天机”,“以戏笔寓诸幻笔”,就都认为《西游记》是具有一定寓意的。目前关于《西游记》是一部哲理小说的说法,实际也是说《西游记》寓有人生的哲理。正因为《西游记》主要内容不是作者直接讲出来,而是运用寓笔含蓄曲折地表达出来的,所以其内容便有了不确定性,便有了关于《西游记》的种种说法和争论。

以上我们分别论述了《西游记》的“三笔”,实际上这“三笔”又是浑然一体,密不可分的。其中幻笔形成作品的骨架,戏笔形成作品的骨肉,寓笔则形成作品的灵魂。正是这三种笔法的结合,使《西游记》超出一般奇幻作品,而高居于中国奇幻文学的巅峰。特别是这三种笔法的结合,又给作品的内容增加了不少光彩。这里仅举出两例。

在谈到“西游”故事的演变时已经说过,“西游”故事演变的文化走向之一,就是体现了人对自身力量的怀疑和对神奇力量的肯定。实际上,无论中外宗教还是民俗信仰,无不把神宣扬为主宰一切的最高权威,而人只能是秉承神的意志生活。神可以随意地降福或降祸于人,人们要想避祸得福,只有诚惶诚恐地对神顶礼膜拜,以取悦于神,而不敢稍有亵渎。于是,人的个性受到严重的压抑,人的尊严被严重地扭曲,人的价值被神的光环所遮掩。正因为如此,西方文艺复兴伊始,就把反对教会神学的统治和恢复人的尊严作为首要任务和目标。统治阶级利用“宗教神”来愚弄百姓,他们把皇帝宣扬为“受命于天”的“真命天子”,是秉承天的意志而活动的,提出了所谓“天人感应”“君权神授”等哲学命题。这样,人们由对天、对神的敬畏,自然而然地就达到了对皇帝的敬畏,君权也就成了神圣不可侵犯的东西。因此,在中国文化中,对神的敬畏和对皇帝的敬畏是并存的,这无疑大大增加了民族思想的保守性。

但是,《西游记》却不同。它虽然以幻笔描写了天界佛国的神奇故事,却摈弃了对神的歌颂和敬仰,充分调动戏笔所蕴含的巨大的嘲讽能量,以俯视三界的宏大气魄,化神奇为腐朽,把本来严肃、神圣、令人敬畏的神、佛、君王平凡化、人情化，变成让人可以调侃的东西；将那些貌似强大的神、佛、君王，完全置于尴尬的境地，使他们自身的行动在这种处境面前显得那样猥琐、可笑。作品所要宣扬的不是神佛的威灵，而是人类的尊严，这样，就把神化了的宗教故事，又重新“人化”过来。人被神的世界压抑得太久了，就会产生一种逆反心理。所以，当《西游记》运用戏笔把调侃、嘲笑、讽刺指向神佛的时候，人们就不能不产生由衷的愉悦之感，并进而发出笑声。在人们的笑声中，天界佛国眩人眼目的神圣外衣被剥去，人的尊严得到了恢复。这对于解放人们的思想，鼓舞人们同自然和社会抗争的意志，无疑起着不可忽视的作用。而这种作用，正是幻笔和戏笔巧妙结合的结果。

《西游记》对人的尊严的肯定和对神的世界的调侃，同样和启蒙思潮密切相关。王阳明继承了孟子的“万物皆备于我”和陆九渊的“宇宙便是吾心，吾心即是宇宙”等思想，建立了自己的心学体系，认为“心外无理”“心外无物”。这种人的知觉的无限制的扩张，固然是一种极端的唯心主义，然而，却在有意和无意之间开启了人的主体意识。王阳明就曾这样说过：“我的灵明便是天地鬼神的主宰。天没有我的灵明，谁去仰他高？地没有我的灵明，谁去俯他深？鬼神没有我的灵明，谁去辨他吉凶灾祥？天地鬼神万物离却我的灵明，便没有天地鬼神万物了。”（《传习录》）这种对个人心灵无限制的扩张，实际上正表现了一种浪漫情怀。浪漫主义文学的代表作家汤显祖说道：“士奇则心灵，心灵则能飞动，能飞动则上下天地，来去古今，可以屈伸长短生灭如意，如意则可以无所不如。”①这里的“士奇”，所指的实际上正是在启蒙思潮的影响下，士人中所形成的那种蔑视礼教、强调个性、以狂为美的性格。在汤显祖看来，具备了这种人格，就能使自己达到“心灵”的高境界，于是“上下天地，来去古今”，就可以充分发挥自己的想象，从而创作出富于浪漫主义的作品来。

正是在启蒙思潮影响下，《西游记》以瑰丽的想象和囊括中国神话传

① ［明］汤显祖：《序丘毛伯稿》，徐朔方笺校《汤显祖全集》，北京：北京古籍出版社，1999年，第1140页。

说的气魄，运用幻笔，描写了一个天界佛国的神奇世界；又以高扬的人的主体意识，笑傲鬼神佛道的机智灵敏和俯视三界的宏伟气魄，运用戏笔，描写了生活在这个神话世界中的神佛的种种世俗、伪善和卑鄙，还人类以尊严。也正是在启蒙思潮影响下，明代后期出现了浪漫主义文学的兴盛局面。和吴承恩同时的徐渭，亦是一位浪漫主义作家，其《四声猿》就闪耀着新思想的光辉。汤显祖的《牡丹亭》，描写杜丽娘为情而死，又为情而生，表达了情与欲不可战胜的力量。此外，“三言二拍”以及被称为一代之绝的民歌，也有不少作品充满着浪漫情调。同时，受《西游记》影响，明代后期出现了大量神魔小说，如许仲琳的《封神演义》、罗懋登的《三宝太监西洋记》、董说的《西游补》、余象斗的《南游记》和《北游记》、吴元泰的《八仙出处东游记》等，一时间蔚为大观。吴承恩的《西游记》处于这次浪漫主义思潮的前期，具有首开风气的作用，其价值自是不待言而自明的了。

再一点，《西游记》还充满了童真和童趣。过去有人认为《西游记》是一部童话小说，实际上就是基于这一点。打开《西游记》，作品中那一群猴子、猪、牛、熊、虎、兔等动物，就已经够孩子们欢呼雀跃了。再就其思维形式来看，又有不少都具有前逻辑思维的特点，即不少情节按逻辑思维来看，都是荒诞的、不合情理的，但是，如果按儿童的思维，却又无所不通。如第七十五回写孙悟空钻进了狮魔王的肚子里，就已经让人不可思议，而妖怪肚里暖和，孙悟空要在里边过冬，更使人感到匪夷所思。接着写孙悟空要在妖怪肚里煮杂碎吃，又幻想到折叠锅，却于无情理中又有情理。如果按逻辑思维推断，在妖怪肚里一点火，那妖怪还不是个死？可是，三妖怪却偏偏不担心这一点，只担心在肚里一点火，烟熏鼻子，要一个劲儿地打喷嚏。这样的情节，本来只有儿童能够欣赏，但是人类有一个重要特点，即返童意识。这种返童意识的存在，是成人也能欣赏《西游记》的重要心理基础。胡适所说的“但觉好玩”，说的就是《西游记》的这种童真和童趣。

《西游记》的这种童真和童趣，同明代后期思想解放的启蒙思潮也有密切联系。我们知道，程朱理学要求人们摒弃个人的一切欲望，和人的本性的要求是背道而驰的,人性必然要通过各种隐蔽的形式顽强地表现出来,就连那些道学家们也不例外。因此,道学家们就常常表现出许多假来。王阳明就认为,道学家们都是“病狂丧心之人”,“记诵之广,适足以长其敖也;知识之多,适以行其恶也;闻见之博,适以肆其辨也;辞章之富,适以饰其伪也”(《传习录》)。李贽认为道学家们都是“展转反复,以欺世获利,名为山人而心同商贾,口谈道德而志在穿窬”(《焚书》),痛骂道学家们“阳为道学,阴为富贵,被服儒雅,行若狗彘”(《续焚书》)。在揭露道学家之“假”的基础上,启蒙思潮的思想家们特别提倡“真”。罗汝芳就说:“天初生我,只是个赤子;赤子之心,浑然天理。”(《明儒学案》)冯梦龙则宣称自己编辑民歌的目的,就是要“借男女之真情,发名教之伪药”。他在谈到自己的戏曲创作时也说:“子犹诸曲,绝无文采,然有一字过人,曰真。”把“真”作为评价文学作品的标准,说明当时对文学价值标准的新认识。李贽则提出了著名的“童心说”,以“绝假纯真”的童心来对抗程朱理学之假。在当时正统思想的重压下,在一片虚伪的风气之中,要去追求那一颗放任天真的童心,就必然走上狂放不羁、游戏人生的道路,这是人生的又一种悲剧。但是,现实社会不可能实现的童心,却可以通过文学作品表现出来。这种童心,正构成了《西游记》精神世界的一个重要侧面。孙悟空真,猪八戒真,作品的艺术特色同样表现出童真。作者之所以要运用游戏笔墨来写“西游”故事,使其充满童话色彩,正是巧妙地利用人们的返童意识,希望以此来唤起人们的童心、真心,以之对抗当时社会的虚伪之风。

# 第十二章 《红楼梦》研究

## 一、《红楼梦》的作者

《红楼梦》作者是谁？这是一个至今尚有争议的话题，李放在《八旗画录》中说“作著《红楼梦》小说，称古今第一。惜文献无征，不能详其为人”。程伟元和高鹗在首次以木活字刊印的《红楼梦》序言中还说：“作者相传不一，究未知出自何人，惟书内记曹雪芹先生删改数过。”更有甚者，裕瑞在《枣窗闲笔》中对“曹雪芹于悼红轩中披阅十载，增删五次”加以歪曲：“闻旧有《风月宝鉴》一书，又名《石头记》，不知为何人之笔。曹雪芹得之，以是书所传述者，与其家之事迹略同，因借题发挥，将此部删改至五次，愈出愈奇，乃以近时之人情谚语，夹写而润色之，借以抒其寄托。”不过，认为曹雪芹就是《红楼梦》作者的人也不少，其中较早的有清代人永忠、明义及袁枚。永忠是胤禵（康熙第十四子）的孙子，他有诗《因墨香得观〈红楼梦〉小说吊雪芹》三首绝句，其中一首：“传神之笔足千秋，不是情人不泪流。可恨同时不相识，几回掩卷哭曹侯。”这里的“曹侯”就是曹雪芹。墨香，是曹雪芹的好友敦敏、敦诚兄弟的幼叔，明义的堂姐夫。墨香把《红楼梦》借给永忠，永忠读后才有此感慨。明义的《题〈红楼梦〉》诗20首，大约是在曹雪芹故去之前一两年间所作的，诗前的小序说：“曹子雪芹出所撰《红楼梦》一部，备记风月繁华之盛，盖其先人为江宁织造，其所谓大观园者，即今随园故址，惜其书未传，世鲜知者，余见其抄本焉。”这里明确指出《红楼梦》是曹雪芹所撰。袁枚在《随园诗话》中也有“中有所谓大观园者，即余之随园也”的话。1921年，胡适先生在其《〈红楼梦〉考证》中考证出“《红楼梦》是曹雪芹作的”。鲁迅先生不止一次地指出胡适先生的考证是正确的，他在《中国小说的历史的变迁》中说：“《红楼梦》的作者，大家都知道是曹雪芹，因为这是书上写着的。至于曹雪芹是何等样人，却少有人提起过；现经胡适先生考证确认，我们可以知道大概了。”胡适先生的《〈红楼梦〉考证》以翔实的资料考证确认了《红楼梦》的作者是曹雪芹，为曹寅之孙，曹頫之子。在清代，有关曹雪芹生平思想的记述是极少的，其中敦氏兄弟一些涉及曹雪芹的诗文就显得格外重要，因为敦敏、敦诚都是曹雪芹的好友。从敦敏的《懋斋诗钞》和敦诚的《四松堂集》，略可一窥曹雪芹早年一些生活经历和晚年的遭遇，也可看出曹雪芹傲视世俗、好酒、善诗画和多才多艺的性格，我们还可从极少的文字中了解到曹雪芹的些许家世。这些资料对胡适的《〈红楼梦〉考证》无疑是十分重要的。

继胡适之后，李玄伯、周汝昌、吴恩裕、吴世昌、冯其庸、马国权等探索、考证、挖掘了更多的史料，对胡适的考证起到补充作用。近几年，以冯其庸为代表的“红学”家们发现了不少文献史料和实物，确认了曹雪芹的祖籍是辽宁辽阳而非河北丰润。这是突破性的研究成果。冯其庸先生的《曹雪芹家世新考》，以及他与清史专家李华发现的《曹玺传》，还有他在河北涞水县发现的五庆堂曹氏茔地，这些都有力地论证了曹雪芹的祖籍是辽宁辽阳的说法是正确的。研究曹雪芹的专著也很多，随着“红学”研究的深入发展，又分离出一门新的学科——曹学，它是专门研究曹雪芹的生平经历、思想文化、家世遭遇及亲友故旧情况的。

《红楼梦》的作者曹雪芹（约 1715—1764）名霑，字梦阮，号雪芹、芹圃、芹溪，祖籍辽宁辽阳。曹雪芹先世原为汉人，但很早就入了满洲正白旗内务府籍。曹雪芹的高祖曹振彦在清兵入关前后的战争中立过大功，深得宠幸，历任知州、知府、盐法道等官职。曹雪芹的曾祖母（曹振彦之子曹玺之妻）孙氏当过康熙奶妈。康熙二年，曹玺首任江宁织造之职。曹雪芹祖父曹寅为康熙侍读，康熙登基后曹家更加得宠，家道日盛。曹玺死后，由曹寅、曹顒、曹頫先后续任江宁织造。康熙六次南巡，其中四次以江宁织造为行宫，曹寅亲自主持接驾大典，曹寅还受命纂刻《全唐诗》《佩文韵府》等书。

曹雪芹出生在南京，小时候曾经历了一段极为富贵繁华的生活。大约 10 岁时，曹頫被免职，次年被抄家，又过一年全家迁回北京。曹雪芹曾在北京一所贵族子弟学校（宗学）里当杂役，他是一个傲骨嶙峋、诙谐健谈、工诗善画的多才多艺之人。大约乾隆十五年（1750 年）以后，他流落北京西郊，生活穷困潦倒，以致“举家食粥”。

《红楼梦》写于曹雪芹凄凉困苦的晚年，创作过程十分艰苦，小说第一回说“曹雪芹于悼红轩中，披阅十载，增删五次”。他的不朽巨著《石头记》（《红楼梦》原名）前八十回，早在他去世前十年就已经传抄问世，书的后部分已基本完成，只是由于种种原因未能传抄行世，后来终于遗失。

## 二、《红楼梦》的补作

今存《红楼梦》后四十回文字，一般认为高鹗所补。乾隆五十六年（1791 年），程伟元、高鹗第一次以活字版排印出版，已是一百二十回。书名也由《石头记》改为《红楼梦》。高鹗，字兰墅，一字云士，别号“红楼外史”，汉军镶黄旗人。他曾考取举人、进士，在乾隆、嘉庆两朝做过翰林院侍读、江南御史、刑科给事中等官职。著有《兰墅诗钞》《兰墅十艺》《吏治辑要》等书。补作的《红楼梦》后四十回基本上遵循了曹雪芹的原意。特别是他把贾宝玉、林黛玉爱情写成悲剧结局，与前八十回前后呼应，艺术风格也较一致,不乏精彩、生动的文字,如黛玉之死、袭人改嫁等写得十分深刻动人。后四十回不足之处也很明显,如写荣府“兰桂齐芳,家道复初”,贾珍、贾政依旧袭宁、荣二公世职,这就违背了曹雪芹写贾府由盛而衰的结局;尤其是写一向绝意于仕途的贾宝玉忽然去参加科举考试,名列金榜,不能不说又落入曹雪芹在小说第一回批驳的“佳人才子等书”“通共熟套”,这是令人遗憾的败笔。

关于《红楼梦》前八十回和后四十回的作者至今尚有争论。

## 三、《红楼梦》的思想

《红楼梦》的主题到底是什么?众说纷纭。正如鲁迅先生所云:“经学家看见《易》,道学家看见淫,才子看见缠绵,革命家看见排满,流言家看见宫闱秘事……”①为什么会出现此种现象?一是《红楼梦》有极为丰富的内容,浩如烟海。二是《红楼梦》具有含蓄蕴藉的艺术风格。这两点使人们不可能轻而易举地正确指出它的主要思想是什么;三是主观上人们各取所需为自己的主张服务,各说各话在所难免。

旧“红学”评点派王希廉,字雪香,号护花主人,说《红楼梦》小说虽“言之小者”,而“善恶报施,劝惩垂诫”,“与神圣同功”,“若夫祸福自召,劝惩示儆,余于批本中已反复言之矣”。认定《红楼梦》宣传了“因果报应”和“劝善惩恶”的“圣人之教”。

评点派的张新之,号太平闲人,又号妙复轩,说《红楼梦》“全书无非《易》道”。他在《〈石头记〉读法》中说:“《石头记》乃演性理之性,祖《大学》而宗《中庸》,故借宝玉说‘明明德外无书’,又曰‘不过《大学》《中庸》’。是书大意阐发《学》《庸》,以《周易》演消长,以《国风》正贞淫,以《春秋》示予夺,《礼经》《乐经》融会其中。”表面看他们把《红楼梦》同“四书”“五经”相提并论,抬高了《红楼梦》,实则是一种歪曲。

旧“红学”的索隐派要从《红楼梦》中“索”出所“隐”的“真人真事”,

---

① 鲁迅:《集外集拾遗·〈绛洞花主〉小引》,郑州:河南人民出版社,1997年,第885页。

比较流行的说法有三:“明珠家事”说、“清世祖与董鄂妃故事”说及“康熙朝政治状态”说。索隐派的代表作主要有王梦阮、沈瓶庵的《〈红楼梦〉索隐》,蔡元培的《〈石头记〉索隐》,邓狂言的《〈红楼梦〉释真》。这些作品思想内容大体都牵涉到某皇帝或某大臣,某文人或名妓的家事、逸闻,对后来的《红楼梦》研究起着负面作用。

王国维的《〈红楼梦〉评论》1904 年问世,对《红楼梦》作了系统全面的评论,是“红学”研究史上有重大影响的研究专论。然而在论证主题思想时,却认为《红楼梦》是在宣传“人生之苦痛与其解脱之道”。

新“红学”对《红楼梦》主要思想内容的研究有了很大的进展。吴宓的《〈红楼梦〉新谈》,认为《红楼梦》是一部“宗旨正大”的小说,主要通过对贾宝玉形象评论体现出来的是涉及贾宝玉“个人本身之得失”的问题,小说意在说明“教育”之必要和“以理制俗”的思想。

胡适先生《〈红楼梦〉考证》认为《红楼梦》是一部隐去真事的自叙:里面的甄、贾两宝玉,即是曹雪芹自己的化身;甄、贾两府即是当日曹家的影子(故贾府在“长安”都中,而甄府则始终在江南)。

俞平伯先生《〈红楼梦〉辨》认为“《红楼梦》是感叹自己的身世”,是情场忏悔,是为“十二钗”作本传的。这是俞平伯先生对《红楼梦》主题思想的说明。

鲁迅先生对“红学”贡献巨大,在他看来,由于人们角度不同,对《红楼梦》所表现的思想意义也就有种种不同的理解。他对胡适的“自叙传”说,先是赞同,后期是批判。

李希凡、蓝翎的《评〈红楼梦研究〉》文章在 1954 年 10 月 10 日《光明日报》上发表。批判俞平伯《〈红楼梦〉研究》“把《红楼梦》这样一部现实主义杰作,还原为事实的‘真实纪录’”,认为贾氏衰败的问题,“这体现着《红楼梦》主题思想的基本一面”。简言之,《红楼梦》主题思想在李、蓝二人看来,应该是“整个封建官僚地主阶级,在逐渐形成的新的历史条件下必然走向崩溃的征兆。贾氏的衰败可能有很多原因,但最基本的是社会的经济的原因”。李、蓝二人 1957 年出版的《〈红楼梦〉评论集》,毫不含糊地写道:“《红楼梦》真实地反映了封建社会即将崩溃时期的本质,把高度发展了的封建社会现实生活中的基本矛盾完整而深刻地揭露出来。可以毫不夸张地说,《红楼梦》是中国三千年来的封建社会走向崩溃时期的历史性的记录与总结。”这属于《红楼梦》“主题政治说”范围。《红楼梦》“主题政治说”(或“阶级斗争说”)一直盛行到“四人帮”被打倒。佟雪的《〈红楼梦〉主题论》1979 年 3 月出版,该书仍认为《红楼梦》是“政治历史小说”,《红楼梦》揭示了“封建社会末期的阶级斗争和封建统治阶级不配有更好的命运这个根本主题”。随着改革开放的不断深入,《红楼梦》“爱情悲剧主题说”越来越得到广大读者的认同。

《红楼梦》主题说之多简直难以胜数,除了前边提到的,另外还有“家庭感化说”“无政府主义说”“民族主义说”“钗黛合一说”“感叹身世说”“为十二钗作本传说”“情场忏悔说”“农民说”“市民说”“传统说”“总纲说”“四大家族说”“爱情掩盖政治说”等。

贾宝玉爱情婚姻悲剧的故事是《红楼梦》中心的内容,是主线;书中所描写的诸多青年女子的才能、品格、命运,则是贾宝玉爱情婚姻悲剧的陪衬;贾府的渐趋衰败,则是贾宝玉爱情婚姻悲剧的环境。

## 四、《红楼梦》的版本

《红楼梦》版本很多,大致可分为“脂本”和“程本”两个系统。“脂本”也叫“脂评本”,是八十回抄本系统,题名《石头记》,大都有脂砚斋的评语,全称叫《脂砚斋重评〈石头记〉》,书中保存了大量的曹雪芹原文及脂砚斋评语,现在发现的这种抄本共 12 种,具有重要的研究价值。

“程本”又称“程高本”,又分为“程甲本”“程乙本”“程丙本”和“程丁本”,系印本系统。从此,刊印各种百二十回版本的《红楼梦》逐渐多起来。但这种印本,都是以程伟元、高鹗修改订补的活字本为祖本的。

《红楼梦》有一百四十余种版本,比较重要的有:

(1)甲戌本,《脂砚斋重评〈石头记〉》十六回残本。此本为甲戌年的抄本，即乾隆十九年（1754 年）抄本，它原由藏书家刘铨福收藏，故此本又称脂铨本，在《石头记》的早期抄本中，占有重要位置。现藏美国康奈尔大学图书馆。

（2）己卯本，即“脂砚斋凡四阅评过”“己卯冬月定本”的简称。残存四十一回又两个半回，此本为乾隆时怡亲王允祥、弘晓府上抄藏本，又称怡府本。在现存的乾隆抄本《石头记》中，可以知道主抄者，只此一种。该本现藏北京国家图书馆，但该书第五十五回下半至五十九回上半，藏北京中国历史博物馆。

（3）庚辰本，它是“脂砚斋凡四阅评过”“庚辰秋月定本”的简称。此抄本仅存不完全相连的七十八回，即第一至第六十三回、第六十五至第六十六回、第六十八至第八十回。现藏北京大学图书馆。

（4）列藏本，它是苏联列宁格勒藏抄本《石头记》八十回本，此本是帕维尔·库尔梁德采夫在道光十二年（1832 年）从北京弄到俄国的。

（5）王府本，即“清王府旧藏本”的简称。此抄本今存一百二十回。因书购自蒙古王府，且第七十一回末总批后有“柒爷王爷”字样，故也称“蒙府本”。今藏北京国家图书馆。

（6）程甲本，为“乾隆五十六年辛亥（1791 年）萃文书屋木活字本”的简称。程伟元、高鹗对社会上流行了二十年的《红楼梦》，经过加工并增补了后四十回，合成一部故事完整的小说，封面题“绣像《红楼梦》”，回首及中缝均题“红楼梦”。这是第一次出版一百二十回活字本《红楼梦》，它使这部巨著摆脱了手抄的方式。

（7）程乙本，在程甲本的基础上，第二年高鹗又对程甲本“详加校阅修订”，并增加了“引言”，程甲本与程乙本区别颇多。现在又发现了程丙本和程丁本。

（8）亚东本，题名《红楼梦》。1921 年上海亚东图书馆铅印本，依王希廉本并参校有正本及王希廉、姚燮合评本《增评补图〈石头记〉》，加以分段和新式标点排印。1927 年上海亚东图书馆根据汪原放采用胡适所藏程乙本为底本重新校读后排印。卷首加胡适《重印乾隆壬子〈红楼梦〉序》，汪原放《重印乾隆壬子〈红楼梦〉校读后记》。20世纪50年代人民文学出版社出版的《红楼梦》即根据亚东本印成。

80年代由北京人民文学出版社出版的《红楼梦》,是以庚辰本为底本,以其他各种脂本为参校本,并参考了程本及其他早期刻本。

90年代初北京文化艺术出版社出版的《八家评批〈红楼梦〉》,是由冯其庸先生编纂校订的,该书以程甲本为底本,"校以甲戌、己卯、庚辰、戚序、蒙府、梦稿、列藏、梦叙,王雪香评双清仙馆本,张新之《妙复轩评〈石头记〉》本,王希廉、姚燮评《增评补图〈石头记〉》,王希廉、张新之、姚燮合评上海同文书局《增评补像全图金玉缘》,乾隆壬子程伟元、高鹗萃文书屋木活字本(程乙本)诸本"①。《八家评批〈红楼梦〉》为《红楼梦》的研究提供了极大的方便。

90年代由浙江文艺出版社出版的《红楼梦》,是蔡义江先生独立完成的新校本,它不是用一种固定的本子为底本,而是用脂评本12种版本进行互校而成。

90年代漓江出版社出版的《红楼梦》,是当代著名作家王蒙的评点本。该书采用的是程甲本,王蒙站在一个全新的视角,即更靠近曹雪芹的创作位置来审视《红楼梦》,故对"红学"研究大有助益。

此外,《红楼梦稿》本、戚蓼生序本、南京图书馆藏本、梦觉主人序本、舒元炜序本、郑振铎藏本、《脂砚斋重评〈石头记〉汇校》等亦都很有名。

《红楼梦》译本很多,有英文、法文、德文、俄文、日文、意大利文、希腊文、荷兰文、泰文、罗马尼亚文、阿尔巴尼亚文、捷克文、越南文、满文、锡伯文、蒙古文、朝鲜文、哈萨克文、维吾尔文等译本共60多种,仅日文译本就达14种之多。

## 五、《红楼梦》的艺术

鲁迅先生说:"自有《红楼梦》出来以后,传统的思想和写法都打破

---

① 冯其庸:《八家评批〈红楼梦〉》,北京:文化艺术出版社,1991年,第1页。

了。”正因为如此,《红楼梦》才在中国古代小说创作中达到了巅峰。《红楼梦》精湛的艺术表现在许多方面,很难用甲乙丙丁条条说尽。

### (一)含蓄蕴藉的艺术风格

原书名《石头记》就很含蓄蕴藉。一说该书故事是刻在石头上的;二说《石头记》有“石头”所记的意思,石头就是作者;三说《石头记》揭示出该书故事发生在南京,南京向来有石头城之称。

另外,小说在第一回谈《石头记》缘起时,提到了曹雪芹的五言绝句:“满纸荒唐言,一把辛酸泪!都云作者痴,谁解其中味?”此处强调的“味”字,是理解该书风格的重要之点。脂砚斋在庚辰本第四十三回就说该书“全是反面春秋”,所谓“春秋”就是“春秋笔法”,称文笔曲折而意含褒贬的文字为“春秋笔法”。作者唯恐读者不知用笔良苦,在第一回用谐音解读了“甄士隐”“贾雨村”两个人物的名字:“将真事隐去”,“用假语村言,敷演出一段故事来”。脂砚斋在小说第一回有一段较长的批语:“事则实事,然亦叙得有间架,有曲折,有顺逆,有映带,有隐有见,有正有闰,以至草蛇灰线,空谷传声,一击两鸣,明修栈道,暗度陈仓,云龙雾雨,两山对峙,烘云托月,背面傅粉,千皴万染诸奇。书中之秘法,亦复不少。”这是理解《红楼梦》含蓄艺术风格的重要文字。小说第十二回“王熙凤毒设相思局　贾天祥正照风月鉴”更能体现这种艺术风格。脂批:“观者记之,不要看这书正面,方是会看。”“此书表里皆有喻也。”“凡看书者从此细心体贴,方许你看,否则此书哭矣。”小说写贾瑞回身要跑,“被贾蔷一把揪住道:‘别走!如今琏二婶子已经告到太太跟前,说你调戏她”。脂批:“调戏还有故,一笑。”岂止一笑,还有一些“东边日出西边雨”的引逗话。小说表面写贾瑞,内中写凤姐。如骗贾瑞与她天黑约会之事,她不告诉贾琏,却告诉与她年龄相仿的侄儿贾蓉、贾蔷。她如何说得出口,可见在写她的狠毒和淫乱,写她的淫乱是不写之写。这正是“草蛇灰线,空谷传声,一击两鸣,明修栈道,暗度陈仓”含蓄艺术风格的一种体现。

### （二）按照现实生活发展的逻辑在平常自然的生活中表现人物性格

曹雪芹按照现实生活发展的逻辑，把人物放在平常的自然的生活中，去自然地表现人物性格。因此《红楼梦》中的生活画面和人物给我们的感觉是真实的，尽管它所描写的朝代离我们今天很远，今天的读者却不感到陌生。第七回写周瑞家的送宫花就体现了这种艺术手法的运用。

送宫花之事的发生就很自然。周瑞家的找王夫人汇报打发刘姥姥之事，由于王夫人不在自己房中去薛姨妈处了，周瑞家的来到梨香院轻轻掀帘进去，只见姐妹俩正说家务人情话，她没敢惊动，便进里间屋子，"只见薛宝钗等着家常衣服……"就这样作者很自然地把笔锋转向宝钗，展开了人物形象的刻画。"忽听王夫人问：'谁在房里呢？'周瑞家的忙出去答应了，趁便回了刘姥姥之事。略待半刻，见王夫人无语，方欲退出，薛姨妈忽又笑道：'你且站住。我有一宗东西，你带了去罢。'说着便叫香菱。"送宫花之事便自然发生了。周瑞家的按吩咐拿了花匣子开始送宫花。"走出房门，见金钏仍在那里晒日阳儿。周瑞家的因问他道：'那香菱小丫头子，可就是常说临上京时买的，为他打人命官司的那个小丫头子么？'金钏道：'可不就是他。'正说着，只见香菱笑嘻嘻的走来。周瑞家的便拉了他的手……"对香菱的刻画也就在情理之中了，这是甄士隐之女第一次以香菱之名出现在小说中，与前边照应。周瑞家的和金钏听了香菱不知道自己的父母、年岁、籍贯的回答，"倒反为叹息伤感一回"。

周瑞家的顺路先到了迎、探、惜三小姐的住处，"只见迎春、探春二人正在窗下下围棋，周瑞家的将花送上，说明原故，二人忙住了棋都欠身道谢，丫环们收了"。周瑞家的问道："四姑娘不在房里，只怕在老太太那边呢。""丫环们道：'在那屋里不是？'周瑞家的听了，便往这边屋里来。只见惜春正同水月庵的小姑子智能儿两个一处顽耍呢，见周瑞家的进来，便问他何事。周瑞家的便将花匣打开，说明原故。惜春笑道：'我这里正和智能儿说，我明儿也要剃了头跟他作姑子去呢，可巧又送了花来，要剃了头，可把花戴在那里呢？'……"接着周瑞家的便往凤姐处，小丫头丰儿见周瑞家的来了，连忙摆手儿，叫他往东屋里去。“周瑞家的明白，悄悄儿问道：‘二奶奶睡中觉呢？也该清醒了。’奶子笑着，撇着嘴摇头儿，正说着，只听那边一阵笑声，却有贾琏的声音（贾琏戏熙凤）。”平儿知道了周瑞家的送了花来，“拿了四枝，转身去了。半刻工夫，手里拿出两枝来，先叫彩明吩咐道：‘送到那边府里给小蓉大奶奶戴去。’”周瑞家的顺路又去黛玉住处，穿过穿堂，忽见自己的女儿来求助，是关于冷子兴吃官司要被递解还乡之事。周瑞家的见女儿着急的样子，便说道：“这有什么，忙的如此。”“小人儿家没经过什么事，就急你这样了。”说着来到黛玉房中。谁知黛玉不在自己房里，却在宝玉房中与大家解九连环玩。“周瑞家的进来笑道：‘林姑娘，姨太太叫我送花儿来了。’宝玉听说，便先问：‘什么花儿？拿来我瞧瞧。’一面便伸手接过匣子来看时，原来是两枝宫制堆纱新巧的假花。黛玉只就宝玉手中看了一看，便问道：‘还是送我一个人的，还是别的姑娘们都有呢？’周瑞家的道：‘各位都有了，这两枝是姑娘的。’黛玉冷笑道：‘我就知道么！别人不挑剩下的也不给我呀。’周瑞家的听了，一声儿也不敢言语。宝玉问道：‘周姐姐，你作什么到那边去了？’周瑞家的回话：‘太太在那里，因回话去了，姨太太就顺便叫我带来了。’宝玉道：‘宝姐姐在家里作什么呢？怎么这几日也不过来？’周瑞家的道：‘身上不大好呢！’宝玉听了，便和丫头们说：‘谁去瞧瞧？只说我与林姑娘打发了来请姨太太姐姐安，问姐姐是什么病，现吃什么药。论理我该亲自来的，就说才从学里回来，也着了些凉，异日亲自来看罢。’”

不难看出送宫花前后这段文字，其场面转换、情节衔接自然顺畅，如行云流水，不露人工斧凿痕迹，然而这不等于家庭生活的流水账，曹雪芹根据需要，对事件的叙述和人物的刻画有详有略，有正面描写，有侧面描写，有实写，有虚写，有浓墨重彩，有一笔带过。例如写周瑞家的向王夫人汇报刘姥姥之事，作者一笔带过——周瑞家的“趁便回了刘姥姥之事”。因为前一回已经写了打发刘姥姥的过程，为避免重复，故淡淡一笔，然而这淡淡一笔是不能缺的，它是故事与故事的衔接处，即过渡性文字。对薛宝钗的描写显然是浓墨重彩，对迎、探、惜三姊妹的用笔，惜春是重点，而且有伏笔作用。对“贾琏戏熙凤”是虚写,也是侧面描写。对宝玉、黛玉形象则作了精雕细刻:黛玉的多疑和锋芒毕露,此处表现得很鲜明,也透露出她率直的性格;而宝玉此时则表现得有点圆浑,他的谎言却曲折而实在地表现了宝玉、黛玉关系厚密胜过宝玉、宝钗。无疑作者笔下的周瑞家的形象也十分鲜明,深明主仆间的礼数,懂得为奴之道,也较乖滑和势利,也有一定同情心。可见作者放到平常的自然的生活中,去自然地表现人物,同时也是在精心安排结构。

**(三)运用典型意义的情节展示人物思想性格**

作者善于在日常生活中提炼富有典型意义的情节,并充分利用这一情节来展示人物思想性格。

提炼富有典型意义的情节,在古典小说中也并不少见。如《三国演义·赤壁之战》《水浒传·武松打虎》等都具有典型意义,而且都带有传奇色彩,但离日常生活比较远。在日常生活中提炼富有典型意义的情节可就非易事了。曹雪芹以他卓越的艺术天才,提炼出“元春省亲”“宝玉挨打”“探春理家”“抄大观园”等不少富有典型意义的情节,特别是宝玉挨打这个情节写得十分激动人心。儿子挨父亲打原本是日常生活中时有发生的事,然而作者笔下的宝玉挨打,其意义就非同寻常了。宝玉挨打的原因不是偶然的,比如宝玉不爱读圣贤书是尽人皆知的,而且把劝他读书的人骂为“国贼”“禄蠹”,以至焚书。他不愿走封建阶级安排的读书做官的道路,同父亲希望的“金榜题名”“光宗耀祖”反其道而行之。对此,贾政早咬牙切齿、张口闭口骂他“畜生”了。另外,贾宝玉与地位低下的戏子琪官交往,而得罪了权势大于贾府的忠顺亲王府,气得贾政“目瞪口呆”。“你在家不读书也罢了,怎么又做出无法无天的事来！那琪官现是忠顺王爷驾前承奉的人,你是何等草芥,无故引逗他出来,如今祸及于我!”统治集团之间的矛盾给贾府造成了危机。金钏之死使宝玉十分悲伤,久久难以平静下来,至他挨打后、凤姐生日时还与茗烟偷偷去郊外祭奠金钏。但在赵姨娘的唆使下,贾环进谗言说他“逼淫母婢”,这显然是嫡庶矛盾的反映。这种种矛盾交织在一起,宝玉挨打自然不可避免,使事件变得富有典型意义。情节发展并未到此为止，作者也并未以此为满足，而是充分利用经过苦心提炼的情节，展开对一系列人物的刻画（且不说贾政临打宝玉之前愤怒、痛恨、伤心、痛哭等复杂感情心理；在打的过程中王夫人如何阻拦抱住板子痛哭；王夫人哭着贾珠的名字时，李纨如何似滚瓜般滚下泪来；当贾母气喘吁吁走来时，贾政如何躬身陪笑、跪下含泪说、忙叩头哭道、苦苦叩求认罪；贾母如何责备贾政，如何滚下泪来、冷笑，见了宝玉被打重了，又是心疼，又是生气，抱着哭个不停）。

宝玉挨打这件事贾府上上下下所有的人都十分关心。第三十四回写宝玉挨打后被抬回怡红院，人们先后看望、探视，作者顺理成章地刻画了一系列人物的思想性格。如袭人看宝玉伤痕道："我的娘，怎么下这般的狠手！你但凡听我一句话，也不得到这步地位。幸而没动筋骨，倘或打出个残疾来，可叫人怎么样呢！"表现了与宝玉关系的不同寻常。接着写宝钗探宝玉，"只见宝钗手里托着一丸药走进来，向袭人说道：'晚上把这药用酒研开，替他敷上，把那淤血的热毒散开，可以就好了。'说毕，递于袭人，又问道：'这会子可好些？'"这是探病的题目。接着又写宝钗"点头叹道：'早听人一句话，也不至今日。别说老太太、太太心疼，就是我们看着，心里也疼。'刚说了半句又忙咽住，自悔说的急了，不觉得就红了脸，低下头来"。可见宝钗对宝玉是"大有深意"的。当宝钗问袭人为什么宝玉被打时，袭人便把焙茗的话说了出来，拉扯了薛蟠。宝玉忙拦袭人的话，唯恐宝钗沉心。宝钗既责备宝玉，又为哥哥薛蟠开脱，走的时候嘱咐人："只劝他好生养着，别胡思乱想，就好了。要想什么吃的玩的，悄悄的往那里只管取去。"宝钗来有准备，去时周到，中间更细致，有些言语和情态同袭人颇似。

黛玉探视宝玉，来也匆匆去也匆匆，真情倾泄，进来啥也没说，推宝玉，只有悲切之声。宝玉"只见他两个眼睛肿得桃儿一般，满面泪光"。可知黛玉此前已哭过多时了。宝玉忍着疼痛反而关心安慰黛玉："你又做什么来了？太阳才落，那地上还是怪热的，倘或又受了暑，怎么好呢？我虽然挨了打，却也不很觉疼痛。这个样儿是装出来哄他们，好在外头布散给老爷听。其实是假的，你别信真了。"反映出宝玉、黛玉关系非同一般。

“此时黛玉虽不是嚎啕大哭，然越是这等无声之泣，气噎喉堵，更觉利害。听了宝玉这些话，心中提起万句言词，要说时却不能得半句。半天，方抽抽噎噎的道：‘你可都改了罢！’”宝玉听了后却似非所答地道：“你放心。别说这样话。我便为这些人死了，也是情愿的。”这是与其父的对抗情态，是一种至死不改的叛逆精神。黛玉听说凤姐来了，连忙起身要从后院门逃走，“宝玉一把拉住，道：‘这又奇了。好好的，怎么怕起他来了！’黛玉急得跺脚，悄悄地说道：‘你瞧瞧我的眼睛，又该他们拿咱们取笑了。’”黛玉刚出后院，凤姐从前头已进来，好像一阵风，问宝玉：“可好些了？想什么吃？叫人往我那里取去。”一派打花胡哨的腔调。小说略叙薛姨妈来，贾母打发人来，还写了周瑞家的、吴新登家的、郑好时家的也来了，她们是做给老太太和太太看的。小说又详写了王夫人与袭人的长谈。王夫人既有常人的母性，又有封建的理性。袭人既有忠顺奴性，又有不良的用心。小说还详写了宝玉时时记挂黛玉，宝玉支开袭人到宝钗处去借书，趁机打发晴雯去看望黛玉，并送了旧帕，黛玉得帕终“大悟”宝玉深意，“不觉神痴心醉……五内沸然”，题诗三首在旧帕上。宝玉、黛玉心心相印，他们的爱情是巩固的。由于宝玉挨打而拉扯上了薛蟠，薛蟠冤屈，薛家便出现了家庭口角战，宝钗数落薛蟠，有进有退，暴躁的薛蟠道出“金玉姻缘”之事，宝钗因此回蘅芜苑哭了一夜，第二天早上也没梳洗，胡乱理了理衣服，便回家瞧母亲，在花阴处碰见黛玉，黛玉问她哪里去，“宝钗因说：‘家去。’口里说着，便只管走。黛玉见他无精打采地去了，又见眼上好似有哭泣之状，大非往日可比”，于是她便在后打趣宝钗：“姐姐也自己保重些儿，就是哭出两缸泪来，也医不好棒疮！”宝钗知道黛玉是在刻薄她，因记挂母亲、哥哥，也不回头，一直去了。可见黛玉尖刻，而且对自己与宝玉的爱情信心十足，踌躇满志。围绕探访，后面还有许多文字。曹雪芹充分利用宝玉挨打这一情节，主次分明地刻画出一系列人物的思想性格，展示他们之间的种种关系，推动故事情节的发展。

**（四）细节描写**

《红楼梦》的细节描写是十分出色的。这部小说是以家庭日常生活为主要题材的，而家庭生活年年月月日日有许多雷同现象，有许多相同的事体，曹雪芹却能把相同的事体写得生动而各异其趣，情节毫不雷同。例如同样写过生日，情节完全不同。薛宝钗15岁，贾母替她做生日，为什么呢？因为贾母“喜欢稳重和平，正值他才过第一个生辰，便自己蠲资二十两，唤了凤姐来，交与他置酒戏”。贾母问宝钗爱听何戏，爱吃何物，“宝钗深知贾母年老人，喜热闹戏文，爱吃甜烂之食，便总依贾母往日素喜者说了出来。贾母更加欢悦”。作者写这些，为后来贾母选孙子媳妇埋下伏笔，也刻画出宝钗的性格。与黛玉比较，“黛玉直而宝钗曲，黛玉尖锐而宝钗圆浑，黛玉天真而宝钗世故”①。生日那天，“就贾母内院中搭了家常小巧戏台，定了一班新出小戏，昆弋两腔皆有。就在贾母上房排了几席家宴酒席，并无一个外客”。贾母替宝钗做生日，黛玉已经有点不快了，宝玉、宝钗论戏时黛玉已有醋意了，戏散后，黛玉被比作戏子，原来心内不快、醋意大发的黛玉岂能不生气？为此，宝玉、黛玉、宝钗、湘云四人之间便产生误会或矛盾。

第四十三回到第四十四回写凤姐生日将至，因贾母的主意而引发的“凑份子”情节。凤姐生日那天，贾宝玉一大早便带着茗烟悄悄去郊外祭金钏，回来时已开席。寿宴进行时，得意的凤姐多喝了酒，身上不适，趁人不防回房打算休息，平儿跟随，之后遭遇贾琏与鲍二家的私通。又一时酒发，凤姐发泼，又是厮打，又是撞头，又是乱抓，一场全武行的丑剧出现了。

第六十三回写贾宝玉的生日，“寿怡红群芳开夜宴”重点写女孩子们的欢乐，夜宴以酒令的形式，或把她们的性格皴染，或对她们的命运加以暗示。

第七十一回写贾母生日，整个场面十分阔大而隆重，特别写了得意受宠者与被疏离者之间的矛盾。

这几个生日，无论从内容还是场面都不同，重点细节描写更是迥异，从不同方面刻画了人物性格，推动着情节不断发展。

《红楼梦》的一些细节描写，都能反映社会深层方面的大问题。比如

---

① 俞平伯：《论〈红楼梦〉》，上海：上海古籍出版社，1988年，第99页。

第四十一回，写凤姐向刘姥姥介绍茄子鲞，“刘姥姥听了，摇头吐舌说道：‘我的佛祖！倒得十来只鸡来配，怪道这个味！’”刘姥姥不认识那套精制的黄杨根杯子，发了番感慨：“我们成日家和树林子作街坊，困了枕着他睡，乏了靠着他坐，荒年间饿了还吃他……我掂着这杯体重，断乎不是杨木，这一定是黄松的。”第四十回写刘姥姥用筷子夹鸽子蛋。凤姐笑道：“一两银子一个呢，你快尝尝罢，那冷了就不好吃了。”刘姥姥哪里夹得起，“好容易撮起一个来，才伸着脖子要吃，偏又滑下来滚在地下，忙放下箸子要亲自去捡，早有地下的人捡了出去了。刘姥姥叹道：‘一两银子，也没听见响声儿就没了。’”第三十九回写刘姥姥对“螃蟹宴”的感慨，刘姥姥说：“这样螃蟹，今年就值五分一斤。十斤五钱，五五二两五，三五一十五，再搭酒菜，一共倒有二十多两银子。阿弥陀佛！这一顿的钱够我们庄家人过一年了。”茄子鲞、鸽子蛋、螃蟹宴本身都不具有什么重大意义，但经过作者的巧妙构思，通过刘姥姥见闻叙说，生动的细节就鲜明地反映出那个社会的重大问题：统治者与百姓之间差别之大，矛盾之严重。

《红楼梦》这部以日常生活为主要题材的小说之所以意趣盎然，与细节描写的详略得体密不可分。所谓细节描写不等于完全精雕细刻、浓墨重彩，它也包括粗线条的勾勒。第十六回“贾元春才选凤藻宫”，很多地方都写得十分细腻，然而又有些地方用笔并非工细，而是淡淡的一笔带过。如写宁荣两处个个皆有得意之状，言笑鼎沸不绝的时候，写贾宝玉反常之态，就用了粗线条一笔带过。“虽闻得元春晋封之事，亦未解得愁闷。贾母等如何谢恩，如何回家，亲朋如何来庆贺，宁荣两处近日如何热闹，众人如何得意，独他一个皆视有如无，毫无曾介意。因此众人嘲他越发呆了。”这五个“如何”就是一笔带过，是粗笔勾勒，根据写作需要，哪些地方要精雕细刻，哪些地方要淡淡一笔勾勒，都是作者经过深思熟虑、精心设计的。运用精雕细刻和一笔带过相结合的写法，可以使情节发展波澜有致，增强节奏感，从而避免琐碎、单调。一笔带过有时还能起到情节转换、场面连接的作用。

曹雪芹善于运用具有伏笔功能的细节来暗示一些事物的发展结局。

例如《红楼梦》中的大大小小的故事从缘起到结局，大都有伏笔功能的细节，所以故事的发展显得自然顺畅，在情理之中，结局也就势所必致。第十一回、十二回“王熙凤毒设相思局”，在凤姐、平儿、贾瑞的口中几次说出“死”字，凤姐“心里暗忖道：‘这才是知人知面不知心呢，那里有这样禽兽的人呢？他如果如此，几时叫他死在我的手里，他才知道我的手段！’”后来凤姐听了平儿说贾瑞要来“请安说话”之事，便“哼了一声，说道：‘这畜生活该作死，看他来了怎么样！’”平儿听了凤姐说贾瑞的事后气愤地说：“癞蛤蟆想天鹅肉吃，没人伦的混账东西，起这个念头，叫他不得好死！”凤姐的话已经暗示决心要置贾瑞于死地，而且要让贾瑞知道她凤姐的毒狠“手段”。往日里平儿不时劝凤姐做事不要太过太绝，“得放手时须放手”，“得饶人处且饶人”，此时她完全赞同凤姐，十分恼恨贾瑞。而贾瑞为了得手“死了也愿意”，“死也要来”，贾瑞在凤姐的迷魂阵中越陷越深，不能也不愿自拔。这三人口中的“死”字，是贾瑞最终必死的十分合乎逻辑发展规律的一种细节预示，对整个情节发展有推动作用。贾瑞第一次冻了一夜，这在凤姐对他叮嘱中已有了预示：“你且去，等着晚上起了更你来，悄悄的在西边穿堂儿等我。”“你只放心。我把上夜的小厮们都放了假，两边一关，再没别人了。”结果是：就贾瑞自己，再没别人。凤姐第二次约他：“今日晚上，你别在那里了。你在我这房后小过道子里那间空屋里等我，可别冒撞了。”结果冒撞了贾蓉、贾蔷，赔了银子不算，还被浇了一头一身尿屎汤子。可以说凤姐的叮嘱，语意双关地预示着下文的情节，令读者不感到突兀。第二十八回蒋玉菡在酒席上行令犯了袭人的讳，并换了宝玉身上实为袭人的松花汗巾。这一细节描写暗示了后来袭人嫁给琪官蒋玉菡的结局。实际这一结局在第五回“游幻境指迷十二钗”袭人判词“堪美优伶有福”就有了这一暗示。《红楼梦》惯用此法，有些事物的结局，暗示的细节描写在结局前出现的不止一个两个，甚至多个，如金玉姻缘——宝玉、宝钗的婚姻，就通过多次细节描写来暗示其结局。

**（五）侧面描写**

巧妙的侧面描写是《红楼梦》重要艺术成就之一。《红楼梦》内容之丰富，人物形象之多，情节结构之宏大严密，完全靠正面描写是不够的。第二回“冷子兴演说荣国府”，冷子兴对贾府情况进行了概括性的介绍，显然是必要的，以书中人物——王夫人陪房周瑞家的女婿的身份，绘声绘色描述了贾府渐衰和宁荣二府主要人员情况，尤其生动地谈了贾宝玉的情况，吸引住了贾雨村，又何尝不是对读者的吸引呢？贾宝玉是书中的主要人物，读者对这个人物先有个整体的大概的了解，对小说的发展脉络的掌握是很有好处的。冷子兴先知为快地道：贾宝玉“一落胎胞，嘴里便衔下了一块五彩晶莹的玉来，上面还有许多字迹，就取名叫作宝玉。……祖母便先爱如珍宝，那年周岁时，政老爹便要试他将来的志向，便将那世上所有之物摆了无数，与他抓取。谁知他一概不取，伸手只把些脂粉钗环抓来。政老爹便大怒了，说：‘将来酒色之徒耳！’……说来又奇，如今长了七八岁，虽然淘气异常，但其聪明乖觉处，百个不及他一个。说起孩子话来也奇怪，他说：‘女儿是水作的骨肉，男人是泥作的骨肉。我见了女儿，我便清爽；见了男子，便觉浊臭逼人。’你道好笑不好笑？将来色鬼无疑了！”贾雨村忙止道：“非也！可惜你们不知道这人来历。大约政老前辈也错以淫魔色鬼看待了。若非多读书识事，加以致知格物之功、悟道参玄之力，不能知也。”这样的侧面描写比一般的介绍性叙述要生动有趣得多，这样的侧面描写为后面的许多地方的正面描写打下基础，有铺垫和补充的作用。第六十五回、六十六回，通过贾琏的心腹小厮兴儿之口侧面描写了凤姐、平儿、李纨、元春、迎春、探春、惜春、林黛玉、薛宝钗、贾宝玉。兴儿道：“提起我们奶奶来，心里歹毒，口里尖快。……倒是跟前的平姑娘为人很好，虽然和奶奶一气，他倒背着奶奶常作些个好事。小的们凡有了不是，奶奶是容不过的，只求求他去就完了。如今合家大小除了老太太、太太两个人，没有不恨他的，只不过面子情儿怕他。皆因他一时看的人都不及他，只一味哄着老太太、太太两个人喜欢。他说一是一，说二是二，没人敢拦他。……如今连他正经婆婆、大太太都嫌了他，说他‘雀儿拣着旺处飞’……嘴甜心苦，两面三刀；上头一脸笑，脚下使绊子；明是一盆火，暗是一把刀：都占全了。……不是小的吃了酒放肆胡说，奶奶（尤二姐）便有礼让，他看见奶奶比他标致，又比他得人心，他怎肯干休善罢？人家是醋罐子，他是醋缸醋瓮。……我们这位寡妇奶奶（李纨），他的诨名叫作‘大菩萨’，第一个善德人。……我们大姑娘不用说，但凡不好也没这段大福了。二姑娘的诨名是‘二木头’，戳一针也不知嗳哟一声。三姑娘的诨名是‘玫瑰花’……玫瑰花又红又香，无人不爱的，只是刺戳手。也是一位神道，可惜不是太太养的，‘老鸹窝里出凤凰’。四姑娘小，他正经是珍大爷亲妹子，因自幼无母，老太太命太太抱过来养这么大，也是一位不管事的。……另外有两个姑娘，真是天上少有，地下无双。一个是咱们姑太太的女儿，姓林，小名儿叫黛玉，面庞身段和三姨不差什么，一肚子文章，只是一身多病，这样的天，还穿夹的，出来风儿一吹就倒了。我们这起没王法的嘴都悄悄的叫他‘多病西施’。还有一位姨太太的女儿，姓薛，叫什么宝钗，竟是雪堆出来的。……我们鬼使神差，见了他两个，不敢出气儿。……是生怕这气大了，吹倒了姓林的；气暖了，吹化了姓薛的。”兴儿在谈到宝玉时说：“偏他不喜欢读书。老太太的宝贝，老爷先还管，如今也不敢管了。成天家疯疯癫癫的，说的话人也不懂，干的事人也不知。……每日也不习文，也不学武，又怕见人，只爱在丫头群里闹。”在谈到宝玉、黛玉关系时：“只是他已有了，只未露形。将来准是林姑娘定了的。因林姑娘多病，二则都还小，故尚未及此。再过三二年，老太太便一开言，那是再无不准的了。”这是《红楼梦》里边比较典型的侧面描写，而且有详有略，主次分明，起到了补充和烘托人物性格的作用，使人物形象更鲜明突出。有时一些次要人物，作者为节省笔墨也完全用侧面描写。如孙绍祖就是通过迎春之口，复述了孙绍祖的语言：“你别和我充夫人娘子，你老子使了我五千银子，把你准折卖给我的。好不好，打一顿撵在下房里睡去。当日有你爷爷在时，希图上我们的富贵，赶着相与的。论理我和你父亲是一辈，如今强压我的头，卖了一辈。又不该作了这门亲，倒没的叫人看着赶势利似的。”这之前迎春简略叙述道：“孙绍祖一味好色，好赌酗酒，家中所有媳妇丫头将及淫遍。略劝过两三次，便骂我是‘醋汁子老婆拧出来的’。”孙绍祖虽未正式出场，通过侧面描写，一个“中山狼”的形象跃然纸上。

（六）心理描写

《红楼梦》许多地方心理描写极为细腻、深入，鲜明地揭示了人物的精神面貌和内心世界，取得了卓越的艺术成就。如第二十三回“《西厢记》妙词通戏语，《牡丹亭》艳曲警芳心”，黛玉接过《西厢记》“从头看去，越看越爱看，不到一顿饭工夫，将十六出俱已看完，自觉词藻警人，余香满口。虽看完了书，却只管出神，心内还默默记诵”，无疑这是张生与崔莺莺的倾心相爱在黛玉思想上引起了共鸣。这时宝玉不知深浅地说了一句笑话，“我就是一个‘多愁多病的身’，你就是那‘倾国倾城貌’。林黛玉听了，不觉带腮连耳通红，登时直竖起两道似蹙非蹙的眉，瞪了两只似睁非睁的眼，微腮带怒，薄面含嗔”。宝玉对黛玉的倾心而口吐真言，黛玉听了如此反应，实际正是黛玉既高兴又害怕的一种心理表现。下文就是这种心理活动的外在表现：由于宝玉再三道歉，“说的林黛玉嗤的一声笑了，揉着眼睛，一面笑道：‘一般也唬的这个调儿，还只管胡说。呸，原来是苗而不秀，是个银样镴枪头。’宝玉听了，笑道：‘你这个呢？我也告诉去。’林黛玉笑道：‘你说你会过目成诵，难道我就不能一目十行么？’”这是黛玉的担心疑虑（惟恐宝玉取笑她）被解除后的一种畅快愉悦，已与宝玉心心相印了。后来黛玉“正欲回房，刚走到梨香院墙角上，只听墙内笛韵悠扬，歌声婉转。林黛玉便知是那十二个女孩子演习戏文呢。……偶然两句吹到耳内，明明白白，一字不落，唱道是：‘原来姹紫嫣红开遍，似这般都付与断井颓垣。’林黛玉听了，倒也十分感慨缠绵，便止住步侧耳细听，又听唱道是：‘良辰美景奈何天，赏心乐事谁家院。’听了这两句，不觉点头自叹，心下自思：‘原来戏上也有好文章。可惜世人只知看戏，未必能领略这其中的趣味。’想毕，又后悔不该胡想，耽误了听曲子。又侧耳时，只听唱道：‘则为你如花美眷，似水流年……’林黛玉听了这两句，不觉心动神摇。又听道‘你在幽闺自怜’等句，亦发如醉如痴，站立不住，便一蹲身坐在一块山子石上，细嚼‘如花美眷，似水流年’八个字的滋味。忽又想起前日见古人诗中有‘水流花谢两无情’之句，再又有词中有‘流水落花春去也，天上人间’之句，又兼方才听见《西厢记》中‘花落水流红，闲愁万种’之句，都一时想起来，凑聚在一处。仔细忖度，不觉心痛神痴，眼中落泪”。可见，《西厢记》《牡丹亭》及诗词对黛玉心灵的震撼多么强烈，此中有与宝玉爱情得到发展的甜蜜喜悦，有惜年华、虑身体、思处境、忧未来等种种悲愁。喜悦与悲愁相碰撞、相交织，心潮起伏。《红楼梦》有许多较长篇幅的心理描写，深入、细致描绘出人物的感情世界。第三十二回写黛玉来到怡红院，悄悄走至窗前。屋里的宝玉因为湘云说了仕途经济的一些话而气恼，“道：‘姑娘请别的姊妹屋里坐坐，我这里仔细污了你知经济学问的。’……‘林姑娘从来说过这些混账话不曾？若他也说过这些混账话，我早和他生分了。’……林黛玉听了这话，不觉又喜又惊，又悲又叹。所喜者，果然自己眼力不错，素日认他是个知己，果然是个知己。所惊者，他在人前一片私心称扬于我，其亲热厚密，竟不避嫌疑。所叹者，你既为我之知己，自然我亦可为你之知己矣；既你我为知己，则又何必有金玉之论哉；既有金玉之论，亦该你我有之，则又何必来一宝钗哉！所悲者，父母早逝，虽有铭心刻骨之言，无人为我主张。况近日每觉神思恍惚，病已渐成，医者更云气弱血亏，恐致劳怯之症。你我虽为知己，但恐自不能久待；你纵为我知己，奈我薄命何！想到此间，不禁滚下泪来。待进去相见，自觉无味，便一面拭泪，一面抽身回去了”。这样大段的心理描写，为《红楼梦》之前的中国古代小说不曾见的。这样深入、细致的心理刻画，把黛玉内心复杂隐曲的活动准确揭示出来。

黛玉回来，宝玉出来了，见黛玉在前慢慢地走，似有拭泪之状，宝玉抬手替黛玉拭泪，黛玉忙向后退了几步，责备宝玉动手动脚的。“宝玉笑道：‘说话忘了情，不觉的动了手，也就顾不的死活。’林黛玉道：‘你死了倒不值什么，只是丢下了什么金，又是什么麒麟，可怎么样呢？’”黛玉这几句话虽然有一定玩笑意味，但也能传达出她内心世界还存在的某种疑虑，担心她与宝玉的爱情会有宝钗和湘云的闯入。另外，她说这样的话，也有激将法的作用，让宝玉当着她的面做承诺以巩固宝玉与她的爱情关系。果然宝玉一听她这话就急了，以至“筋都暴起来，急的一脸汗”。黛玉忙给宝玉擦汗。“宝玉瞅了半天，方说道‘你放心’三个字。林黛玉听了，怔了半天，方说道:‘我有什么不放心的?我不明白这话。你倒说说怎么放心不放心?’宝玉叹了一口气,问道:‘你果不明白这话?难道我素日在你身上的心都用错了?连你的意思若体贴不着,就难怪你天天为我生气了。’黛玉道:‘果然不明白放心不放心的话。’宝玉点头叹道:‘好妹妹,你别哄我。果然不明白这话,不但我素日之意白用了,且连你素日待我之意也都辜负了。你皆因总是不放心的原故,才弄了一身病。但凡宽慰些,这病也不得一日重似一日。’林黛玉听了这话,如轰雷掣电,细细思之,竟比自己肺腑中掏出来的还觉恳切,竟有万句言语,满心要说,只是半个字也不能吐,却怔怔的望着地。此时宝玉心中也有万句言语,不知从那一句上说起,却也怔怔的望着黛玉。两个人怔了半天,林黛玉只咳了一声,两眼不觉滚下泪来,回身便要走。宝玉忙上前拉住,说道:‘好妹妹,且略站住,我说一句话再走。’林黛玉一面拭泪,一面将手推开,说道:‘有什么可说的,你的话我早知道了!’口里说着,却头也不回竟去了。”这是一段非常精彩的心理描写,也体现了《红楼梦》含蓄蕴藉的艺术风格。把宝玉、黛玉两人的爱情心声写得高高低低、婉转回环,不是直来直去、无遮无拦,而是句句委婉、句句含情,最后黛玉的话也不是一吐为快,而是意味深情地说:“有什么可说的。你的话我早知道了!”惟妙惟肖地深刻地揭示了人物思想性格的独特性。

宝黛爱情是在他们不断的口角中向前发展的。第二十九回中曹雪芹站出来加以解释、说明和评论:“原来那宝玉自幼生成有一种下流痴病,况从幼时和黛玉耳鬓厮磨,心情相对;及如今稍明事时,又看了那些邪书僻传,凡远亲近友之家所见的那些闺英闱秀,皆未有稍及林黛玉者,所以早存一段心事,只不好说出来,故每每或喜或怒,变尽法子暗中试探。那林黛玉偏生也是个有些痴病的,也每用假情试探。因你也将真心真意瞒了起来,只用假意,我也将真心真意瞒了起来,只用假意,如此两假相逢,终有一真。其间琐琐碎碎,难保不有口角之争。”这样由作者直接对宝、黛二人心理进行判断性表述,是必要的,也是一针见血的,可以帮助读者准确无误地捕捉到他们内心世界最本质的东西。但这样由作者出面进行说表性心理描写不能多，否则不利于情节的发展，所以作者及时结合人物内心独白，深刻地揭示了人物的思想性格。“宝玉的内心想的是：‘别人不知我的心，还有可恕，难道你就不想我的心里眼里只有你！你不能为我烦恼，反来以这话奚落我。可见我心里一时一刻白有你，你竟心里没我。’心里这意思，只是口里说不出来。那林黛玉心里想着：‘你心里自然有我，虽有“金玉相对”之说，你岂是重这邪说不重我的。我便时常提这“金玉”，你只管了然自若无闻的，方见得是待我重，而毫无此心了。如何我只一提“金玉”的事，你就着急，可知你心里时时有“金玉”，见我一提，你又怕我多心，故意着急，安心哄我。’看来两个人原本是一个心，但都多生了枝叶，反弄成两个心了。那宝玉心中又想着：‘我不管怎么样都好，只要你随意，我便立刻因你死了也情愿。你知也罢，不知也罢，只由我的心，可见你方和我近，不和我远。’那林黛玉心里又想着：‘你只管你，你好我自好，你何必为我而自失。殊不知你失我自失。可见是你不叫我近你，有意叫我远你。’”这样的心理描写大大增强了人物形象的鲜明度，具体、生动、深刻地揭示出内心活动。

（七）语言

《红楼梦》的语言艺术成就非常惊人。无论是人物形象塑造，还是景物描绘，无论是细节描写，还是侧面描写、心理描写，都是由语言来完成的，语言是第一要素。《红楼梦》的语言是经过千锤百炼的，堪称我们古代小说语言艺术的典范。

（1）极富个性化、生活化的语言特点

比如贾母和刘姥姥虽然都是年老妇女，由于地位、身份、经历不同，她们的语言明显不同。第三十九回写刘姥姥头一次与贾母见面时的一些情景。刘姥姥见了贾母“忙上来陪着笑，福了几福，口里说：‘请老寿星安。’……贾母道：‘老亲家，你今年多大年纪了？’刘姥姥忙立身笑道：‘我今年七十五了。’贾母向众人道：‘这么大年纪了，还这么健朗。比我大好几岁呢。我要到这么大年纪，还不知怎么动不得呢。’刘姥姥笑道：‘我们生来是受苦的人，老太太生来是享福的。若我们也这样，那些庄家活也没人作了。'贾母道:'眼睛牙齿都还好?'刘姥姥道:'都还好,就是今年左边的槽牙活动了。'贾母道:'我老了,都不中用了,眼也花,耳也聋,记性也没了。你们这些老亲戚,我都不记得了。亲戚们来了,我怕人笑我,我都不会,不过嚼的动的吃两口,睡一觉,闷了时和这些孙子孙女顽笑一回就完了。'刘姥姥笑道:'这正是老太太的福了。我们想这么着也不能。'贾母道:'什么福,不过是老废物罢了。'说的大家都笑了。贾母又笑道:'我才听见凤哥儿说,你带了好些瓜菜来,叫他快收拾去了,我正想个地里现撷的瓜儿菜儿吃。外头买的,不像你们田地里的好吃。'刘姥姥笑道:'这是野意儿,不过吃个新鲜。依我们想鱼肉吃,只是吃不起。'贾母又道:'今儿既认着了亲,别空空儿的就去。不嫌我这里,就住一两天再去。我们也有个园子,园子里头也有果子,你明日也尝尝,带些家去,你也算看亲戚一趟。'凤姐儿见贾母喜欢,也忙留道:'我们这里虽不比你们的场院大,空屋子还有两间。你住两天罢,把你们那里的新鲜故事儿说些与我们老太太听听。'贾母笑道:'凤丫头别拿他取笑儿。他是乡屯里的人,老实,那里搁的住你打趣他。'"刘姥姥尽管年龄比贾母大,却句句奉迎恭维,而且显得卑躬。贾母的和善、享乐和喜老怜贫的性格在她与刘姥姥的对话过程中就有明显的表现,她们的声口语言色调迥异。《红楼梦》高度个性化的语言艺术成就十分突出,这一人物的语言绝不可能混同于另一人物,一个人的语言一定能表现出其地位、身份、经历、文化教养。比如凤姐由于她的高贵出身、地位、权势以及她自以为精明等特点,语言常带有一种优越自负色调,诸如"我说""依我说""我成日家说""依我的主意""我也这样说""依我想"等,以显示她的一惯正确、精明、权势,总是把"我"放在中心和归宿上。说话常常滔滔不绝一大串儿,由于没文化,认得的字不多,她的语言又是粗俗的,她的风趣也是庸俗的,所以在贾母面前的插科打诨也是小丑式的,她常说一些俗语、歇后语,撒起泼来脏话一大堆,什么"天打雷劈、五鬼发尸的没良心的东西!""你的嘴里难道有茄子塞着?""混抹你娘的!""放你妈的屁!""糊涂忘八崽子!"贾琏一次不小心撞倒了她,她开口就骂:"臊你娘的,瞎了眼啦!"小说中的偶然一句话就表现了那个人的气质，而不是其他人的。凤姐的语言常常是尖刻的，而黛玉的语言有时也尖刻，但基本上庄重，凤姐则缺少文质彬彬，比较粗野，不符合贵族妇人的身份，这同她小时候被当男孩子养又少文化有关。她是个性格十分外露的女人，有强烈的表现欲，争取一切机会表现自己，即使在病中。她走到哪里，常表现为“未见其人，先使闻声”。她要冷笑，准有人倒霉。黛玉也常冷笑，那充其量是不满、自卫、反击。如第八回写薛姨妈留宝玉、黛玉吃饭饮酒，李嬷嬷劝阻宝玉饮酒，也对黛玉说道：“林姐儿，你不要助着他了。你倒劝劝他，只怕他还听些。”

林黛玉冷笑道：“我为什么助他，我也不犯着劝他。你这妈妈太小心了，往常老太太又给他酒吃，如今在姨妈这里多吃一口，料定姨妈这里是外人，不当在这里的也未可定。”李嬷嬷听了，又是急，又是笑，说道：“真真这林姐儿，说出一句话来，比刀子还尖。”同样说话尖刻，晴雯和黛玉二人语言也有差别，例如第三十一回写宝玉与晴雯因扇子跌落在地下而吵架生气，袭人劝晴雯，道：“‘好妹妹，你出去逛逛，原来是我们的不是。’晴雯听他说‘我们’两个字，自然是他和宝玉了，不觉又添了酸意，冷笑几声，道：‘我倒不知道你们是谁，别教我替你们害臊了！便是你们鬼鬼祟祟干的那事儿，也瞒不过我去，那里就称起“我们”来了。明公正道，连个姑娘还没挣上去呢，也不过和我似的，那里就称上“我们”了！’”正在吵得不可开交时，黛玉进来了，“见状笑道：‘大节下怎么好好的哭起来？难道是争粽子吃争恼了不成？’宝玉和袭人嗤的一笑。黛玉道：‘二哥哥不告诉我，我问你就知道了。’一面说，一面拍着袭人的肩，笑道：‘好嫂子，你告诉我。必定是你两个拌了嘴了。告诉妹妹，替你们和劝和劝。’袭人推他道：‘林姑娘你闹什么？我们一个丫头，姑娘只是混说。’黛玉笑道：‘你说你是丫头，我只拿你当嫂子待。’”晴雯、黛玉二人性格相似，由于身份地位不同，爆炭晴雯明揭袭人的隐私，黛玉却玩笑般地暗揭袭人的隐私。

(2)《红楼梦》动作性语言和形象化语言的成功运用

第三十九回写刘姥姥有感于螃蟹宴：“这样螃蟹，今年就值五分一斤。十斤五钱，五五二两五，三五一十五，再搭上酒菜，一共倒有二十多两银子。阿弥陀佛！这一顿的钱够我们庄家人过一年了。”这段话把刘姥姥掰手指头算账，感叹摇头逼真表现出来。第二十六回写薛蟠向贾宝玉显示别人送给他礼物的稀奇：“他不知那里寻了来的这么粗这么长粉脆的鲜藕，这么大的大西瓜，这么长一尾新鲜的鲟鱼，这么大的一个暹罗国进贡的灵柏香熏的暹猪。你说，他这四样礼可难得不难得？”这段文字把胸无点墨，连东西的长短粗细也不会比喻、形容、描绘的薛蟠，那种比比画画的手势及得意的神情逼真表现出来。这就难怪他把“唐寅”读成“庚黄”了。

《红楼梦》恰当比喻手法的运用，使其语言更加形象化。如以“辣子”比喻王熙凤，说王熙凤是“脸酸心硬”的有名泼辣货；李纨是“大菩萨”，“第一个大善德人”；“二木头”迎春，“戳一针也不知嗳哟一声”；探春是“玫瑰花”，“又红又香无人不爱的，只是刺戳手”；黛玉是“美人灯”，“风吹吹就坏了”；贾环是个“燎毛的小冻猫子，只等有热灶火坑让他钻去罢”；晴雯是块“爆炭”；黛玉是“多病西施”；贾母经常用“猴儿”喻凤姐；尤氏是“没嘴的葫芦”；袭人是“西洋花点子哈巴狗”。《红楼梦》也有许多以猴的动作喻人的形态。第二十四回写宝玉要吃鸳鸯嘴上的胭脂“宝玉便把脸凑在他脖项上闻那香油气，不住用手摩挲，其白腻不在袭人之下，便猴上身去涎皮笑道：‘好姐姐，把你嘴上的胭脂赏我吃了罢。’”以其他动物喻人者也不少，第二十一回写多姑娘儿“惹的贾琏似饥鼠一般”，“凤姐冷笑道：‘这半个月难保干净，或者有相厚的丢下的东西：戒指、汗巾、香袋儿，再至于头发、指甲，都是东西。’一席话，说的贾琏脸都黄了，贾琏在凤姐身后，只望着平儿杀鸡抹脖使眼色”，将鸡被杀时的情状，喻此时贾琏十分害怕平儿说出头发之事而递眼色的丑态。凤姐走后，贾琏想与平儿求欢，平儿挣脱出来，凤姐回来撞见，“就问道：‘要说两个人不在屋里说，怎么跑出来一个，隔着窗子，是什么意思？’贾琏在窗内接道：‘你可问他，倒像屋里有老虎吃他呢。’”第十二回写贾瑞黑夜在空屋焦急等凤姐，“只见黑魆魆的来了一个人，贾瑞便意定是凤姐，不管黑白，饿虎一般，等那人刚至门前，便如猫捕鼠一般，抱住叫道：‘亲嫂子，等死我了。’”第三十回写宝玉、黛玉矛盾解决后，凤姐道：“有这会子拉着手哭的，昨儿为什么又成了乌眼呢！”

“老祖宗不信，一定叫我去说合。我及至到那里要说合，谁知两个人倒在一起对赔不是了。对笑对诉，倒像‘黄鹰抓住了鹞子的脚’，两个都扣了环了。”第六十八回写凤姐“俏丽若三春之桃，清洁若九秋之菊”，第六十五回兴儿评论“人家是醋罐子，他是醋缸醋瓮”，第六十九回中的“凤姐听了，骂平儿说：‘人家养猫拿耗子，我的猫只倒咬鸡。’”《红楼梦》随处可见妙笔生花的比喻。

## 六、《红楼梦》的研究

什么是“红学”？“红学”，“是指研究《红楼梦》的学问，它包括研究《红楼梦》的思想意义、艺术价值、创作经验、作者曹雪芹的生平家世，《红楼梦》的版本、探佚、脂评等等”①。“红学”研究早在曹雪芹活着的时候就开始了，如脂砚斋为《石头记》所作的批语，实际就是一种“红学”研究。“红学”这一名词的提出略比脂评晚一点，李放《八旗画录注》：“光绪初，京朝士大夫尤喜读之，自相矜为‘红学’云。”另外均耀《慈竹居零墨》书中写道：“华亭朱子美先生昌鼎，喜读小说，自言生平所见说部有八百余种，而尤以《红楼梦》最为笃嗜，精理名言，所谭极有心得。时风尚好讲经学，为欺饰世俗计，或问：‘先生现治何经？’先生曰：‘吾之经学，系少一横三曲者。’或不解所谓，先生曰：‘无他，吾所专攻者，盖“红学”也。’”

“红学”分为旧“红学”和新“红学”。人们称胡适以前的“红学”为旧“红学”，称胡适、俞平伯和顾颉刚以后的“红学”为新“红学”。从时间上说，以五四时期为界限，分为旧“红学”和新“红学”。旧“红学”有评点、评论、题咏、索隐、考证等派别，其中评点、索隐两派影响最大。

评点派代表人物主要有脂砚斋、王雪香、张新之、姚燮等人，他们主要着眼于文章作法。代表作品有王希廉的《护花主人批序》《〈红楼梦〉总评》《〈红楼梦〉分评》，其评点都附在道光十二年（1832年）刊出的《新评绣像〈红楼梦〉全传》上。张新之的评语大都附在道光三十年（1850年）刊

① 冯其庸、李希凡：《〈红楼梦〉大辞典》，北京：文化艺术出版社，1990年，第1070页。

行的《妙复轩评〈石头记〉》上。姚燮的代表作品《读〈红楼梦〉纲领》(抄本)后改题《〈红楼梦〉类索》。

索隐派代表人物主要有王梦阮、沈瓶庵、蔡元培、邓狂言等,他们主要把历史、野史杂记、文人诗词、随笔传闻中的一些材料,与《红楼梦》中的人物、事件印证或比附,探索出所隐之事、所隐之人。如说《红楼梦》是曹雪芹家事,或说《红楼梦》是乾隆初年宰相级武官傅恒家事,或说《红楼梦》是明珠家事,或言《红楼梦》为清世祖与董鄂妃故事。其弊端是生拉硬扯、牵强附会。索隐派的代表作品有王梦阮、沈瓶庵的《〈红楼梦〉索隐》、蔡元培的《〈石头记〉索隐》、邓狂言的《〈红楼梦〉释真》等。

对评点派和索隐派不能一概否定或肯定,必须进行具体分析、评价,评点派与索隐派对《红楼梦》艺术创作方面的某些见解,不容忽视。

旧"红学"时期,脂砚斋、畸笏叟对《红楼梦》的评批是最值得重视的,它对研究《红楼梦》和曹雪芹俱弥足珍贵。俞平伯 1954 年将甲戌、己卯、庚辰、甲辰、戚序五个本子的脂评汇辑校订成《脂砚斋红楼辑评》。1979 年陈庆浩《新编〈石头记〉脂砚斋评语辑校》,是目前脂评研究中最完备的一部专著。

1904 年王国维《〈红楼梦〉评论》问世,这是一部"红学"研究史上有重大影响的研究专论。王国维抛弃了评点派和索隐派的随笔札记和牵强比附的旧方法,以西方哲学、美学为理论基础,对《红楼梦》进行了全面评论。1921 年胡适的《〈红楼梦〉考证》著作出版,对《红楼梦》的作者、家世、版本等各方面作系统的考证工作,成为一部对《红楼梦》研究产生重大影响的论著。从此,"红学"研究进入了一个新时期,新"红学"开始了。俞平伯紧随其后,在胡适《〈红楼梦〉考证》的影响下,1923 年他的《〈红楼梦〉辨》问世,这是一部很有学术价值和影响的论著。1921 年顾颉刚与胡适、俞平伯频繁通信讨论《红楼梦》,为胡适的《〈红楼梦〉考证》提供了大量重要资料。新"红学"为更好地研究《红楼梦》的作者和小说本身打下了基础,尤其是校勘了前八十回的残缺情形,探索了以后的情节线索。

新中国成立以后的"红学"为当代"红学"。1953 年第一次由作家出版社整理出版了《红楼梦》，这是当代“红学”史上的一件大事。此前，俞平伯将1923年出版的《〈红楼梦〉辨》易名为《〈红楼梦〉研究》出版。俞平伯认为：《红楼梦》是感叹作者自己身世的自传，是情场忏悔录，是为金陵十二钗作本传的，其风格是怨而不怒，林黛玉和薛宝钗是“两峰对峙，双水分流”，并对后四十回高鹗的补作也进行了正反两方面的评价。后来，他对“自传说”作了修正，认为《红楼梦》是一部小说，应该在小说的范围内对它进行研究，还说“不可能把小说中的人、事、物都一一落到实处。研究《红楼梦》应该着眼于它的文学和哲学，经济和政治……”俞平伯还写了不少指导青年阅读《红楼梦》的著作，如《〈红楼梦〉简说》《我们怎样读〈红楼梦〉》《〈红楼梦〉的思想性和艺术性》。

50年代俞平伯的“红学”思想遭到了批判，这使他在政治和学术等方面都受到了不公正的待遇。在批判胡适、俞平伯的政治运动之后，又展开了多方面的争论，争论的焦点是《红楼梦》的历史背景和宝、黛的典型意义。1955年翦伯赞在《北京大学学报》发表了《论十八世纪上半期中国社会经济的性质——兼论〈红楼梦〉中反映的社会经济状况》一文，邓拓在《人民日报》发表了《论〈红楼梦〉的社会背景和历史意义》一文，为研究《红楼梦》的时代背景和思想意义提供了史实依据。之后，对邓拓关于《红楼梦》“市民说”展开了论争。1962年至1963年，遵照周恩来的指示，学术界、文化界举行了各种纪念曹雪芹逝世200周年的活动。其中最引人注目的便是1963年8月17日的展览会，该会由中华人民共和国文化部、中国文学艺术联合会、中国作家协会和故宫博物院联合举办，地址在故宫。展览会展出了两千多件有关曹雪芹与《红楼梦》的文物与图片资料。展览内容分为：曹雪芹的生平、家世，《红楼梦》时代背景，有关《红楼梦》的戏剧、电影、曲艺、绘画、雕塑、工艺美术、诗词、文赋、续书、评论、研究、考证、抄本、刻本、译本，清代康、雍、乾时代的服装头饰、日用器物、园林建筑等方面的实物及画幅。此次纪念曹雪芹逝世200周年的文章多达近百篇，其中比较重要的文章有：茅盾《关于曹雪芹》，何其芳《曹雪芹的贡献》，李希凡《悲剧与挽歌》，张天翼《略谈曹雪芹的〈红楼梦〉》，俞平伯《〈红楼梦〉中关于"十二钗"的描写》，蒋和森《〈红楼梦〉爱情描写的时代意义及其局限》，吴组缃《贾宝玉的性格特点和他的恋爱婚姻悲剧》，聂石樵《论〈红楼梦〉的语言》，周立波《读〈红〉琐记》，钟敬文《近代进步思想与〈红〉学》，刘世德和邓绍基《〈红楼梦〉的主题》，郭预衡《论宝黛爱情悲剧的社会意义》，杨绛《艺术是克服困难》，邢公畹《〈红楼梦〉的语言风格分几个先决问题》，黄秋耘《〈红楼梦〉琐谈》，袁世硕《〈红楼梦〉在中国现实主义文学发展中的地位》，周中明《谈〈红楼梦〉的语言美》，陈毓罴《〈红楼梦〉是怎样开头的》，章庆炳《谈高鹗续〈红楼梦〉的功过》，赵齐平《关于〈红楼梦〉的成书过程》等。这些文章从不同层面、不同角度深刻地研究了《红楼梦》和曹雪芹，使"红学"得到了空前的发展，给"红学"研究带来了蓬勃的生机和宽松的气氛。

1964年至1965年"左"的思想抬头，"抹煞'阶级斗争'""鼓吹'人性论'""烦琐考证"等论调干扰了"红学"研究，阻碍了"红学"研究的正常进程。十年"文革"期间，也有一些头脑清醒的学者，默默进行着"红学"研究，其中有张毕来的《漫说红楼》，王朝闻的《论凤姐》，蔡义江的《红楼梦诗、词、曲、赋评注》。"文革"中，一些关于曹雪芹家世、生平的新史料和《红楼梦》新版本被陆续发现，为新时期的"红学"研究奠定了基础。1978年后，"红学"研究冲破原有的禁区，一些问题相继提出：(1)关于第四回"护官符"是全书总纲问题。(2)关于《红楼梦》是"政治历史小说"问题。(3)关于对胡适新"红学"和1954年批判俞平伯《〈红楼梦〉研究》的评价问题等。通过争论，有些问题取得了一致的看法，如《红楼梦》写的是封建制度下的"爱情悲剧"，而不是"政治斗争"，《红楼梦》不是"政治历史小说"。有些问题仍在争论之中，如《红楼梦》情节结构主线，多数人认为是宝、黛爱情悲剧，但也有人认为是贾、史、王、薛四大家族的兴衰过程，还有的认为是贾宝玉叛道性格的形成和发展。

1979年中国艺术研究院创办了《〈红楼梦〉学刊》，中国社会科学院文学研究所与上海《红楼梦》研究者联合创办了《〈红楼梦〉研究集刊》。这是我国第一次编辑出版专门研究《红楼梦》的刊物，它极大地促进了"红学”研究，研究“红学”的文章和专著像雨后春笋般出现。代表性专著有：张毕来《红学佛影》，冯其庸《论庚辰本》《曹雪芹家世新考》，陈毓罴、刘世德、邓绍基《〈红楼梦〉论丛》，蒋和森《〈红楼梦〉概说》，佟雪《〈红楼梦〉人物论》，吴世昌《〈红楼梦〉探源外编》，吴恩裕《曹雪芹丛考》《曹雪芹佚著浅探》，韩进廉《红学史稿》，周汝昌《恭王府考》，周汝昌《曹雪芹小传》，周汝昌、周伦苓《〈红楼梦〉与中华文化》，周汝昌、周祜昌《石头记监鉴真》，郭豫适《〈红楼梦〉研究小史稿》，徐迟《〈红楼梦〉艺术论》，曾扬华《末世悲歌〈红楼梦〉》《〈红楼梦〉新探》，邓云乡《〈红楼梦〉风俗谭》，白盾《〈红楼梦〉新评》，刘耕路《〈红楼梦〉诗词解析》，冯其庸、李希凡《〈红楼梦〉大辞典》，冯其庸《〈石头记〉脂本研究》，李希凡《〈红楼梦〉艺术世界》，胡文彬《引君入梦话红楼》，杜世杰（台湾）《红楼考释》，周汝昌、晁继周等《〈红楼梦〉辞典》。

# 附录

# 全国高等教育自学考试
# 《中国古代作家作品专题研究》考试大纲

## Ⅰ.课程性质与设置目的

《中国古代作家作品专题研究》是全国高等教育自学考试汉语言文学专业的一门选修课,内容包括“《诗经》研究”“《庄子》研究”“《史记》研究”“陶渊明研究”“李白研究”“杜甫研究”“苏轼研究”“辛弃疾研究”“关汉卿研究”“《西厢记》研究”“《西游记》研究”“《红楼梦》研究”12 章。

设置本课程,是为了使自学应考者在系统地学习先秦至清代文学的基础上,更进一步地深入学习中国古代文学中的重要作家、作品。本课程入选的作家、作品均为中国古代文学中的一流大家与重要作品,通过对这些作家、作品的深入学习,可以加深自学者对中国古代重要作家、作品的理解与掌握。同时,本课程在编写时特别强调了对上述重要作家、作品研究状况的介绍,这就为自学考试者撰写中国古代作家、作品研究论文提供了方便,使他们在本科学习时已对上述优秀作家、作品的研究状况有所了解的基础上,进一步了解研究现状,熟悉重要研究论文、著作。

# Ⅱ.课程内容与考核目标

## 第一章 《诗经》研究

**一、识记**

1.《诗经》分类诸说。

2.《诗经》的作者能定之篇章。

3.《诗经》产生的地域及创作时代。

4.五四之前《诗经》研究的10部重要著作。

5.《诗经》研究历史概况。

**二、理解**

1.《诗经》的成书。

2.采诗说与献诗说。

3.《诗大序》与《小序》。

**三、简单运用**

1.周王室搜集、整理《诗》的目的。

2.孔子与《诗经》的关系。

3.《诗经》的流传与师承。

**四、综合运用**

1.《诗经》反映的社会生活。

2.《诗经》反映的周代社会的思想意识。

3.《诗经》的艺术成就。

4.《诗经》的思想对后世的影响。

5.《诗经》的艺术对后世的影响。

# 第二章 《庄子》研究

**一、识记**

1.庄子的生平。

2.庄子的时代。

3.庄子的身世。

4.《庄子》的编定及主要版本。

**二、理解**

1.庄子的人生理论的形成因素。

2.庄子哲学的主要观点。

3.庄子的相对主义的哲学方法论。

**三、简单运用**

1.《庄子》的传播及影响。

2.庄子的人生理论。

**四、综合运用**

1.庄子的思想。

2.《庄子》的文学类型。

3.《庄子》的研究概况。

# 第三章 《史记》研究

**一、识记**

1.今存介绍司马迁家世的唯一资料《太史公自序》。

2.《史记》的十二本纪、八书、十表。

3.《史记》的基本史料。

4.今存《史记》的最早版本。

5.《史记》"三家注"与《〈史记〉会注考证》。

**二、理解**

1.专传、合传、附传与类传。

2.王国维的《史记》研究。

3.李长之运用西方艺术理论对《史记》的研究。

**三、简单运用**

1.《史记》史料来源。

2.运用马克思主义理论对《史记》的研究。

3.“新时期”的《史记》研究。

**四、综合运用**

1.《史记》的笔法。

2.《史记》的艺术特色。

## 第四章 陶渊明研究

**一、识记**

1.重要陶集版本。

2.陶渊明的辞赋。

3.许逸民的《陶渊明年谱》。

4.逯钦立的《陶渊明年谱》。

5.龚赋、袁行霈、杨贺松的《陶渊明集》校注本。

**二、理解**

1.陶渊明的出仕与归隐。

2.《归去来兮辞》的思想内容、艺术特点。

3.《桃花源记并诗》的思想内容、艺术特点。

4.《五柳先生传》的思想内容、艺术特点。

**三、简单运用**

1.陶渊明的咏史诗。

2.陶渊明诗歌的平淡诗风。

3.陶渊明平淡自然的诗风在魏晋南北朝未受重视的表现与原因。

4.苏轼对陶渊明诗歌风格与部分作品的解读。

**四、综合运用**

1.陶渊明田园诗的思想内容。

2.陶渊明诗歌的艺术贡献。

3.新中国成立后的“陶学”研究。

## 第五章　李白研究

**一、识记**

1.李白的生平。

2.李白的创作。

3.李白研究的热点。

**二、理解**

1.李白研究的几个阶段。

2.李白研究的主要成果。

**三、简单运用**

1.李白所受儒、道的影响。

2.李白诗歌反映现实的特点。

3.李白诗歌抒情方式的特点。

4.李白诗歌表现手法的特点。

**四、综合运用**

1.李白诗歌的思想内容。

2.李白诗歌强烈的主观色彩。

## 第六章　杜甫研究

**一、识记**

1.杜甫的生平分期。

2.宋代以来杜甫诗歌重要且通行的10种版本。

3.萧涤非、冯至、陈贻焮、莫砺锋的杜甫研究。

4.《古典文学研究资料汇编·杜甫卷》。

5.《杜甫研究论文集》(北京:中华书局)。

6.《杜甫年谱》(成都:四川人民出版社,1958 年)。

**二、理解**

1.杜甫的家世。

2.杜甫的忠君思想。

**三、简单运用**

1.杜甫诗歌的创作原则。

2.杜甫与佛教。

3.杜甫诗歌的思想内容。

**四、综合运用**

1.杜甫的生活经历与诗歌创作。

2.杜甫以儒为本兼及他家的多元理论。

3.杜甫诗歌“沉郁顿挫”的艺术风格。

4.“新时期”的杜甫研究。

## 第七章　苏轼研究

**一、识记**

1.苏轼的生平。

2.苏轼的文学地位。

3.苏轼年谱的编撰。

4.苏轼诗、词、文注本。

**二、理解**

1.儒、释、道思想对苏轼的影响。

2.苏轼对宋代文坛的影响。

**三、简单运用**

1.苏轼的诗风。

2.苏轼对词体堂庑的开拓。

3.苏轼以词陶写性情的意义。

4.苏词评价中的分歧意见。

**四、综合运用**

1.苏轼的诗歌成就。

2.苏轼对词的改革及其意义。

3.苏轼散文的特点。

4.苏轼对后世的巨大影响。

## 第八章　辛弃疾研究

**一、识记**

1.辛弃疾生平的四个阶段。

2.辛弃疾的词集及今存作品。

**二、理解**

1.辛派词人。

2.不同时代的辛词研究。

**三、简单运用**

1.苏轼词与辛弃疾词的异同。

2.“稼轩体”的特征。

**四、综合运用**

1.辛弃疾词的思想内容。

2.辛弃疾词的艺术成就。

3.辛弃疾在词史上的地位。

## 第九章　关汉卿研究

**一、识记**

1.关汉卿生活的时代。

2.关汉卿的杂剧创作。

3.关汉卿今存杂剧的分类。

**二、理解**

1.关汉卿思想的复杂性。

2.关汉卿研究的三个阶段及其特点。

**三、简单运用**

1.《窦娥冤》中的鬼魂诉冤与清官断狱描写。

2.关汉卿公案剧中所体现的人民大众对法治与王道的期盼。

3.《救风尘》中的赵盼儿形象分析。

4.《望江亭》中谭记儿形象的典型意义。

**四、综合运用**

1.《窦娥冤》的戏剧冲突。

2.《窦娥冤》中的窦娥形象分析。

3.《拜月亭》爱情描写的独特之处。

4.《单刀会》对历史素材的加工改造及其意义。

5.关汉卿杂剧的艺术成就。

## 第十章 《西厢记》研究

**一、识记**

1.《西厢记》作者的分歧意见。

2.王实甫今存杂剧作品。

3.《西厢记》的版本。

**二、理解**

1.有关《西厢记》戏剧样式的不同意见。

2.关于《西厢记》主题的争论。

3.“西厢”故事的演变。

4.《西厢记》剧本体制和演唱方式与元杂剧的不同。

**三、简单运用**

1.《西厢记》所表达的“愿天下有情的都成了眷属”的进步婚姻理想。

2.正确评价莺莺的“闹简”“赖简”。

3.《西厢记》的语言所体现的元杂剧文采派的风格。

4.《西厢记》的巨大影响。

**四、综合运用**

1.老夫人形象的典型意义。

2.莺莺叛逆性格的发展过程。

3.红娘形象分析。

## 第十一章 《西游记》研究

**一、识记**

1.《西游记》的成书过程。

2.《西游记》的作者。

3.《西游记》的三种主题观。

4.对《西游记》性质研究的不同观点。

**二、理解**

1.《西游记》的版本系统。

2.吴承恩的生平思想对其创作的影响。

3.孙悟空形象的来源。

**三、简单运用**

1.唐僧形象是封建知识分子与虔诚佛教徒的复合体。

2.《西游记》所体现的抗争与进取精神。

3.《西游记》的“三笔”。

**四、综合运用**

1.《西游记》对传统人格的批判与对新的理想人格的追求。

2.孙悟空的斗士性格。

3.猪八戒形象的特点与意义。

4.从孙悟空、猪八戒形象看吴承恩思想的复杂性。

5.《西游记》幻笔、戏笔与寓笔的结合。

## 第十二章 《红楼梦》研究

**一、识记**

1.《红楼梦》的补作。

2.旧“红学”代表人物、代表作。

3.索隐派。

4.王国维的《〈红楼梦〉评论》。

5.李希凡、蓝翎的《评〈红楼梦研究〉》。

6.《红楼梦》主题诸说。

**二、理解**

1.《红楼梦》的思想。

2.《石头记》的含义。

**三、简单运用**

1.含蓄蕴藉的艺术风格。

2.按照现实生活发展的逻辑在平常的自然的生活中表现人物性格。

3.运用典型意义的情节展示人物思想性格。

4.细节描写。

5.侧面描写。

6.心理描写。

**四、综合运用**

1.《红楼梦》的版本。

2.《红楼梦》的语言艺术。

3.《红楼梦》研究。

# Ⅲ.有关说明与实施要求

**一、对有关能力层次要求诸述语的说明**

为使个人自学、社会助学和考试命题有所遵循，本大纲对各方面考试内容的规定，尽可能落实到具体的考核点。对各考核点的能力层次要求，大致分为识记、理解、简单运用和综合运用四个层次。现分别说明如下：

（一）有关识记能力的要求：记忆、识记。

（二）有关理解能力的要求：解释、把握、概括、理解、归纳。

（三）有关简单运用的要求：说明、简说、简析、简论。

（四）有关综合运用的要求：论述、论析、分析、综合、评说、评价。

**二、关于教材**

本课程考试全省统一命题所使用的教材是：《中国古代作家作品专题研究》，王立群、张进德主编，南开大学出版社出版，大象出版社 2019 年再版。

**三、自学方法指导**

（一）认真阅读本大纲，明确考试内容范围和考核目标，了解试题题型。

（二）依照本大纲所规定的考核点，认真学习、钻研教材，防止偏离教材的倾向。

（三）中国古代作家、作品的学习与文学史相类，要注重理解知识与培养能力。考生应理清脉络，把握精神实质，切忌单纯死记硬背。

**四、对社会助学者的要求**

（一）社会助学者应根据本大纲规定的考试内容与考核目标，认真钻研指定教材，对考生作准确严谨的辅导。

（二）按照本课程的学习要求，围绕教材进行辅导，防止偏离教材的倾向。

（三）指导考生按考试目标和考试题型做一定程度的练习，以适应考试。

**五、关于考试命题的若干规定**

（一）本课程的考试命题，应根据本大纲规定的考试内容来确定考试范围，试题的内容和材料均取自指定的教材《中国古代作家作品专题研究》。

（二）所有试题的考核目标，均应以本大纲所规定的能力层次要求为限度。

（三）组配试卷，应掌握好试题的内容覆盖面、能力层次和难易度。每种比例规定均可有3分以内的浮动幅度。

1.中国古代作家、作品的比例：每份试卷必须覆盖先秦至清代各个阶段，其分数比例一般为先秦两汉魏晋南北朝30%，唐宋30%，元明清40%。

2.不同能力层次的比例：一般为识记20%，理解20%，简单运用30%，综合运用30%。

3.不同难易程度的比例：一般20%，较易30%，较难30%，难20%。

4.主观性试题与客观性试题比例：由于本课程重在考查应考者对作家、作品综合把握能力，因此主观题的比重应大于客观题。一般为主观性试题60%，客观性试题40%。

5.本课程命题较合适的题型有：填空题、单项选择题、多项选择题、解释题、简答题、论述题。各种题型的具体样式，可参看本大纲附录“题型举例”。

（四）本课程的考试时间为150分钟。试题量应以中等水平的自学应考者能在规定时间内答完全部试题为度。

# 题型举例

一、填空题(在下列空白处填上合适的答案)

1.今存介绍司马迁家世的唯一资料是(　　)。

2.萧涤非的(　　)是代表中国大陆20世纪80年代杜甫研究最高水平的一部著作。

二、单项选择题(在下列备选答案中选取一个正确答案)

1.《〈庄子〉今注今译》的作者是(　　)

A.郭象　B.成玄英　C.陆德明　D.陈鼓应

2.赵盼儿是下列哪部作品中的人物(　　)

A.《窦娥冤》　B.《救风尘》　C.《调风月》　D.《西蜀梦》

三、多项选择题(在下列备选答案中选取两个或两个以上正确答案)

1.关于李白的家世,主要有(　　)

A.汉人说　B.胡人说　C.胡化之汉人说

D.西域人说　E.印度人说

2.下列作品中属于关汉卿的作品是(　　)

A.《窦娥冤》　　B.《救风尘》　　C.《西蜀梦》

D.《拜月亭》　　E.《鲁斋郎》

**四、解释题（解释下列词语）**

1.采诗说

2.旧“红学”

**五、简答题**

1.简答杜甫诗歌创作的原则。

2.简述庄子的人生理论。

**六、论述题**

1.试述《诗经》的流传与师承。

2.试述《红楼梦》的语言艺术。

# 后记

汉语言文学专业本科《中国古代作家作品专题研究》自学考试教材，是应河南省教育自学考试指导委员会中文专业委员会之邀请编写的。本书2002年由南开大学出版社出版，早已售罄，我们对原书的一些细节进行了修订，现交由大象出版社出版，以解广大考生的燃眉之急。

本教材由王立群、张进德担任主编。

编写组成员及分工为：

华　锋：第一章“《诗经》研究”

耿纪平：第二章“《庄子》研究”

王立群：第三章“《史记》研究”

马予静：第四章“陶渊明研究”

常　萍：第五章“李白研究”

卢　宁：第六章“杜甫研究”

吴河清：第七章“苏轼研究”

孙克强：第八章“辛弃疾研究”

张大新:第九章“关汉卿研究”

张进德:第十章“《西厢记》研究”

曹炳建:第十一章“《西游记》研究”

张一木:第十二章“《红楼梦》研究”

《中国古代作家作品专题研究》编委会

2019年元月